STATE OF GRACE – FÜR ALLE EWIGKEIT

FIRST FAMILY, BAND 2

MARIE FORCE

ÜBER DAS BUCH

Auch wenige Tage vor Weihnachten hat Lieutenant Sam Holland alle Hände voll zu tun, nicht nur mit den Festvorbereitungen im Weißen Haus, sondern auch mit ihrer Arbeit bei der Mordkommission der Hauptstadt. Eine allseits beliebte Ehefrau, Mutter und Geschäftsfrau ist auf grausame Art und Weise getötet worden, und Sam ist entschlossen, diesen rätselhaften Fall noch vor dem dringend benötigten Urlaub mit ihrer Familie zu lösen. Doch als ein zweiter Mord geschieht, scheint dieser Wunsch in weite Ferne zu rücken.

Während Sams Mann Nick Cappuano in einer neuen Krise wieder einmal seine Fähigkeiten als Präsident beweisen muss, findet die frisch gebackene First Family in der noch ungewohnten Umgebung allmählich zu einer Routine. Aber dann gerät das Familienglück in Gefahr, und Sam und Nick müssen sich inmitten des Chaos auf das besinnen, was ihre Beziehung so einzigartig macht – ihre Liebe zueinander und zu ihren Kindern …

INHALTSVERZEICHNIS

KAPITEL 1

An einem Montagmorgen zwölf Tage vor Weihnachten stürmte Metro Police Lieutenant Sam Holland um Viertel nach acht durch die Türen von NBC4. Ihre Personenschützer Vernon und Jimmy folgten ihr auf dem Fuße. Bei diesem Fernsehauftritt war sie allerdings Samantha Cappuano, die First Lady der Vereinigten Staaten, denn der einzige Grund, warum sich die *Today*-Show für dieses Interview interessierte, war, dass sie die Frau des Präsidenten war – eine Tatsache, an die sie sich zweieinhalb Wochen nach dem plötzlichen Aufstieg ihres Mannes vom Vizepräsidenten zum Präsidenten immer noch nicht gewöhnt hatte.

Der Polizeipsychiater Dr. Trulo wartete zusammen mit einer Mitarbeiterin des Fernsehsenders und Lilia Van Nostrand, Sams Stabschefin im Weißen Haus, in der Lobby auf sie.

„Ich bin froh, Sie zu sehen", begrüßte Trulo sie. „Ich hatte schon befürchtet, Sie würden kneifen."

„Tut mir leid, dass ich zu spät dran bin", erklärte Sam. „Aubrey hatte heute früh ein paar Probleme, und ich musste ihr etwas mehr Zeit und Aufmerksamkeit schenken."

„Alles in Ordnung?", erkundigte sich Lilia, während sie einer jungen Frau folgten, die zu wissen schien, wohin es ging.

„Ja, das wird schon wieder."

Jeder, dem sie begegneten, hielt inne, um Sam nachzuschauen. Sie hasste das, aber es war wohl normal für das Präsidentenpaar. Hatten sie als Vizepräsident und Gattin schon unangenehm stark im Mittelpunkt des öffentlichen Interesses gestanden, so hatte sich dieses Interesse jetzt noch tausendfach gesteigert, und daran musste sie sich erst gewöhnen. Doch nach einer derart tiefgreifenden Veränderung wie der, die in ihrem Leben stattgefunden hatte, würde sie vermutlich mehr als ein paar Wochen benötigen, um die Veränderung ihres Status vollständig zu verarbeiten.

„Hier entlang, bitte", sagte die junge Frau, als sie sie in einen grünen Raum führte. „Wir freuen uns sehr, Sie hierzuhaben, Mrs Cappuano."

Obwohl sie Uniform trug und der Schriftzug HOLLAND auf ihrer Brust prangte, sprach die Frau sie mit „Mrs Cappuano" an. Langsam verstand Sam, dass sie für alle Mrs Cappuano war, außer für ihre Kollegen von der Polizei. „Tut mir leid. Ich habe Ihren Namen nicht mitbekommen."

„Yvonne, Ma'am."

Sam schüttelte ihr die Hand. „Schön, Sie kennenzulernen, Yvonne."

„Ganz meinerseits, Ma'am. Sie können sich gar nicht vorstellen, wie aufregend es für uns ist, Sie bei uns begrüßen zu dürfen."

„Danke für die Einladung."

„Bitte machen Sie es sich bequem, und bedienen Sie sich. Sie werden in etwa zwanzig Minuten abgeholt."

„Danke sehr." Sam warf einen sehnsüchtigen Blick auf den Tisch mit Bagels, Muffins und Gebäck. Klassisches Hüftgold – aber weil sie sich um Aubrey gekümmert hatte, war sie nicht dazu gekommen, zu frühstücken, ehe sie das Weiße Haus verlassen hatte. „Ach, egal. Ich habe Hunger." Sie griff nach einer Tasse Kaffee und einer Zimtschnecke. „Nehmt euch auch was, Leute. Wir wollen schließlich nicht unhöflich sein."

Während Dr. Trulo und Lilia das Dargebotene noch betrachteten, biss Sam schon mal in ihre Hefeschnecke und musste sich ein beseligtes Aufstöhnen verkneifen. Himmel, war das gut. Normalerweise mied sie solche Dinge, vor allem seit sie sich viel zu oft in der Nähe einer Fernsehkamera befand. Es stimmte, was man sagte – die Kamera ließ sie mindestens fünf Kilo schwerer aussehen.

Der BlackBerry, den sie bei sich trug, um mit ihrem Mann in Kontakt zu bleiben, kündigte mit einem Summen eine SMS von ihm an. *Aubrey ist fröhlich auf dem Weg zur Schule. Was auch immer heute Morgen los war, es scheint vorbei zu sein. Zumindest fürs Erste.*

Sam schrieb sofort zurück: *Danke, dass du mir Bescheid gibst. Tut mir leid, dass ich losmusste. Glaubst du, die beiden merken, dass was in der Luft liegt?*

Kann durchaus sein.

Die Großeltern mütterlicherseits der beiden hatten kürzlich das Sorgerecht für die sechsjährigen Zwillinge beantragt, die seit der inzwischen mehr als zwei Monate zurückliegenden Ermordung ihrer Eltern bei Sam und Nick lebten.

Wir müssen aufpassen. Die beiden kriegen tatsächlich ziemlich viel mit.

Sehr wahr. Ich schaue dich mir gleich im Fernsehen an. Hals- und Beinbruch! (Das ist natürlich nicht wörtlich gemeint.)

Sam lachte. Wenn man bedachte, wie sehr sie zu Unfällen neigte, war der Zusatz in Klammern durchaus angebracht. *Ich hoffe, ich blamiere mich (und dich) nicht im landesweiten Fernsehen.*

Selbst wenn, würde ich dich weiterhin lieben.

Gott sei Dank.

Yvonne kehrte genau zum vereinbarten Zeitpunkt zurück und führte sie in ein Studio, verpasste ihnen Mikrofone, informierte sie über den Ablauf des Interviews mit den Moderatorinnen in New York und überließ sie dann den Profis für Haar und Make-up.

Sam und Dr. Trulo hatten sich gestern Nachmittag getroffen, um ihre Notizen für das Interview durchzugehen, und Sam fühlte sich bestens darauf vorbereitet, vor einem Millionenpublikum zu sprechen. Sie war hier, um der Bitte nachzukommen, die Trauergruppe vorzustellen, die sie und der Polizeipsychiater kürzlich innerhalb des Metropolitan Police Department gegründet hatten und die Opfern von Gewaltverbrechen einen Rahmen dafür bot, mit dem Erlebten fertigzuwerden.

Jetzt, da Sam die Präsidentengattin war, rückte das Projekt ins Interesse der Öffentlichkeit, was ihm zu mehr Bekanntheit verhalf. Sam hoffte, das Programm in ihrer neuen Rolle zu einem Teil ihrer offiziellen Agenda machen zu können.

Sie würden sowohl von Hoda Kotb als auch von Savannah Guthrie interviewt werden, und vor Sendungsbeginn schalteten sich die beiden bekannten Moderatorinnen zu, um ihre Gäste zu begrüßen.

„Es ist so schön, Sie endlich kennenzulernen, nachdem ich so viel über Sie gehört habe", begann Hoda.

„Danke", sagte Sam. „Das gilt umgekehrt genauso."

„Wie lebt es sich im Weißen Haus?", wollte Savannah wissen.

„Anders", erwiderte Sam und lachte. „Wir sind noch dabei, uns daran zu gewöhnen und uns in alles einzufinden."

„Hätten Sie etwas dagegen, wenn wir Sie während des Interviews nach dieser Umstellung fragen?"

„Nein, nur zu. Ich werde allerdings nicht über meinen Mann oder seine Regierung sprechen. Da ich über all das nicht informiert bin, werde ich Fragen aus diesem Bereich nicht beantworten. Und natürlich auch deswegen nicht, weil wir ja hier sind, um die Trauergruppe vorzustellen."

„In Ordnung", erklärte Hoda. „Die Werbepause ist in Kürze vorbei, dann schalten wir Sie gleich dazu."

„Das klingt gut." Sie warf einen Blick zu Trulo, der sie belustigt musterte. Sein drahtiges graues Haar war zur Feier des Tages sorgfältig gekämmt. „Was ist?"

„Da ich über all das nicht informiert bin'?"

„Na ja, das bin ich wirklich nicht."

Er lachte. „Eine interessante Formulierung für ,Bleiben Sie bei den vereinbarten Themen'."

„Sehr richtig. Wenn Sie wüssten, wie oft mir Reporter schon Fragen über Nick gestellt haben, würden Sie verstehen, warum ich das gesagt habe."

„Ich verstehe das durchaus. Trotzdem finde ich es lustig, dass Sie diesen Politikersprech inzwischen so perfekt beherrschen."

„Tue ich gar nicht. Tatsächlich ist das schon so ziemlich alles an Politikerehefrauen-Jargon, was ich kenne."

„Achtung", rief der Produzent. „Wieder auf Sendung in drei, zwei, eins."

„Wir haben heute zwei ganz besondere Gäste", moderierte Hoda an und lächelte. „Die Frau unseres neuen Präsidenten, Samantha Cappuano, die beim Metropolitan Police Department in Washington, D. C., auch als Lieutenant Sam Holland bekannt ist, und der Metro-PD-Psychiater Dr. Anthony Trulo sind hier, um über eine neue Initiative zu sprechen, die sie innerhalb des MPD gegründet haben und von der sie hoffen, dass sie sich zu einem nationalen Projekt entwickeln wird. Herzlich willkommen Ihnen beiden."

„Danke für die Einladung", antwortete Sam.

„Wir danken Ihnen für die Möglichkeit, ein Projekt vorzustellen, das uns beiden sehr am Herzen liegt", ergänzte Dr. Trulo.

„Bevor wir damit beginnen", übernahm Savannah und wandte

sich an Sam, „sind wir alle neugierig darauf, wie Sie und Ihre Familie sich in Ihrem neuen Zuhause einleben."

„Es geht uns allen gut", erwiderte Sam. „Es ist zwei Tage her, dass ich mich das letzte Mal verlaufen habe, als ich versucht habe, den Wohnbereich im Weißen Haus zu finden, und das betrachte ich als Fortschritt. Den Kindern fällt die Umstellung viel leichter als mir."

„Es ist das erste Mal seit über zehn Jahren, dass kleine Kinder im Weißen Haus wohnen", nahm Hoda das Stichwort auf. „Was macht den dreien am meisten Spaß?"

„Scotty, der gerade vierzehn geworden ist, ist begeistert von dem Kino, und die Zwillinge, die sechs sind, lieben das Schwimmbad. Sie wollen jeden Abend nach dem Essen hin."

„Wer spielt dabei den Rettungsschwimmer?", fragte Hoda. „Sie oder Präsident Cappuano?"

„Hauptsächlich mein Mann, aber ich habe auch schon ein paar Schichten übernommen."

„Wir haben Sie heute zu uns gebeten, um über die Trauergruppe für Opfer von Gewaltverbrechen zu sprechen, die Sie innerhalb des MPD ins Leben gerufen haben", sagte Savannah. „Können Sie uns etwas darüber erzählen?"

Sam blickte Dr. Trulo an, der ihr signalisierte, dass sie beginnen sollte. Sie würde ihn später zu Wort kommen lassen. „Wie Sie vielleicht schon gehört haben", antwortete sie mit einem Lächeln, „bin ich Mordermittlerin. Bei meiner Arbeit treffe ich auf viele Personen, die den gewaltsamen Verlust eines geliebten Menschen erleben mussten. Schon seit einiger Zeit habe ich mir gewünscht, es gäbe eine geeignete Anlaufstelle für diese sekundären Opfer von Gewaltverbrechen. Als ich mit Dr. Trulo über diese Idee gesprochen habe, hat er eine Selbsthilfegruppe vorgeschlagen."

„Sie haben die Gruppe daraufhin innerhalb Ihrer Dienststelle gegründet?", fragte Hoda.

„Ja", bestätigte Trulo. „Und schon nach dem ersten Treffen haben wir das Gefühl, einen großen Erfolg erzielt zu haben. Menschen, die Ehepartner, Kinder, Eltern oder Freunde verloren hatten, haben teilgenommen, und wir haben von mehreren von ihnen gehört, dass sie sich danach auch außerhalb der Gruppe getroffen haben."

„Wie schön, dass die Teilnehmerinnen und Teilnehmer Freundschaft schließen und zusätzliche Hilfe finden", bemerkte Hoda.

„Genau das hatten wir gehofft", entgegnete Trulo, „und wir hoffen weiterhin, dass andere Polizeidienststellen im ganzen Land unser Modell übernehmen. Selbsthilfegruppen können für Menschen, die einen solchen Verlust erlitten haben, eine enorme Unterstützung darstellen. Wir wollen denen, die einen geliebten Angehörigen durch ein Gewaltverbrechen verloren haben, zur Seite stehen. Oft genug geht so etwas mit einem langwierigen Strafverfahren einher, das den Schmerz noch vergrößert, und dabei wollen wir eine zusätzliche Ebene des Beistands bieten. Die Mühlen der Justiz mahlen langsam, und die Familien brauchen manchmal mehrere Jahre lang Hilfe."

„Der Bedarf ist so groß", hakte Savannah nach. „Wie grenzen Sie den Kreis ein, der zu den Treffen zugelassen wird?"

„Die Gruppe ist offen für jeden, der meint, dass er sie braucht", erklärte Sam. „Aber wir bitten darum, dass die Teilnehmer von einem Gewaltverbrechen betroffen waren."

„Sie haben damit in Ihrer eigenen Familie ebenfalls Erfahrungen gemacht", nahm Hoda das Stichwort auf.

„Richtig", bestätigte Sam. „Mein Vater Skip Holland, der damals stellvertretender MPD-Chief war, wurde im Dienst angeschossen und war fast vier Jahre lang querschnittsgelähmt, ehe er im Oktober den Spätfolgen seiner Verletzung erlegen ist."

„Unser Beileid dazu", kondolierte Savannah.

Ein Foto von Sam mit Skip aus der Zeit vor den Schüssen auf ihn erschien auf dem Bildschirm und löste in Sam eine Vielzahl von Gefühlen aus, auf die sie nicht vorbereitet war und mit denen sie im nationalen Fernsehen nur schwer umgehen konnte. Es kostete sie große Mühe, sich ihren Schmerz nicht anmerken zu lassen. „Danke. Er fehlt uns sehr."

„Wenn andere Dienststellen mehr über Ihr Programm erfahren möchten, wie können sie sich dann mit Ihnen in Verbindung setzen?", fragte Hoda.

Trulo nannte seine E-Mail-Adresse. „Man erreicht mich außerdem telefonisch über das MPD. Ich bin gerne bereit, darüber zu sprechen, was wir bisher getan haben und was wir in Zukunft vorhaben."

„Rufen Sie ihn besser an", warf Sam ein. „Im Beantworten von E-Mails ist er nicht gut."

„Da hat sie nicht unrecht", räumte Dr. Trulo schmunzelnd ein.

Die Moderatorinnen lachten, bedankten sich bei ihnen und wünschten der Selbsthilfegruppe und Sam in ihrer neuen Rolle als First Lady viel Glück.

„Danke, dass wir hier sein durften", sagte Sam und atmete auf, erleichtert, dass sie das Interview überstanden hatte, ohne sich oder Nick zu blamieren.

„Das war großartig, Leute", lobte Savannah, als die Sendung für die nächste Werbepause unterbrochen wurde. „Ich bin sicher, Sie werden mit Ihrem Programm auf großes Interesse stoßen."

„Wir sind dankbar für die Gelegenheit, in diesem Rahmen darüber zu sprechen", wiederholte Sam.

„Tja, und wir freuen uns über das erste landesweit ausgestrahlte Interview mit der neuen First Lady", entgegnete Savannah.

„Man tut, was man kann", gab Sam ihren typischen Spruch zum Besten, worüber die Moderatorinnen lächeln mussten.

Nachdem sie sich von den beiden verabschiedet hatten, erschien eine andere junge Frau, um Sam von dem Mikrofon zu befreien. Es konnte ihr gar nicht schnell genug gehen. Auch wenn es für einen guten Zweck war, würden ihr öffentliche Auftritte nie Spaß machen.

Sam hatte viel zu tun und keine Zeit zu verschwenden. Ab dem heutigen Tag untersuchten sie und ihr Team ungelöste Fälle des in Ungnade gefallenen Polizeibeamten Stahl, eines ehemaligen Lieutenants, und des ehemaligen Deputy Chief Conklin, um sicherzustellen, dass die beiden sie ordnungsgemäß bearbeitet hatten. Nachdem sie kürzlich den fünfzehn Jahre alten Mordfall von Calvin Worthington an einem einzigen Nachmittag gelöst hatten, hatte Sam Angst vor den Ergebnissen dieser Ermittlungen.

„Das haben Sie einwandfrei hinter sich gebracht", erklärte Dr. Trulo, während sie Yvonne durch die gewundenen Gänge folgten, die sie hoffentlich aus dem Gebäude führen würden.

„Danke, Sie aber auch. Ich hoffe, Sie sind bereit für eine wahre Flut von Anfragen."

„Auf jeden Fall. Ich habe eine Programmbeschreibung und eine Liste mit Vorschlägen für den Einstieg zusammengestellt, die ich jedem schicken kann, der sie haben möchte."

„Natürlich haben Sie das. Ich hoffe, dass ich eines Tages als eine Frau aufwache, die immer so gut vorbereitet ist wie Sie, doch bis jetzt ist das noch nicht passiert."

Darüber musste Trulo herzlich lachen. „Gut, dass andere die Vorbereitung für Sie erledigen."

„Gott sei Dank, vor allem in letzter Zeit." Sie hätte die zurückliegenden Wochen ohne eine Schar engagierter Familienangehöriger,

Freunde und Kollegen, die ihr, Nick und den Kindern bei der größten Veränderung ihres Lebens geholfen hatten, nicht überstanden. Alles wäre so gut gelaufen, wie man es nur erwarten konnte, wäre da nicht der Streit um das Sorgerecht gewesen, der jede wache Minute in Sams Leben überschattete.

„Haben Sie Zeit für ein kurzes Therapiegespräch auf dem Parkplatz?", fragte sie Trulo.

„Für Sie immer."

„Falls ich es Ihnen bisher noch nicht gesagt haben sollte: Sie gehören zu den Leuten, bei denen ich ehrlich dankbar bin, sie um mich zu haben."

„Oh, danke. Es ist mir ein Vergnügen, mit Ihnen zu arbeiten und Ihr Freund zu sein." Mit gesenkter Stimme fügte er hinzu: „Ich bin mit *der Frau des Präsidenten der Vereinigten Staaten* befreundet!"

„Hören Sie mit dem Unsinn auf."

Sein Lachen entlockte ihr ein Grinsen, als sie gemeinsam aus dem Gebäude traten, ihnen voraus Vernon und hinter ihnen Jimmy.

Sam würde sich nie an den Begleitschutz des Secret Service gewöhnen, aber sie hatte sich auf den Kompromiss eingelassen, dass sie immer zwei Bodyguards bei sich haben würde. Meist versuchte sie, sie zu ignorieren und zu tun, als wären sie nicht da.

„Also, was kann ich an diesem schönen Morgen für Sie tun?"

Sam schaute hinauf zu den dunklen Wolken, die über der Hauptstadt hingen, und fröstelte. Da Weihnachten vor der Tür stand, wurden die Tage kürzer, und jeder Tag schien kälter zu sein als der davor. „Gehören Sie zu den Menschen, die den Winter lieben?"

„Ich liebe alle Jahreszeiten, jede aus anderen Gründen."

Sam lehnte sich gegen den schwarzen BMW, den Nick so hatte aufrüsten lassen, dass sie vor so ziemlich allem geschützt war, was ihr im Laufe eines Arbeitstages zustoßen konnte. „Die Großeltern mütterlicherseits der Zwillinge haben das Sorgerecht für die beiden beantragt."

„O verdammt. Das wusste ich noch nicht."

„Wir wollen es nicht an die große Glocke hängen, damit kein Riesen-Presserummel darum entsteht. Das ist das Letzte, was die beiden Kleinen jetzt brauchen. Die Zwillinge wissen nichts davon, und wenn es nach mir geht, werden sie es auch nie erfahren."

„Was sagen die Anwälte dazu?"

„Dass sie keine Chance haben. Jameson und Cleo haben unmissverständlich festgelegt, wer die Entscheidungen für Aubrey und

Alden treffen soll, und das ist Elijah." Der ältere Bruder der beiden hatte Sam und Nick zu den gesetzlichen Vormunden der Zwillinge bestimmt, solange er in Princeton studierte. Die drei trafen alle wichtigen Entscheidungen für die Kinder gemeinsam, und auch Elijah war inzwischen Teil ihrer Familie.

„Dann sollte doch alles in Ordnung sein, oder?"

„Dabei ist ‚sollte' das Schlüsselwort. Sie machen einen Riesenaufstand wegen des Sorgerechts, jetzt, wo Nick Präsident ist. Die beiden möchten verhindern, dass die Kinder im Rampenlicht stehen oder wegen ihrer Nähe zu ihm in Gefahr geraten."

„Das klingt so, als würden sie dabei komplett außer Acht lassen, dass die besten Nachrichtendienste der Welt ein Auge auf die Zwillinge haben."

„Genau, und die größte Ironie dabei ist, dass sie, bevor wir die Mörder ihrer Eltern gefasst hatten, nichts mit den Kindern zu tun haben wollten. Seit wir den Fall gelöst haben, versuchen sie nun plötzlich, die betroffene Familie zu spielen. Elijah glaubt, dass sie viel mehr an dem milliardenschweren Erbe seiner Halbgeschwister interessiert sind als an den Zwillingen selbst."

„Da könnte er recht haben. Ich weiß, dass es schwer ist, in dieser Situation nicht vom Schlimmsten auszugehen, aber möglicherweise wird Ihnen der Wunsch der Eltern helfen. Die Gerichte nehmen so etwas sehr ernst und müssten Elijah für unfähig erklären, das Sorgerecht auszuüben, um überhaupt in Erwägung zu ziehen, den letzten Willen der Eltern zu übergehen. Die Bemühungen der Großeltern sind in höchstem Maße aussichtslos, und das wissen die genauso gut wie Sie."

„Trotzdem stresst mich die ganze Sache."

„Das glaube ich gern. Sie und Nick haben sich schließlich emotional auf diese Kinder und ihren Bruder eingelassen."

„Es war seltsam, Doc. Nach nur einem Tag hat es sich angefühlt, als wären die beiden unsere Kinder."

„Erstaunlich, nicht wahr? All die Jahre haben Sie mit Fruchtbarkeitsproblemen zu tun, und jetzt sind Sie Mutter von dreieinhalb Kindern."

„Ganz genau. Nichts ist so gelaufen, wie wir es uns vorgestellt haben, trotzdem würden wir diese Familie gegen nichts eintauschen." Sams Handy klingelte. Ein unbekannter Anrufer. „Da muss ich wohl ran."

„Nur zu. Wir sehen uns dann im Hauptquartier. Zur Erinnerung: Meine Tür steht immer für Sie offen, Lieutenant Holland."

„Danke sehr, Doc." Sam drückte ihm den Arm und klappte ihr Handy auf. „Lieutenant Holland hier."

„Äh, ja, hallo, hier spricht Marlene Peters. Ich bin eine Freundin von Cameron Green. Wir haben uns während des Armstrong-Falls unterhalten."

„Oh, ja, richtig. Was gibt's, Mrs Peters?"

„Ich habe über den Elternbeirat etwas gehört, von dem ich dachte, dass es Sie interessieren könnte." Ihre Kinder gingen auf die exklusive Northwest Academy in der Connecticut Avenue, wo Aubrey und Alden den Kindergarten besuchten.

„Nämlich?"

„Den Namen der Person, die die Fotos des Präsidenten von Aubreys und Aldens Geburtstagsparty gepostet hat." Diese Fotos hatten einen Shitstorm für Nick ausgelöst, der in einer angespannten Pattsituation mit dem Iran eine Sitzungspause genutzt hatte, um zu ihrem früheren Haus in der Ninth Street zu kommen und kurz bei der Geburtstagsfeier der Zwillinge vorbeizuschauen. Jemand von den anderen Eltern hatte gegen die von allen unterzeichnete Geheimhaltungsvereinbarung verstoßen und Bilder von Nick mit den Kindern veröffentlicht, während die Iraner den Außenminister festgehalten hatten.

„Sie haben recht. Das sind Informationen, die ich sehr gerne hätte."

„Das kann aber nicht zu mir zurückverfolgt werden, oder?"

„Auf gar keinen Fall. Ihr Name wird nirgends Erwähnung finden."

„Der Mann heißt Bryson Thorn. Sein Sohn Sebastian ist in derselben Kindergartengruppe wie Alden und Aubrey."

„Woher wissen Sie, dass er es war?"

„Aus mehreren zuverlässigen Quellen. Mehr kann ich nicht sagen, sonst fällt es auf mich zurück."

„Haben Sie eine Ahnung, warum er das getan hat?"

„Ich kenne ihn nicht, doch einer von den Leuten, die es mir erzählt haben, hat gemeint, wegen der Aufmerksamkeit und des Medienrummels."

„Wer will schon diese Art von negativer Aufmerksamkeit, bei der alle auf einen sauer sind, ganz zu schweigen von der Gefahr, rechtlich belangt zu werden? Schließlich hat er die Geheimhaltungsvereinbarung verletzt."

„Na ja, manche Leute brauchen eben jede Form von Aufmerksamkeit, sogar negative. Ich glaube, das trifft in diesem Fall zu."

„Ich werde die Menschen nie verstehen."

„Geht mir genauso. Ich habe auch gehört, er habe sich über das Alter Ihres Mannes, seine Unerfahrenheit und seine Abneigung gegen das Amt des Präsidenten ausgelassen."

„Wissen Sie, wo Mr Thorn wohnt?"

Sie nannte eine Adresse im schicken Bezirk Spring Valley.

„Was macht er beruflich?"

„Er ist Börsenmakler. Seine Frau ist eine echte Schreckschraube. Die anderen Mütter mögen sie durch die Bank nicht."

„Marlene, ich weiß diese Information sehr zu schätzen."

„Ich finde es ungeheuerlich, dass er diese Fotos gepostet hat. So ziemlich alle, mit denen ich gesprochen habe, sehen das genauso. Ihr Mann hat nichts Falsches getan, und Bryson wollte nur Ärger stiften. Er mag politisch andere Ansichten hegen, aber er war Ihr Gast."

„Es ist gut zu wissen, dass es nicht bloß uns stört."

„Auf jeden Fall. Die Leute sind sauer, und es hat sich herumgesprochen, dass Bryson die undichte Stelle war."

„Nochmals danke für die Information."

„Gern geschehen."

Sam beendete das Telefonat und überlegte, wie sie mit diesen neuen Informationen umgehen sollte. Sie hatte eigentlich vorgehabt, direkt zum Hauptquartier zu fahren und die Uniform auszuziehen, die seit der Beerdigung ihres Vaters etwas eng geworden war. Höchste Zeit, mit dem Frustfraß aufzuhören!

Doch die Polizeiuniform konnte ihr hier nützlich sein. Sie klappte ihr Handy wieder auf und rief ihren Freund Lieutenant Archelotta an, der die IT-Abteilung der Polizei leitete.

„Hi, Sam. Ich habe dich vorhin im Fernsehen gesehen. Du bist hier in aller Munde."

„Ich hoffe, ich bin gut angekommen."

„Überwiegend. Die Leute lieben die Selbsthilfegruppe und halten sie für eine großartige Idee. Na ja, Ramsey nicht, aber auf den hört ohnehin niemand."

„Ich wünschte, er würde sich ein anderes Ziel für seine Besessenheit suchen. Doch ich habe nicht angerufen, um mit dir über diesen Idioten zu reden. Du musst mir einen persönlichen Gefallen tun."

„Ähm, sehr gerne. Allerdings dachte ich, das machen wir nicht mehr?"

Sam lachte über die unerwartete Erwiderung des einzigen Kollegen, mit dem sie in der Zeit zwischen ihren beiden Ehen etwas gehabt hatte. „Halt die Klappe."

Archie lachte auf. „Also was kann ich für dich tun, Sam?"

„Ich habe herausgefunden, wer die Fotos von Nick auf der Geburtstagsparty der Zwillinge gepostet hat, und ich könnte einen Beweis dafür gebrauchen, dass sie von seiner IP-Adresse stammen."

„So etwas muss bis nach Feierabend warten."

„Verstanden, und ich zahle dir natürlich eine Aufwandsentschädigung."

„Das ist nicht nötig. Ich helfe dir gerne, den Kerl festzunageln, der das getan hat."

„Du bist der Beste. Ich schicke dir die Daten."

„Ich kümmere mich heute Abend darum und lasse dich wissen, was ich gefunden habe."

„Vielen Dank, Archie. Es bedeutet mir sehr viel, Freunde zu haben, die uns in dieser neuen Situation den Rücken freihalten."

„Situation", wiederholte er und lachte schnaubend. „Du meinst die Situation, dass dein Mann Präsident der Vereinigten Staaten ist?"

„Ja, genau."

„Wir passen auf dich auf. Ich schicke dir nachher eine SMS mit meinen Ergebnissen."

Froh darüber, dass er auf ihrer Seite war, beendete sie das Gespräch und rief ihren Partner Detective Freddie Cruz an.

„Du hast gut ausgesehen im Fernsehen", sagte er anstelle einer Begrüßung.

„Ich sehe immer gut aus."

Sie konnte praktisch durch das Telefon hören, wie er die Augen verdrehte. „Wie du meinst, Rockstar. Was gibt's?"

„Wir müssen raus nach Spring Valley."

„Was gibt es denn da?"

„Den Kerl, der die Fotos von Nick auf der Geburtstagsparty der Zwillinge gepostet hat."

„O verflucht, ein Rachefeldzug. Da stehe ich voll drauf, selbst wenn wir dafür an den nordwestlichsten Rand der Stadt müssen."

Sam nannte ihm die Adresse. „Treffen wir uns vor Ort?"

„Bin schon unterwegs."

KAPITEL 2

Während Sam vor der Villa – es gab kein anderes Wort, das das riesige moderne Haus angemessen beschrieb – der Thorns im Auto saß und auf Freddie wartete, dachte sie über die Unterschiede zwischen reichen Leuten und allen anderen nach. Reiche Leute brauchten riesengroße Häuser mit Türklingeln, die wie Luftschutzsirenen klangen. Ab wann ging es einem Menschen so gut, dass er eine Türklingel benötigte, die alle in Hörweite jedes Mal zu Tode erschreckte, wenn jemand sie benutzte? Wobei diese Türklingeln wahrscheinlich nur zum Einsatz kamen, wenn die Polizei vorbeischaute.

Bei diesem Gedanken musste Sam lächeln. Nach den Maßstäben vieler Menschen gehörte sie jetzt wahrscheinlich ebenfalls zu den Reichen. Nick hatte gesagt, sein Jahresgehalt als Präsident betrüge vierhunderttausend Dollar, was für sie als Staatsbedienstete eine Riesensumme war. Nach seiner Präsidentschaft würde er Millionen an Honoraren kassieren, für Reden, Bücher und ganz allgemein dafür, er selbst und großartig zu sein. Aber eins wusste Sam mit Sicherheit: Egal, wie viel Geld ihr Sugardaddy nach Hause brachte, sie würde nie in einer Villa mit einer Sirenentürklingel leben.

Sie grinste immer noch über das ganze Gesicht, als Freddie an ihr Fenster klopfte.

Sam stieg aus.

„Was ist denn so witzig?"

„Wenn ich dir das erzähle, lässt du mich einliefern."

„Daran arbeite ich bereits, also wähle deine Worte mit Bedacht."

„Gut zu wissen."

„Was hat es mit der undichten Stelle auf sich?"

„Der Typ heißt Bryson Thorn. Sein Sohn Sebastian geht mit den Zwillingen in den Kindergarten."

„Bryson und Sebastian Thorn. Klingt wie aus einem Liebesroman."

Sam lachte. „Ja, irgendwie schon. Wollen wir wetten, was die hier für eine Türklingel haben?"

„Ich bin sicher, es wird eine sein, bei der du gleich Schaum vorm Mund hast."

„Finden wir's heraus."

„Ich bin dabei, und übrigens, deine Uniform macht mir Angst."

„Mir macht sie auch Angst, besonders weil sie nicht mehr so gut passt wie bei der Beerdigung meines Vaters. Ich habe in letzter Zeit eindeutig zu viel frustgefressen."

„Das darfst du ruhig."

„Nicht wenn mir dann meine Uniform nicht mehr passt!"

„Du wirst die Pfunde schon wieder los."

Sam durchschritt vor ihm das schmiedeeiserne Tor. „Mein armer, verblendeter Freddie. So läuft das bei Frauen nicht. Wenn das Fett einmal da ist, dann geht es nie, nie, nie wieder weg. Niemals."

„Das stimmt nicht."

„Doch! Da kannst du jede beliebige Frau fragen. Nicht einmal eine Atombombe könnte das Fett wegschmelzen, wenn es sich erst einmal an Hintern, Hüften, Armen, Oberschenkeln oder Bauch eingenistet hat. Fett liebt den Bauch."

Er verzog das Gesicht. „Wenn du meinst."

Sam legte die Hand auf den großen Klingelknopf. Je größer der Knopf, desto lauter der Krawall. „Bereit?"

„Leg los."

Sam drückte und lehnte sich zurück, um etwas zu lauschen, was man nur als Symphonie von Klängen bezeichnen konnte. „Nicht deren Ernst …"

„Vielleicht solltest du noch einmal klingeln, damit ich diese Tonfolge ein zweites Mal richtig genießen kann."

Sam tat es.

„Wow, das muss das Durchgeknallteste sein, was wir je gehört haben."

„Das ist die Goldmedaille in der Kategorie ‚Verrückte Türklingeln'. Für mich wäre das echt nichts." Sie spähte durch das geschliffene Glas an der Seite der Tür und sah einen Mann kommen, der Kopfhörer trug und finster dreinblickte. Sam erinnerte sich von der Party an ihn. Er war durch ihr Haus gelaufen und hatte sich alles angeschaut wie ein Immobilienmakler bei einer Hausbesichtigung. Als er die Tür öffnete und die Polizisten auf seiner Schwelle entdeckte, schrak er zurück.

„Mr Thorn?"

„Ja."

„Ich bin Lieutenant Holland, und das ist mein Partner Detective Cruz. Wir haben einander kennengelernt, als Sie mit Ihrem Sohn bei der Geburtstagsparty meiner Zwillinge waren." Er war groß, hatte dunkles Haar und trug ein zerknittertes Oxford-Hemd. Insgesamt erinnerte er sie ein wenig an den Schauspieler Vince Vaughn.

„Ja, stimmt."

„Haben Sie einen Moment Zeit?"

„Ich bin, äh, gerade ziemlich beschäftigt", antwortete er und wirkte plötzlich nervös.

„Es dauert nicht lange."

„Äh, klar." Er ließ sie eintreten.

Das Foyer war locker neun Meter hoch. Sam fragte sich, ob die ganze Wärme nach oben stieg, aber sie war nicht hergefahren, um diese Frage zu stellen. „Wie geht es Sebastian heute?"

Verblüfft über die Frage erwiderte er: „Gut. Er ist im Kindergarten."

„Alden und Aubrey haben sich sehr gefreut, dass er auf ihrer Geburtstagsparty war."

„Oh, ja, das ist schön. Er hatte auch viel Spaß. Es ist nett von Ihnen, dass Sie die beiden bei sich aufgenommen haben. Was mit ihren Eltern passiert ist, war furchtbar."

„Ja, und deshalb wollten wir, dass sie eine tolle Party haben. Sie haben so viel Schlimmes durchgemacht." Sam gab ein bedauerndes Geräusch von sich und schüttelte den Kopf. „Die armen Kleinen."

„Es sind wirklich zwei süße Kinder. Die Eltern waren sehr nette Leute."

„Ja, das stimmt, und deshalb frage ich mich, warum jemand nach ihrem schrecklichen Verlust ausgerechnet den Menschen, die sich um sie kümmern, an den Karren fahren will."

Er zog verständnislos die Brauen zusammen. „Ich bin nicht sicher, was Sie meinen."

„Nicht?" Sam starrte ihn unverwandt an. Selbst als sie noch ein Kind gewesen war, war niemand in der Lage gewesen, sie niederzustarren. Diese Fähigkeit hatte sich bei der Arbeit schon oft als nützlich erwiesen, und auch jetzt gewann sie.

Thorn blinzelte zuerst. „Ich, äh, muss wieder an die Arbeit."

„Ich weiß, dass Sie die Fotos von meinem Mann auf der Party im Internet gepostet haben."

„Wie bitte? Das stimmt nicht!"

„O doch. Ich habe mehrere Zeugen, die bereit sind auszusagen, dass Sie es waren, ganz zu schweigen davon, dass meine IT-Leute die betreffende IP-Adresse in diesem Moment zurückverfolgen."

Erbost stieß er hervor: „Ich habe keine Ahnung, wovon Sie reden."

„Aber sicher. Ich dachte, ich komme persönlich vorbei, um Ihnen mitzuteilen, dass mein Mann und ich beabsichtigen, die rechtlichen Mittel der Geheimhaltungsvereinbarung, die Sie unterschrieben haben, als der Secret Service Sie vor der Party überprüft hat, vollständig auszuschöpfen. Sie hören dann von unseren Anwälten. Ich hoffe, die Börse ist gut zu Ihnen, denn wir haben vor, Sie zu verklagen, bis die Schwarte kracht."

„Sie können sich nicht einfach Zutritt zu meinem Haus verschaffen und mich beschuldigen."

„Detective Cruz, kann ich das?"

„Jawohl, Ma'am. Tatsächlich macht das einen signifikanten Teil unserer Arbeit aus. Wir suchen fast täglich Menschen in ihren Häusern auf und beschuldigen sie."

Sam liebte ihn und die Art, wie er bei ihren kleinen Manövern mitspielte, sehr.

„Also, Mr Thorn. Indem Sie diese Fotos hochgeladen haben, haben Sie gegen die Vereinbarung verstoßen, die Sie unterschrieben haben, bevor Sie mein Haus betreten haben. Mein Mann und ich werden in Kürze Klage gegen Sie einreichen, und wir haben vor, das an die große Glocke zu hängen." Sie blickte sich in seinem Wohnzimmer um. Es war einer dieser *Schöner-Wohnen*-Räume, die eigentlich niemand benutzte – es sei denn, die Polizei kam zu Besuch. „Cruz, was denkst du, wie meine Couch in diesem Wohnzimmer aussehen würde? Nick und ich werden eine größere Wohnung brauchen, wenn wir das Weiße Haus verlassen. Das hier wäre nicht verkehrt, meinst du nicht auch?"

„Die Couch würde da gut hinpassen."

„Sie haben sich klar ausgedrückt“, knurrte Thorn leise.

„Ach ja?“ Sam beugte sich noch etwas näher zu ihm. „Es war ein dummer Schachzug von Ihnen, Menschen schaden zu wollen, die zwei Kindern, deren Eltern auf grausame Art und Weise ermordet wurden, Liebe und Schutz bieten. Diese Morde gehören zu dem Schlimmsten, was mir in meiner beruflichen Laufbahn begegnet ist, und wir haben schon wirklich viel erlebt. Haben Sie sich toll gefühlt, als Sie das durchgezogen und meinem Mann Schwierigkeiten bereitet haben?“

Sein trotziger Blick sprach Bände. „Ich habe dazu nichts mehr zu sagen.“

„Auch recht. Wir sehen uns vor Gericht. Brechen wir auf, Detective Cruz. Ich messe die Räume bei meinem nächsten Besuch aus.“

Sie gingen und ließen die Tür offen. Thorn knallte sie hinter ihnen zu, was Sam ein Lachen entlockte.

„Verdammt, das hat Spaß gemacht“, erklärte Freddie mit einem breiten Grinsen.

„Ich wünschte, ich hätte das gefilmt. Du warst mit Feuer und Flamme dabei.“

„Du aber auch.“

„Wer meiner Familie schadet, kriegt es mit mir zu tun.“

„Willst du ihn wirklich verklagen?“

„Worauf du dich verlassen kannst. Wir müssen klarstellen, dass wir uns so einen Mist nicht gefallen lassen. Er hat die Geheimhaltungsvereinbarung unterschrieben, und jetzt bekommt er unseren Zorn zu spüren.“

„Lässt du Archie die IP-Adresse verfolgen? Ach, und ich bin übrigens schockiert, dass du weißt, was das ist.“

„Ich weiß so einiges“, entgegnete sie entrüstet. „Und ja, er erledigt das in seiner Freizeit für mich, als persönlichen Gefallen.“

„Super. Ich bin froh, dass du Thorn zeigst, wo der Hammer hängt. Das mit der Couch, die in sein Wohnzimmer passt, war eine nette Idee.“

„Freut mich, auch wenn du weißt, dass ich nie so leben wollen würde. Nick und ich würden uns bei dem Versuch, einander zu finden, verirren.“

„Wenn ihr euch im Weißen Haus finden könnt, dann schafft ihr es auch dort.“

„Wohl wahr. In letzter Zeit ist unsere größte Herausforderung,

Skippy auf den Fersen zu bleiben. Der Hund rennt ständig aus dem Haus."

„Sie ist wirklich süß. Das ganze Land folgt ihr auf Instagram. Sie hat schon rund zwanzig Millionen Follower."

„Das ist alles Scottys Werk. Weißt du, dass sie jede Woche mehr als fünfhundert Briefe ins Weiße Haus kriegt? Dabei haben wir sie gerade erst zu uns geholt!"

„Wahnsinn."

„Wir arbeiten an einer Standardantwort von Skippy, die wir den Leuten schicken können, die ihr schreiben. Scotty findet das großartig und ist völlig vernarrt in sie, aber wir ermahnen ihn, sie besser im Auge zu behalten. Letzte Woche hat man sie dabei erwischt, wie sie im Arbeitsraum der Floristen im Keller Margeriten gefressen hat."

Freddie musste heftig lachen. „Wenn sie so weitermacht, landet sie noch auf den Titelseiten aller Zeitungen."

„Typisch, dass wir uns ausgerechnet den wildesten Welpen im ganzen Tierheim ausgesucht haben." Als sie ihr Auto erreichten, sagte sie: „Danke, dass du hier rausgekommen bist, um mir den Rücken zu stärken, auch wenn es was Persönliches war. Ich habe auf die harte Tour gelernt, ein Haus nicht allein zu betreten." Ihr schauderte, als sie an den Tag dachte, an dem der ehemalige Lieutenant Stahl sie im Hause Springer festgehalten hatte.

„Denk nicht daran", riet Freddie, der wie immer ihre Gedanken lesen konnte. „Er ist im Knast, wo er hingehört."

„Gott sei Dank. Fahren wir zum Hauptquartier zurück, und sehen wir uns Stahls Akten an, um herauszufinden, welche anderen Fälle er nicht ordnungsgemäß bearbeitet hat."

„Ich habe ein bisschen Angst davor, was wir in diesen Akten finden."

„Nicht nur du." Während Sam den Wagen durch den dichten Verkehr zurück zum Polizeihauptquartier steuerte, griff sie zu ihrem sicheren BlackBerry. Nick nahm nach dem zweiten Klingeln ab. „Ich kann nicht glauben, dass du tatsächlich meine Anrufe annimmst, während das Schicksal der freien Welt in deinen Händen liegt."

„Das Schicksal der freien Welt ist nichts im Vergleich zu meiner reizenden Frau", erwiderte er amüsiert. „Was gibt's?"

„Ich habe herausgefunden, wer die Fotos von der Geburtstagsparty im Internet gepostet hat, und dem Kerl gerade einen kleinen Besuch abgestattet."

„Hoffentlich nicht allein." Er war ständig um ihre Sicherheit besorgt, und das aus gutem Grund angesichts der verrückten Sachen, die ihr bei der Arbeit regelmäßig passierten.

„Natürlich nicht. Ich hatte Freddie dabei. Der Kerl wohnt in einer dieser typischen Reiche-Leute-Villen in Spring Valley mit neun Metern Deckenhöhe und einer Türklingel, die klingt wie ein ganzes Symphonieorchester. Ich habe ihn darauf hingewiesen, dass wir alle rechtlichen Mittel der Geheimhaltungsvereinbarung ausschöpfen und Klage gegen ihn einreichen werden."

„Was hatte er zu seiner Verteidigung zu sagen?"

„Er streitet alles ab, doch er lügt. Als ich ihm erklärt habe, ich wüsste, dass er es war, hat er einen Schweißausbruch bekommen."

„So kenne ich dich, Liebste. Jeden Tag bringst du Männer ins Schwitzen."

„Das ist eine meiner Superkräfte. Jedenfalls wollte ich dir sagen, dass ich Andy anrufen und ihn bitten werde, so schnell wie möglich Klage gegen ihn einzureichen."

„Mach das."

„Das wird bestimmt in den Nachrichten landen." Sie hasste es, solche Dinge bedenken zu müssen, aber sie wollte Nick nicht noch mehr Kummer bereiten, als er als Präsident ohnehin schon zu verkraften hatte. Seine Gegner waren unerbittlich und nannten ihn den „Präsidenten wider Willen", weil er angekündigt hatte, sich bei der nächsten Wahl des demokratischen Kandidaten nicht nominieren zu lassen, und das, wenige Tage bevor der vorzeitige Tod von Präsident Nelson ihn ins höchste Staatsamt katapultiert hatte.

„Ich hoffe es, damit andere Menschen, denen wir in den nächsten drei Jahren begegnen werden, wissen, dass wir unsere Privatsphäre und die unserer Familie sehr ernst nehmen."

„Es ist total sexy, wenn du in den Beschützermodus wechselst."

„Das gilt für dich auch – im Übrigen freut sich die NSA bestimmt, so etwas zu hören."

„Moment mal! Hören die mit?"

Er musste so sehr lachen, dass er nicht sofort antworten konnte.

„Nick! Das ist nicht witzig!"

„Doch", keuchte er. „Uns hört niemand zu."

„Das wirst du nachher büßen."

„Ich freue mich darauf. Übrigens, dein Auftritt in der *Today-*

Show war großartig. Wir werden mit Anrufen, E-Mails und Kommentaren in den sozialen Medien dazu bombardiert. Die Menschen finden eure Idee der Selbsthilfegruppe für Opfer von Gewaltverbrechen fantastisch."

„Gut. Das macht die Leute zwar nicht wieder lebendig, trotzdem hilft es, zu wissen, dass wir nicht allein sind." Der Verlust ihres Vaters war auch nach zwei Monaten noch immer eine offene Wunde.

„Du, Liebste, bist nie allein."

„Das hilft. Sehen wir uns zu Hause?"

„Ich bin hier. Ich habe das Gefühl, dass ich in letzter Zeit nie wegkomme."

Sam schwor sich innerlich, das zu ändern, indem sie mit Brant sprach, Nicks leitendem Secret-Service-Beamten. Mit dessen Hilfe würde sie bald einen Abend zu zweit planen. „Daran müssen wir etwas ändern, aber jetzt muss ich erst einmal wieder an die Arbeit."

„Sei vorsichtig da draußen, Liebste. Du bist mein Ein und Alles."

„Ich bin doch immer vorsichtig. Bis später."

Sam beendete das Gespräch lächelnd, wie immer, wenn sie während der Arbeit mit ihrem Mann reden konnte.

Sie scrollte auf dem Klapphandy durch ihre Kontakte und fand die Nummer ihres Freundes und Anwalts Andy Simone.

„Kanzlei Simone."

„Hi, Sam Cappuano hier. Ich möchte gern mit Mr Simone sprechen." Es folgten geschlagene zehn Sekunden Totenstille. „Hallo?"

„Ja, natürlich, Mrs Cappuano. Ich stelle Sie sofort zu ihm durch, und wenn ich das sagen darf – ich finde Sie und Ihren Mann einfach großartig."

Im Hintergrund hörte Sam Andys Stimme. „Stellen Sie sie schon durch, Janice."

„Sorry", entschuldigte sich Janice.

Sam musste ein Lachen unterdrücken. „Danke für Ihren Zuspruch, Janice."

„Ich habe Mr Simone für Sie in der Leitung."

„Tut mir leid, Sam", meldete sich Andy, nachdem die Sekretärin die Verbindung hergestellt hatte. „Der Virus ‚Faszination für die First Lady' hat sie übel erwischt."

„Der grassiert in letzter Zeit. Ob du's glaubst oder nicht, mir passiert genau das mehrmals am Tag."

„Ich glaube dir aufs Wort“, beteuerte Andy. „Wie läuft's in der Pennsylvania Avenue 1600?“

„Alles in allem ganz gut. Die Butler machen uns das Leben leicht, und die Kinder lieben die Extras, wie beispielsweise das Schwimmbad und das Kino.“

„Ich bin froh, dass ihr euch eingewöhnt habt. Falls du wegen des Sorgerechts anrufst: Ich warte immer noch auf Nachricht vom Anwalt der Großeltern. Ich habe ihm die Unterlagen geschickt, die belegen, dass Elijah der von den Eltern eingesetzte Vormund ist. Ich vermute, sie versuchen, einen Weg zu finden, das zu umgehen, aber es gibt keinen.“

„Da bin ich echt froh.“

„Es ist noch nicht vorbei, allerdings habe ich ein gutes Gefühl bei der Sache.“

„Das freut mich, doch das ist nicht der Grund für meinen Anruf. Ich wollte dir sagen, dass ich herausgefunden habe, wer die Fotos von Nick auf der Geburtstagsparty der Zwillinge gepostet hat, und wir sind daran interessiert, ihn wegen des Verstoßes gegen die Geheimhaltungsvereinbarung zu verklagen. Wir haben das Gefühl, den Leuten an der Peripherie unseres Lebens eine Botschaft senden zu müssen, dass wir in dieser verrückten neuen Situation, in der wir uns befinden, unsere Privatsphäre strikt schützen werden.“

„Ich habe bereits etwas aufgesetzt, weil ich mir dachte, dass du dich bald mit so was bei mir meldest. Wird noch heute erledigt. An welche Schadenersatzsumme denkst du?“

„Der Typ ist stinkreich, und er soll es merken.“

„Dann … eine Million Dollar?“

„Klingt gut.“

„Er wird außerdem ziemlich heftige Anwaltskosten haben.“

„Prima. Es soll ihm richtig wehtun.“

„Oh, das wird es. Ganz zu schweigen von dem Shitstorm, den es auslösen wird. Was für Beweise hast du?“

„Anscheinend ist unter den Eltern allgemein bekannt, dass er es war, und ich habe einen Freund in der IT-Abteilung, der daran arbeitet, die Sache mit seiner IP-Adresse in Verbindung zu bringen.“

„Wenn wir diese Verbindung haben, brauchen wir die Eltern nicht.“

„Das wäre gut, denn ich glaube nicht, dass sie etwas damit zu tun haben wollen.“

Sam nannte ihm Namen und Adresse von Bryson Thorn. „Sein Sohn Sebastian geht mit den Zwillingen in den Kindergarten."

„Glaubst du, dass eine mögliche Klage innerhalb des Kindergartens Ärger nach sich ziehen könnte?"

„Denkst du, das ist im Kindergarten zu befürchten?"

„Ich glaube, das ist in jedem Alter möglich."

„Nick und ich halten ein klares Signal für erforderlich, damit wir uns nicht während seiner gesamten Amtszeit mit solchem Mist rumschlagen müssen. Wir können den Kindern erklären, was los ist, damit sie vorbereitet sind, falls Sebastian etwas Blödes sagt."

„Das ist vermutlich sinnvoll. Schick mir eine Kopie der von Thorn unterzeichneten Geheimhaltungsvereinbarung und die IT-Beweise, sobald du sie hast."

„Alles klar. Danke, dass du dich für uns um diesen ganzen Mist kümmerst."

„Soll das ein Witz sein? Es ist großartig fürs Geschäft, dass ihr meine Mandanten seid, von meinem Ego ganz zu schweigen."

Sam lachte. „Schön, dass wir beidem guttun."

„Elsa ist so aufgeregt wegen der Weihnachtsfeier, dass ich manchmal fürchte, sie wird spontan Feuer fangen."

„Wir freuen uns auch schon darauf."

„Ich hätte gern das Lincoln-Schlafzimmer."

„Nick hat vorgeschlagen, dass wir irgendwie darum spielen."

„Das würde Spaß machen – und witzig wäre es obendrein."

„Wir sind der Meinung, dass wir den Laden genießen müssen, so gut es geht, wenn wir schon dort leben müssen."

„Ganz meine Meinung. Ich melde mich zu allen Themen wieder."

„Danke."

Sam fühlte sich besser, nachdem sie etwas gegen diese ungeheuerliche Verletzung ihrer Privatsphäre unternommen hatten. Die Medien, die Nick gegenüber kritisch eingestellt waren, berichteten immer noch darüber, dass er offensichtlich die Zeit gehabt hatte, eine Party zu besuchen, während der Außenminister im Iran festgehalten wurde. In Wirklichkeit hatte er eine Pause zwischen zwei Krisensitzungen genutzt, um kurz zur Geburtstagsfeier nach Hause zu fahren und die Kinder zu sehen, aber das wollte niemand hören. Offenbar erwartete man von ihm, dass er als Präsident vierundzwanzig Stunden am Tag arbeitete, wenn er seinem Amt gerecht werden wollte.

Schon ehe er dann tatsächlich Präsident geworden war, war es mehrfach beinahe dazu gekommen, denn die Nelson-Regierung war zweimal in Skandale verwickelt gewesen, die so schwerwiegend gewesen waren, dass man Nick aufgefordert hatte, sich bereitzuhalten, falls der Präsident zurücktreten müsse. Die lückenlose Beobachtung, unter der er seit dem Amtsantritt stand, war der Teil, den Sam am meisten gefürchtet hatte, und die Medien und Nicks Kritiker hatten tatsächlich fast augenblicklich damit begonnen, alles, was er sagte und tat, zu zerpflücken.

Die Entlassung des Außenministers hatte erneut Aufruhr ausgelöst, vor allem als der Mann im Fernsehen seiner Empörung über den „jungen, unerfahrenen" Präsidenten Luft machte, der ihn vor die Tür gesetzt hatte, nachdem er mehr Informationen darüber erhalten hatte, was im Iran wirklich passiert war. Nick musste sich mit Menschen umgeben, denen er vertrauen konnte, und nach dem Vorfall im Iran war das bei Ruskin eindeutig nicht mehr der Fall.

In den zurückliegenden Wochen hatte Sam sich Mühe gegeben, sich von dem Drama um die Präsidentschaft und das Weiße Haus abzuschotten, doch sie wollte Nick zur Seite stehen, also musste sie sich irgendwie einklinken. Sie wandelte auf einem schmalen Grat zwischen dem Bedürfnis, Bescheid zu wissen, und dem Wunsch, nicht zu erfahren, wer ihn aktuell gerade besonders auf dem Kieker hatte.

Ihre Ängste hatten sich in letzter Zeit zum Problem ausgewachsen, aber sie tat ihr Bestes, um das vor ihm zu verbergen, denn er hatte genug mit seinen eigenen zu kämpfen. Er brauchte nicht auch noch ihre, vor allem, solange er derart unter Schlaflosigkeit litt.

Während sie an einer roten Ampel anhielt, rief sie Nick an, um ihn dazu auf den neuesten Stand zu bringen, was Andy über die Klage – und den Sorgerechtsstreit – zu sagen gehabt hatte, und bereitete gerade geistig ihr Sprüchlein für seine Mailbox vor, als er sie überraschte, indem er wieder abnahm.

„Was gibt's, Liebste?"

Sam informierte ihn über Andys Einschätzung zum Sorgerecht und erzählte ihm, was sie zum Thema Klage entschieden hatten. „Die Präsidentenfamilie verklagt jemanden auf eine Million Dollar – das kommt in allen Nachrichten."

„Ja, ist nicht genau das der Sinn der Sache?"

„Bevor wir noch mehr tun, solltest du mit deinen Leuten abklären, ob wir damit nicht mehr Probleme verursachen als lösen."

„Das werde ich, doch ich bin entschlossen, diesem Kerl und

jedem anderen, der mit dem Gedanken spielt, uns in unserem eigenen Haus in den Rücken zu fallen, eine Botschaft zu senden."

„Du weißt, dass ich dir zustimme, aber ich muss auch nicht mit der Aufmerksamkeit der Medien klarkommen, wenn sich das herumspricht. Darauf musst du vorbereitet sein."

„In ein paar Minuten habe ich ein Gespräch mit Terry, Christina und Trevor", sagte er. Die drei Genannten waren seine wichtigsten Mitarbeiter. „Ich rede mit ihnen darüber."

„Klingt gut. Ich hoffe, dass die Großeltern nicht doch noch einen Weg finden, Cleos und Jamesons Vormundschaftsregelung für Elijah zu umgehen."

„Den gibt es nicht. Die Eltern haben sich geäußert und der von ihnen eingesetzte Vormund auch."

Sam wünschte, sie könnte seine Überzeugung teilen. „Ich schätze, wir werden es abwarten müssen."

„Versuch, dir keine Sorgen zu machen. Wir sind im Vorteil, und das wissen die."

„Was? Ich und mir Sorgen machen?" Sie fuhr auf den Parkplatz des Hauptquartiers, der in letzter Zeit immer voller Übertragungswagen war. „Hier ist mal wieder alles voller Ü-Wagen. Glauben die, ich mutiere plötzlich zur Plaudertasche und fange an, ihnen intime Details über dich und deine Regierung zu erzählen?"

„Die Hoffnung stirbt zuletzt."

Ihre Kollegen hassten die Belagerung sicher, dachte Sam – auch wenn die meisten von ihnen das niemals zugegeben hätten. „Ich muss jetzt mal was arbeiten. Ich liebe dich."

„Ich dich auch."

KAPITEL 3

Nick beendete das Telefonat mit Sam und dachte kurz an die Anspannung, die er bei ihr spürte, während sie sich mit den massiven Veränderungen in ihrem Leben arrangierten, seit er plötzlich Präsident war. Er sah sich im Oval Office um, immer noch erstaunt, dass er im berühmtesten Büro der Welt arbeiten durfte, dass seine Familie oben in der Residenz wohnte und man ihn „Mr President" nannte.

Terry klopfte an und streckte den Kopf zur Tür herein.

„Hast du einen Moment Zeit?"

„Natürlich", erwiderte Nick. „Kommt rein." Er nahm sein Briefingbuch mit zu der Sitzgruppe in der Mitte des Raums und ließ sich auf seinem üblichen Platz nieder. Wann hatte er entschieden, was sein „üblicher Platz" im Oval Office sein würde? Der Gedanke amüsierte ihn, wie so vieles an dieser neuen, surrealen Existenz.

Terry, Trevor und Christina nahmen auf den Sofas Platz, während ein Butler die Nachmittags-Erfrischungen brachte, die zu den größten Vorteilen seines neuen Jobs gehörten.

„Bedient euch, Freunde", sagte Nick und deutete auf das Tablett mit Keksen, Kaffee und Tee.

„Gern", antwortete Terry, nahm einen Keks und schenkte sich einen Kaffee ein.

Nick versuchte, sich pro Tag auf einen der leckeren Cookies zu beschränken, und den hatte er sich heute bereits bei der morgendlichen Besprechung mit seinem Kabinett gegönnt. „Was steht auf der Tagesordnung?"

„Brandon Halliwell hat angerufen", berichtete Terry. Halliwell war der Vorsitzende des Democratic National Committee. „Er möchte darüber sprechen, wen du zum Vizepräsidenten ernennst, bevor du etwas bekannt gibst. Er ist der Auffassung, Senatorin Sanford wäre als neue Außenministerin besser geeignet."

„Sie ist aber meine erste Wahl für das Amt der Vizepräsidentin."

„Das ist ihm klar, doch er bittet dich, das noch einmal zu überdenken. Er und andere sind der Meinung, dass sie besser für das Amt der Außenministerin eher infrage kommt und daran auch mehr Interesse hätte. Sie wünschen sich Henderson als VP."

Nick unterdrückte mit Mühe ein Stöhnen. „Soll das ein Witz sein? Nach dem langwierigen Prozess der Vorauswahl knallt er mir das einfach so vor den Latz?"

„Ja, und ich muss gestehen, ich neige wie er zu der Auffassung, dass Sanford als Außenministerin besser geeignet wäre", erklärte Terry.

„Auf wessen Seite stehst du eigentlich?"

„Auf deiner. Immer. Aber Sanford hat im Ausschuss für auswärtige Beziehungen viel diplomatische Erfahrung gesammelt, und du brauchst in der Tat einen neuen Außenminister."

Da er den bisherigen gefeuert hatte, stimmte das. Er bedauerte diese Entscheidung keineswegs, auch wenn Ruskin ihn in der gesamten Stadt schlechtmachte. „Ich schätze, dann müssen wir Gretchen Henderson wieder ins Boot holen", seufzte Nick mit einem Anflug von Unbehagen. Sam hatte in Bezug auf Henderson eins ihrer „Gefühle" gehabt, und er hatte gelernt, diese Dinge ernst zu nehmen, doch angesichts des Drängens des DNC auf Henderson hatte er starken Gegenwind. „Wen gibt es außer ihr?"

„Du willst unbedingt eine Frau, richtig?", fragte Christina.

„Definitiv."

„Dann denke ich, sie ist die Beste, die du kriegen wirst. Wir haben jede hochkarätige Frau, die im nationalen Rampenlicht steht, gecheckt, und sie ist als Einzige übrig geblieben."

„Wie kann das sein?", fragte Nick.

Christina zählte eine lange Liste weiblicher Spitzenkräfte auf, die das Amt bei ihrem Vorfühlen alle abgelehnt hatten, und zwar aus einer Vielzahl von Gründen, von familiären Belangen bis hin zu wichtigen Ausschussaufgaben oder Gouverneurinnenposten, die politisch auf andere Weise nützlich sein würden.

„Kurz gesagt", fasste Christina zusammen, „das DNC will unbedingt Henderson. Denen gefällt die Idee eines jungen, dynamischen Zweierteams als zukünftiges Gesicht der Partei. Henderson hat sich mit ihren Bemühungen um Nichtwähler im ganzen Land viele Freunde erworben. Sie hat die Unterstützung der Basis."

Nick überlegte, ob er erwähnen sollte, dass Sam bei Gretchen ein mulmiges Gefühl gehabt hatte, aber sie war der Frau nur flüchtig begegnet, als sie gerade gegangen war und Gretchen sein Büro betreten hatte. Auch wenn er gelernt hatte, dem Bauchgefühl seiner Frau zu vertrauen, wäre es töricht, eine Entscheidung dieses Ausmaßes auf der Grundlage einer so kurzen Begegnung zu treffen. „Lad sie zu einem weiteren Treffen ein. Ich möchte noch einmal mit ihr sprechen, ehe ich mich endgültig entscheide."

„In Ordnung", sagte Christina.

„Apropos Ruskin", warf Trevor ein, „die Medien bombardieren uns mit Anfragen zum genauen Grund für seine Entlassung und wollen wissen, ob sie mit den Geschehnissen im Iran zusammenhängt. Mehrere Sender und Nachrichtenagenturen drohen mit Klagen wegen Behinderung der Pressefreiheit, wenn wir sie nicht aufklären."

„Nun, ich habe den Menschen Transparenz versprochen, sobald wir die Ereignisse in Teheran überprüft haben. Was schlagt ihr also vor?"

„Dass du deine Seite der Geschichte erzählst", meldete sich Terry zu Wort. „Du gibst bekannt, dass er nicht offen über die Ereignisse im Iran gesprochen hat und du deshalb nicht länger glaubst, dass er die Vereinigten Staaten auf der Weltbühne angemessen vertreten kann. Du könntest darauf verweisen, dass du den Menschen in deiner Regierung vertrauen können musst und, obwohl viele der Kabinettsmitglieder Überbleibsel aus der Nelson-Regierung sind, größten Wert auf Offenheit in der Zusammenarbeit und auf Loyalität legst. Dann könntest du hinzufügen, dass der ehemalige Minister Ruskin genau weiß, warum du seinen Rücktritt erzwungen hast."

Trevor hatte hektisch jedes Wort von Terry mitgeschrieben.

„Hast du das?", fragte ihn Nick.

Trevor nickte.

„Geben wir das als Verlautbarung heraus. Genau Terrys Wortlaut." Er sah Christina an. „Einverstanden?"

„Meine einzige Sorge ist, dass du Ruskin mit einer solchen Erklärung nur noch mehr verärgerst und damit Öl ins Feuer gießt."

„Es ist mir ehrlich gesagt egal, was er über mich rumerzählt", antwortete Nick. „Wir kennen beide die Wahrheit. Ich fühle mich wohl mit diesem Statement. Veröffentliche es beim täglichen Pressebriefing, Christina."

Nick schaute auf die silberne TAG-Heuer-Armbanduhr, die ihm Sam geschenkt hatte. Noch zwanzig Minuten bis zu einem Treffen mit den Generalstabschefs und dem Verteidigungsminister, bei dem es um einige Probleme im Südchinesischen Meer gehen würde, die in den letzten Tagen in den morgendlichen Briefing-Unterlagen Erwähnung gefunden hatten.

Die Sitzungen nahmen kein Ende und reichten von „tödlich langweilig" bis hin zu „wirklich erschreckend", mit nicht viel dazwischen. Ganz zu schweigen von den Entscheidungen, die er täglich treffen musste – von der Entsendung von Truppen zu einem Krisenherd im Nahen Osten über vorgeschlagene Kürzungen bei Programmen, von denen die bedürftigsten Bürger des Landes profitierten, bis hin zu Gesprächen mit führenden Politikern anderer Staaten über Themen wie Klimawandel, Einwanderung und Cyberangriffe.

An Problemen, Bedürfnissen und Ideen mangelte es nicht, aber am Ende jeder Sitzung sahen alle im Raum ihn an, denn seine Meinung war die einzige, die zählte.

Wenn er zu viel über die Verantwortung nachdachte, die auf seinen Schultern lastete, würde er die Nerven verlieren. Da das jedoch nicht infrage kam, versuchte er, die Dinge der Reihe nach – und von Sitzung zu Sitzung – anzugehen, noch immer unsicher, wem aus Nelsons Kabinett er vertrauen konnte und wem nicht.

Ein Klopfen an der Tür des Oval Office unterbrach seine Überlegungen und das Gespräch, das seine wichtigsten Berater ohne ihn weitergeführt hatten. „Herein", rief Nick.

„Sorry wegen der Unterbrechung, Mr President", sagte Derek Kavanaugh, Nicks langjähriger persönlicher Freund und stellvertretender Stabschef.

„Komm rein, Derek", forderte ihn Nick auf.

„Ich muss dich leider über einen Vorfall in Des Moines informieren. Bei einer Weihnachtsfeier in einer Grundschule dort sind Schüsse gefallen. Es gibt Berichte über mehrere Todesopfer, darunter auch Kinder."

„O Gott", rief Nick, entsetzt von dem Gedanken daran, dass

Familien unmittelbar vor Weihnachten einen derartigen Verlust zu beklagen hatten.

„FBI und ATF haben ihre Leute zum Tatort entsandt, und wir erwarten weitere Informationen in etwa dreißig Minuten", fügte Derek hinzu.

„Danke."

„Tut mir leid, dass ich der Überbringer so schrecklicher Nachrichten bin."

„Ja, das ist schrecklich, noch dazu so kurz vor Weihnachten." Nick war übel. Die Waffengewalt im Land war ein enormes Problem, für das es keine einfachen Lösungen gab. Der Tod unschuldiger Kinder würde das Thema erneut ins Zentrum des öffentlichen Interesses rücken.

Terry, Christina und Trevor wirkten genauso schockiert und traurig, wie Nick sich fühlte, als sie ihm ins Arbeitszimmer neben dem Oval Office folgten, um die Fernsehberichterstattung über die sich entfaltende Tragödie zu verfolgen.

„Du musst im Laufe der nächsten Stunden eine Presseerklärung dazu abgeben", verkündete Trevor. „Ich setze mich sofort dran."

„Was sagt man nur in einer so furchtbaren Situation?", fragte Nick.

„Was einem das Herz diktiert", antwortete Terry.

Nick war bei diesem jüngsten Fall sinnloser Gewalt das Herz gebrochen, und seine Stellungnahme musste dies widerspiegeln.

Sam betrat den totenstillen Besprechungsraum und stellte fest, dass ihr gesamtes Team um den Fernseher versammelt war. „Was ist denn los?", fragte sie und stellte sich zu ihnen.

„Schießerei in einer Grundschule in Des Moines", erwiderte Gonzo. „Während einer Weihnachtsfeier."

„O nein!" Sam seufzte. „Wie schlimm ist es?"

„Schrecklich", sagte Jeannie McBride. „Mindestens dreißig Tote, und sie rechnen damit, dass die Zahl der Todesopfer noch steigt."

„O Gott." Sam wurde beinahe schlecht, als sie sich das Entsetzen der Familien vorstellte, die ihre Kinder zum Weihnachtsmann brachten, wo sie dann ein Verrückter mit einer Waffe angriff.

Die Fernsehmoderatoren kündigten an, dass der Präsident jetzt eine Erklärung abgeben werde, und dann erschien auch schon der

Besprechungsraum des Weißen Hauses auf dem Bildschirm. Nick kam herein, offensichtlich erschüttert und blasser als sonst, was Sam sehr leidtat. Er trat ans Podium und sah sich einem schweigenden Pressekorps gegenüber.

„Gegen halb zwölf heute Mittag drang in Des Moines, Iowa, ein einzelner Schütze in eine Grundschule ein, in der Kinder ihre jüngeren Geschwister eingeladen hatten, den Weihnachtsmann zu treffen. Der Schütze eröffnete das Feuer auf eine Gruppe von mehr als zweihundert Eltern, Kindern und Helfern. Über dreißig Menschen sind tot, darunter auch viele der Kinder. Der Schütze starb bei dem Schusswechsel mit der Polizei." Nicks Stimme brach, während er mit seinen Gefühlen kämpfte. „Als Vater kleiner Kinder berühren mich die grauenhaften Ereignisse von Des Moines und das Entsetzen besonders, in das diese furchtbare Tat die Stadt so kurz vor Weihnachten stürzt. Ich habe die gesamten Ressourcen der Bundesregierung zur Verfügung gestellt, um die Ermittlungen zu unterstützen und den trauernden Familien und der Stadt Trost zu spenden. Meine Frau und ich sind zutiefst erschüttert über die schmerzlichen Verluste, die Des Moines heute erlitten hat, und wir sind in Gedanken bei den Menschen dort, die mit dieser schrecklichen Tragödie fertigwerden müssen."

Er verließ das Podium, ohne auf die Fragen der Journalisten einzugehen, die wissen wollten, was er gegen Waffengewalt in den USA zu tun gedenke und ob er nach Des Moines reisen werde.

„Du solltest zu ihm fahren", sagte Freddie so leise, dass die anderen es nicht hören konnten. „Na los, Sam."

Seine Worte rissen sie aus ihrem Schockzustand. „Ja. Du hast recht. Ich, äh, bin so schnell wie möglich zurück."

„Wir kommen hier eine Weile ohne dich klar", versicherte ihr Freddie.

Sam drückte seinen Arm, als sie den Besprechungsraum verließ und sich auf den Weg zur Damentoilette machte, um ihre Uniform aus- und die Zivilkleidung anzuziehen, die sie für die Zeit nach dem Fernsehinterview mitgenommen hatte. Als sie die Knöpfe öffnen wollte, merkte sie, dass ihre Hände zitterten. Sie musste an Alden und Aubrey denken und daran, wie sehr die beiden sich darauf gefreut hatten, bei einer Veranstaltung im Weißen Haus am Wochenende den Weihnachtsmann zu treffen. Der Gedanke an das Grauen, das den Kindern von Des Moines widerfahren war, trieb ihr die Tränen in die Augen.

Sie faltete ihre Uniform zusammen, verstaute sie in ihrer Tasche und lief beim Verlassen der Toilette direkt in ihren Erzfeind Sergeant Ramsey von der Special Victims Unit hinein.

„Ja wen haben wir denn da? Unser kleiner Fernsehstar. Sie sind so was von aufmerksamkeitsgeil."

Sie versuchte, Ramsey zu ignorieren und sich an ihm vorbeizudrängen, doch das ließ er nicht zu. Angesichts der Nachricht von der Schießerei in Des Moines waren Ramsey und sein Unsinn das Letzte, womit Sam sich jetzt befassen wollte.

„Besser als notgeil", entgegnete sie, als er ihr keine andere Wahl ließ, als ihm zu antworten. „Wie nimmt denn Ihre liebe Frau die Nachricht von Ihrer Affäre auf?"

Sein Gesicht verzerrte sich zu einer Fratze des Hasses. „Ich weiß, dass Sie diese Scheiße über mich ausgegraben haben."

„Ich hatte nichts damit zu tun, aber hier ein Profi-Tipp: Wenn es nichts zu finden gibt, kann man auch nichts ausgraben. Schönen Tag noch, Sergeant."

„Ihre Tage hier sind gezählt, Sie blöde Schlampe."

Sam wandte sich ihm wieder zu. „Haben Sie zufällig gerade einer vorgesetzten Beamtin gedroht, Sergeant?"

„Sie können mich mal kreuzweise."

„Nein, danke."

Ramsey stürmte davon, als Captain Malone sich vom anderen Ende des Korridors her näherte. „Was war das denn eben?"

„Nur die üblichen Nettigkeiten", sagte Sam. „Allerdings garniert mit der Warnung, dass meine Tage hier gezählt seien. Vielleicht könnten Sie so tun, als hätten Sie diesen Teil der Unterhaltung mitgehört?"

„Vielleicht. Das würde natürlich zu einer weiteren Suspendierung für den Sergeant führen. Langsam summieren sie sich."

„Wann reicht es denn, um ihn loszuwerden?"

„Nicht so bald. Er hat Rechte, wissen Sie?"

Sam verdrehte die Augen. „Zu Ihnen wollte ich übrigens gerade. Ich nehme an, Sie haben gehört, was in Des Moines los ist."

„Ja. Furchtbar."

„Ich muss zu Nick. Ja, ich weiß, ich bin im Dienst, nur ..."

„Nein, fahren Sie. Wir kümmern uns heute um alles hier."

„Danke für Ihr Verständnis. Ich werde die Zeit nacharbeiten."

„Wir schulden Ihnen mehr Zeit, als Sie in Ihrem ganzen Leben abfeiern könnten."

„Das ist auch gut so, denn ich habe noch einen anderen Teilzeitjob."

Malone lachte auf. „So nennen Sie das also? Einen Teilzeitjob?"

„Ich bin noch nicht sicher, wie ich es nennen soll. Ich überlege es mir jeden Tag neu."

„Sie tun das Richtige. Gehen Sie, und unterstützen Sie Ihren Mann und das Land während dieser schrecklichen Tragödie. Wir haben hier alles im Griff."

„Danke, das ist sehr nett. Mir ist klar, dass dies eine einzigartige Situation ist …"

Sein lautes Lachen schnitt ihr das Wort ab. „Einzigartig. Das ist *eine* mögliche Bezeichnung dafür, dass die Frau des Präsidenten der Vereinigten Staaten gleichzeitig unsere Mordkommission leitet. Die Medien bombardieren unsere Pressestelle mit Interviewanfragen dazu, wie Sie mit der Doppelrolle zurechtkommen, wie wir die Situation handhaben und so weiter."

Sam war entsetzt, das zu hören. „Sagen Sie den Leuten von der Pressestelle, ich entschuldige mich für die zusätzliche Arbeitsbelastung und sie sollen in meinem Namen alle Interviews ablehnen. Ich werde nie verstehen, warum die Medien meinen, sie sollten uneingeschränkt über jeden meiner Schritte unterrichtet werden."

„Wirklich nicht?"

„Na ja, ich verstehe es schon, auch wenn ich es hasse. Jetzt muss ich aber Nick dabei unterstützen, mit der aktuellen Situation fertigzuwerden."

„Dann nichts wie los. Wir halten hier die Stellung."

„Danke, Cap." Sam eilte in Richtung des Ausgangs durch die Rechtsmedizin und begegnete dort Dr. Lindsey McNamara, der sonst so toughen Gerichtsmedizinerin, der jetzt allerdings die Tränen übers Gesicht liefen.

„Das ist so furchtbar", schluchzte Lindsey und umarmte Sam.

„Ja."

„Fährst du zum Weißen Haus?"

„Ja. Ich vermute, Nick kann moralische Unterstützung gebrauchen."

„Terry hat mir per SMS geschrieben, dass dort alle vor Schock völlig durcheinander sind." Lindseys Verlobter war Nicks Stabschef. „Noch dazu unmittelbar vor Weihnachten. Ich fasse es nicht."

„Geht mir genauso. Es ist widerwärtig. Bis später."

„Ich bin in Gedanken bei euch."

„Danke, das können wir brauchen."

„Ihr werdet das ganz wunderbar machen. Daran habe ich nicht den geringsten Zweifel."

Sam verabschiedete sich mit einem traurigen Lächeln von ihrer Freundin, dann trat sie in den kalten Wind hinaus und wünschte sich, sie hätte so viel Vertrauen zu sich selbst, wie Lindsey in sie setzte. Die Augen der ganzen Welt würden auf Nick und damit auch auf ihr ruhen, während sie versuchten, eine Stadt in Trauer und eine Nation unter Schock zu trösten. Auf so etwas konnte einen selbst die größte Lebenserfahrung nicht vorbereiten.

Vernon und Jimmy saßen in dem schwarzen SUV, der Sam in letzter Zeit überallhin begleitete. Als Vernon sie kommen sah, ließ er das Fenster auf der Fahrerseite runter. „Ich nehme an, Sie haben von der Schießerei gehört."

„Ja, ich bin auf dem Weg ins Weiße Haus."

„Wir fahren Ihnen nach."

Als sie zugestimmt hatte, sich ständig von einem Team Personenschützer begleiten zu lassen, hatte sie zugleich darauf bestanden, weiterhin selbst zu fahren. Während sie die kurze Strecke zum Weißen Haus zurücklegte, versuchte sie, die Kraft aufzubringen, die sie benötigen würde, um die nächsten Stunden und Tage zu überstehen. Die Menschen würden von ihnen Trost und Mitgefühl brauchen, und sie würden sich trotz ihrer eigenen Fassungslosigkeit und ihres Entsetzens bemühen, ihnen beides zu geben.

So wird es jetzt immer sein, dachte Sam. In den nächsten drei Jahren würden die Menschen jedes Mal, wenn sich in den USA oder sonst wo in der Welt eine Tragödie ereignete, von Nick – und ihr – einen Hinweis erwarten, wie sie damit umgehen sollten.

Sie schluckte schwer und hoffte, dass sie als Paar und sie selbst die dafür nötige Stärke besaßen.

Nachdem sie das Weiße Haus erreicht und man sie durchs Tor gewinkt hatte, parkte sie vor dem Eingang zum Ostflügel, wo sich ihr Büro befand. Sie begab sich direkt zu ihrer Stabschefin Lilia Van Nostrand, die sich gerade mit einem Taschentuch die Tränen abtupfte, während sie die Berichterstattung aus Des Moines verfolgte.

„Hey", sagte Sam und erschreckte ihre Mitarbeiterin damit.

„Oh, du bist da." Sie erhob sich und kam um ihren Schreibtisch herum.

Sam umarmte Lilia. „Ja."

„Es ist so schrecklich."

„Da hast du recht. Ich gehe mal Nick suchen."

Ihre Stabschefin nickte. „Er wird sich sehr freuen, dich zu sehen."

„Das hoffe ich. Bis gleich."

„Ich halte hier die Stellung."

Sam ging vom Ost- in den Westflügel und stellte fest, dass die riesige Anlage des Weißen Hauses in den letzten Wochen vertrauter und weniger beängstigend geworden war.

Nicks Vizepräsidenten-Vorzimmerstab war in die Lobby des Oval Office umgezogen und winkte sie durch. Auch sie wirkten allesamt, als hätten sie geweint. Zum Teufel, wahrscheinlich weinte gerade das ganze Land.

Nick saß am Resolute Desk, umgeben von Referenten und Beratern, die alle gleichzeitig zu reden schienen, während er mit halbem Auge auf einem eilig aufgestellten Fernseher das Geschehen verfolgte. Erst als er den Blick vom Bildschirm abwandte, entdeckte er sie auf der Türschwelle, und ein schwaches Lächeln erhellte sein müdes Gesicht.

„Entschuldigen Sie mich", sagte er zu den anderen, während er aufstand und sie mit einer Umarmung begrüßte. „Danke, dass du hergekommen bist."

„Ich dachte, du könntest mich brauchen", antwortete sie und drückte sich noch fester an ihn, legte unter dem Jackett die Arme um seine Taille.

„Da hast du absolut recht."

„Wie ist der aktuelle Stand?"

„Zweiundvierzig bestätigte Todesopfer, dreißig davon Kinder unter zehn Jahren. Der Schütze, der auch unter den Toten ist, war ein verärgerter ehemaliger Angestellter einer der Familien, die die Veranstaltung besucht haben. Alle fünf Familienmitglieder sind ebenfalls tot."

„O Gott", hauchte sie und blinzelte, um die Tränen zurückzuhalten. Sie sah und hörte im Rahmen ihrer Arbeit viel Schreckliches, aber das hier hatte noch mal eine ganz andere Dimension. „Wie kann ich helfen?"

„Schon deine bloße Anwesenheit hilft. Wie lange kannst du bleiben?"

„So lange, wie du mich hier brauchst."

Er ergriff ihre Hand und führte sie zu seinem Team, das an der Bewältigung der sich ausbreitenden Krise arbeitete.

Später an diesem Nachmittag stand Sam an seiner Seite, als er sich erneut an die Nation wandte, um ihrer beider tiefe Trauer und Fassungslosigkeit über den sich in Iowa abspielenden Albtraum zum Ausdruck zu bringen.

„Die Opfer waren Kinder", sagte er mit brüchiger Stimme, „die den Weihnachtsmann besuchen wollten, voller Vorfreude auf das Fest der Liebe. Die Person, die diese feige Tat begangen hat, hat das aus Rache an einem früheren Arbeitgeber getan. Es war bekannt, dass der Täter unter erheblichen psychischen Problemen litt, sich jedoch jeder Form von Behandlung verweigerte. Ich habe einen Eid geschworen, die Verfassung der USA zu bewahren und zu schützen, und ich werde dies mit jeder Faser meines Wesens tun. Dazu zählt auch der Schutz des im zweiten Verfassungszusatz verankerten Rechts, Waffen zu tragen. Trotzdem müssen wir einen Weg finden, zu verhindern, dass Sturmgewehre in die Hände von Menschen gelangen, die sie nicht haben sollten. Ich verspreche Ihnen hier und jetzt, dass dies einer der Eckpfeiler meiner Regierung sein wird. An alle Menschen guten Willens, die diese Tragödie heute miterlebt haben, richte ich die Bitte, sich mir anzuschließen, um als Nation gemeinsam an Lösungen zu arbeiten, die dieses Land für uns alle, insbesondere aber für unsere Kinder, sicherer machen. Sam und ich sprechen den Familien, deren Leben heute in Trümmern liegen, und den Menschen in Des Moines und Iowa, die mit dieser unsäglichen Tragödie fertigwerden müssen, unser tief empfundenes Beileid aus. Wir werden in den schweren kommenden Tagen und Wochen für Sie beten."

Er beantwortete keine Fragen, weil er nicht über Maßnahmen zur Waffenkontrolle diskutieren wollte. Nicht jetzt. Dafür würde später noch Zeit sein.

„Ich will zu unseren Kindern", sagte Nick, nachdem er und Sam die Pressekonferenz verlassen hatten.

„Ja, ich auch."

KAPITEL 4

Sie gingen die Treppe zum Wohnbereich hoch, wo sie die Kinder in der Küche antrafen, unter der Aufsicht von Sams Stiefmutter Celia, die ins Weiße Haus umgezogen war, um ihnen mit den dreien zu helfen. Nachdem sie kürzlich ihren Mann Skip verloren hatte, war es für Celia eine schöne Ablenkung, an dem chaotischen Leben der neuen First Family teilzuhaben. Als sie Sam und Nick umarmte, sah auch sie aus, als hätte sie geweint.

Der vierzehnjährige Scotty streichelte bedrückt Skippys weiches Fell, während die Zwillinge bisher offenbar nichts von der Tragödie in Des Moines mitbekommen hatten, denn sie wirkten unbeschwert. Sam hoffte, dass das so bleiben würde.

Ihr Handy klingelte, und sie verließ die Küche, um den Anruf von Archie entgegenzunehmen. „Hey", meldete sie sich. „Was gibt's Neues?"

„Ich konnte die IP-Adresse mit dem Posting in Verbindung bringen, das dein Typ von einem anonymen Account aus verfasst hat. Wir haben ihn."

„Das ist großartig. Danke. Lass mich wissen, was ich dir schulde."

„Nichts. Was er getan hat, war mies. Er hat verdient, was immer ihr mit ihm vorhabt."

„Eine fette Klage, und du hast uns einen wichtigen Sargnagel geliefert."

„Ich habe die Informationen an deine persönliche E-Mail geschickt."

„Das weiß ich sehr zu schätzen, danke."

„Jederzeit wieder. Wie geht es euch? Es ist einfach schrecklich."

„Allerdings. Wir nehmen uns einfach einen Schritt nach dem anderen vor."

„Ich habe gerade Nicks Statement verfolgt. Er hat genau die richtigen Worte gefunden."

„Das ist in so einer Lage schwer."

„Er hat das gut gemacht. Die Leute haben die Nase voll von dem Mist."

„Es ist ein sehr schwieriges Thema, und eins, bei dem wir vernünftige Lösungen brauchen."

„Wenn jemand das hinkriegt, dann Nick."

„Schauen wir mal. Danke noch mal, dass du deine Superkräfte eingesetzt hast, um mir zu helfen."

Lachend antwortete er: „Gern geschehen. Bis morgen."

Sam beendete das Telefonat und rief Andy an.

„Hey", meldete er sich. „Ich habe euch gerade im Fernsehen gesehen. Das ist so furchtbar."

„Ja."

„Nick hat genau den richtigen Ton getroffen."

„Finde ich auch. Aber mal was anderes: Mein IT-Spezialist hat sich gemeldet. Er hat nachweisen können, dass unser Freund Mr Thorn die Bilder hochgeladen hat. Ich leite dir die Info weiter, wenn ich das nächste Mal an einem Computer bin."

„Großartig. Ich habe die Klageschrift bereits vorbereitet und reiche sie ein, sobald ihr mir grünes Licht gebt."

„Moment." Sam winkte Nick zu sich auf den Flur heraus. „Andy hat jetzt alles, was er braucht, um die Klage gegen Thorn einzureichen. Ich will bloß wissen, ob dir das nach wie vor recht ist."

„Klar, ich frag mich nur, ob man uns nach der Schießerei wegen des Timings ans Kreuz nageln wird."

„Wir könnten sagen, dass die Sache bereits in Arbeit war, als die Schießerei passierte, was ja auch stimmt."

Er dachte kurz darüber nach. „Gut. Andy soll loslegen."

„Hast du gehört?", fragte Sam Andy.

„Ja. Wir kümmern uns morgen darum. Ich gebe dir Bescheid, wenn er die Benachrichtigung erhalten hat."

„Danke noch mal."

„Gern geschehen. Kann ich mal kurz mit Nick sprechen?"

„Klar, Augenblick." Sam reichte Nick ihr Handy. „Er möchte mit dir reden."

Während Nick mit seinem Freund telefonierte, ging Sam zurück in die Küche und stellte fest, dass Shelby Hill und ihr Sohn Noah inzwischen ebenfalls da waren. Shelby hatte sich bereit erklärt, als Sams Privatsekretärin im Weißen Haus zu fungieren, und ein Kindermädchen eingestellt, das Noah während ihrer Arbeitszeit betreute. Sie hatten im Wohnbereich im dritten Stock ein Spielzimmer eingerichtet, das Noah, Alden und Aubrey gerne nutzten.

„Wie war dein Tag?", fragte Sam ihre enge Freundin, deren Gesicht vom Weinen gerötet und verquollen war.

„Wunderbar und schrecklich zugleich. Die Nachricht von dieser Schießerei hat mir das Herz gebrochen."

Sie flüsterten, damit die Kinder sie nicht hörten.

„Das verstehe ich gut. Mir geht es genauso. Ich habe Angst, dass die Menschen langsam der Gewalt gegenüber abstumpfen, einfach weil sie so sehr Teil unseres Alltags geworden ist."

„Es ist unerträglich. Kinder, die zum Weihnachtsmann wollten." Tränen rannen Shelby über die Wangen, und der süße Noah wischte sie weg. „Danke, Schatz. Mama ist heute Abend traurig."

„Fahr nach Hause, mit deinem Mann kuscheln", befahl Sam und umarmte ihre Freundin.

„Das ist der Plan, aber ich wollte noch meine anderen Babys sehen. Wie süß ist denn bitte Scotty mit dem Hund?"

„Entzückend." Skippy klebte die ganze Zeit an Scotty, und wenn er nicht zu Hause war, galt die gesamte Aufmerksamkeit des Hundes Sam, was alle sehr lustig fanden. Jetzt, wo Scotty mit dem Essen fertig war, hatte sich Skippy auf seinen Schoß gelegt. Bald würde sie dazu zu groß sein, doch Sam vermutete, dass das Scotty, der völlig vernarrt in den Welpen war, nichts ausmachen würde.

Normalerweise war dies Sams liebste Tageszeit – wenn sie zu Hause bei ihrem Mann und ihren Kindern war –, selbst wenn die Umgebung neu für sie war. An diesem Abend konnte sie die dunkle Wolke der Verzweiflung nicht vertreiben, die nach den Ereignissen des Tages über allem hing. Sie kümmerten sich wie immer um die Kleinen, badeten sie, zogen ihnen die Schlafanzüge an und lasen ihnen eine Gutenachtgeschichte vor, um sie vor dem Entsetzlichen abzuschirmen, das das ganze Land erschüttert hatte. Alden und Aubrey hatten in letzter Zeit schon genug Kummer erlebt. Es reichte.

Nachdem die Zwillinge gemütlich im Bett lagen, das sie weiter teilten, obwohl sie im Weißen Haus jeweils ein eigenes Zimmer hatten, schauten Sam und Nick noch nach Scotty und fanden ihn an Skippy gekuschelt in seinem Bett.

„Ich dachte, wir hätten vereinbart, dass sie nicht ins Bett darf", meinte Nick, der offenbar versuchte, streng zu sein, aber kläglich scheiterte. Sie sahen beide, wie glücklich der Hund ihren Sohn machte.

„Ich habe versucht, ihr zu erklären, dass sie das nicht darf, doch irgendwie landet sie immer wieder hier."

„*Du* solltest bei ihr das Sagen haben", ermahnte ihn Nick.

„Sie hat eben ihren eigenen Kopf."

„Typisch Frau", murmelte Nick mit einem Zwinkern und einem Lächeln für Sam.

„Vorsicht, Mister", erwiderte sie. „Rück mal zur Seite."

Scotty verdrehte die Augen, rutschte aber ein Stück, damit sie sich neben ihn setzen konnte, mit dem Rücken an seine Kissen gelehnt.

„Wie geht es dir, Scotty?"

Er zuckte die Achseln. „Es ist schwer, sich vorzustellen, dass jemand auf Kinder schießt, die den Weihnachtsmann treffen wollten."

„Keine Frage", stimmte Nick seufzend zu und streckte sich am Fußende des Bettes aus.

„Warum tut jemand so etwas?", wollte Scotty wissen.

„Wir sind ziemlich sicher, dass der Täter psychische Probleme hatte, wie so oft, wenn so etwas geschieht."

„Nur wie kommt jemand mit psychischen Problemen in den Besitz einer Waffe, mit der er so vielen Menschen etwas antun kann?"

„Eine sehr gute Frage, der das FBI und das ATF auf den Grund gehen werden."

„Was ist denn das ATF?"

„Die Sicherheitsbehörde für Alkohol, Tabak, Schusswaffen und Sprengstoff."

„Merkwürdige Kombination."

Nick zückte sein Handy. „Ich zitiere mal von der Website. ‚Das ATF ist eine Strafverfolgungsbehörde des US-Justizministeriums, die das Land vor Gewaltverbrechern, kriminellen Organisationen, der illegalen Verwendung und dem kriminellen Handel mit Schusswaffen, der illegalen Verwendung und Lagerung von Sprengstoffen, Brandstiftung und Bombenanschlägen, terroristischen Handlungen und dem Schmuggel von Alkohol und Tabakwaren schützt. Wir arbeiten mit Gemeinden, Unternehmen und den Strafverfolgungsbehörden zusammen, um die Öffentlichkeit, der wir dienen, durch Informationsaustausch, Schulungen, Forschung und den Einsatz von Technologie zu schützen."

„Interessant", sagte Scotty. „Es ist also deren Aufgabe, herauszufinden, woher der Mann die Waffe hatte?"

„Sowohl ihre als auch die des FBI und anderer Strafverfolgungsbehörden, und wir setzen alle Ressourcen der Bundesregierung ein, um sie bei Bedarf zu unterstützen."

„Es ist cool, dass du dafür sorgen kannst", meinte Scotty.

„Das ist die Aufgabe der Regierung – Menschen in Not zu helfen. Das gelingt uns nicht immer, aber in Fällen wie diesem ist unsere Rolle ziemlich klar."

„Werdet ihr da hinmüssen?"

„Irgendwann schon, doch nicht jetzt. Wenn ich irgendwohin will, bedarf es einer massiven Sicherheitspräsenz auf Bundes-, Landes- und kommunaler Ebene, und die entsprechenden Behörden haben mit der aktuellen Situation alle Hände voll zu tun. Da muss ich ihnen nicht auch noch die Arbeit erschweren. Wir werden hinreisen, wenn die Zeit reif ist."

„Es ist nett, dass du an so etwas denkst."

„Wenn es nur um mich und Mom ginge, säßen wir schon im Flugzeug, aber für uns ist nichts mehr so einfach."

„Ich hab gehört, was du vorhin über Waffen und so gesagt hast, und ich hoffe, du kannst in dieser Frage etwas erreichen."

„Persönlich finde ich ja, dass es nicht richtig ist, die Waffen an sich so sehr in den Mittelpunkt zu stellen", erklärte Sam. „Entscheidend ist doch, dass nicht alle Menschen einfach so welche besitzen dürften. Wir brauchen in diesem Land viel mehr Anlaufstellen für Menschen mit psychischen Problemen sowie eine zentrale Meldestelle, an die man sich wenden kann, wenn jemand auffälliges oder gewalttätiges Verhalten zeigt – gern auch anonym. Dann würden sich Fachkräfte für psychische Gesundheit einschalten und nicht immer gleich die Polizei."

Nick legte den Kopf schief, während er sie musterte. „Wie würde es dir gefallen, meine Taskforce ‚Psychische Gesundheit und Gewalt' zu leiten?"

Sam verdrehte die Augen. „Ja, klar."

„Dein Ansatz ist genau das, was wir brauchen. Weniger Reaktion und mehr vorausschauendes Handeln. Wir brauchen Leute, die das Problem verstehen und die Folgen unseres Versagens in diesem Bereich jeden Tag vor Augen haben. Du wärst perfekt dafür geeignet, diese Bemühungen zu leiten."

„Du meinst das ernst", erkannte Sam verblüfft.

„Todernst. Ich wette, die Polizei wäre sogar bereit, diese Aufgabe zu einem offiziellen Teil deiner Pflichten zu machen, da sie so perfekt mit deinem normalen Job zusammenpasst."

„Dafür bräuchte ich den Großteil meiner Zeit. Wann soll ich denn dann noch etwas anderes erledigen?"

„Gonzo ist wieder voll einsatzfähig und könnte mehr Verantwortung übernehmen, damit du Zeit hast, an diesem wirklich wichtigen Thema zu arbeiten. Überleg es dir. Die Entscheidung muss ja nicht sofort fallen."

„Ich finde, du solltest das tun, Mom. Du wärst wirklich ideal für den Job."

„Danke für dein Vertrauen."

„Wirst du wenigstens mal drüber nachdenken?", fragte Nick.

„Okay."

Nick grinste breit.

„Ich habe noch nicht Ja gesagt!"

„Es ist schon ein großer Erfolg, dich dazu zu bringen, über etwas nachzudenken", stellte Scotty fest.

„Sei still", brummte sie und versetzte ihm einen spielerischen Ellbogenstoß.

Er ächzte und lachte.

„Wenn du über irgendetwas reden willst, weißt du ja, wo wir sind, oder?", wandte sich Nick an Scotty.

„Ich weiß, wo ich euch finde. Das weiß die ganze Welt." Er fuhr mit den Fingern durch das seidige Fell von Skippy, die neben ihm schlief. „Feiern wir trotzdem Weihnachten?"

„Ich schätze schon, aber wir werden aus Respekt vor den Opfern und ihren Familien einen Gang zurückschalten", antwortete Nick.

„Du bist gut in dieser Präsidenten-Sache", bemerkte Scotty.

„Freut mich, dass du das findest."

„Ach, das finden doch alle."

„Na ja, nicht alle, nein", widersprach Nick. „Viele Menschen zerpflücken jedes meiner Worte und alles, was ich tue."

Scotty zuckte die Achseln. „Das ist eben Politik. Die meisten Leute finden dich toll. Ich habe übrigens über die Wette nachgedacht, die wir abgeschlossen hatten, dass du in vier Jahren Präsident werden würdest, und beschlossen, dass du mir hundert Dollar schuldest, weil es sogar früher passiert ist, als ich gesagt habe."

Sam musste lachen und war froh, dass Scotty in Zeiten wie diesen, wenn sie es dringend brauchten, solche Unbeschwertheit in ihr Leben brachte. „Erwischt, Dad."

„Eigentlich solltest du immer auf meiner Seite sein", erinnerte Nick sie.

„Bin ich auch, außer wenn ich auf Scottys bin."

„Die beste Mutter aller Zeiten", verkündete Scotty.

Diese Worte trafen Sam mitten ins Herz. „Das halte ich für leicht übertrieben."

„Keineswegs. Du liegst mit meiner anderen Mutter gleichauf auf Platz eins."

„Ich fühle mich sehr geehrt, dass ich mir mit ihr den ersten Platz teile und deine Mutter sein darf." Sam küsste ihn auf den Scheitel und stand auf, ehe sie sich vollends lächerlich machte und in Tränen ausbrach. Sie hatte sich so lange danach gesehnt, Mutter zu sein. Obwohl es nicht auf die Weise geschehen war, wie sie es sich vorgestellt hatte, hätte sie es gegen nichts auf der Welt eintauschen wollen. „Jetzt schlaf gut. Ich habe dich lieb und werde dafür sorgen, dass du deinen Hunderter von Dad bekommst." Sie blieb an der Tür stehen, um auf Nick zu warten.

„Ich hab dich auch lieb."

„Wir sehen uns morgen früh." Nick gab Scotty einen Faustcheck.

„Äh, Dad?"

„Ja, mein Sohn?"

„Glaubst du, ich könnte mitkommen, wenn ihr die Familien der Opfer besucht?"

„Das könnte ziemlich heftig werden", gab er zu bedenken.

„Das schaffe ich schon. Ich habe selbst einiges hinter mir. Deshalb verstehe ich, was sie durchmachen."

„Da hast du vermutlich recht, aber ich glaube wirklich, dass das zu viel für dich sein könnte", erklärte Nick. „Verdammt, es wird für uns alle zu viel sein."

„Das ist auf jeden Fall ein sehr nettes Angebot", fügte Sam hinzu, in der sich alles gegen die Reise sträubte. Nachdem sie vor Kurzem ihren Vater verloren hatte, war sie emotional noch immer angeschlagen, doch sie würde Nick bei so etwas nie allein lassen. „Wir sehen uns morgen früh."

„Bleib nicht zu lange auf", ergänzte Nick. „Ich hab dich lieb."

„Ich dich auch."

Nachdem sie in ihrer Suite am Ende des Flurs, an dem sich auch das Lincoln-Schlafzimmer befand, die Tür hinter sich geschlossen hatten, legte Sam das Babyfon, mit dem sie die Zwillinge in deren Zimmer überwachten, auf den Tisch im Wohnzimmer. „Ich brauche jetzt unbedingt einen Drink."

„Dito."

„Können wir den Fernseher einschalten, um die neuesten Entwicklungen zu verfolgen?"

„Ja, ich schätze, wir sollten auf dem Laufenden bleiben."

„Ich wünschte, das müssten wir nicht."

„Geht mir genauso."

Die Butler versorgten sie mit allem, was sie sich wünschten oder brauchten. Sam trat zu dem Barwagen in der Ecke des Zimmers und schenkte sich einen Weißwein und Nick einen Bourbon ein. Sie brachte die Getränke zur Couch, setzte sich neben ihn und zog die Füße unter sich, während sie die CNN-Berichterstattung über den Horror in Des Moines anschauten.

Anderson Cooper interviewte ein trauerndes Elternpaar, das alle drei Kinder sowie deren Großmutter väterlicherseits verloren hatte, die sie begleitet hatte. Auf dem Bildschirm sah man Fotos der Kinder und ihrer Großmutter, während ihre Eltern unter herzzerreißendem Schluchzen über sie sprachen.

„Wie sollen diese Leute nach so etwas weitermachen?", fragte Nick leise.

„Keine Ahnung. Es ist unvorstellbar."

Sams Handy klingelte. Der Anruf kam von der Zentrale, woraufhin sie mit einem Aufstöhnen ihr noch unangetastetes Glas Wein abstellte. „Holland."

„Lieutenant, eine Funkstreife meldet einen Leichenfund in einem verlassenen Fahrzeug in der Second Avenue Southeast. Können Sie übernehmen?"

Das Nein lag ihr auf der Zunge. Sie hatte sich von der Arbeit abgemeldet, um für Nick da zu sein, aber im Augenblick hatte er getan, was er konnte, um die Tragödie zu bewältigen, und die Pflicht rief. „Bin schon auf dem Weg", sagte sie. „Bitte informieren Sie auch Detective Carlucci."

„Jawohl, Ma'am."

Carluccis Partnerin, Detective Dominguez, war nach einer Auseinandersetzung mit ihrem jetzigen Ex-Freund, bei der sie einen Milzriss erlitten hatte, krankgeschrieben.

Sam beendete das Telefonat und wandte sich an Nick. „Tut mir leid, ich muss zur Arbeit."

„Schon okay. Danke, dass du vorhin hier warst."

„Wenn ich nur mehr tun könnte ..."

„Kannst du in den nächsten Tagen irgendwann mit mir nach Iowa kommen?"

„Klar, das kriege ich hin." Irgendwie. Sie zog Nick an sich und küsste ihn. „Versuch, ein bisschen zu schlafen. Das wird eine harte Woche."

„Ich geb mir Mühe", versprach er.

„Meinst du, wir sollten unsere Weihnachtspläne canceln?"

„Noch nicht." Sie hatten geplant, Heiligabend und den ersten Feiertag im Kreise ihrer engsten Freunde und ihrer Familie im Weißen Haus zu verbringen. „Nachdem wir uns um die Bedürfnisse der Menschen in Des Moines und im ganzen Land gekümmert haben, dürfen wir uns durchaus ein privates Fest gönnen, ganz unter uns."

„Bist du sicher, dass das möglich sein wird?"

„Sicher bin ich nicht, doch wir werden es auf jeden Fall versuchen." Sein Lächeln ließ seine schönen haselnussbraunen Augen aufblitzen. „Ich freue mich schon darauf."

„Und ich erst. Wir brauchen das." Zehn freie Tage gemeinsam mit den Kindern kamen ihnen beiden regelrecht paradiesisch vor, auch wenn er selbst dann einen Teil des Tages über würde arbeiten müssen. Drei Tage nach Weihnachten würden sie zum ersten Mal nach Camp David reisen, worauf sie sich freuten.

Nick umarmte Sam kurz. „Pass da draußen auf meine schöne Frau auf. Sie ist nämlich mein Ein und Alles."

„Das werde ich. Keine Sorge."

„Was? Ich und mir Sorgen machen?" Rasch küsste er sie ein letztes Mal. „Ich liebe dich."

„Ich dich auch."

Auf dem Korridor trat Sam zu Nate, einem ihrer liebsten Secret-Service-Beamten. „Ich muss ins Hauptquartier."

„Wenn Sie mir fünf Minuten geben, stelle ich den Begleitschutz für Sie zusammen."

„Danke." Es lief allem zuwider, woran Sam glaubte, sich auch nur fünf Minuten zu gedulden, wenn es in ihrer Stadt einen Mord gegeben hatte, aber sie hatte Nick versprochen, auch in beruflichen Zusammenhängen Personenschutz zu akzeptieren.

Also wartete sie.

KAPITEL 5

Zehn lange Minuten später fuhr sie durch die Tore des Weißen Hauses und in den Südosten der Stadt, gefolgt von einem schwarzen SUV mit zwei Secret-Service-Mitarbeitern. Der Personenschutz war ein kleiner Preis dafür, Nicks ohnehin beträchtlichen Stresspegel nicht noch weiter in die Höhe zu treiben. Er hatte gesagt, er könne und wolle nicht Präsident werden, wenn sie nicht auch im Einsatz mit einer minimalen Überwachung einverstanden wäre.

An normalen Arbeitstagen begleiteten Vernon und Jimmy sie, doch Sam hatte keine Ahnung, wer jetzt in dem Auto hinter ihr saß, und sie wollte es auch gar nicht wissen. Die hatten ihren Job zu erledigen, sie ihren. Da um diese Tageszeit nur wenig Verkehr herrschte, erreichte sie den Tatort, fünfzehn Minuten nachdem sie das Weiße Haus verlassen hatte und dreißig Minuten nach dem Anruf von der Zentrale. Das waren dreißig Minuten zu viel, aber leider ging ihr Opfer ohnehin nirgendwo mehr hin.

Nachdem sie einen Block entfernt geparkt hatte, begab sie sich zu dem gelben Flatterband und zeigte dem Streifenbeamten, der dafür zuständig war, die Leute von dem Honda-Minivan fernzuhalten, in dem sich das Opfer befand, ihre Marke.

Er hob das Band an, damit Sam sich darunter durchducken konnte.

„Danke. Was haben wir hier?"

„Ich bin Officer Smyth, und das ist meine Partnerin Officer Linton." Smyth, der hochgewachsen, schwarz und muskulös war,

war der Ältere der beiden. Linton war eine dunkelhaarige Frau mit braunen Augen und einer kurvigen Figur.

„Es ist mir eine Ehre, Sie kennenzulernen, Ma'am", sagte Linton, während Smyth versuchte, nicht die Augen zu verdrehen.

„Erzählen Sie mir das Wesentliche", verlangte Sam.

„Nach dem, was uns die Nachbarn berichtet haben", begann Linton, „steht der Honda Odyssey schon seit ein paar Tagen hier, und er hat zwei Strafzettel bekommen. Heute früh hat eine Nachbarin einen unangenehmen Geruch bemerkt, der aus dem Fahrzeug drang, und als sie hineingeschaut hat, sah sie einen Fuß unter einer Decke hervorragen."

Sam musste bei dem Gedanken daran, wie eine Leiche riechen würde, die mehrere Tage lang eingeschlossen in einem Auto gelegen hatte, beinahe würgen. „Ich nehme an, der Wagen ist zugesperrt?"

„Korrekt", bestätigte Smyth. „Wir waren so frei, einen Schlüsseldienst zu rufen. Er müsste jeden Moment hier sein."

„Gute Idee", lobte Sam, die über jede Maßnahme froh war, die ihr Zeit sparte. Sie warf einen Blick durch das Fenster, entdeckte den Fuß, den die Nachbarn bemerkt hatten, und fragte sich, warum die Polizisten, die dem Auto – wiederholt – einen Strafzettel verpasst hatten, sich nicht die Mühe gemacht hatten, hineinzusehen. Sie zog die Strafzettel unter dem Scheibenwischer hervor und steckte sie in die Manteltasche, um sie später weiter zu untersuchen. „Haben Sie das Kennzeichen gecheckt?"

„Ja", antwortete Linton. „Der Wagen ist auf einen gewissen Robert Tappen aus der M Street Northeast in Brentwood zugelassen."

„Ist das Auto als gestohlen oder vermisst gemeldet worden?"

„Es liegt keine Meldung über dieses Fahrzeug vor", erwiderte Smyth.

„Danke für die gute Arbeit. Sie waren sehr gründlich. Ich würde gerne mit der Nachbarin sprechen, die die Leiche entdeckt hat."

„Hier entlang bitte, Lieutenant." Linton führte Sam zu einer Frau, die auf einer Treppe saß. „Das ist Marcie Crossman. Sie wohnt hier, und ihr ist der Van schon vor ein paar Tagen das erste Mal aufgefallen, aber sie hat eine Weile abgewartet, bevor sie sich entschlossen hat hineinzuschauen. Mrs Crossman, das ist Lieutenant Holland."

„Die Frau des Präsidenten", meinte Marcie mit einem kleinen Lächeln. „Ich würde ja sagen, es freut mich, Sie kennenzulernen, aber ..." Sie wies auf das Auto. „Ich konnte nicht glauben, was ich da sah, als ich den Fuß entdeckt habe."

„Wie lange steht der Wagen schon dort?", fragte Sam und schrieb den Namen der Frau in ihr Notizbuch.

„Ein paar Tage. Allerdings kann ich nicht genau sagen, seit wann."

„Das hilft uns trotzdem. Gibt es sonst noch etwas, was Sie mir mitteilen können?"

„Nur dass es heute angefangen hat zu stinken, und da habe ich reingeschaut."

„Kennen Sie jemanden namens Tappen?"

„Nein."

„Würden Sie mir bitte Ihre Nummer geben, für den Fall, dass ich weitere Fragen habe?"

Marcie nahm Sam das Notizbuch ab, schrieb ihre Nummer hinein und reichte es ihr zurück.

„Vielen Dank für Ihre Hilfe und dafür, dass Sie uns angerufen haben."

„Ich hoffe, Sie finden heraus, wer da drin liegt und was passiert ist."

„Das werden wir. Keine Sorge."

Als Sam um den Van herumging, erblickte sie Detective Dani Carlucci, die durch das Fenster ins Wageninnere spähte. Dani, hochgewachsen, blond und kurvenreich, hatte Sam vor Kurzem zu Tode erschreckt, als sie auf Anrufe nicht reagiert hatte. Als sie nach ihr gesehen hatten, hatten sie sie mit einer schweren Lebensmittelvergiftung vorgefunden. Sam hatte sie noch nicht getroffen, seit sie wieder im Dienst war. „Hey", begrüßte sie sie. „Wie fühlst du dich?"

„Viel besser. Noch nicht wieder hundertprozentig fit, aber gut genug, um zur Arbeit zu kommen."

„Salmonellen sind echt übel, soweit ich gehört habe."

„Das würde ich wirklich niemandem wünschen, außer vielleicht Sergeant Ramsey."

Sam lachte bei der Erwähnung ihres Erzfeindes. „Dem wünschen wir alle nur erdenklichen Arten von Magen-Darm-Problemen."

„In der Tat. Was haben wir hier?"

Sam berichtete ihr, was sie erfahren hatte, und winkte dem Leiter der Spurensicherung Lieutenant Haggerty, der gerade kam, um mit ihm noch einmal die Details durchzugehen.

„Lieutenant", meldete Smyth, „der Schlüsseldienst ist da."

„Vielen Dank, Officer Smyth. Schaffen wir die Schaulustigen weg, bevor wir die Tür öffnen."

„Jawohl, Ma'am."

Der Mann vom Schlüsseldienst erkannte Sam, verhielt sich jedoch weiter normal, was ihm Pluspunkte bei ihr eintrug. Er machte sich sofort an die Arbeit und hatte den Van fünf Minuten später offen. Als er die Türen aufzog, schlug ihnen ein süßlich-fauliger Geruch entgegen, der bei Sam und den anderen spontan Würgereiz auslöste.

„Krass", sagte der Mann vom Schlüsseldienst und brachte es mit diesem gut gewählten Wort auf den Punkt.

Im Inneren des Fahrzeugs, auf dem Boden vor der zweiten Sitzreihe, lag mit einer Decke zugedeckt der gefesselte und geknebelte Leichnam einer blonden Frau. Ohne den Geruch hätte man sie vielleicht nie bemerkt.

Carlucci machte Fotos mit ihrem Handy, während Sam sich über das Opfer beugte. Wegen des Klebebands im Gesicht der Frau konnte Sam nicht viel erkennen. Sie stellte allerdings fest, dass sich die Handtasche, die Laptoptasche und der Koffer der Frau noch im Wagen befanden, was Raub mehr oder weniger ausschloss. Das Einzige, was sie nirgends entdeckte, waren die Autoschlüssel. Nachdem sie sich Latexhandschuhe angezogen hatte, fand sie Brieftasche und Führerschein der Frau in deren Handtasche. Als sie Letzteren im Scheinwerferlicht des Autos hochhielt, blickte ihr das lächelnde Gesicht des Opfers entgegen. Sie hieß Pamela Tappen.

„Packen wir ihre Sachen ein und schicken sie zur Untersuchung ins Labor." Sam drehte sich um. „Dann warten wir auf die Gerichtsmedizinerin, und danach fahren wir zum Haus der Tappens, um zu sehen, was wir über die Tote herausfinden können."

„Ich bin dabei", erwiderte Carlucci.

Die Familie Tappen wohnte in einem dreistöckigen Reihenhaus. Es war weiß gestrichen, mit schwarzen Fensterläden, und die Treppe war wegen des Glatteises mit Sand bestreut.

„Ich frage mich", meinte Carlucci, „wie sie so stinken konnte, wo es so kalt ist. Sollte die Kälte nicht fast wie ein Kühlschrank wirken?"

„Körperflüssigkeiten", entgegnete Sam unverblümt.

„Igitt, also lag sie eine Zeit lang lebendig da drin?"

„Das wäre zumindest eine Theorie."

Sam klingelte und stellte fest, dass es eine normale Türglocke war und nicht so ein lächerliches Symphonieorchester wie im Thorn-Mausoleum. Ein Mann Mitte fünfzig kam zur Tür, er trug eine Schürze mit der Aufschrift „Küss den Koch". Er hatte sich ein Handtuch über die Schulter geworfen, und bei dem Duft nach Knoblauch und Basilikum, den er mitbrachte, lief Sam das Wasser im Mund zusammen.

Der Mann riss die Augen auf, als er sah, wer da vor seiner Tür stand.

„Mr Tappen, ich bin Lieutenant Holland, und das ist Detective Carlucci. Wir möchten gerne kurz mit Ihnen sprechen."

„Natürlich, wie kann ich Ihnen helfen?", fragte er, wobei er zur Seite trat, um sie in das gepflegte Haus zu lassen.

„Besitzen Sie einen weißen Honda-Odyssey-Minivan?", fragte Sam.

„Ja. Also eigentlich gehört er meiner Frau."

„Wie heißt Ihre Frau?"

„Pam." Mit einem Mal schien er zu begreifen, dass der Besuch der Polizei nur eines bedeuten konnte. „Ist etwas passiert?"

Sam wies auf eine Couch im angrenzenden Wohnzimmer. „Können wir uns kurz setzen?"

„Äh, sicher." Er ging voraus und ließ sich auf einen Sessel sinken, während Sam und Dani zusammen auf der Couch Platz nahmen.

„Wann haben Sie das letzte Mal mit Ihrer Gattin gesprochen?"

„Am Freitag. Sie war am Wochenende beruflich unterwegs und hat dann immer so viel um die Ohren, dass es nicht ungewöhnlich ist, dass wir nichts von ihr hören, während sie weg ist. Heute Abend kommt sie wieder."

Sam konnte sich beim besten Willen nicht vorstellen, vier Tage lang nicht mit Nick zu reden. Sie würde durchdrehen. „Was macht Ihre Frau beruflich?"

„Sie besitzt ein Unternehmen, das Konferenzdienstleistungen für eine Vielzahl von Kunden anbietet, von der Unterstützung bei der Registrierung bis hin zu den dazugehörigen Publikationen, Beschilderungen, Aufstellern und so weiter. Sie kümmert sich um alles, und wenn sie auf einer Veranstaltung ist, arbeitet sie sechzehn Stunden am Tag."

„Sie schreiben sich also währenddessen keine SMS oder dergleichen?“

„Eigentlich so gut wie nie. Jetzt, wo unsere Kinder älter sind, meldet sie sich nicht mehr so häufig wie früher, als sie noch klein waren. Was ist denn eigentlich los?“

„Mr Tappen, es tut mir leid, Ihnen mitteilen zu müssen, dass wir Ihren Wagen im Südosten der Stadt gefunden haben, mit dem Leichnam einer blonden Frau darin. Die Handtasche und andere Gegenstände, die wir Ihrer Frau zuordnen, waren ebenfalls im Fahrzeug. Wir müssen davon ausgehen, dass es sich bei der Leiche um die Ihrer Ehefrau handelt.“

Sein Gesicht schien vor Schreck völlig zu erschlaffen. „O Gott.“

„Die Gerichtsmedizinerin bittet darum, dass Sie sie identifizieren, wenn möglich.“

„Sie ... Meine Pam ist tot?“, fragte er, und seine Augen füllten sich mit Tränen, während er zu zittern begann.

„Ich fürchte ja.“

„O Gott“, flüsterte er erneut und ließ den Kopf in die Hände sinken. „Wie kann das sein?“

„Sind Sie allein zu Hause?“

„Ja, meine beiden Söhne sind beim Football-Training, und meine Tochter ist auf dem College in Massachusetts.“

„Waren Sie hier, als Pam am Freitag aufgebrochen ist?“

„Nein, ich bin von der Arbeit zu einem Turnier der AAU-Football-Mannschaft meiner Söhne in Delaware gefahren. Pam war so traurig, dass sie es verpasst hat.“

„Könnten Sie die Leiche identifizieren?“

„Ich, äh, ja sicher. Ich muss nur, äh, kurz den Herd ausmachen.“

Sam bedeutete Dani mit einem Nicken, Tappen zu begleiten. Sie mussten sicherstellen, dass er keine Anrufe tätigte und nichts anderes tat, als den Herd auszuschalten und sich einen Mantel anzuziehen. Ein paar Minuten später fuhr Sam mit Tappen zum Hauptquartier, während Dani zurückblieb, um mit den Nachbarn darüber zu sprechen, ob sie am vergangenen Wochenende etwas Ungewöhnliches im Zusammenhang mit dem Van der Familie beobachtet hatten. Es war weit hergeholt, aber möglicherweise lohnte es sich ja, die Frage zu stellen.

„Hatte Ihre Frau irgendwelche Probleme mit jemandem?“, fragte Sam Tappen, der neben ihr auf dem Beifahrersitz saß. Sie hatte überlegt, ob sie ihm dieses Privileg zugestehen sollte, doch da er –

zumindest im Augenblick – kein Verdächtiger war, sah sie nicht, was dagegensprach.

„Nicht dass ich wüsste. Ich meine, wir haben Teenager, also haben wir Probleme mit ihnen, allerdings nichts Ungewöhnliches."

„Was für Probleme?", hakte Sam nach und schaute ihn an.

Der Mann schien komplett unter Schock zu stehen, und wer konnte ihm das verdenken? Er hatte gerade das Abendessen zubereitet, als die Polizei aufgetaucht war und ihm mitgeteilt hatte, dass seine Frau höchstwahrscheinlich tot war.

„Nicht rechtzeitig zu Hause sein, trinken, kiffen, kein Interesse an der Schule. Das, womit alle Eltern zu kämpfen haben."

„Wie alt sind Ihre Kinder?"

„Die Jungs sind fünfzehn und siebzehn, meine Tochter ist neunzehn."

Sam konnte sich auch nicht vorstellen, vier Tage lang nicht mit Scotty zu sprechen, egal wie viel sie bei der Arbeit um die Ohren hatte. „Sie sagen, es war nicht ungewöhnlich, dass sie bei einem Auftrag völlig abgetaucht ist?"

„Absolut nicht. Wir haben alle verstanden, dass wir nichts von ihr hören würden, wenn sie beruflich unterwegs war. Sie wusste, dass ich mit den Dingen zu Hause klarkomme und dass ich ihr eine SMS schicken würde, wenn ich sie für etwas bräuchte."

Was für diese Familie völlig normal war, wäre für ihre undenkbar, überlegte Sam, aber hey, jeder musste auf seine Weise glücklich werden. Am Hauptquartier lenkte sie den BMW zum Eingang der Rechtsmedizin und parkte dort. „Ich möchte Sie vorwarnen, bevor wir reingehen. Die Leiche, die wir gefunden haben, war mit Klebeband gefesselt und geknebelt, und wir glauben, dass sie schon ein paar Tage dort gelegen hat, bevor sie entdeckt wurde."

„Gott steh uns bei", flüsterte er.

Sam rief Lindsey an, um sie wissen zu lassen, dass sie Tappen mitbrachte.

„Wir sind bereit", antwortete Lindsey.

Sam stellte den Motor aus, stieg aus und wartete, bis der Mann um das Auto herumgekommen war.

Tappen zögerte. „Ich weiß nicht, ob ich das schaffe."

„Tut mir leid, dass ich Sie darum bitten muss, doch es ist wichtig, dass wir möglichst schnell die Identität des Opfers feststellen."

Nachdem er mehrmals tief durchgeatmet hatte, seufzte er und bedeutete ihr mit einem Nicken, dass er so weit war. Sie betraten das kalte, antiseptisch riechende Leichenschauhaus, wo Dr. Lindsey McNamara sie begrüßte. Sam war froh, dass ihre Freundin da war, um Tappen durch den furchtbaren Prozess der Identifizierung zu begleiten.

Sam stellte ihm Lindsey vor, in deren grünen Augen die Anteilnahme lag, die sie allen Opfern, die hier landeten, und deren Familien entgegenbrachte.

„Wenn Sie mir folgen würden, dann können wir das hinter uns bringen", erklärte Lindsey behutsam.

Sam bildete das Schlusslicht, als sie in den Obduktionsraum gingen, wo die Leiche auf einem Tisch aufgebahrt und mit einem Laken abgedeckt war.

„Sind Sie bereit?", fragte Lindsey.

„Ich ... schätze schon."

Als Lindsey das Laken zurückschlug, bemerkte Sam, dass die Gerichtsmediziner das Klebeband vom Mund der Frau entfernt hatten, aber einige der klebrigen Rückstände waren auf ihrem Gesicht verblieben.

Tappens Knie knickten ein, und Sam packte ihn schnell, bevor er zu Boden stürzen konnte. Sein Aufschrei bestätigte, um wen es sich bei der Frau handelte.

„Pammy! O Gott. Wer hat ihr das angetan? Alle haben sie doch gerngehabt!"

Da der Schock noch frisch war, wusste Sam, dass dies nicht der richtige Zeitpunkt dafür war, ihn über das Leben seiner Frau auszufragen, nur wer wusste schon, wie viel Zeit sie bereits verloren hatten, während die tot in einem geparkten Auto gelegen hatte? „Mr Tappen, gibt es jemanden, den ich für Sie anrufen könnte? Einen Freund oder ein Familienmitglied?"

Er hielt sich den Mund zu, während ihm die Tränen über die Wangen liefen und sein Blick auf das Gesicht seiner Frau gerichtet war. „Meine, äh ... Kinder. Ich muss meine Kinder anrufen."

„Ich möchte dabei sein, wenn Sie sie über den Tod ihrer Mutter informieren."

„Wenn es nicht anders geht." Er sah sie schockiert und verwirrt an. „Wie machen wir das? Meine Tochter ist ja woanders auf dem College."

„Können Sie Ihren Söhnen eine SMS schicken und sie bitten, nach dem Training herzukommen?"

„J... ja, klar." Er zückte mit zitternder Hand sein Handy und schrieb die SMS. „Mein älterer Sohn will wissen, warum. Was soll ich sagen?"

„Dass Sie es den beiden erklären, sobald sie hier sind."

Er schickte eine weitere SMS. „Sie müssten in etwa einer Viertelstunde hier sein. Was ist mit meiner Tochter auf dem College?"

„Die rufen wir an, wenn wir mit Ihren Söhnen geredet haben." Sam verabscheute diese Gespräche, auch wenn sie notwendiger Bestandteil jeder Mordermittlung waren. Die Reaktionen der Menschen, die einem Opfer am nächsten standen, wenn sie von dem Mord erfuhren, konnten aufschlussreich sein.

Lindsey reichte Tappen ihre Visitenkarte. „Ich werde eine Autopsie durchführen, ehe wir den Leichnam an ein Bestattungsunternehmen Ihrer Wahl übergeben. Sie können mich jederzeit anrufen, um mir mitzuteilen, für welches Sie sich entschieden haben."

Tappen steckte die Visitenkarte ein. „Vielen Dank." Nach einem weiteren langen Blick auf seine verstorbene Frau fragte er: „Sind wir hier fertig?"

„Ja", bestätigte Sam. „Hier entlang bitte." Sie führte ihn aus der Gerichtsmedizin und zu dem Großraumbüro, in dem ihre Leute normalerweise arbeiteten. Dort herrschte tagsüber reges Treiben, jetzt war es dunkel und still. Sie betraten den Besprechungsraum, und Sam schaltete das Deckenlicht ein. „Kann ich Ihnen ein Wasser oder sonst etwas bringen?"

„Ein Wasser wäre nett, danke."

„Ich hole es Ihnen, aber ich möchte Sie bitten, niemanden zu kontaktieren, bis ich wieder zurück bin."

„Warum nicht?"

„Das ist lediglich eine Standardprozedur."

Er nickte, als hätte er verstanden, obwohl sie gewettet hätte, dass ihm das ganz und gar nicht einleuchtete. Wie auch?

„Ich bin gleich wieder zurück."

Sie ging zum Automaten und kaufte zwei Flaschen Wasser, und als sie sich wieder umdrehte, stand Sergeant Ramsey vor ihr.

Er machte zwei Schritte auf sie zu und starrte ihr ins Gesicht. „Ich hoffe, jetzt sind Sie zufrieden. Meine Frau hat die Scheidung eingereicht."

„Warum sollte mich das interessieren?"

„Weil Sie genau das wollten, als Sie Ihre Schnüffler losgeschickt haben, damit sie in meinen Privatangelegenheiten wühlen."

„Ich weiß nicht, wovon Sie reden. Wir haben nicht nach belastendem Material gegen Sie gesucht, aber wenn es natürlich nichts gibt, was man finden kann …" Sie zuckte die Achseln. „Könnten Sie mir bitte aus dem Weg gehen? Ich muss arbeiten."

„Jetzt hören Sie mir mal zu", knurrte er bedrohlich. „Sie sollten besser auf der Hut sein. Mir ist völlig egal, wer Ihr Mann ist. Sie sind nichts Besonderes, und über kurz oder lang wird das die ganze Welt erfahren."

„Haben Sie Knoblauch zu Mittag gegessen?" Sam machte ein angewidertes Gesicht. „Wo wir gerade so nett plaudern, eine Frage … Was hassen Sie eigentlich so sehr an mir? Meinen Nachnamen? Die Tatsache, dass ich Lieutenant bin und Sie … nicht? Oder dass ich eine Frau bin? Ja, das könnte es sein. Natürlich könnte es auch daran liegen, dass ich, anders als Sie, verdammt gut in meinem Job bin. Hm, wissen Sie, was? Es ist mir egal. Ich habe den Ehemann eines Opfers in meinem Besprechungsraum. Der ist mir wichtig. Sie? Sie nicht, also wenn Sie einfach beiseitetreten würden, kann ich mich wieder den wichtigen Dingen zuwenden."

Ramsey rührte sich nicht vom Fleck.

Sam seufzte, denn sie hasste es, dass er ihre Zeit verschwendete. „Muss ich handgreiflich werden? Das haben wir doch schon mal ausprobiert, und soweit ich mich erinnere, sind Sie danach im Krankenhaus gelandet. Aber hey, es ist Ihre Beerdigung."

Ramsey hob die Hand, als wolle er sie schlagen.

Sie griff nach ihrer Waffe. „Treten Sie auf der Stelle zur Seite, Sergeant, sonst ergreife ich die notwendigen Maßnahmen, um mich zu schützen."

„Das wird nicht nötig sein, Lieutenant."

Sam hätte niemals zugegeben, dass sie erleichtert war, Captain Malones Stimme zu hören.

„Sergeant Ramsey wird sich jetzt ganz fix verziehen, wenn er weiß, was gut für ihn ist", sagte Malone.

„Ich glaube, er wollte ohnehin gerade gehen", antwortete Sam.

Ramsey sah sie ein letztes Mal giftig an, dann wirbelte er herum und stürmte davon.

„Alles in Ordnung?", fragte Malone.

„Bestens. Diesmal sind mir sogar genau zum richtigen Zeitpunkt ein paar schlagfertige Erwiderungen eingefallen."

„Mit anderen Worten, Sie haben eine schlimme Situation noch schlimmer gemacht?"

„Definieren Sie ‚schlimmer'. Offenbar will sich seine Frau von ihm scheiden lassen. Ich verstehe sowieso nicht, warum jemand mit einem Typen wie ihm verheiratet sein wollen sollte."

Malone verdrehte die Augen. „Wo stehen wir mit der Frau im Van?"

„Es gibt bis jetzt nichts Konkretes. Ich habe den Ehemann im Besprechungsraum, und die beiden Söhne im Teenageralter sind auf dem Weg hierher, damit er mit ihnen sprechen kann. Die Tochter ist auf dem College in Massachusetts, und wir werden sie danach anrufen."

„Haben Sie schon irgendeine Vermutung?"

„Nein, bisher nicht. Wir arbeiten jetzt seit einer Stunde an dem Fall und haben das Opfer als Pam Tappen identifiziert. Laut ihrem Mann Robert war es nicht ungewöhnlich, dass seine Frau tagelang komplett abgetaucht ist, wenn sie gearbeitet hat. Sie hatte eine Agentur, die verschiedene Konferenzdienstleistungen angeboten hat. Sie war das ganze Wochenende weg, um bei einer Veranstaltung zu arbeiten, zumindest glaubt er das."

„Die Frau hatte Kinder und hat sich von unterwegs nicht gemeldet?"

„Ja, das fand ich auch seltsam." Sie erwähnte nicht, dass sie es kaum aushielt, eine Stunde lang nicht mit Nick zu sprechen, geschweige denn vier Tage. Ein Mann, der sie so gut kannte wie Malone, würde das ohnehin wissen.

Der Captain folgte ihr zurück ins Großraumbüro.

Sam brachte Tappen das Wasser in den Besprechungsraum und sagte ihm, sie werde gleich zurück sein. Sie zog die Strafzettel, die sie vom Honda mitgenommen hatte, aus der Manteltasche und reichte sie Malone. „Die waren an dem Wagen, in dem wir Mrs Tappens Leiche gefunden haben. Wenn Sie die Daten prüfen, werden Sie feststellen, dass die Streifenbeamten im Laufe des Wochenendes zweimal dort waren, aber offenbar hat keiner von ihnen in den Wagen geschaut. Wir hätten sie vielleicht früher gefunden, wenn sie sich die Mühe gemacht hätten, nachzusehen."

Stirnrunzelnd nahm Malone ihr die Strafzettel ab. „Ich werde da mal nachhaken."

Ein junger Streifenpolizist betrat das Großraumbüro. „Lieutenant, wir haben Justin und Lucas Tappen hier, die zu Ihnen und ihrem Vater wollen."

„Bringen Sie sie in den Besprechungsraum."

Sam zog sich ihren Mantel aus, um ihn in ihrem Büro zu

verstauen, hielt jedoch inne, als sie bemerkte, dass die Tür offen stand. „Jemand war hier drin. Ich habe definitiv abgeschlossen, als ich vorhin gegangen bin, und außer Ihnen hat niemand einen Schlüssel."

„Bitte treten Sie zurück, Sam." Malone begab sich zu Freddies Schreibtisch, holte sich ein Lineal und benutzte es, um die Tür aufzustoßen. Im Licht seiner Taschenlampe sah er, dass jemand das Büro durchwühlt hatte. Papier, Akten, gerahmte Fotos und Auszeichnungen, die sie für ihre Arbeit erhalten hatte, lagen verstreut und inmitten von Scherben auf dem Boden. „Was zur ..."

Ihr Herz schmerzte, als sie entdeckte, dass der Rahmen des Fotos von ihr und ihrem Vater verbogen war, als hätte es jemand mit voller Wucht auf den Boden geschleudert. „Glauben Sie, es ist Zufall, dass Ramsey an einem Montagabend spät noch hier war und wir dann das hier vorfinden?"

„Wir glauben nicht an Zufälle."

KAPITEL 6

Während Malone darauf wartete, dass die Spurensicherung das Chaos in ihrem Büro durchkämmt hatte, kehrte Sam in den Konferenzraum zurück, um nach Mr Tappen zu sehen.

„Meine Söhne müssten gleich da sein."

„Sind sie schon. Einer unserer Beamten bringt sie gerade her. Bitte erlauben Sie mir, ihnen das mit ihrer Mutter zu erzählen."

Er nickte. Seinen verquollenen Augen und seinem geröteten Gesicht nach zu urteilen, hatte er geweint, während er allein im Zimmer gewesen war.

Sam fühlte mit ihm, denn er musste den furchtbaren Schock verkraften, den der Mord an einem geliebten Menschen mit sich brachte. Eben noch hatte er zu Hause das Abendessen zubereitet, und im nächsten Moment hatte eine Nachricht sein ganzes Leben – und das seiner Kinder – auf den Kopf gestellt.

Ein Streifenpolizist führte zwei attraktive dunkelhaarige junge Männer herein.

„Justin und Lucas, das ist Lieutenant Holland", stellte Mr Tappen Sam vor.

„Sie sind die Frau des Präsidenten, oder?", fragte Justin, der Jüngere der beiden.

„Richtig. Könnt ihr euch bitte setzen?"

„Warum sind wir hier, Dad?", wollte Lucas wissen und musterte sie neugierig.

„Es geht um Mom", erwiderte der, als die beiden Jungen nebeneinander Platz genommen hatten.

„Was ist mit ihr?", erkundigte sich Justin, wobei sein Blick zwischen seinem Vater und Sam hin- und herwanderte.

„Es tut mir leid, euch sagen zu müssen, dass wir eure Mutter heute tot aufgefunden haben", antwortete Sam, die gelernt hatte, dass es in solchen Fällen am besten war, gleich zur Sache zu kommen.

Justins Augen füllten sich mit Tränen, als er seinen Vater fragend anschaute. „Ist das wahr, Dad? Sie ... ist tot?"

Mr Tappen nickte und griff nach der Hand seines jüngeren Sohns, der zu weinen begann.

Lucas starrte auf den Tisch, während das herzzerreißende Schluchzen seines Bruders den Raum erfüllte. „Was ist mit ihr passiert?", verlangte er dann zu wissen und sah Sam mit gequälter Miene an.

„Man hat sie gefesselt und geknebelt in ihrem im Südosten der Stadt geparkten Van gefunden."

Als Lucas das hörte, schlug er die Hände vors Gesicht. „Wissen Sie, wer es war?"

„Bisher nicht", sagte Sam. „Wir stehen erst ganz am Anfang unserer Ermittlungen."

„Weiß Molly Bescheid?", wollte Justin wissen.

„Noch nicht", erwiderte sein Vater. „Wir rufen sie gleich an."

„Du solltest Tante Amy zu ihr schicken", schlug Justin vor. „Sie sollte nicht allein sein, wenn sie das hört."

„Das ist eine gute Idee", stimmte sein Vater zu.

„Wer ist Amy?", erkundigte sich Sam.

„Die beste College-Freundin meiner Frau. Sie wohnt eine Stunde von Molly entfernt. Die Kinder hatten immer ein sehr enges Verhältnis zu ihr."

„Dann ist es vermutlich eine gute Idee, dass sie dabei ist, wenn Ihre Tochter es erfährt", meinte Sam. „Warum rufen Sie sie nicht an? Stellen Sie bitte laut."

Sam hörte mit, wie Bob Tappen Pams bester Freundin erzählte, dass sie ermordet worden war. Die Frau brach in Tränen aus.

Als sie sich endlich beruhigt hatte und nur noch leise schluchzte, fragte Bob: „Ist Tom zu Hause, Amy?"

„Ja."

„Könntet ihr beide zu Molly fahren, damit sie nicht allein ist, wenn wir ihr die Nachricht überbringen?"

„Natürlich. Wir brechen sofort auf."

„Ruf mich an, kurz bevor ihr da seid."

„Mach ich. Bist du sicher, dass sie es ist?"

„Ja."

„Mein Gott, wer könnte Pam so etwas angetan haben? Sie war der großartigste Mensch, den ich kannte."

Sam wünschte sich einen Dollar für jedes Mal, dass sie jemanden ein Mordopfer auf diese Weise hatte beschreiben hören. Natürlich gab es auch Ausnahmen, wie Ginny McLeod, die es sich mit fast allen Menschen in ihrem Leben verscherzt hatte, weil sie sie bestohlen hatte, ehe ihr Mann sie umgebracht hatte. „Wir werden unser Bestes tun, um Ihnen Antworten zu beschaffen", versprach Sam.

Die Menschen, die Pam geliebt hatten, würden schon bald erkennen, dass die Antworten, nach denen sie sich sehnten, die Person, die sie verloren hatten, nicht zurückbringen würden.

Während sie darauf warteten, dass Amy und ihr Mann bei Molly Tappen eintrafen, stellte Sam ihre dringendste Frage. „Hatte Pam Probleme mit irgendjemandem? Persönlich, auf der Arbeit, mit Nachbarn oder Freunden?"

Alle drei schüttelten den Kopf, ehe Sam die Frage auch nur zu Ende formuliert hatte.

„Jeder hat sie gemocht", sagte Justin. „Meine Freunde sind immer gerne zu uns nach Hause gekommen, weil sie uns Kekse backt und sich ihre Probleme anhört."

Dass er seine Mutter im Präsens beschrieb, brachte Sam wie immer aus dem Konzept. Es würde noch eine Weile dauern, bis er von ihr in der Vergangenheitsform sprechen würde.

„Pam hat Drama gemieden wie die Pest", ergänzte Bob. „Sie hat sogar Freundschaften beendet, wenn die zu schwierig wurden."

Klingt nach einer Frau nach meinem Geschmack, dachte Sam. „Gibt es jemanden, der wütend genug über so ein Ende einer Freundschaft sein könnte, um ihr etwas Derartiges anzutun?"

Er schüttelte entschieden den Kopf. „Das ist alles Jahre her. Wir haben seit Ewigkeiten keinen von diesen Leuten mehr gesehen."

„Wir brauchen eine Liste ihrer engsten Freunde, Arbeitskollegen und anderer Personen, mit denen sie täglich oder wöchentlich zu tun hatte, samt Kontaktinformationen und Adressen, falls Sie die haben. Könnten Sie das alles aufschreiben, während wir darauf warten, dass Amy bei Molly eintrifft?" Sam schob ihm über den

Tisch hinweg einen gelben Block und einen Stift zu. „Ach ja, wer hat denn sonst noch Schlüssel zum Van?“

„Nur Pam und ich. Die Jungs teilen sich ein anderes Auto.“

„Okay, erstellen Sie die Liste, ich bin gleich wieder da.“

~

Sam verließ den Besprechungsraum und geriet prompt in das Chaos der Spurensicherung in ihrem Büro. Um dabei nicht zu stören, setzte sie sich an Detective Dominguez’ Arbeitsplatz und rief Nick vom BlackBerry aus an.

„Hey, Babe. Wie läuft’s bei dir?“

„Wieder mal ein echt harter Tag. Wir haben eine geliebte Ehefrau und Mutter gefesselt und geknebelt in ihrem eigenen Minivan gefunden. Offenbar lag sie schon seit mehreren Tagen dort.“

„Hat niemand sie als vermisst gemeldet?“

„Nein. Es scheint, es war nicht ungewöhnlich für sie, während geschäftlicher Termine komplett abzutauchen. Sie hatte eine Agentur für Konferenzdienstleistungen.“

„Sie hat sich überhaupt nicht bei ihrer Familie gemeldet?“

„Nein.“

„Das ist merkwürdig.“

„Dachte ich auch. Ich kann mir beim besten Willen nicht vorstellen, ein ganzes Wochenende lang weder mit dir noch mit Scotty oder den Zwillingen zu sprechen. Oder mit meinen Schwestern und meinem Vater, als er noch da war.“

„Ich würde dich eher überraschend aufsuchen, als ein Wochenende zu verbringen, ohne mit dir zu reden. Nach zwölf Stunden kriege ich schon Entzugserscheinungen.“

„Stimmt, aber wir sind auch seltsam.“

„Ich mag unsere Form der Seltsamkeit.“

„Dito. Wie ist die Lage an der Heimatfront?“

„Ich habe gerade nach den Kindern geschaut, sie schlafen alle schon. Außerdem erhalte ich bereits heftige Reaktionen auf meine Worte von vorhin, doch ich werde sie nicht zurücknehmen. Wenn wir die Gewalt in diesem Land bekämpfen wollen, können wir das Thema psychische Gesundheit auf keinen Fall außen vor lassen.“

„Das sehe ich ganz genauso.“

„Wir haben das noch nicht an die Medien gegeben, aber der Schütze hat zu Gewaltausbrüchen geneigt, die seine Familie mehr als einmal dazu veranlasst haben, ihn einweisen zu lassen. Er war nie länger als zweiundsiebzig Stunden in Gewahrsam, weil er eine Behandlung jedes Mal abgelehnt hat, und dann ist es ihm gelungen, eine Waffe in die Finger zu bekommen und durchzuziehen, was er heute getan hat. Die Menschen, die ihm am nächsten standen, glauben, dass es sein Ziel war, von der Polizei erschossen zu werden, was dann ja auch geklappt hat."

„Was ich nie verstehe, ist: Warum muss jemand Unschuldige mit in den Tod reißen, wenn er sein eigenes Leben beenden will?"

„Das kapiere ich ebenfalls nicht. Wenn er sterben wollte, so schrecklich das auch ist, ist das seine Entscheidung, aber er hatte sicher nicht das Recht, andere mitzunehmen."

„Nein. Mir tun all die Familien, die sein egoistisches Handeln für immer zerstört hat, unendlich leid."

„Wirst du meinen Arbeitskreis ‚Psychische Gesundheit' leiten?", wollte Nick wissen.

„Ich habe darüber nachgedacht, und ich wäre gern dabei, doch ich glaube nicht, dass ich den Vorsitz übernehmen kann. Vielleicht sollten wir Dr. Trulo fragen? Als Polizeipsychiater hat er in den letzten knapp dreißig Jahren wirklich schon alles gesehen und wäre besser in der Lage, das Ganze zu leiten."

„Ausgezeichnete Idee. Schick mir seine Nummer per SMS, dann rufe ich ihn an."

„Dann kriegt der Arme einen Herzanfall. Ich muss ihn zumindest vorwarnen."

Nicks ganz spezielles leises Lachen brachte sie wie immer zum Lächeln. „Dann sag ihm, dass ich mich demnächst bei ihm melde."

„Mach ich, und ich schick dir seine Nummer."

„Danke. Bleibst du die ganze Nacht im Büro?"

„Wahrscheinlich nicht, aber noch ein Weilchen. Oh, und noch was … Wir glauben, Ramsey hat mein Büro durchwühlt."

„Wie ist er denn in dein Büro gekommen?"

„Er muss irgendwie das Schloss geknackt haben. Alles liegt auf dem Boden herum. Totales Chaos. Malone hat die Spurensicherung darauf angesetzt."

„Weshalb glaubst du, er war das?"

„Weil er vorhin hier herumgelungert und mir vorne bei den Automaten in der Ecke aufgelauert hat."

„Er hat dir aufgelauert? Was soll das denn bitte heißen?"

Sofort bedauerte Sam, dieses Detail erwähnt zu haben. „Er hat versucht, mich zu provozieren, doch ich habe eindeutig die Oberhand behalten, und dann ist Malone aufgetaucht und hat ihm gesagt, er solle sich verpissen."

„Herrje, Sam, von so etwas kriege ich Albträume."

„Nick, ich war zu keinem Zeitpunkt in Gefahr."

„Doch. Der Typ kann dich nicht ausstehen."

„Es könnte Riesenärger für ihn geben, weil er im Gebäude war, als jemand mein Büro verwüstet hat. Ich hoffe nur, dass er schlampig war und die Spurensicherung ihn damit in Verbindung bringen kann." Selbst wenn das bedeuten würde, dass ein weiterer ihrer Kollegen Schwierigkeiten bekam, die irgendwie mit ihr zusammenhingen. Es war nicht ihre Schuld, dass Stahl sie in Klingendraht gewickelt und gedroht hatte, sie anzuzünden, oder dass Conklin vier Jahre lang Informationen über die ungeklärten Schüsse auf ihren Vater zurückgehalten oder Sergeant Offenbach eine Affäre gehabt hatte.

„Ich hasse den Gedanken, dass du Feinde bei der Polizei hast."

„Das gehört offenbar dazu, vor allem wenn eine Frau gut in einem Männerberuf ist."

Lindsey betrat das Großraumbüro und blieb abrupt stehen, als sie sah, dass die Spurensicherung in Sams Büro zugange war.

„Babe, ich muss auflegen. Ich komme nach Hause, so schnell ich kann."

„Sei bitte vorsichtig. Dein Mann liebt dich."

„Ich liebe dich auch."

Sam beendete das Telefonat, erhob sich und winkte Lindsey zu sich.

„Was zur Hölle ist da los, Sam?"

„Jemand hat mein Büro verwüstet. Ich habe es entdeckt, etwa zehn Minuten nachdem Ramsey mich vorne bei den Automaten gestellt hatte, um mir zu sagen, dass seine Frau sich von ihm scheiden lässt und dass das irgendwie meine Schuld sei."

„Heilige Scheiße. Wieso zum Teufel sollte das deine Schuld sein?"

„Jemand hat ihm per Hauspost anonym einen Beweis für seine Affäre geschickt. Ich schätze, das hat sich irgendwie bis zu seiner Frau herumgesprochen. Jetzt macht er mich dafür verantwortlich."

„Niemand hätte eine Affäre aufdecken können, wenn er sie nicht gehabt hätte."

„Genau. Wolltest du irgendwas von mir?"

„Ja, ich wollte dich darüber informieren, dass Pam Tappen in diesem Van gestorben ist, und zwar an einer Kombination aus Ersticken und Erfrieren.“

„Sie hat also noch gelebt, als jemand sie dort eingesperrt hat, und dann ist sie erstickt und erfroren?“

„Ja.“

„Wie furchtbar.“

„In der Tat. Zeitpunkt des Todes dürfte der Sonntagabend gewesen sein.“

„Wenn man sie also am Freitag entführt hat, hat es zwei volle Tage gedauert, bis sie starb. Gott im Himmel.“ Sam dachte kurz darüber nach und erinnerte sich daran, dass Pams Sachen noch im Auto gelegen hatten. „Das war etwas Persönliches. Jemand wollte, dass sie leidet.“

„Sehe ich genauso. Ich habe einige Fingerabdrücke auf dem Klebeband gefunden, und die Spurensicherung hat ein paar im Wagen sichergestellt, aber keiner davon war im System.“

Sam verarbeitete diese Nachricht, während sie einen Blick in den Besprechungsraum warf. „Laut der Familie hat jeder sie geliebt.“

„Offenbar nicht.“

„Was für ein Monster tut einem anderen Menschen so etwas an?“

Lindsey hob eine Braue. „Nach all den Jahren in diesem Job musst du das immer noch fragen?“

„Ich schätze, ich habe nie eine zufriedenstellende Antwort erhalten.“

„Das wirst du auch nie. Ich schicke dir meinen vollständigen Bericht, sobald ich ihn fertig habe.“

„Danke, Doc.“

Sam holte tief Luft, dann seufzte sie und kehrte in den Besprechungsraum zurück, um nach den Tappens zu sehen.

„Wir haben eine Liste ihrer engsten Freunde erstellt“, sagte Bob Tappen.

„Ich habe eine Frage an Sie. Wenn sie so wichtig für die Konferenz war, an der sie teilnehmen sollte, hätte man sich dann nicht an Sie wenden müssen, als sie nicht erschienen ist?“

„Nicht unbedingt. Sie war Einzelunternehmerin. Ich bin nicht sicher, ob jemand gewusst hat, dass ich der Ansprechpartner sein könnte, wenn sie nicht auftauchte.“

„Ich will ehrlich sein, Mr Tappen. Mir kommt es seltsam vor, dass sie für ein Wochenende wegfährt und absolut keinen Kontakt zu ihrem Ehemann oder ihren drei Kindern hatte und auch keinen

Notfallkontakt bei den Organisationen, für die sie arbeitet, hinterlegt hat."

„Ich weiß, dass das für Sie seltsam klingen muss, doch das ist seit Jahren unsere Routine. Sie ist sehr eingespannt, wenn sie auf den Konferenzen ist, und wir lassen sie dann in Ruhe."

„Sie kontaktieren einander überhaupt nicht?"

„Das hast du einmal getan, als Justin eine Blinddarmentzündung hatte, und sie ist nach Hause geflogen, erinnerst du dich, Dad?", fragte Lucas.

„Ja, das war eine Ausnahme, aber wenn sie arbeitet, kommen wir in der Regel ohne sie klar. Es ist nur eine Woche oder so im Monat, und wir machen das schon so lange, dass es für uns ganz normal ist."

„Könnte ich eine Minute mit Ihnen allein sprechen, Mr Tappen?" Es war an ihm, zu entscheiden, in wie viele Einzelheiten über den Tod ihrer Mutter er seine Kinder einweihen würde.

Er warf den Jungs einen Blick zu, die daraufhin aufstanden und den Raum verließen.

Nachdem sich die Tür hinter ihnen geschlossen hatte, sagte Sam: „Ich bin selbst Mutter, Mr Tappen, und ich würde keinen einzigen Tag vergehen lassen, ohne mit meinen Kindern zu sprechen."

„Bei allem Respekt, Lieutenant, ich glaube, Sie sind erst relativ kurz Mutter, daher erscheint es Ihnen natürlich seltsam."

„In vierzig Jahren werde ich immer noch jeden Tag mit ihnen reden wollen."

Zum ersten Mal wurde Tappen wütend. „Meine Frau hat ihre Kinder geliebt und sie umgekehrt ihre Mutter. Ihre Firma hat einen großen Teil des Jahreseinkommens unserer Familie erwirtschaftet, und wir waren darauf angewiesen, also haben wir ihr den Rücken freigehalten und sie ihre Arbeit machen lassen, wenn es nötig war. Ich wüsste es sehr zu schätzen, wenn Sie uns – und vor allem sie – nicht für die Entscheidungen verurteilen würden, die wir im besten Interesse unserer Familie getroffen haben."

„Schon gut, ich will weder über Sie noch über Ihre Frau urteilen. Ich stelle Fragen, die notwendig sind, um zu erfahren, wer ein Motiv hatte, sie zu töten."

„Wir haben keine Ahnung, wer sie hätte töten wollen", sagte Tappen.

„Ich muss Ihnen noch einige Einzelheiten mitteilen, die zu hören Ihnen schwerfallen wird."

„Schwerer als die Nachricht von ihrer Ermordung?"

„Ja, unter Umständen."

Er wappnete sich für das Kommende.

„Die Todesursache war eine Kombination von Ersticken und Erfrieren, was bedeutet, dass sie noch am Leben war, als man sie, wahrscheinlich am Freitag, gefesselt und geknebelt in dem Van zurückgelassen hat. Die Gerichtsmedizinerin hat den Zeitpunkt des Todes auf Sonntagabend festgelegt." Sam wartete einen Moment, um ihm etwas Zeit dafür zu geben, zu verarbeiten, dass es zwei Tage gedauert hatte, bis Pam gestorben war. „Das war persönlich. Wer immer das getan hat, wollte, dass Ihre Frau leidet."

„Wir kennen niemanden, der das hätte wollen können." Bob Tappen schien fassungslos zu sein, er kämpfte mit den Tränen. „Sie hat viel für andere getan. Unsere Nachbarin leidet seit zwei Jahren an Brustkrebs. Seit der Diagnose hat Pam jede Woche für ihre Familie gekocht. Sie hat die Kinder dieser Frau zum Training gebracht und abgeholt, sie hat ehrenamtlich in einer Obdachlosenunterkunft gearbeitet und Spenden für sie gesammelt. Es war ihr immer wichtig, sich für andere einzusetzen, vor allem für unsere Familie."

„Was ist mit ihrer Firma? Hatte sie Probleme mit Kunden oder Kollegen?"

„Nicht dass wir wüssten", antwortete Bob. „Sie hatte fast ausschließlich langjährige Kunden, bis auf den, der diese Woche dazugekommen ist. Das war jemand Neues."

Ein guter Anhaltspunkt, dachte Sam. „Haben Sie den Namen seiner Firma?"

„Ich kann in ihrem Büro zu Hause nachschauen."

„Unsere Leute werden ihr Büro, ihren Computer und ihr Handy durchsuchen, wenn wir es finden, um zu sehen, ob sie irgendwelche Probleme mit jemandem hatte, von denen Sie vielleicht nichts wussten. Wir haben einen Durchsuchungsbefehl beantragt, aber ich wollte Sie im Vorfeld schon darauf vorbereiten."

„Natürlich. Wir werden die Ermittlungen in jeder erdenklichen Weise unterstützen."

„Aktuell sind Beamte bei Ihnen zu Hause, um sicherzustellen, dass der Tatort, falls Ihr Haus einer ist, nicht verunreinigt wird. Wir haben außerdem auch einen Durchsuchungsbeschluss für Ihr Handy beantragt."

„Warum das denn?"

„Reine Routine."

„Ich habe nichts zu verbergen."

Sein Mobiltelefon verkündete das Eintreffen einer SMS. „Amy ist in Cambridge und will wissen, ob sie mich anrufen kann, bevor sie zu Molly raufgeht."

„Ja, soll sie", entschied Sam und erhob sich, um die Jungs wieder hereinzuholen.

In den folgenden zehn Minuten musste sie mit anhören, wie Molly ihrer weinenden Tante Amy und ihrem Onkel Tom die Tür öffnete. Sie fragte, warum die beiden gekommen seien, und Amy erwiderte: „Dein Vater muss mit dir sprechen."

„Okay …"

Nachdem Amy Molly das Handy gereicht hatte, meldete sich diese: „Dad? Was ist los?"

Als Bob seiner Tochter mitteilte, dass man ihre Mutter ermordet aufgefunden habe, war das ein weiterer schrecklicher Moment an einem Tag voller Katastrophen. Mollys Aufschrei rührte alle im Besprechungsraum zu Tränen, auch Sam.

„Wer könnte das getan haben?", schluchzte sie.

„Wir wissen es nicht, Schatz", antwortete ihr Vater, „aber Lieutenant Holland hilft uns, es herauszufinden."

„Ich will nach Hause kommen", sagte Molly, die ein weiteres Schluchzen unterdrückte.

„Natürlich."

„Wir bringen sie", erbot sich Amy. „Wir fahren noch heute Abend los."

Nachdem sie das Gespräch mit Amy und Molly beendet hatten, bat Sam um Bobs Handy, das sie der IT-Abteilung für eine gründliche Untersuchung übergab, nachdem er ein Formular zur Freigabe unterzeichnet hatte. Zurück im Besprechungsraum, setzte sie die Befragung von ihm und seinen Söhnen fort. „Ist einem von Ihnen diese Woche zu Hause irgendetwas Ungewöhnliches aufgefallen?" Sie hatte sich gefragt, ob man Pam daheim oder woanders entführt hatte.

„Nicht, dass ich wüsste", erwiderte Bob.

„Mir auch nicht", war Lucas' Antwort, während Justin lediglich den Kopf schüttelte.

„Wir werden Sie in einem Hotel unterbringen, während die Spurensicherung Ihr Haus untersucht", kündigte Sam an.

„Muss das wirklich sein?", erkundigte sich Bob. „Sie war seit vier Tagen nicht mehr dort."

„Dort könnte ein Verbrechen stattgefunden haben, ohne dass Sie es gemerkt haben."

Er wollte widersprechen, und sie konnte ihm keinen Vorwurf daraus machen. Zu dem Schock wegen der Ermordung seiner Frau kam nun noch hinzu, dass man ihn aus seinem Zuhause aussperrte.

„Wir werden so zügig arbeiten, wie wir können, damit Sie schnellstmöglich wieder zurückkehren können."

Bob schien zu begreifen, dass Widerspruch zwecklos war.

Sam erhob sich, um sich um ein Hotel zu kümmern. Sie wandte sich an Lieutenant Haggerty, der vor ihrem Büro stand und die Ermittler beaufsichtigte, die in dem Chaos nach Beweisen suchten.

„Bisher nichts", begrüßte er sie.

„Ich wollte Sie um Hilfe in einer anderen Angelegenheit bitten. Ich habe einen potenziellen Tatort im Haus von Bob und Pam Tappen in der M Street."

„Potenziellen?"

„Ich bin nicht sicher, ob dort etwas passiert ist, und wenn ja, dann ist es schon vier Tage her."

Er verzog das Gesicht. „Wenn es also ein Tatort ist, ist er gründlich verunreinigt."

„Korrekt."

„Was für ein Spaß. Wir kümmern uns morgen früh als Erstes darum."

„Danke. Ich bringe die Familie inzwischen in einem Hotel unter." Sie begab sich wieder zu Dominguez' Arbeitsplatz, um mit deren Telefon den Einsatzleiter der Streifenpolizei anzurufen. „Ich könnte Hilfe von einem von Ihren Leuten gebrauchen. Sie finden mich im Großraumbüro der Mordkommission."

„Ich schicke Ihnen jemanden."

„Danke sehr."

Sam beobachtete immer noch die Spurensicherung in ihrem Büro, als Officer Charles das Großraumbüro betrat. Sie war hocherfreut, die junge Beamtin zu sehen, die die Details der Beerdigung ihres Vaters so hervorragend geregelt hatte. „Schön, Sie an einem Montagabend hier zu treffen."

Officer Charles lächelte. „Ich mache Überstunden."

„Haben Sie schon gehört, dass ich versuche, Sie dem Chief abspenstig zu machen?"

„Mir ist ein dahin gehendes Gerücht zu Ohren gekommen, und

es wäre mir eine Ehre, Ihnen in jeder nur erdenklichen Weise behilflich zu sein."

„Haben Sie denn überhaupt Zeit dafür? Nach allem, was ich höre, spannt der Chief Sie ziemlich ein."

„Ich habe Zeit, und ich würde gern mit Ihnen zusammenarbeiten und von Ihnen lernen."

Sam sah sie schief an. „Haben Sie zufällig einen Kurs im Schleimen bei Detective Cruz belegt?"

Officer Charles grinste. „Nein, aber ich werde mir merken, dass er in diesem Bereich Erfahrung hat."

„Er ist der Großmeister des Schleimens."

„Lieutenant Dawkins sagte, Sie bräuchten Hilfe?"

„Ja, und ich bin froh, dass er Sie geschickt hat." Sam wies mit dem Kinn auf den Besprechungsraum. „Am frühen Abend wurde Pam Tappen ermordet in ihrem Minivan aufgefunden."

„Davon habe ich gehört. Sie hatte schon ein paar Tage dort gelegen?"

Sam nickte. „Ich habe hier Bob Tappen und seine Söhne Justin und Lucas. Seine Tochter Molly ist mit guten Freunden aus Boston auf dem Weg hierher. Wir müssen sie für mindestens ein, zwei Tage in einem Hotel unterbringen, während die Spurensicherung sich ihr Haus vornimmt."

„Darum kann ich mich kümmern."

„Sorgen Sie dafür, dass sie alles haben, was sie brauchen. Die Unterbringung in einem Hotel macht eine schwierige Zeit für sie nur noch schlimmer."

„In Ordnung."

„Danke sehr, und melden Sie sich bald wieder bei mir."

„Auch das werde ich tun."

Sam nahm Officer Charles mit in den Besprechungsraum, um sie den Tappens vorzustellen. „Sie sind bei ihr in den besten Händen", sagte Sam. „Ich melde mich dann morgen früh bei Ihnen und werde Sie über alle Entwicklungen auf dem Laufenden halten."

„Danke", antwortete Bob.

Nachdem sie die Tappens Officer Charles überlassen hatte, rief Sam Dani Carlucci an. „Gibt's was Neues?"

„Bisher nicht. Ich rede noch mit den Nachbarn, aber bislang hat niemand etwas Verdächtiges beobachtet."

„Wir haben es mit einer Zeitspanne zu tun, die bis Freitag

zurückreichen könnte. Es wird nicht leicht sein, jemanden zu finden, der sich an etwas erinnert, das so lange zurückliegt."

„Ich werde es trotzdem versuchen."

„Fordere Verstärkung an, wenn du meinst, dass du sie brauchst."

„Ich komme klar."

„Ehe du auflegst – was hört man von Gigi?"

„Gelegentlich eine SMS. Es geht ihr schon besser, sie will unbedingt wieder arbeiten und hat es satt, daheim herumzusitzen."

„Sie ist erst in ein paar Wochen wieder diensttauglich."

„Ich fürchte, bis dahin dreht sie durch."

„Das kann ich durchaus nachvollziehen. Ich werde nach Hause fahren und fange morgen früh mit der Firma an, die Pam am Wochenende bei ihrer Veranstaltung unterstützen sollte. Schick mir eine SMS, wenn sich etwas Neues ergibt."

„Wird gemacht."

KAPITEL 7

Detective Gigi Dominguez drehte tatsächlich fast durch, weil sie sich sowohl beruflich als auch vom Leben selbst aufs Abstellgleis geschoben fühlte, solange sie sich von den Verletzungen erholte, die ihr ehemaliger Freund Ezra ihr zugefügt hatte. Zwar hatte der sich inzwischen wegen einer bipolaren Störung in stationäre Behandlung begeben, doch nachdem er ihre Mutter, ihre Schwester und ihre Neffen als Geiseln genommen hatte, war Gigi nicht mehr bereit, Ausflüchte für den Mann zu finden. Selbst wenn er seit der Highschool ein fester Bestandteil ihres Lebens gewesen war.

Schlimm genug, dass er ihr eine Gehirnerschütterung und einen Milzriss zugefügt hatte, woraufhin die Ärzte ihre Milz in einer Notoperation hatten entfernen müssen, aber dass er auch noch ihre Familie mit in die Sache hineingezogen hatte ... das war für sie das Ende der Fahnenstange gewesen. Ja, sie hatte versprochen, sich nach ihm zu erkundigen, während er in Behandlung war, allerdings nur, um ihn dazu zu bringen, ihre Familie freizulassen.

Sie würde ihr Versprechen halten. Doch ihre Beziehung war definitiv zu Ende.

Sie scheute davor zurück, sich an den Abend zu erinnern, als sie versucht hatte, ihn in ein Krankenhaus zu bringen. Er war vor Empörung förmlich explodiert, weil sie angedeutet hatte, mit ihm könne etwas nicht in Ordnung sein. Nein, daran durfte sie nicht denken, denn dann würde sie wieder anfangen, haltlos zu zittern, weil ihr klar wurde, dass er zu diesem Zeitpunkt bereits eine Bedrohung für ihre persönliche Sicherheit dargestellt hatte.

Und sie hatte das nicht erkannt.

Wie hatte das geschehen können? Sie war darauf trainiert, solche Dinge zu erkennen, hatte es bei ihm aber nicht bemerkt, bis es zu spät gewesen war, um zu verhindern, dass er sie ernsthaft verletzte.

Selbst Wochen später versuchte sie immer noch, die Emotionen dieser Nacht und der ein paar Tage später zu verarbeiten, als er ihre Familie mit einer Waffe bedroht und verlangt hatte, sie sehen zu dürfen.

Tränen brannten in ihren Augen, als sie erneut den Schrecken durchlebte, dass ihre geliebten Familienmitglieder ihretwegen in Lebensgefahr geschwebt hatten. Sie weigerte sich, den Tränen freien Lauf zu lassen, weil sie befürchtete, dass sie sich nie wieder erholen würde, wenn sie sich derart gehen ließ. Infolge der Auseinandersetzung mit ihren eigenen schwierigen Erinnerungen und der unablässigen Berichterstattung über die Schießerei in Des Moines waren ihre Gefühle furchtbar aufgewühlt.

Ein leises Klopfen an ihrer Wohnungstür holte sie aus der Finsternis ihrer Gedanken zurück.

„Sekunde bitte."

Sie bewegte sich immer noch langsam und war sich nicht sicher, was schlimmer war – die Nachwehen der OP oder die schwere Gehirnerschütterung. Im Moment lag beides gleichauf auf dem ersten Platz. Ehe sie die Tür öffnete, schaute sie durch den Spion und erblickte ihren Kollegen Detective Cameron Green.

Was will der denn schon wieder hier?

Gigi nahm sich einen Moment Zeit, um den Gürtel ihres Bademantels zuzuknoten und sich mit den Fingern durchs Haar zu fahren, um die wilden Locken zu bändigen.

Nachdem sie die neuen Schlösser entriegelt hatte, die Cam bei ihrer Rückkehr aus dem Krankenhaus für sie installiert hatte, öffnete sie ihrem attraktiven blonden Kollegen die Tür.

Lächelnd hielt er ihr eine braune Papiertüte mit Henkeln hin. „Ich habe hier etwas von dem Mexikaner, dessen Essen dir letzte Woche so gut geschmeckt hat."

Er war zu süß, zu nett und zu alles, einschließlich sexy. Das war ihr schon aufgefallen, lange bevor ihr Leben in eine Million Stücke zersplittert war. Doch sie war seit der Highschool mit Ezra zusammen gewesen, und so war Cameron Green fest in die Kategorie „Freund und Kollege" einsortiert worden.

„Komm rein." Sie trat zurück, um ihn reinzulassen, und musste sich zum x-ten Mal seit dem Vorfall mit Ezra bewusst machen, dass sie von diesem Mann nichts zu befürchten hatte, genauso wenig wie von den anderen männlichen Kollegen, die vorbeigeschaut hatten. Ihr Team war offenbar wild entschlossen, sie mit Essen und Unterhaltung zu versorgen, aber niemand war so treu wie Cameron.

„Ich kann wieder gehen, wenn du keine Lust auf Gesellschaft hast", erklärte er.

„Hast du dir auch was zu essen mitgebracht?"

„Ja, das kann ich allerdings mit heimnehmen, wenn du müde bist."

„Schon gut. Wir können gern zusammen essen."

„Schön", sagte er und zeigte ihr ein Lächeln, das genauso gut eine Werbung für perfekte Zähne hätte sein können.

Gigi verstand nicht, warum dieser Kollege anders war als die anderen. Wenn er sie anlächelte, hatte sie Schmetterlinge im Bauch, und ihr Herz veranstaltete diese seltsamen Kapriolen, von denen ihr ganz schwindelig wurde. Vielleicht war es auch nur die Gehirnerschütterung.

Doch das glaubte sie nicht. Sie vermutete, dass es an ihm lag, und das war in mehrfacher Hinsicht beunruhigend.

„Was hat der Arzt gesagt?", fragte Cameron, während er Essen auf ihren Couchtisch stellte, das für zehn Personen gereicht hätte. Er brachte immer genug mit, dass sie auch für den nächsten Tag noch etwas hatte.

„Er hat gemeint, alles heile erwartungsgemäß, also nicht schnell genug für meinen Geschmack."

Cameron füllte ihr Wasserglas nach und setzte sich neben sie aufs Sofa, während er sich selbst ein Bier öffnete. „Das braucht alles seine Zeit, und du darfst nichts überstürzen."

Sie tauchte einen Chip in die Käsesoße, die er immer mitbrachte, seit er wusste, dass sie sie liebte, und antwortete: „Den ganzen Tag herumzusitzen macht mich verrückt."

„Aber das braucht dein Körper jetzt, um sich zu erholen, Gigi."

„Ich weiß", seufzte sie. „Nur werde ich dabei fett wie ein Wal, vor allem, wenn du mich weiterhin mit so leckerem Essen fütterst."

Diese Äußerung ärgerte ihn spürbar. „Nein, wirst du nicht."

Gigi legte den Kopf schief und beschloss, die Frage zu stellen, die ihr in Bezug auf ihn am meisten auf der Seele brannte. „Was willst du eigentlich hier, Cam?"

„Hm? Ich dachte, wir essen zusammen zu Abend."

„Tun wir auch, doch was willst du?"

Er legte die Gabel weg und wischte sich mit einer Papierserviette, auf der das Logo des Restaurants aufgedruckt war, den Mund ab. „Ich helfe einer Freundin und Kollegin."

„Das ist alles?"

„Was sollte es denn sonst sein?"

„Ich weiß nicht. Deshalb frage ich ja."

Er stocherte in den Hühnchen-Enchiladas herum, die er normalerweise praktisch inhalierte. „Kann ein Freund nicht einfach einer Freundin helfen? Kann es nicht einfach sein, dass ich es hasse, was er dir angetan hat, und dir zu helfen mich davon abhält, ihn umzubringen, weil er es gewagt hat, Hand an dich zu legen?"

Die Härte seiner Worte erschreckte sie, denn sie hatte diese Seite von ihm noch nie gesehen, außer bei der Arbeit, wenn sich sein Zorn gegen die Drecksäcke richtete, die sie als Detectives der Mordkommission jagten. Er war einer der besten Polizisten, mit denen sie je zusammengearbeitet hatte. Die gesamte Truppe war dieser Meinung. Aber was bedeutete es, dass er den Mann töten wollte, der ihr wehgetan hatte?

„Du verwirrst mich, Cam."

„Das will ich nicht", seufzte er. „Du hast im Augenblick genug um die Ohren. Mehr als genug."

„Was würdest du denn noch zu dem Stapel von Problemen hinzufügen?"

„Ich glaube nicht, dass wir jetzt darüber sprechen sollten. Später, wenn es dir besser geht, können wir das tun."

„Du verwirrst mich immer mehr. Worüber willst du reden?"

Er schloss die Augen und holte tief Luft. „Ich habe mich von Jaycee getrennt."

„Was? Wann?"

„Vor zwei Wochen."

„Ich dachte, es ist dir ernst mit ihr."

„War es auch. Ich meine, schon, aber ..."

Gigi legte ihm eine Hand auf den Arm. „Was ist los, Cameron? Ich hoffe, du weißt, dass du mit mir reden kannst, und zwar über alles."

Er gab ein Geräusch von sich, das eine Mischung aus Stöhnen und Lachen war. „Ich bin mir nicht sicher, ob du das hören willst."

„Versuch's."

Er nahm einen weiteren Schluck Bier und stellte die Flasche auf dem Tisch ab. Ein langer Moment verstrich, ehe er sich ihr zuwandte. „Ich habe mit Jaycee Schluss gemacht, weil ich Gefühle für eine andere Frau habe."

„Oh, dann war es wohl der richtige Schritt."

„Ja, ich denke schon, nur macht die Person, die ich mag, gerade eine schwere Zeit durch, und das Letzte, was sie braucht, ist, dass ich ihr etwas erzähle, was sie vielleicht nicht hören will."

Gigi schob es auf die Gehirnerschütterung, dass sie bestimmt dreißig Sekunden brauchte, um zu begreifen, dass er von ihr sprach. Cameron Green sagte ihr, dass er sie mochte und dass er mit seiner Freundin Schluss gemacht hatte, weil er etwas für sie empfand. Auf einmal bekam sie keine Luft mehr, konnte keinen klaren Gedanken fassen, sondern ihn bloß anstarren.

Sie schämte sich dafür, dass sie sich in ihn verknallt hatte, als sie noch mit Ezra zusammen gewesen war. Schon seit einiger Zeit hatte sie die Beziehung mit ihrem Highschool-Freund beenden wollen, hatte jedoch wegen seiner labilen psychischen Verfassung gezögert. Wie sich herausgestellt hatte, war ihre Sorge gerechtfertigt gewesen, denn als sie das Thema Trennung angesprochen hatte, war sie im Krankenhaus gelandet.

„Ich weiß, es ist nicht der richtige Zeitpunkt, Gigi", flüsterte er. „Ich erwarte nicht, dass du jetzt irgendetwas antwortest oder tust, wenn du nicht genauso empfindest wie ich."

„Cam."

„Was?"

Sie winkte ihn mit gekrümmtem Finger näher zu sich.

Zuerst schien er zu überrascht, um sich zu bewegen.

„Cam."

Er blinzelte und verringerte auf dem Sofa rasch den Abstand zwischen ihnen.

Gigi nahm allen Mut zusammen, den sie besaß, um einen Schritt zu tun, der für sie beide alles ändern würde. Aber nachdem sie gehört hatte, dass er Gefühle für sie hegte – und den Beweis dafür in der Art und Weise gesehen hatte, wie er sich in den letzten Wochen um sie gekümmert hatte –, fand sie, dass es keinen Mut erforderte, mit ihren Lippen leicht über seine zu streichen.

In der Sekunde, bevor er seine Hände an ihr Gesicht legte und ihr Kinn anhob, drang ein sehnsüchtiger Laut aus seiner Kehle.

Gigi zitterte, als sie den Mann küsste, den sie seit dem Tag anhimmelte, an dem er zu ihrem Team gestoßen war. Er war nicht nur gut aussehend, sexy und superprofessionell, sondern auch klug, einfallsreich, aufmerksam und fürsorglich.

Er beendete den Kuss und lehnte die Stirn an ihre, als ränge er um Beherrschung.

„Was ist?", fragte sie.

„Nichts."

„Warum hast du dann aufgehört?"

Er wickelte sich eine ihrer Haarsträhnen um den Zeigefinger. „Weil du noch nicht wieder gesund bist, und das Letzte, was du brauchst, sind weitere Komplikationen."

„Wird es das denn sein? Kompliziert?"

„Das will ich schwer hoffen." Er streichelte ganz zart ihr Gesicht, eine Berührung, die ihren ganzen Körper vor Verlangen in Flammen setzte.

„Was ist mit der Arbeit?"

„Wir sind für unterschiedliche Schichten eingeteilt, und keiner von uns ist der Vorgesetzte des anderen. Das sollte also kein Problem sein. Wir müssten es allerdings Sam sagen."

„Willst du das denn? Ich meine, willst du mich?"

„Wenn du eine Ahnung hättest, wie sehr ich dich will, Gigi, würdest du mich sofort rausschmeißen."

„Nein, würde ich nicht."

„Doch."

Sie schüttelte entschieden den Kopf.

Cameron nickte.

Sie schmunzelte. „Warum hast du nicht früher was gesagt?"

„Du warst noch nicht bereit dafür. Das bist du eigentlich immer noch nicht."

„Mir geht es schon viel besser."

„Wie sieht es da drin aus?", fragte er und tippte mit einem Finger leicht auf ihre Brust, direkt über dem Herzen.

Sie brauchte einen Moment, um sich zu sammeln. „Ich habe Ezra lange geliebt, aber im letzten Jahr oder so war es wirklich schwierig. Es war schon seit einiger Zeit klar, dass er mit etwas kämpfte, auch wenn er sich geweigert hat, sich helfen oder gar behandeln zu lassen. Na ja, mir fiel es schwer, jemanden weiter zu unterstützen, der nicht einmal das Nötigste tat, um gut für sich selbst zu sorgen. Ich habe schon vor einiger Zeit beschlossen, unsere Beziehung zu beenden, doch wegen seiner Probleme musste ich den Zeitpunkt klug wählen. Tja, ich habe gedacht, ich hätte ihn in einer guten Nacht erwischt, aber …" Sie atmete tief aus, ehe sie Cameron ansah. „Innerlich hatte ich ihn schon verlassen, eine ganze Weile bevor das alles passiert ist."

„Es bringt mich fast um, dass er dir so wehgetan hat."

„Das war seine Krankheit, nicht er. Der Ezra, den ich gekannt und geliebt habe, hätte mir so etwas nie angetan und niemals meine Familie als Geiseln genommen." Sie erschauerte, als sie an den Schrecken jener Nacht zurückdachte. „Er war der netteste Kerl der Welt, bis ihn mit Anfang zwanzig die Krankheit erwischt hat. Seitdem ist es ein Kampf für ihn und alle, die ihn lieben."

„Hoffentlich bekommt er jetzt die Therapie, die er braucht."

„Das hoffe ich auch."

„Ist das mit ihm endgültig vorbei für dich?"

„Schon seit einer ganzen Weile. Und was ist mit dir und Jaycee?"

„Auch schon seit einer Weile, obwohl sie es nicht gut aufgenommen hat, als ich es ihr gesagt habe."

„Was ist denn passiert?"

„Sie war sehr wütend. Jaycee hat gedacht, wir würden heiraten. Ich bin nicht sicher, wie sie auf die Idee gekommen ist. Wir haben nie darüber geredet. Zumindest ich nicht. Sie behauptet, ich hätte sie vor ihrer Familie und ihren Freunden blamiert."

„Inwiefern? Indem du ihr erklärt hast, dass du Schluss machen willst?"

„Ja, ich denke schon. Anscheinend hat sie allen erzählt, dass wir heiraten werden. Ich meine, warum hat sie das getan, wo wir doch nie darüber gesprochen haben?"

„Sie hat sich selbst blamiert. Ich habe keinen Zweifel, dass du immer offen und ehrlich zu ihr gewesen bist."

„Bin ich auch. Es war schön mit ihr, doch ich habe nie gedacht, dass sie die eine Richtige für mich ist, verstehst du?"

„Ja. Sosehr ich Ezra auch geliebt habe, ich konnte mir nicht vorstellen, für immer mit ihm zusammen zu sein. Ich glaube, nach einer Weile beruhte unsere Beziehung vor allem auf Gewohnheit. Wir waren seit dreizehn Jahren ein Paar, seit wir sechzehn waren."

„Das ist eine sehr lange Zeit."

Sie sah zu ihm hoch und fühlte sich extrem verletzlich. „Ich war nie mit jemand anderem zusammen. Keine Ahnung, ob ich überhaupt weiß, wie das geht."

Seine blauen Augen blitzten amüsiert. „Möchtest du es herausfinden?"

„Ich glaube schon."

Er küsste sie erneut, zärtlich und behutsam, und löste sich dann von ihr. „Ich sollte jetzt heimfahren."

„Du hast noch gar nicht aufgegessen."

„Den Rest nehme ich mit."

„Bitte bleib."

„Bei dir ist gerade zu viel los, Gigi. Vielleicht sollten wir warten, weißt du ..."

„Ich will aber nicht warten. Cam, ich habe mich in dich verknallt, als du das erste Mal in unserem Team aufgetaucht bist." Zu wissen, was er für sie empfand, machte es leicht, ihm die Wahrheit zu gestehen.

Sein Gesichtsausdruck verriet ihr, dass er total geschockt war, was sie zum Lachen brachte.

„Erzähl mir nicht, dass du das nicht gewusst hast", sagte sie.

„Ich hatte keine Ahnung! Nicht die geringste. Wenn ich das gewusst hätte, wäre ich nie mit Jaycee oder sonst wem zusammen gewesen, denn ich war die ganze Zeit über in dich verknallt."

Er streckte die Arme nach ihr aus, und sie seufzte, als sie sich an ihn schmiegte.

„Das Timing mag schrecklich sein", murmelte sie, während sie den Kopf an seine Brust legte, „doch ich will das. Ich will dich, Cam."

„Gigi, ich will dich auch, aber vor allem will ich es richtig machen. Du brauchst Zeit, um wieder gesund zu werden und dich von dem zu erholen, was passiert ist."

„Wirst du mir dabei helfen, wie du es von Anfang an getan hast?"

„Es gibt nichts, was ich lieber täte, als dir bei allem zu helfen, was du brauchst, Gigi."

„Ich brauche mehr davon", flüsterte sie und schlang die Arme um ihn.

„Davon kannst du so viel haben, wie du willst."

„Das wird eine Menge sein."

„Das ist bei mir genauso." Er wich zurück und sah sie mit der Intensität an, die ihm half, so gut in seinem Job zu sein, und die nun ausschließlich ihr galt.

„Danke, dass du die ganze Zeit für mich da warst."

„Ich wünschte wirklich, ich hätte mehr tun können.“

„Du hast genug getan.“

„Was immer du willst oder brauchst, Gigi – sag es mir, und ich besorge es dir.“

„Im Augenblick will ich nur dich.“

„Du hast mich, Süße.“

KAPITEL 8

Nick schenkte sich ein Glas von dem Bourbon aus dem Barwagen ein, den die Butler im Wohnzimmer neben ihrem Schlafzimmer bestückt hielten, und nahm es mit in den Wintergarten im dritten Stock, der zu einem Lieblingsplatz der Familie geworden war. Von dort oben aus hatte man eine unvergleichliche Aussicht auf die Hauptstadt und die Denkmäler, die nachts beleuchtet waren.

Das Weiße Haus war weihnachtlich geschmückt, jeder Quadratzentimeter quoll über von Tannenbäumen, jeder Menge Grünzeug und Gegenständen, die zum Thema „Made in America" passten, das Gloria Nelson Monate vor dem plötzlichen Tod ihres Mannes ausgewählt hatte. Nick hatte Gloria eingeladen, sich das Ergebnis ihrer harten Arbeit anzusehen, aber sie hatte die Einladung dankend abgelehnt und gesagt, es sei noch zu früh für sie, um nach Washington zurückzukehren.

Nach einem Tag voller tragischer Nachrichten war Nick erfüllt von Mitgefühl mit den Menschen, deren Leben in Scherben lag, und mit dem Land, das das Problem mit den Waffen, der Gewalt und der psychischen Gesundheit einfach nicht in den Griff zu kriegen schien. Ein Land, das so groß und tatkräftig war wie die Vereinigten Staaten, war doch sicher in der Lage, einen Weg zu finden, das im zweiten Verfassungszusatz verankerte Recht auf das Tragen von Waffen zu schützen und gleichzeitig sicherzustellen, dass Menschen, die keine Waffen haben sollten, auch keine bekamen!

In der Theorie klang das so einfach, dabei war es in Wirklichkeit eine der schwierigsten Herausforderungen seiner Zeit.

Sein persönlicher BlackBerry klingelte, und er zog ihn in Erwartung eines Anrufs von Sam aus der Tasche. Aber es war Elijah.

„Hey", begrüßte Nick den älteren Bruder der Zwillinge, der für ihn und Sam wie ein zusätzlicher Sohn geworden war, seit die beiden Kleinen Anfang Oktober in ihr Leben getreten waren. „Wie läuft's?"

„Ach, ganz gut."

„Was ist los?", fragte Nick, augenblicklich alarmiert. Er kannte Elijah noch nicht lange, doch er hatte einen Draht zu dem jungen Mann entwickelt und spürte, dass etwas nicht stimmte.

„Ich habe über den Sorgerechtsstreit mit Cleos Familie nachgedacht."

„Ja, und?" Mit angehaltenem Atem wartete Nick darauf, dass Elijah ihm erzählte, was er auf dem Herzen hatte. Als gesetzlicher Vormund der Zwillinge traf er die Entscheidungen darüber, wo sie lebten und was das Beste für sie war. Er hatte beschlossen, dass sie bei Sam, Nick und Scotty bleiben sollten, bis sie volljährig waren, weil sie sich so gut eingelebt hatten.

„Ich finde, wir sollten ihnen die Kinder überlassen."

Selbst wenn Nick der Blitz getroffen hätte, hätte er nicht schockierter sein können als bei diesen Worten. „Was ist passiert?" Elijah war dabei gewesen, als Cleos Schwester und ihr Mann versucht hatten, sich mit Gewalt ins Leben der Zwillinge zu drängen, und war über ihr Verhalten genauso entsetzt gewesen wie Sam und Nick.

„Gar nichts."

„Elijah, ich dachte, wir beide seien an dem Punkt, an dem wir einander vertrauen."

„Sind wir auch. Natürlich."

„Dann musst du mir erklären, warum du denkst, dass die Kinder bei Leuten sein sollten, bei denen wir uns einig sind, dass sie nicht gut für sie sind."

„Das kann ich nicht. Es würde dein Bild von mir für immer verändern."

„Ich komme zu dir."

„Was? Du kannst nicht einfach herkommen, Nick. Du brauchst eine Wagenkolonne und einen Plan und ... das geht nicht."

„Ich bin in ein paar Stunden bei dir."

„Nick … Nein."

„Wann hast du morgen Vorlesung?"

„Erst um eins."

„Dann fahr du her. Richte deinen Personenschützern aus, ich wolle dich sprechen."

„Geht das denn?"

„Ich rede mit dem Secret Service und sorge dafür."

„Gut."

„Was auch immer los ist, Eli, wir werden es gemeinsam regeln, und fürs Protokoll: Nichts, was du sagen könntest, würde Sams und meine Einstellung dir oder den Kindern gegenüber ändern."

„Sei dir da nicht so sicher, Nick."

Nick hatte Elijah seit der Ermordung seines Vaters und seiner Stiefmutter nicht mehr so verzweifelt gehört. „Ich bin mir aber sicher. Geh und sag deinen Leuten, was wir besprochen haben."

„Okay."

Als Nick das Telefonat beendet hatte, konnte er nur noch eines denken: *Was jetzt?* Was hatte Elijah so aufgewühlt, dass er erwog, das Sorgerecht für die Zwillinge Leuten zu überlassen, die nichts mit ihnen hatten zu tun haben wollen, bevor der Mörder ihrer Eltern gefasst worden war? Als Sam sie im Laufe der Ermittlungen telefonisch kontaktiert hatte, hatten sie nicht einmal gefragt, wie es den Kindern ging oder wo sie waren.

Diese Leute würden das Sorgerecht für diese wunderbaren Kinder nur über Nicks Leiche kriegen. Er lief nach unten, um mit Nate zu sprechen, dem Personenschützer, der am oberen Ende der Treppe zum Wohnbereich stand.

„Guten Abend, Mr President", begrüßte ihn Nate. „Kann ich Ihnen irgendwie behilflich sein?"

„Ja. Elijah muss sofort aus Princeton herkommen. Er redet gerade mit seiner Einheit über den Transport, doch ich möchte die Dringlichkeit selbst noch einmal betonen."

„Natürlich. Wir kümmern uns sofort darum."

Selbst mit der Autokolonne des Secret Service, die es durch jeden Verkehr schaffte, würde es noch fast drei Stunden dauern, bis Eli eintraf. Bis dahin musste Nick sich fragen, was zum Teufel hier los war.

Er wollte gerade ins Schlafzimmer gehen, als Sam am Fuße der Treppe auftauchte. Sie wirkte müde, nachdem man sie wieder zurück ins Hauptquartier gerufen hatte. Nick wartete auf sie, als sie die mit dem roten Läufer bedeckten Stufen heraufkam und die Hand ergriff, die er ihr entgegenstreckte.

„Ich habe gerade von Elis Einheit gehört, Mr President“, meldete Nate. „Es ist alles vorbereitet.“

„Vielen Dank.“

„Nichts zu danken, Sir.“

„Worum ging es denn da?“, fragte Sam, als sie ihre Privaträume betraten.

„Eli hat angerufen. Er war furchtbar aufgebracht wegen irgendetwas und hat gemeint, wir sollten vielleicht Cleos Familie das Sorgerecht für die Zwillinge überlassen.“

„Was? Das kommt überhaupt nicht infrage.“

„Er glaubt, wir würden ihn in einem ganz anderen Licht sehen, nachdem wir gehört haben, was ihn so verstört hat. Ich habe ihm erklärt, dass nichts daran etwas ändern kann, wie wir für ihn oder die Kinder empfinden. Seine Bodyguards bringen ihn gerade her.“

„O Gott. Was ist das denn jetzt wieder?“

„Ich weiß es nicht, aber ich habe ihm gesagt, was immer es ist, wir werden es gemeinsam in den Griff kriegen.“

Sam presste sich eine Hand auf den Bauch. „Ich habe Magenschmerzen.“

Nick legte den Arm um sie und küsste sie auf den Scheitel. „Mach dir keine Sorgen, bis wir wissen, was los ist. Er weiß schließlich, dass die Kinder bei uns besser aufgehoben sind.“

„Dieser Tag ist echt die Hölle.“

„Und er ist noch nicht vorbei.“

~

Elijah traf kurz nach Mitternacht im Weißen Haus ein und kam mit einem Rucksack über der Schulter die Treppe zum Wohnbereich herauf.

Sam umarmte ihn. „Hast du Hunger?“

Er schüttelte den Kopf. „Ich glaube nicht, dass ich jetzt etwas essen kann, aber danke.“

„Komm rein.“ Nick schloss die Tür, um ihnen die nötige Privatsphäre zu verschaffen. „Willst du etwas trinken?“

Eli sah zu ihm und schien von dem Angebot überrascht zu sein, da er erst zwanzig war. „Das wäre gut.“

Nick schenkte Bourbon für sich und Eli und Wein für Sam ein.

Er setzte sich neben Sam auf das Sofa, während Eli ihnen gegenüber Platz nahm. „Sprich mit uns. Erzähl uns, was los ist.“

Sam hatte Eli noch nie so aufgewühlt erlebt, und nach dem, was er und die Kinder nach der Ermordung seines Vaters und seiner Stiefmutter durchgemacht hatten, wollte das etwas heißen. Er wirkte regelrecht gequält.

„Ich wollte nicht, dass ihr davon erfahrt“, begann er zögernd.

„Wovon?“

„Als Jugendlicher“, sagte er, resigniert, weil er darüber reden musste, was auch immer es war, „habe ich die Sommer immer bei meiner Mutter in Kalifornien verbracht. Ich habe euch ja schon einmal erzählt, dass sie einige gesundheitliche Probleme hatte, weshalb sie mich nicht wirklich beaufsichtigen konnte. Das hat meinen Vater verrückt gemacht, aber das Gericht hatte festgelegt, dass ich diese Zeit mit ihr verbringe.“

Als er einen Schluck von seinem Bourbon trank, bemerkte Sam, dass seine Hand zitterte. Ihn so außer sich zu sehen weckte ihren Beschützerinstinkt. Seit er und die Zwillinge in ihr Leben getreten waren, war auch er Teil ihrer Familie.

„In dem Sommer, als ich siebzehn war, habe ich mich mit dem Mädchen angefreundet, das im Haus neben dem meiner Mutter wohnte. Sie hieß Candace. Wir sind an den Strand gegangen, in die Spielhalle, ins Kino. Das Übliche, nur dass nichts an ihr üblich war. Sie war … sie ist das schönste Mädchen, das ich je getroffen habe, und ich habe mich in sie verliebt. Zu der Zeit steckten ihre Eltern gerade mitten in einer unschönen Scheidung, und ich habe versucht, für sie da zu sein, da ich wusste, wie es ist, wenn die Eltern um einen selbst und alles andere streiten. Wir wurden beste Freunde. So was hatte ich bis dahin gar nicht gekannt. Es war überwältigend und merkwürdig zugleich. Das erste Mal in meinem Leben hatte ich das Gefühl, genau dort zu sein, wo ich hingehörte, bei der Person, die für mich bestimmt war.“

Sam und Nick warfen einander einen Blick zu. Sie konnten die Gefühle, die Eli da beschrieb, durchaus nachvollziehen.

„Eins führte zum anderen, und bald hatten wir Sex. Es tut mir leid, wenn das mehr Informationen sind, als ihr wollt oder braucht, doch dadurch bin ich in Schwierigkeiten geraten.“

Sam hielt den Atem an und hatte fast Angst davor, was er als Nächstes sagen würde.

„Ihre Eltern haben herausgefunden, dass wir miteinander

geschlafen haben, und sind durchgedreht. Sie … haben die Polizei gerufen.“

„Warum das denn?“, fragte Sam.

Elis Augen füllten sich mit Tränen, während er zu Boden sah. „Candace war erst fünfzehn. Ich war siebzehn. Sie haben mich wegen Unzucht mit einer Minderjährigen angezeigt.“

„O Gott“, flüsterte Nick.

„Ich habe Candace geliebt. Ich hätte ihr nie etwas angetan, und ihre Eltern wussten das ganz genau.“

„Sie wussten auch, dass dein Vater steinreich war, richtig?“, erkundigte sich Nick.

Eli verzog das Gesicht und nickte.

„Verflucht“, sagte Nick.

„Es war ein totaler Albtraum. Ich bin verhaftet, vor Gericht gestellt und des Missbrauchs beschuldigt worden. Mein Vater hat die besten Anwälte engagiert, die man für Geld kriegen konnte, und den Eltern alles angeboten, wenn sie die Anklage fallen lassen, aber da lag es schon nicht mehr in ihren Händen. Die Anwälte haben erreicht, dass die Anklage auf ein minderschweres Vergehen reduziert wurde, und ich habe ein geschlossenes Jugendstrafregister, das wir zu löschen versuchen, seit ich achtzehn geworden bin und die Bedingungen der ursprünglichen Vereinbarung erfüllt habe. Die Sache ist in Arbeit, doch es ist noch nicht passiert.“ Nach einer langen Pause fügte er hinzu: „Das Schlimmste ist, dass ich Candace seit der Nacht, in der ihre Eltern herausgefunden haben, dass wir miteinander geschlafen hatten, nie wiedergesehen und nie wieder mit ihr gesprochen habe.“

„Es tut mir so leid, dass dir das passiert ist, Eli“, beteuerte Sam.

„Das war bis zur Ermordung meines Vaters und Cleos das Schlimmste, was ich je durchgemacht habe. Ich denke die ganze Zeit an Candace und hoffe, dass sie sich bei mir meldet, wenn sie im Januar achtzehn wird.“

„Was ist passiert, dass du diese alte Geschichte jetzt wieder aufwärmst?“, fragte Nick.

„Cleos Schwester Monique weiß Bescheid. Sie hat mir eine E-Mail geschickt, in der sie schreibt, wie bedauerlich es wäre, wenn diese Sache herauskäme, und wie peinlich es für meine ‚neue‘ Familie, den Präsidenten und seine Frau, wäre, wenn sie herausfänden, dass sie einen Sexualstraftäter in ihrer Mitte aufgenommen haben, ganz zu schweigen davon, was Princeton dazu sagen würde. Dann hat sie noch geschrieben, wir könnten all das vermeiden, indem wir den Sorgerechtsstreit außergerichtlich beilegen und das Richtige für die Zwillinge tun, was natürlich bedeutet, sie ihr und ihren Eltern zu übergeben. Sie ist die letzte Person auf der Welt, von der ich will, dass sie sie aufzieht."

„Ich wusste von Anfang an, dass ich diese Frau verdammt noch mal hasse", schimpfte Sam und fühlte sich, als könnte sie im Namen des jungen Mannes, den sie zu lieben gelernt hatte, einen Mord begehen.

„Ja, sie ist ein echtes Schätzchen", pflichtete ihr Eli bei. „Cleo hat sich nie mit ihr verstanden, also kann ich mir nicht vorstellen, dass sie ihr davon erzählt hat. Aber Cleo muss sich ihrer Mutter anvertraut haben, als es passiert war, denn die beiden standen sich nahe, und daher weiß offensichtlich auch Monique Bescheid."

Nick zückte seinen BlackBerry und machte einen Anruf, wobei er das Telefon auf Lautsprecher stellte.

„Mr President, was verschafft mir die Ehre?"

„Lass gut sein, Andy", sagte Nick mit einem kleinen Lächeln. Seine Freunde liebten es, ihn bei jeder sich bietenden Gelegenheit mit seinem neuen Titel aufzuziehen. „Wir haben ein Problem mit dem Sorgerechtsfall."

„Nämlich?", fragte Andy, aus dessen Tonfall alle Anzeichen von Belustigung verschwunden waren.

Nick erzählte ihm die Kurzfassung von Elis Geschichte.

„Das hat sie in einer E-Mail geschrieben?", vergewisserte sich Andy.

„Ja", bestätigte Eli.

„Können Sie mir die weiterleiten?"

„Natürlich." Eli holte sein Handy heraus und schickte die E-Mail an Andy, dessen Adresse er aufgrund des laufenden Falls bereits hatte.

„Warten Sie kurz", bat Andy. „Ich lese sie gerade." Nach einer langen Pause, in der Sam, Nick und Eli in angespanntem Schweigen verharrten, sagte Andy: „Wow, was für ein Miststück. Sie droht damit, einen jungen Mann zu erpressen, dessen Vater und Stiefmutter vor Kurzem brutal ermordet wurden, indem sie Details aus einer eigentlich unzugänglichen Jugendstrafakte an die Medien weitergibt. Ich denke, der Richter wird sich dafür interessieren, und ich werde mich an die Kollegin wenden, die die Familie vertritt, um sie wissen zu lassen, dass ihre Mandanten zu schmutzigen Tricks greifen.“

„Glauben Sie, dass das unserem Fall helfen wird?“, erkundigte sich Eli.

„Es wird jedenfalls nicht schaden. Vergessen Sie nicht, wir sind bereits im Vorteil, weil die Wünsche Ihres Vaters und Cleos eindeutig waren. Wir müssen die Anträge bei Gericht einreichen, aber ich habe gerade im Internet nachgesehen und herausgefunden, dass der Oberste Gerichtshof von Kalifornien entschieden hat, dass die Veröffentlichung der Namen von Minderjährigen, die in Verbrechen verwickelt waren, nicht als Verletzung der Privatsphäre gilt.“

„Toll“, brummte Eli. „Sie könnte also mein ganzes Leben zerstören und ungestraft davonkommen?“

„Ich werde bei Gericht eine einstweilige Verfügung erwirken, um die Veröffentlichung dieser Informationen im Zusammenhang mit dem Sorgerechtsfall zu verhindern.“

„Geht das?“, fragte Nick.

„Müsste eigentlich. Der vorsitzende Richter ist ein besonnener Mann, dem es nicht gefallen wird, was Monique da tut. Es hat uns möglicherweise sogar geholfen, dass sie ihre Drohungen schriftlich geäußert hat. Ich werde das sofort an die gegnerische Anwältin und den Richter schicken und ihn um Rat bitten, wie wir weiter vorgehen sollen. Ich weiß, es ist sehr nervenaufreibend, warten zu müssen, doch es war richtig, dass Sie uns davon erzählt haben, Eli. Es ist immer besser, in einer solchen Situation keine Überraschungen zu erleben. Ich melde mich, sobald ich mehr weiß.“

„Danke, Andy“, sagte Nick.

„Gern geschehen. Versucht, ein bisschen zu schlafen. Wir kümmern uns um alles.“

„Danke, Andy“, echote Eli. Nachdem Nick das Gespräch beendet hatte, meinte Eli: „Ich hätte es euch schon früher erzählt, wenn ich gedacht hätte, dass es für den Sorgerechtsfall relevant wäre, aber die Jugendstrafakten sind nicht zugänglich, und meine anderen Anwälte haben behauptet, es gäbe keine öffentlichen Aufzeichnungen darüber. Ich bin gar nicht auf die Idee gekommen, dass Cleo jemandem davon erzählt haben könnte, auch wenn ich weiß, dass sie und ihre Mutter jeden Tag miteinander telefoniert haben.“

„Ich nehme es dir nicht übel, dass du uns erst jetzt darüber informierst“, versicherte Nick. „Die Jugendstrafakten sind nicht ohne Grund nicht öffentlich zugänglich. Der Schwerpunkt liegt auf einer

Wiedereingliederung in die Gesellschaft und nicht darauf, das Leben eines jungen Menschen zu ruinieren, der einen Fehler gemacht hat."

„Candace war kein Fehler", widersprach Eli mit Nachdruck. „Ich wusste nicht mal, dass es illegal ist, wenn ein Siebzehnjähriger Sex mit einer Fünfzehnjährigen hat. Das Schutzalter in Kalifornien liegt bei achtzehn. Das habe ich auf die harte Tour herausgefunden."

„Ist das der Grund, warum du deine Mutter in letzter Zeit nicht mehr oft siehst?", erkundigte sich Sam.

Eli nickte. „Mein Vater war unglaublich sauer darüber, dass sie das zugelassen hat, dabei war es nicht ihre Schuld. Wir waren Teenager und haben alles komplett geheim gehalten. Sie hatte keine Ahnung, was wir gemacht haben."

„Wie haben Candace' Eltern es herausgefunden?", wollte Sam wissen.

„Sie hatte einen Harnwegsinfekt, und bei der Untersuchung hat der Arzt sie gefragt, ob sie sexuell aktiv sei, und sie hat Ja gesagt. Ihre Mutter ist direkt in der Arztpraxis explodiert und hat verlangt, dass die Polizei gerufen wird."

„Ich bin noch nicht lange Mutter, aber ich kann mir nicht vorstellen, dass ich das getan hätte. Eine Fünfzehnjährige ist kein Kind mehr, und sie war in einer liebevollen Beziehung."

„Candace hat mir erzählt, ihre Mutter wäre die Königin der Überreaktion. Sie war extrem streng und wollte jede Sekunde des Tages wissen, wo ihre Tochter war. Ich glaube, nachdem Candace' Vater ihre Mutter verlassen hatte, hatte sie genug eigene Probleme und hat Candace nicht mehr so überwacht, was für sie eine große Erleichterung war. Ich werde nie verstehen, warum sie die Polizei einschalten musste."

„Wenn ich raten müsste", sagte Sam, „ging es wahrscheinlich mehr darum, es dem Vater heimzuzahlen, weil er sie verlassen und das alles damit ermöglicht hat, als um dich."

„Trotzdem bin ich derjenige, dessen Leben dadurch beinahe zerstört wurde."

„Wir werden das zu verhindern wissen", versprach Nick grimmig. „Wir werden alles tun, was nötig ist, auch mit harten Bandagen kämpfen, um unsere Familie zusammenzuhalten und dich vor Leuten zu schützen, die dir schaden wollen, um ihre Wünsche durchzusetzen."

Nick war für Sam nie sexyer als in seiner Beschützerrolle. Die

Familie, die sie sich mit Scotty, den Zwillingen und Eli geschaffen hatten, war das Wichtigste in seinem Leben, und Sam hatte keinen Zweifel daran, dass er alles tun würde, um sie vor Schaden zu bewahren.

„Hast du Hunger?", fragte Sam Eli.

„Ein bisschen, allerdings bin ich mir nicht sicher, ob ich etwas essen kann."

„Schauen wir mal. Wonach wäre dir denn?"

„Pizza?"

„Kein Problem." Sam nahm den Hörer des Telefons ab, das sie vierundzwanzig Stunden am Tag mit dem Butler verband, und bestellte eine Pizza Supreme, da sie wusste, dass dies Elis Lieblingsessen war, und eine Cola.

„Kommt sofort", entgegnete der Butler.

„Danke vielmals."

„Immer gern, Ma'am."

„Wenn es eins gibt, was man am Weißen Haus lieben muss, dann ist es der Zimmerservice", grinste Sam.

„Das ist das Einzige?", fragte Nick, und in seinen schönen braunen Augen blitzte Erheiterung.

„Nun ja, du wohnst hier, also sind es zwei."

„Jetzt bin ich aber erleichtert."

„Ich will das, was ihr habt", erklärte Eli niedergeschlagen. „Was mein Vater und Cleo hatten. Ich hatte das mit Candace. Sie fehlt mir so sehr. Ich wäre in meinem letzten Jahr fast von der Schule geflogen, nachdem das alles passiert war. Mein Vater hat mir jeden Abend bei den Hausaufgaben geholfen, damit ich meine Zusage für Princeton nicht verlor. Er war bei jedem Schritt in diesem Albtraum für mich da." Seine Augen füllten sich mit Tränen, und er wischte sie schnell weg. „Ohne ihn hätte ich das nicht überlebt. Er war mein bester Freund, und ich vermisse ihn so sehr."

Sam setzte sich neben Eli, legte die Arme um ihn und hielt ihn fest, während er um seinen Vater weinte. „Ich weiß genau, was du meinst. Skip war auch mein bester Freund. Es gibt einfach keinen Ersatz für ihn."

„Tut mir leid", schniefte Eli und versuchte, sich zu sammeln. „Ich will nicht meinen ganzen Mist bei euch abladen. Ihr beiden habt schon so viel für uns getan."

„Elijah, wir lieben dich und die Zwillinge", beteuerte Nick. „Nichts, was ihr wollt oder braucht, wäre uns je zu viel. Ich weiß, es mag verrückt klingen, dass wir nach so kurzer Zeit schon so viel für euch empfinden, doch für mich war das sofort klar."

„Mir ging es ganz genauso", pflichtete ihm Sam bei. „Ich habe einen Blick auf diese wundervollen kleinen Kinder geworfen und war hin und weg, und dann habe ich erfahren, dass sie einen wunderbaren älteren Bruder haben, und das war der beste nur denkbare Bonus."

„Wir haben euch auch lieb, und ich möchte euch nach allem, was ihr für uns getan habt, keinen Ärger machen", antwortete Eli. „Das finde ich furchtbar."

„Zerbrich dir deswegen nicht den Kopf", beruhigte ihn Nick. „Alles, was zählt, ist, dass ihr und Scotty gut aufgehoben und glücklich seid. Die Details werden wir im Laufe der Zeit klären."

„Danke, dass ich herkommen durfte, um mit euch darüber zu reden. Nachdem ich diese E-Mail gelesen hatte, hatte ich fast einen Herzinfarkt."

„Diese Mail war ungeheuerlich, und wir werden dafür sorgen, dass sie sie bereut", knurrte Nick.

Zum ersten Mal seit seiner Ankunft musste Elijah grinsen. „Leg dich niemals mit Präsident Cappuano oder seiner Familie an."

„Verdammt richtig, mein Freund", sagte Nick.

„Ich bin jedenfalls froh, euch auf meiner Seite zu haben."

„Wir werden immer auf deiner Seite sein", versicherte ihm Sam, „und Andy wird sein Bestes tun, um die Sache aus der Welt zu schaffen."

„Wenn das herauskommt, wird es peinlich für euch sein."

„Nein, wird es nicht", widersprach Nick.

Eli warf ihm einen skeptischen Blick zu.

„Vergiss nicht, dass ich aktuell für nichts kandidiere, was mich auf gewisse Weise unangreifbar macht. Lass sie reden. Ist mir egal. Mich interessiert nur, wie es sich auf dich, die Kinder und Sam auswirkt. Es ist mir egal, ob es mir politisch schadet, also grüble bitte nicht weiter darüber nach. Ich habe die Absicht, in den nächsten drei Jahren mein Bestes für das amerikanische Volk zu geben, aber ich weigere mich, mich von Leuten wie Cleos Schwester einschüchtern zu lassen."

Eli seufzte und schien sich ein wenig zu entspannen.

„Fühlst du dich jetzt besser, nachdem du darüber gesprochen hast?", fragte Sam.

„Ja, und es hilft mir, dass Andy sich so darüber aufregt."

„Er regt sich auf, weil man so etwas einem jungen Mann nicht antut, der gerade seinen Vater und seine Stiefmutter auf die schlimmste Weise verloren hat, die man sich vorstellen kann“, meinte Nick. „Wenn jemand in dieser Situation schlecht dasteht, dann sind es Monique und der Rest der Familie, die es für eine gute Idee gehalten haben, diese Informationen gegen dich zu verwenden.“

„Tatsächlich“, fügte Sam hinzu, „sollten wir meiner Meinung nach einen Weg finden, durchsickern zu lassen, dass sie versucht haben, dich zu erpressen.“

„Natürlich erst, wenn der Fall geklärt ist“, ergänzte Nick und warf ihr einen strengen, doch amüsierten Blick zu.

„Natürlich“, pflichtete ihm Sam bei.

„Ihr seid lustig“, stellte Eli fest und wirkte schon deutlich gelassener, als es an der Tür klopfte.

„Das wird wohl deine Pizza sein“, mutmaßte Sam.

„Ich gehe sie holen.“ Eli sprang auf, um dem Butler zu öffnen, und bedankte sich überschwänglich für das nächtliche Essen.

„Gern geschehen“, antwortete LeRoy Chastain, während er den Servierwagen mit dem Besteck und dem Porzellan hereinrollte. „Wenn Sie fertig sind, stellen Sie den Wagen einfach vor die Tür, wir kümmern uns dann darum.“

„Danke, LeRoy“, erwiderte Sam.

„Es war mir ein Vergnügen, Ma’am.“

Eli begleitete ihn zur Tür, schüttelte dem älteren Mann die Hand und schloss dann die Tür hinter ihm. „Dieses Haus ist echt bombig.“

„Sag niemals das Wort ‚Bombe‘ im Weißen Haus“, warnte Nick mit einem Lächeln.

Eli lachte, und Sam spürte, wie sie sich beim Klang seines Lachens entspannte. Sie hasste es, ihn so aufgewühlt zu sehen, wie er bei seiner Ankunft gewesen war, und hoffte, dass Candace ihn so bald wie möglich erreichen würde.

Es klang, als gehörten die beiden zusammen, und Sam wünschte sich, dass sie wieder zueinanderfinden würden.

KAPITEL 9

Ein Anruf weckte Nick und Sam mitten in der Nacht. Nick setzte sich auf, um ihn entgegenzunehmen. Er kam von einem seiner Assistenten. Nick murmelte ein paar bestätigende Worte und beendete das Gespräch.

„Was ist los?“, fragte Sam, als er sich wieder hinlegte. Dank des Nachtlichts, das sie für politische Krisen im Schlafzimmer brennen hatten, sah sie die Anspannung in seinem Gesicht.

„Ich hatte darum gebeten, dass man mich über alle Entwicklungen in Des Moines auf dem Laufenden hält, und wir haben zwei weitere Todesopfer sowie die Bestätigung, dass die Polizei den Vater des Schützen verhaftet hat, weil er seine Waffen nicht ordnungsgemäß aufbewahrt hatte.“

Sam streckte die Arme nach ihm aus, und er schmiegte sich an sie, während sie ihm mit den Fingern durchs Haar fuhr. Wahrscheinlich würde er nicht wieder einschlafen, nachdem ihn der Anruf geweckt hatte. Seine Schlafprobleme waren eine ständige Herausforderung für sein tägliches Leben, vor allem seit er Vizepräsident und nun Präsident geworden war.

„Ich kann einfach nicht aufhören, an all die armen Familien zu denken, für die nichts je wieder so sein wird wie zuvor“, sagte er.

„Geht mir genauso. Es ist grauenhaft.“

„Ein Teil von mir hasst den Gedanken, dass wir dorthin fliegen und ihren Kummer zu unserem machen müssen, wo doch unser eigener noch so frisch ist.“

Er spielte auf den Tod ihres Vaters im Oktober an.

„Die Feiertage wären ohnehin schon schwer genug geworden“, seufzte Sam. „Aber wenn ich das laut ausspreche, komme ich mir sehr egoistisch vor.“

„Das bist du nicht. Es ist nur natürlich, dass man Dinge meiden möchte, die so schmerzhaft wie das hier sind, vor allem, wenn man bereits angeschlagen ist.“

„Genau. Danke dafür, dass ich das bei dir loswerden kann, auch wenn ich mich schrecklich fühle, wenn ich so etwas denke. Natürlich müssen wir dorthin fliegen und unsere Unterstützung zeigen.“

„Ja, trotzdem muss es uns noch lange nicht gefallen, und es muss uns erlaubt sein, diese Gefühle in der Privatsphäre unseres eigenen Schlafzimmers zu äußern.“ Er hob den Kopf, um sie auf die Wange zu küssen. „Ohne dich würde ich das alles nie schaffen.“

„Doch, würdest du.“

„Nein. Ich würde es nicht überleben, wenn ich nicht jeden Abend zu dir heimkehren könnte. Ich überstehe die Tage, indem ich an dich, an das hier, an uns und die Kinder denke. Du gibst mir Kraft, selbst wenn du nicht bei mir bist.“

„Das gilt andersherum genauso, Schatz. Ich ertappe mich dabei, wie ich von dir träume, wenn ich eigentlich arbeiten müsste.“

„Tatsächlich?“, fragte er, während er ihr mit einer Hand über den Rücken strich, ihren Hintern umfasste und sie noch näher zu sich zog.

„Mhm. Es ist wie ein Fieber, das ich nicht loswerde.“

Er sah sie ernst an. „Bitte werde es niemals los.“

Sie küsste ihn so zärtlich, wie sie nur konnte. „Niemals.“

„Ist das ein Versprechen?“

Sam nickte und küsste ihn erneut. „Als ich gehört habe, was Eli mit Candace durchgemacht hat, haben mir die beiden furchtbar leidgetan.“

„Ja, mir auch. Wir wissen beide nur zu gut, wie es ist, von seiner wahren Liebe getrennt zu sein.“

„Genau das habe ich auch gedacht. Ich hoffe, er hört bald von ihr.“

„Ich auch.“ Er legte sich auf sie und blickte liebevoll zu ihr runter.

„Cooler Move, Mr President.“

„Das hat dir gefallen, was?“

„Mir gefällt fast alles, was du tust.“

„Wie ist es hiermit?", fragte er und presste seine Erektion an sie.

Sam spreizte die Beine und hob die Hüften, um ihm zu zeigen, was sie davon hielt. „Das mag ich ganz besonders."

„Und was hältst du hiervon?", fragte er, als er in sie eindrang.

„Eins meiner persönlichen Highlights", sagte sie und keuchte auf vor Lust, von dem umfassenden Verlangen, das sie jedes Mal überwältigte, wenn er sie auf diese Weise berührte – oder auf irgendeine andere.

Seine Lippen verzogen sich zu einem Lächeln, als er sie küsste. „Da stehe ich auch total drauf. Genau wie auf das hier." Er steigerte das Tempo und bewegte sich in ihr, als wäre es seine Bestimmung, sie und nur sie zu lieben, was ja auch zutraf.

Nachdem sie ihn jetzt seit zwei Jahren auf diese Weise liebte, war sie überzeugt, dass es für sie beide keinen besseren Partner gegeben hätte.

Ihr Körper reagierte auf ihn wie auf keinen Mann vor ihm – niemals. Was in früheren Beziehungen schwierig gewesen war, war mit ihm so leicht wie Atmen, so leicht, dass sie innerhalb weniger Minuten direkt vor dem Höhepunkt stand.

„Noch nicht", flüsterte er dicht an ihren Lippen. „Lass mich dafür arbeiten."

„Das schaffe ich nicht. Ich bin leicht zu haben, wenn es um dich geht."

Bei seinem Lachen erbebte auch ihr Körper. „Leicht. Das ist das eine Wort, das niemandem zu dir einfallen würde."

„Ärgere mich nicht, sonst komme ich und lass dich hängen."

„Das würdest du mir niemals antun."

„Wollen wir wetten?" Das würde sie natürlich tatsächlich niemals tun, und das wusste er, und genau deshalb machte es Spaß, ihn zu necken.

Immer noch lächelnd schüttelte er den Kopf, dann küsste er sie intensiver, liebkoste ihre Zunge mit seiner, während seine Stöße sie in Flammen setzten. Da es schon mitten in der Nacht war, bemühte sie sich nicht allzu sehr, den Orgasmus zurückzuhalten, der sich seit seiner ersten Berührung in ihr aufgebaut hatte.

Er stöhnte auf, als er ihren Höhepunkt nahen spürte, und ließ sich mit ihr auf einen wilden Ritt der besten Art ein.

„Du hast zu leicht aufgegeben", flüsterte sie ihm ins Ohr, was ihn laut auflachen ließ.

„Nur weil ich will, dass du noch ein bisschen Schlaf kriegst."

„Ach, und was ist mit dir? Wirst du auch wieder einschlafen können?"

„Die Chancen stehen nach so einer Behandlung mitten in der Nacht zumindest besser."

„Das haben wir schon lange nicht mehr gemacht", erklärte sie und gähnte.

„Weil wir alt werden und Schlafmangel bei uns für schlechte Laune sorgt."

„Bei mir, meinst du, oder? Du schläfst ja ohnehin nie."

„Das hast du gesagt."

Lachend gähnte Sam erneut.

Er zog sich aus ihr zurück, rollte sich zur Seite, zog sie mit sich und hielt sie fest. „Schlaf ein bisschen. Vor uns liegen ein paar lange Tage."

„Ich weiß", seufzte sie. Die Reise nach Iowa war eine der schwierigsten Pflichten, die sie je hatten erfüllen müssen, aber wahrscheinlich nur der Anfang all dessen, was zu ihren neuen Aufgaben zählen würde.

Trotzdem war sie von einem überzeugt: Solange sie nur zusammenhielten, waren sie unbesiegbar.

～

Sams erste Station am nächsten Morgen – nachdem sie Scotty und die Zwillinge zur Schule gebracht hatte – war die Zentrale der National Pipefitters Association in Alexandria, Virginia. „Warum müssen die ihren Sitz ausgerechnet im verdammten Alexandria haben?", beschwerte sie sich bei Freddie, als sie sich auf der 14th Street Bridge durch den dichten Verkehr schlängelten. Sie hatte ihn vor der Metro-Center-Station abgeholt.

„Die meisten Branchenverbände in D. C. haben ihren Hauptsitz in Alexandria oder Arlington", erwiderte er zwischen zwei Bissen von seinem Donut mit Puderzucker. Ihr kam es vor, als bestünde seine Ernährung mindestens zu fünfzig Prozent aus diesen Backwaren.

„Vielen Dank, Mr Handelskammer ... Übrigens, besitzt du Aktien dieser Donut-Firma? Wenn nicht, solltest du dir welche zulegen. Du finanzierst die ja im Alleingang."

Er schob sich einen weiteren Donut in den Mund und trank Kakao dazu, ehe er abschließend laut aufstieß.

„Du bist widerlich."

„Ich bin nur ein Junge im Wachstum, der frühstückt, und nein, ich habe keine Aktien der Firma."

„Verdreck mir nicht mein Auto mit diesem Puderzuckermist."

„Mach ich ja gar nicht."

„Doch!"

„Du bist heute Morgen wirklich besonders mies drauf", bemerkte er, „und das will etwas heißen, denn du bist fast immer übellaunig."

„Ich hatte gestern einen langen Tag, weil ich abends noch mal ins Hauptquartier zurückmusste, und dann hatten wir ein Problem mit Elijah."

„Was ist passiert?"

Sam sah ihn an. „Du musst mir versprechen, dass du mit niemandem darüber redest, nicht mal mit Elin."

„Versprochen."

Da sie ihm jederzeit sogar ihr Leben anvertraut hätte, berichtete sie ihm, was Elijah ihnen am Abend zuvor erzählt hatte und wie Cleos Schwester jetzt versuchte, das Vorgefallene gegen ihn zu verwenden.

„Das ist ja oberfies. Wie kann sie das einem jungen Mann antun, der zudem gerade auf so grausame Weise seinen Vater verloren hat?"

„Genau das finden wir auch. Wir haben Monique und ihren Mann kennengelernt, als sie die Zwillinge besucht haben – nachdem wir die Mörder ihrer Eltern gefasst hatten, keine Sekunde vorher. Furchtbare Menschen. Eli sagt, Cleo sei nicht wie ihre Schwester gewesen und habe sich nicht mit ihr verstanden."

„Das glaube ich gern. Was für eine beschissene Aktion."

„Ich wüsste gern, warum sie die Kinder so unbedingt wollen. Damit sie sie in einem liebevollen Zuhause großziehen können oder weil ihr Vater ihnen Milliarden hinterlassen hat?"

„Wenn ich raten müsste, würde ich auf Letzteres tippen."

„Ja, ich auch." Das brachte Sam auf eine Idee, und sie rief Andy an. Nachdem sie der Empfangsdame ihren Namen genannt hatte, stellte diese sie sofort mit dem inzwischen gewohnten Grad an übertriebener Zuvorkommenheit durch, den man als Frau des Präsidenten offenbar zu erwarten hatte. Sam sah Freddie an, der sich ein Lachen verkneifen musste, und verdrehte die Augen.

„Morgen, Sam. Was kann ich für dich tun?"

„Ich habe Freddie gerade erzählt, was Cleos Schwester vorhat und dass ich mich frage, ob sie wirklich die Kinder oder die Milliarden wollen. Das hat mich auf die Idee gebracht, ihre Finanzen zu checken, und ich hab mir gedacht, ich könnte vielleicht eine Überprüfung der Familienmitglieder durchführen, um zusätzliche Informationen darüber zu erhalten, wollte es allerdings nicht tun, ohne dich vorher zu fragen."

„Geht das, ohne dass es groß auffällt oder es jemand zu dir zurückverfolgen kann?"

„Klar."

„Dann würde ich sagen, wirf da mal einen Blick drauf und lass mich wissen, was du herausfindest."

„Okay."

„Aber Vorsicht, Sam. Dank der unmissverständlichen Vorkehrungen der Eltern bei der Festlegung, wer sich um ihre minderjährigen Kinder kümmern soll, sind wir im Moment klar im Vorteil. Das wollen wir nicht aufs Spiel setzen."

„Alles klar, Andy. Und Diskretion ist doch mein zweiter Vorname."

Freddie verschluckte sich an seinem letzten Donut und prustete eine Zuckerwolke in die Luft, woraufhin Sam ihn finster betrachtete. „Das war nicht meine Schuld", behauptete er.

„Ich melde mich, Andy." Sam klappte ihr Handy zu und funkelte Freddie an. „Mach das sauber! Auf der Stelle."

„Bin ja schon dabei." Er strich mit einer Serviette über ihr Armaturenbrett, was die Sauerei bloß verschlimmerte.

„Wenn wir im Hauptquartier sind, wird das als Erstes feucht abgewischt."

„Jawohl, Ma'am. Können wir noch mal darüber sprechen, ob Diskretion wirklich dein zweiter Vorname ist?"

„Wieso? Das stimmt zu hundert Prozent. Ich kann extrem diskret sein, wenn es nötig ist."

„Klar, aber bekannt bist du nicht gerade dafür."

„Ich wusste Stunden vor allen anderen, dass Nick Präsident werden würde, und ich habe es nur Celia erzählt. Glaubst du, es war leicht, so eine Sensation zu verschweigen? Ich weiß viele Dinge, die ich niemandem erzähle."

„Supergeheime Sachen?"

„Das wüsstest du wohl gern!"

„Ja."

„Träum weiter, und schieb dir noch einen Donut zwischen die Zähne, und dann überprüf die Finanzen von Monique und Robert Lawson sowie die von Leslie und Chad Dennis aus Kalifornien."

Freddie stopfte sich den letzten Donut in den Mund und zückte sein Smartphone.

„Apropos Diskretion: Sag niemandem, dass ich dich das während der Arbeitszeit habe erledigen lassen."

„Wir sind im Auto unterwegs, und ich schaue dabei auf mein Handy. Das verstößt gegen kein Gesetz."

„Danke, Freddie."

„Das mit dem Puderzucker tut mir übrigens wirklich leid."

„Mach's nachher einfach sauber."

„Ja, schon klar."

Die Verkehrsdichte nahm etwas ab, als sie die 14th Street Bridge überquerten, aber auf dem George Washington Parkway kamen sie zum Stehen. „Wir hätten das nicht als Erstes erledigen sollen."

„Das habe ich dir zu erklären versucht."

„Wann denn bitte?"

„Als ich ins Auto gestiegen bin und gesagt habe, dass der Verkehr um diese Zeit eine Katastrophe sein wird."

„Das hast du nicht."

„Doch, und außerdem hast du das gewusst. Du hast dein gesamtes Leben hier verbracht."

„Hör auf, so vernünftig mit mir zu reden. Das nervt."

Als er leise schnaubte, musste sie sich ein Lachen verkneifen. Durch das Sparring mit ihm wurden ihr schrecklicher Beruf und die langen Tage zusammen so viel unterhaltsamer. Im Hinterkopf wusste sie, dass sie ihm persönlich zu nahe stand und sich wahrscheinlich einen anderen Partner suchen müsste, aber das brachte sie nicht über sich.

„Wie schätzt du Gonzos Gesundheitszustand ein?", erkundigte sie sich, wollte dringend über etwas anderes reden als das, was ihr gerade durch den Kopf gegangen war.

„Entschieden besser."

„Ja, trotzdem müssen wir uns angesichts des bevorstehenden Gerichtsverfahrens Sorgen machen, oder?" Sid Androzzi, auch bekannt als Giuseppe Besozzi, würde wegen des Mordes an Gonzos früherem Partner Detective A. J. Arnold vor Gericht stehen. Als einziger Zeuge des Schusses, der Arnolds Leben ein Ende gesetzt hatte, war Sergeant Tommy Gonzales der Hauptzeuge der Staatsanwaltschaft.

„Ich glaube, er hat sich wirklich gut erholt und ist stärker als je zuvor."

„Kaum zu glauben, dass das im nächsten Monat schon ein Jahr her ist."

„Ja, Wahnsinn. In mancher Hinsicht fühlt es sich an, als seien seither erst fünf Minuten vergangen, und in anderer Hinsicht ist es, als hätten wir Arnold schon Jahre nicht mehr gesehen." Er schaute zu ihr herüber. „Tommy hat Elin gebeten, ihm bei der Organisation des Wohltätigkeitslaufs zu helfen, den er zum Gedenken an Arnold veranstalten will. Der soll im nächsten Frühjahr stattfinden, in der Hoffnung, dass es zu einem jährlich wiederkehrenden Event wird, mit dem Ziel, Geld für außerschulische Programme für Schüler in Middle School und Highschool zu sammeln."

„Ich habe davon gehört. Setz mich auf die Liste der freiwilligen Helferinnen."

„In deiner reichlich vorhandenen Freizeit?"

„Ich werde mir Zeit dafür nehmen und meine, du weißt schon, *Reichweite* zur Verfügung stellen, um das Event bekannt zu machen."

„Du sagst ‚Reichweite', als wäre es ein obszönes Wort."

„Wenn ich das zu entscheiden hätte, hätte ich gar keine. Aber da es nicht immer nach mir gehen kann, solange ich mit Nick verheiratet bin, habe ich diese Reichweite nun mal und kann sie nutzen, wofür ich will, zum Beispiel für einen Wohltätigkeitslauf zu Ehren unseres geliebten Kollegen."

„Deine Unterstützung wird einen großen Unterschied machen."

„Nick und ich werden außerdem aktiv daran teilnehmen."

„Augenblick mal. Was hast du gerade gesagt?"

„Ich sagte, Nick und ich werden an dem Lauf teilnehmen. Bist du taub?"

„Ihr wollt an Tommys Wohltätigkeitslauf teilnehmen?"

„Na klar."

„Äh, ja", antwortete er und versuchte sichtlich, nicht in lautes Gelächter auszubrechen.

„Wie weit ist eigentlich die geplante Laufstrecke?"

Jetzt schüttete sich Freddie doch aus vor Lachen. „Fünf Kilometer."

„Ein Klacks."

„Fang besser sofort an zu trainieren, du Laufmonster."

Sam nahm sich fest vor, sich so schnell wie möglich aufs Laufband zu schwingen. „Dafür muss ich nicht trainieren. Fünf Kilometer laufe ich im Schlaf."

„Was würde es für deine Reichweite bedeuten, wenn du den letzten Platz belegst?"

„Klappe."

„Wieso? Das war eine ernst gemeinte Frage."

„Wirst du auch mitlaufen?"

„Natürlich. Arnold war einer meiner besten Freunde."

„Verzichtest du auf Donuts und Junkfood, während du trainierst?"

„Warum sollte ich?"

„Damit du nicht auf halber Strecke tot umfällst?"

„Hör mal, ich laufe jeden Tag fünf Kilometer und bin noch nie tot umgefallen."

„Das ist ein verdammtes Wunder, wenn man bedenkt, wie du dich ernährst."

Kurz nach halb zehn erreichten sie den Parkplatz der National Pipefitters Association in der Mount Vernon Avenue, nachdem Sam vierzig Minuten ihres Lebens geopfert hatte, die sie nie wieder zurückbekommen würde, um sechseinhalb Kilometer zurückzulegen. „Jemand muss etwas gegen die Verkehrssituation in dieser Gegend unternehmen."

„Das ist eine revolutionäre Idee. Ich bin sicher, daran hat noch nie jemand gedacht."

„Du bist heute sehr frech, junger Padawan", sagte sie, als sie ihm vom Auto zum Haupteingang des Verbandsgebäudes folgte.

„Danke, Captain Offensichtlich."

„Für Sie immer noch Lieutenant Offensichtlich, Detective Ahnungslos."

„Als ob du mich das jemals vergessen ließest." Er klingelte an der Eingangstür des Verbandsgebäudes.

„Hörst du das? Eine ganz normale Türklingel, die ,Dingdong' macht und die Leute wissen lässt, dass jemand an der Tür ist. Dafür braucht man keine Glocken, Symphonien und Zimbeln."

„Ich hoffe, Ihr Quell der Weisheit versiegt niemals, Lieutenant. Ich profitiere jeden Tag aufs Neue davon."

„Hör auf zu schleimen und klingle noch mal."

„Vielleicht wäre in diesem Fall eine lautere Klingel tatsächlich besser.“

Sam schaute nach oben und sah, dass das Gebäude drei Stockwerke hatte. Sie hämmerte mit der Faust an die Tür. „Aufmachen, Polizei!“

„Äh, kann ich Ihnen helfen?“, fragte eine Frauenstimme hinter ihnen.

Als Sam sich umdrehte und eine junge Frau erblickte, die ein Tablett mit vier Kaffee in der Hand hielt, kam ihr in den Sinn, dass sie sie auch von hinten hätte angreifen können. Aber dann sah sie Vernon, der an dem schwarzen Secret-Service-SUV lehnte, der ihnen nach Alexandria gefolgt war, und wusste, dass er das niemals zugelassen hätte.

„O Gott. Sie sind die First Lady!“

„Arbeiten Sie hier?“, entgegnete Sam und wies auf die Tür.

„Ja. Ich habe gerade Kaffee geholt.“

„Wir müssen mit einem Verantwortlichen sprechen.“

„Äh, natürlich. Kommen Sie doch bitte herein.“

Sam trat beiseite und ließ die Frau aufschließen.

„Worum geht es denn?“

„Ich fürchte, das kann ich Ihnen nicht sagen.“

„Sie sind bei der Mordkommission, oder?“

„Ja.“

Die Sekretärin stellte das Tablett mit dem Kaffee auf einem Empfangstresen ab. „Ist jemand ermordet worden?“

„Könnte ich bitte mit Ihrem Vorgesetzten sprechen? Ich brauche den Big Boss.“

„Ja, klar.“ Die junge Frau nahm den Hörer eines Telefons ab und drückte einen Knopf. „Joyce, die, äh, Frau des Präsidenten ist hier und möchte mit Ihnen über einen Mord reden.“

Sam hätte am liebsten selbst einen Mord begangen, aber sie starrte die Frau, die unter ihrem Blick dahinzuwelken schien, nur an. „Sagen Sie ihr, Lieutenant Holland vom Metro PD möchte sie sofort sprechen.“

„Haben Sie gehört?“ Nach einer kurzen Pause erwiderte die Frau: „Gut. Mach ich.“ Nachdem sie aufgelegt hatte, deutete sie auf eine geschlossene Tür gegenüber. „Bitte warten Sie dort. Sie wird gleich bei Ihnen sein.“

„Sie soll sich beeilen. Wir haben wenig Zeit.“

„Jawohl, Ma'am." Sie hielt ihr einen Notizblock und einen Stift hin. „Könnten Sie mir ein Autogramm geben?"

Normalerweise ging Sam auch während der Arbeit auf solche Bitten ein, doch gerade war sie nicht in der Stimmung dazu. „Nein, im Moment leider nicht. Tut mir leid." Sie wandte sich ab, hob das Handy ans Ohr, als müsse sie telefonieren, und betrat den Konferenzraum, in dem Freddie bereits saß. „Ja, was gibt's?"

„Redest du mit mir oder mit der imaginären Person am Telefon?"

„Ich führe gerade ein sehr wichtiges Gespräch, also halt die Klappe."

„Natürlich."

„Warum müssen die Leute diese ganze First-Lady-Sache machen? Warum kann ich bei der Arbeit nicht einfach Lieutenant Holland sein?"

„War das eine rhetorische Frage, oder erwartest du eine Antwort?"

Sie klappte ihr Handy mit dem befriedigenden Geräusch zu, das sie so sehr liebte. „Natürlich will ich eine Antwort! Die ganze Welt weiß, womit ich meinen Lebensunterhalt verdiene – und was mein Nebenjob ist. Warum müssen wir überall, wo ich hinkomme, einzig über den reden?"

„Noch mal, war das rhetorisch gemeint, oder erwartest du eine Antwort?"

„Du bist heute ein richtiger kleiner Klugscheißer."

„Gar nicht", sagte er und lachte. „Es überrascht mich nur, dass du immer noch entrüstet bist, wenn die Leute deinen sogenannten ‚Nebenjob' erwähnen."

„Wie lange soll das denn noch so weitergehen?"

„Rhetorisch?"

„Halt die Klappe, und iss noch einen Donut."

„Ist es schon Mittagszeit? Ich kenne ein paar gute Imbisse hier in Del Ray, wo wir hinkönnen."

„Es ist neun Uhr morgens!"

„Der perfekte Zeitpunkt für ein frühes Mittagessen."

„Wo bleibt diese Frau? Langsam nervt es."

„Du warst schon genervt, als die Empfangsdame ‚First Lady' gesagt hat."

Sam drehte sich um und machte ein paar Schritte zur Tür, um sich zu erkundigen, wo die Chefin denn nun blieb, als sie fast mit einer älteren Frau zusammenstieß, die gerade den Raum betreten wollte. Irgendwie schaffte Sam es, den Zusammenstoß in letzter Sekunde zu vermeiden, sodass es nicht zu einem Unfall kam – und das alles mit einer einzigen geschmeidigen Bewegung.

„Ich bin Joyce Dougherty, die Geschäftsführerin."

„Lieutenant Holland. Mein Partner Detective Cruz. Können wir uns irgendwo ungestört unterhalten?"

„Natürlich."

KAPITEL 10

Sie begaben sich wieder in den Konferenzraum, und Sam schlug der neugierigen Empfangsdame mit großer Genugtuung die Tür vor der Nase zu.

„Worum geht es?", fragte Joyce Dougherty.

„Pam Tappen."

Joyce' Gesichtsausdruck wurde sofort wutentbrannt. „Die Frau ist für mich gestorben. Haben Sie eine Ahnung, was mich ihre Unfähigkeit gekostet hat? Mein Vorstand ist empört über den Mangel an Professionalität, den sie an den Tag gelegt hat, indem sie nicht zu einer Konferenz erschienen ist, für deren Leitung wir sie im Voraus bezahlt haben."

„Es tut mir leid, Ihnen mitteilen zu müssen, dass sie tatsächlich tot ist."

Joyce' Züge erschlafften, ihre Miene spiegelte Schock wider. „Was?", keuchte sie.

„Sie wurde ermordet."

„O mein Gott. Sind Sie sicher?"

„Sehr. Wir haben sie gefesselt und geknebelt in ihrem Minivan aufgefunden, Kilometer von ihrem Zuhause entfernt. Die Gerichtsmedizinerin geht davon aus, dass sie dort bis zu zwei Tage lang lag, bevor sie gestorben ist. Der Todeszeitpunkt wurde auf Sonntag gegen achtzehn Uhr festgelegt."

„Ach du lieber Gott." Joyce schlug die Hände vors Gesicht. „Das glaube ich nicht."

„Wo hat die Konferenz stattgefunden?"

„In Baltimore."

„Wann hätte Pam dort eintreffen sollen?"

„Freitagabend, zur Vorbereitung der Registrierung und des Willkommensempfangs am nächsten Morgen."

„Was haben Sie getan, als sie nicht erschienen ist?"

„Wir hatten alle Hände voll damit zu tun, ihr Fehlen aufzufangen. Unsere Gäste mussten mit schrecklichen Billignamensschildern vorliebnehmen. Es war grauenhaft. Der Aufsichtsratsvorsitzende hat mir gedroht, mich zu feuern, weil ich eine so unzuverlässige Agentur gebucht hatte."

„Haben Sie zum ersten Mal mit Pam gearbeitet?"

„Ja, eine Reihe anderer Organisationen, für die sie in der Vergangenheit tätig gewesen ist, hatten sie mir wärmstens empfohlen."

„Haben Sie jemanden informiert, als sie nicht aufgetaucht ist?"

Die Frage schien Joyce zu überraschen. „Wen hätte ich denn informieren sollen? Sie hat allein gearbeitet."

„Sie haben in Ihren Unterlagen keinen Notfallkontakt für sie?"

„Nein, wir erfragen das von unseren Vertragspartnern nicht, aber in Anbetracht dieser Situation werden wir das zukünftig tun." Joyce beugte sich vor, ihr Blick war ernst. „Bitte versuchen Sie zu verstehen, in welcher Lage ich war, als sie nicht erschienen ist. Ich habe einen kleinen Stab von vier Mitarbeitern, die für die monatelange Vorarbeit einspringen mussten, die Pam in unserem Namen geleistet hatte und die uns plötzlich nicht mehr zur Verfügung stand. Der Dienst an unseren Mitgliedern ist unsere zentrale Aufgabe. Wir haben getan, was wir konnten, um die Veranstaltung erfolgreich über die Bühne zu bringen, obwohl uns kaum Ressourcen zur Verfügung standen. Ich habe in meinem ganzen Leben nie eine stressigere Situation erlebt, und obwohl alles so gut gelaufen ist, wie man es in Anbetracht der Umstände erwarten konnte, mache ich mir immer noch Sorgen, dass ich deswegen meinen Job verlieren könnte."

„Nun, Sie können Ihrem Vorstand sagen, dass Ihre Dienstleisterin ermordet wurde", erwiderte Sam. „Das sollte helfen."

Sams Sarkasmus stieß Joyce sichtlich vor den Kopf. „Ich bestreite nicht, dass ihr etwas Grauenvolles widerfahren ist. Ich beschreibe Ihnen nur, in welcher Lage ich war, als sie nicht zu unserer Veranstaltung erschienen ist."

„Verstehe. Hat Pam Ihnen gegenüber je angedeutet, dass etwas in ihrem Leben nicht in Ordnung ist?"

„Nein, wir hatten eine rein berufliche Beziehung."

Sam begriff, dass sie von dieser Frau nicht mehr erfahren würde. „Dann danke für Ihre Zeit."

„Das war alles?"

„Ja, es sei denn, Sie haben weitere Informationen zum Mord."

„Nein."

„Dann verabschieden wir uns." Mit Sam an der Spitze gingen sie zu dritt an einer Gruppe von Leuten vorbei, die sich in der Lobby versammelt hatten und wahrscheinlich auf die Gelegenheit warteten, die First Lady bei der Arbeit zu sehen.

Als sie wieder Richtung Hauptquartier fuhren, fasste Sam frustriert zusammen: „Das war komplette Zeitverschwendung."

„Nein, nicht ganz. Wegen des unverkennbaren Schocks der Frau über die Nachricht von Pams Ermordung können wir sie erst mal von unserer Verdächtigenliste streichen. Wir wissen jetzt außerdem, dass Joyce kein Motiv gehabt hätte, jemandem etwas anzutun, auf den sie so angewiesen war."

„Das stimmt, aber wir haben keine heiße Spur, und du weißt, wie sehr ich heiße Spuren liebe."

„Ja. Was nun?"

„Ich will noch mal mit den Tappens sprechen. Finde heraus, wo Officer Charles sie untergebracht hat."

„Ich kann nicht glauben, dass die Polizei denen das JW Marriott spendiert, während wir bei Geschäftsreisen bloß ein Motel 6 buchen dürfen."

Freddie lächelte. „Ja, nicht wahr? Für uns nur das Beste."

Sam fuhr vor dem Hotel in der 14th Street vor und parkte direkt vor der Tür.

Ein Mann in Uniform kam auf sie zu und machte große Augen, als er sie erkannte.

„Könnten Sie bitte ein paar Minuten auf mein Auto aufpassen?", bat sie.

„Jawohl, Ma'am, Mrs Cappuano."

Sam zeigte ihm ihre goldfarbene Marke. „Lieutenant Holland."

„Verstehe."

„Könnten Sie bitte auch ein Auge auf den Wagen meiner Freunde haben?", bat sie und deutete auf das Secret-Service-Fahrzeug hinter ihr.

„Selbstverständlich. Lassen Sie bitte in beiden Fahrzeugen die Schlüssel stecken, falls wir sie bewegen müssen."

„Kommt nicht infrage", erwiderte Vernon. „Jimmy kann im Auto warten."

„Immer verpasse ich den ganzen Spaß", beschwerte der sich, grinste aber breit.

„Ich fühle mit Ihnen, Bruder", meinte Freddie und gab dem jüngeren der beiden Personenschützer einen Faustcheck.

„Wenn ihr beide mit euren Männerfreundschaftsritualen fertig seid – wir haben zu tun", drängte Sam.

„Ich bin direkt hinter dir, Lieutenant", erklärte Freddie.

„Ja, ich auch", fügte Vernon hinzu.

„Ich hingegen werde hierbleiben und die Autos bewachen", ergänzte Jimmy.

Sam konnte ein Lachen nicht unterdrücken.

„Verdammte ungezogene Kinder", brummte Vernon.

„Ich weiß genau, was Sie meinen", versicherte ihm Sam, was ihr einen finsteren Blick von ihrem Partner eintrug.

Auf dem Weg zu den Aufzügen drehten sich alle Menschen in der Lobby des belebten Hotels nach ihnen um – oder genauer gesagt, nach Sam. Egal. Sie tat, als merke sie nicht, wie die Leute sie anschauten. Im siebten Stock trafen sie beim Verlassen des Fahrstuhls auf einen Streifenbeamten.

Obwohl er Sam erkannte, mussten sie sich ausweisen.

„Sie sind in 710 und 712", meldete der Beamte. „Das befreundete Ehepaar hat Zimmer 709, gleich gegenüber."

„Danke", antwortete Sam.

Sie klopfte an die Tür von Zimmer 710.

Bob Tappen, der ungepflegt und erschöpft aussah, öffnete. Er trat zur Seite, um sie und Freddie eintreten zu lassen.

Vernon blieb auf dem Korridor.

„Haben Sie Neuigkeiten über den Mord an meiner Frau?", fragte Bob.

„Bisher nicht. Wir arbeiten an dem Fall, wie wir es immer tun, wir brauchen jedoch mehr Hilfe von Ihnen und Ihrer Familie. Als diejenigen, die Pam am nächsten gestanden haben, können Sie uns hoffentlich die entscheidenden Informationen liefern, die uns weiterführen."

„Wir werden tun, was immer wir können."

„Würden Sie Ihre Kinder und Pams Freundin bitten, sich uns anzuschließen?"

„Natürlich." Bob trat zu einer der beiden Türen, die von seinem Schlafzimmer abgingen, und kam mit seinen Söhnen und seiner Tochter im Schlepptau zurück. Sie sahen auch nicht viel besser aus als er. „Das ist Molly."

Sam schüttelte der attraktiven jungen Frau die Hand. Sie hatte dunkles Haar und blaue Augen, die vom stundenlangen Weinen rot und geschwollen waren. „Mein herzliches Beileid."

„Danke sehr."

Bob schickte Amy eine SMS, und gleich darauf war sie ebenfalls da.

„Gibt es etwas Neues?", fragte sie. Sie war groß, hatte rotbraunes Haar und grüne Augen, die ebenfalls vom Kummer gezeichnet waren.

„Noch nicht", erwiderte Sam und wandte sich an die Gruppe. „Wir brauchen Ihre Hilfe, um zu verstehen, was passiert ist." Sie fragte Bob: „Darf ich vor Ihren Kindern offen über den Mord sprechen?"

Er winkte ermattet ab. „Sie wissen schon alles, was ich weiß."

„Der Mordmethode wirkt sehr persönlich, als ob der oder die Täterin gewollt hätte, dass sie leidet. Es tut mir leid, dass ich kein Blatt vor den Mund nehme und das so drastisch sage, aber man hat sie gefesselt und geknebelt bei eisiger Kälte in ihrem Auto zurückgelassen – lebend. Derjenige, der ihr das angetan hat, wollte, dass sie einen langsamen, qualvollen Tod erleidet."

Mollys herzzerreißendes Schluchzen sorgte dafür, dass Sam sich schrecklich fühlte, weil sie diese tiefe Verzweiflung ausgelöst hatte, doch wenn sie ihnen die Antworten verschaffen wollte, die sie brauchten, musste sie ihnen gegenüber ehrlich sein.

„Sie alle haben angegeben, dass Sie niemanden kennen, der ihr auf diese Weise hätte schaden wollen."

„Absolut nicht", bestätigte Bob. „Wir haben die ganze Nacht darüber geredet, und uns fällt niemand ein, der sie nicht gemocht, geschweige denn genug gehasst hätte, um ihr etwas Derartiges anzutun."

„Wir benötigen eine umfassende Liste der Leute, mit denen sie in allen Bereichen ihres Lebens Kontakt hatte. Ich weiß, Sie haben uns bereits einige Namen genannt, aber wir brauchen alle."

„Wir dachten uns, dass Sie uns um diese Informationen bitten würden, also haben wir eine Liste erstellt", ergriff Amy das Wort und reichte ihr ein Blatt mit Namen, Adressen und Telefonnummern, fein säuberlich getrennt nach „privat" und „geschäftlich".

Sam mochte diese Frau auf Anhieb. So viel Hilfe erhielten sie bei ihren Ermittlungen nur selten. „Ausgezeichnet. Vielen Dank."

„Wir wollen tun, was wir können, um Ihnen zu helfen, die Person zu ermitteln, die uns unsere geliebte Pam genommen hat", versicherte ihr Amy, in deren Augen Liebe und Kummer standen. „Wissen Sie, wir waren seit dem College eng befreundet. Wir haben uns nicht so oft gesehen, wie wir es gerne getan hätten, weil wir mit den Kindern und der Arbeit beschäftigt waren, aber wir sind in engem Kontakt geblieben."

„Hat sie Ihnen gegenüber einen Konflikt mit jemandem erwähnt?", fragte Sam.

„Nein. Sie war so glücklich. Ihre Agentur lief besser, als sie es sich hätte träumen lassen, als sie sie vor sechs Jahren gegründet hat. Die Jungs sind in der Schule und im Sport sehr erfolgreich. Molly hat einen reibungslosen Übergang zum College in Boston geschafft. Zwischen Pam und Bob lief es wie immer großartig."

Bob senkte den Kopf und rang mit seinen Gefühlen.

„Die beiden haben sich im College kennengelernt", erzählte Amy. „Sie haben sich sofort gut verstanden und waren seither ein Paar. Ich habe das alles miterlebt, und sie hat immer noch genauso von ihm geschwärmt wie ganz am Anfang."

„Entschuldigen Sie mich." Bob erhob sich abrupt und ging in den Nebenraum.

„Das ist für uns alle furchtbar schwer", fuhr Amy mit Tränen in den Augen fort. „Pam war eine großartige Ehefrau, Mutter und Freundin. Wenn ich daran denke, wie sie gelitten hat ..." Sie schüttelte den Kopf und wischte sich die Tränen ab. „Es bricht mir das Herz."

„Ihre Hilfe und diese Liste von Ansprechpartnern sind sehr wertvoll für unsere Arbeit."

„Wir helfen Ihnen, wo wir können", versicherte ihr Amy.

„Sie müssen sich alles ins Gedächtnis rufen, was sie über seltsame Vorfälle oder über einen Konflikt mit jemandem gesagt hat, auch wenn es schon Monate oder Jahre her ist. Die kleinste Sache kann von entscheidender Bedeutung sein. Wir haben das schon oft erlebt."

„Wir lassen es Sie wissen, wenn uns etwas einfällt", versprach Amy.

Die Kinder nickten zustimmend.

„Danke schön."

„Wann können die vier nach Hause zurück?", erkundigte sich Amy.

„Ich informiere Sie, sobald die Spurensicherung fertig ist."

„Gut", antwortete Amy. „Dann warten wir."

Sam senkte die Stimme, sodass nur Amy sie hören konnte. „In der Zwischenzeit könnten Sie Bob helfen, zu entscheiden, welches Bestattungsunternehmen beauftragt werden soll, damit das erledigt ist, wenn die Gerichtsmedizinerin den Leichnam freigibt."

„Ich kümmere mich darum."

Als sie mit dem Aufzug in die Lobby fuhren, überflog Sam die Namensliste, die Amy ihr gegeben hatte. „Fangen wir mit ihren Freundinnen an. Wenn jemand Bescheid gewusst hat, sofern etwas nicht gestimmt hat, dann sie."

„Eher als die Familie?", fragte Freddie.

„Manche Frauen vertrauen ihren Freundinnen Dinge an, die sie sonst niemandem erzählen würden, nicht mal ihren Männern."

„Aber nicht du."

„Ich bin nun mal nicht wie die meisten anderen Frauen."

Freddie lachte prustend. „Das stimmt wohl."

„Ich meine, ich rede mit meinen Schwestern und habe Freundinnen, doch ich erzähle ihnen nichts, was Nick nicht weiß. Wie hält Elin das?"

„Sie hat viele gute Freundinnen, aber ich glaube, sie hat keinerlei Geheimnisse von mir."

„Ich bin der Ansicht, dass es gar nicht möglich ist, alles über jemanden zu wissen. Selbst in den engsten Beziehungen behalten die Menschen Dinge für sich."

„Ich nicht", behauptete Freddie. „Elin weiß tatsächlich alles über mich."

„Echt?"

„Absolut. Ich erzähle ihr alles. Außer den vertraulichen Informationen aus dem Job. Wie steht es mit dir? Erzählst du Nick wirklich alles?"

„Eigentlich schon. Mir fiele zumindest auf Anhieb nichts ein, was er nicht weiß", sagte Sam. „Die ersten beiden Freundinnen auf der Liste leben in Brentwood, also fangen wir dort an."

„Ich brauche bald mal was zu essen."

„Es ist gerade erst zehn Uhr."

„Der ideale Zeitpunkt für das erste Mittagessen."

„Nach dem Gespräch mit den Freundinnen."

„Mann, du bringst mich echt um."

„Das wird deine Ernährungsweise lange vor mir erledigen."

Während sie sich auf dem Weg nach Brentwood durch den Verkehr in der Innenstadt quälten, nahm Sam einen Anruf von Nick auf dem BlackBerry entgegen.

„Hey", meldete sie sich, „was gibt's?"

„Wir wollen am Freitag nach Des Moines fliegen, aber ich möchte mich mit dir darüber abstimmen, ob du das schaffst, bevor ich das Datum festlege."

„Das ist ziemlich kurzfristig, oder?"

„Es geht darum, noch vor Weihnachten dort zu sein, und das ist der einzige Tag, an dem ich kann. Die Behörden vor Ort haben uns versichert, dass sie sich mit den Familien abgesprochen haben und wir gerne kommen können."

„Ah, gut. Ich muss das mit Malone abklären, weil wir gerade mitten in einer Ermittlung stecken. Reicht es, wenn ich dir nach dem Gespräch mit ihm Bescheid gebe?"

„Klar, aber bitte so schnell wie möglich. Wie du dir vorstellen kannst, ist diese Reise eine echte logistische Herausforderung."

„Ich rufe ihn sofort an."

„Danke."

„Was gibt's Neues aus Des Moines?"

„Seit gestern Abend nichts. Nur ein paar Familien, die heute Morgen in einer ganz neuen Realität aufgewacht sind, und ziemlich deutliche negative Reaktionen auf meine gestrige Aussage über vernünftige Waffenkontrolle, was zu erwarten war. Ein sensibles Thema."

„Lass dich nicht beirren. Deine Äußerungen dazu waren absolut sinnvoll und ausgewogen. Du willst ja nicht Waffenbesitzern, die vernünftig damit umgehen, ihre Knarren wegnehmen, sondern lediglich denen, die aus irgendeinem Grund überhaupt keine Waffen besitzen sollten."

„Exakt."

„Du bist vielleicht in der besten Position, um in dieser Angelegenheit etwas zu erreichen, weil du keine politische Rücksicht nehmen musst."

„Genau das hat Terry auch gesagt. Ich habe übrigens in zehn Minuten eine Besprechung mit Gretchen Henderson."

„Warum triffst du sie noch mal?"

„Die Partei will, dass ich sie zur Vizepräsidentin mache."

„Ich dachte, du hättest dich für Senatorin Sanford entschieden, die Frau, die Chanel No. 5 trägt", entgegnete Sam.

Senatorin Jessica Sanford benutzte dasselbe Parfüm, das seine schreckliche Mutter ihr ganzes Leben lang getragen hatte, was bei Nick zu einer starken Abneigung geführt hatte.

„Sanford soll Ruskins Nachfolgerin im Außenministerium werden."

„Ist das nicht deine Entscheidung?"

„Sanford will ins Außenministerium. Sie hat den Kollegen anvertraut, das sei ihr Traum."

„Hm, okay. Ich dachte, wir mögen Henderson nicht."

„Na ja, ‚nicht mögen' wäre übertrieben. Ich hätte bloß Sanford bevorzugt."

„Nick, ich hatte ein komisches Gefühl bei Henderson."

„Ich weiß", seufzte er, „und das bereitet mir Magenschmerzen. Ich habe gelernt, deinem Bauchgefühl zu vertrauen, aber du hast sie andererseits nur zehn Sekunden lang gesehen."

„Das hat gereicht."

„Wir haben alle anderen möglichen Kandidatinnen aus dem einen oder anderen Grund ausgeschlossen. Sie ist die Einzige, die mir noch bleibt, sonst muss ich meine Taktik ändern und einen Mann berufen. Allerdings will ich eine Frau in diesem Amt. Ich möchte die erste Vizepräsidentin der USA an meiner Seite."

„Und ich bewundere dich für diese Beharrlichkeit. Dann halte ich jetzt mal die Klappe und wünsche dir viel Glück mit der neuen Vizepräsidentin."

„Von mir aus musst du nie lange die Klappe halten."

„Hahaha, hör auf zu flirten, der kleine Freddie hört zu."

Als Nick lachte, kribbelte ihre Haut vor Liebe, Verlangen und von zahllosen anderen Gefühlen, die nur er in ihr wecken konnte.

„Hast du etwas von Roni gehört?", wollte Nick wissen.

Sam hatte ihre frisch verwitwete Freundin gebeten, ihre Kommunikationschefin und Sprecherin im Weißen Haus zu werden, und obwohl Roni die Stelle angenommen hatte, hatte sie beschlossen, sich vorher eine Auszeit zu gönnen, um ihren schmerzlichen Verlust zu verarbeiten.

„Bisher nicht, und ich mache mir langsam Sorgen um sie. Ich werde Darren Tabor darauf ansetzen müssen." Roni hatte mit Darren, dem einzigen Reporter, den Sam erträglich fand, beim *Washington Star* zusammengearbeitet.

„Dafür wird er ein Exklusivinterview fordern."

„Die Hoffnung stirbt zuletzt."

„Ach, er bewundert dich doch so. Du musst ihm mal was Gutes tun."

„Sobald ich da nachgebe, wird er aufmüpfig, so wie der kleine Freddie, und dann kann man nichts mehr mit ihm anfangen."

„Ich kann dich übrigens hören", warf Freddie ein.

„Wie läuft es mit dem Fall?", erkundigte sich Nick.

„Es ist frustrierend. Jemand ermordet auf grausame Weise eine allseits geliebte dreifache Mutter, und niemand in ihrem Umfeld kann sich irgendjemanden vorstellen, der ein Problem mit ihr hatte, geschweige denn ihr so etwas antun würde."

„Ich bin sicher, ihr werdet den Schuldigen finden."

„Das hoffe ich. Ich muss Schluss machen. Wir befragen gleich eine ihrer Freundinnen."

„Viel Glück dabei. Bis später."

„Ich liebe dich."

„Ich dich auch, Babe."

„Was ist dein Eindruck davon, wie er sich hält?", wollte Freddie wissen, nachdem Sam das Gespräch beendet hatte.

„Alles in allem ziemlich gut. Wir freuen uns darauf, nach Weihnachten nach Camp David zu fliehen. Ich glaube, Nick fühlt sich ein wenig eingesperrt, nachdem er ein paar Wochen lang das Weiße Haus nicht verlassen hat. Als Vizepräsident konnte er wenigstens nachts heimkommen."

„Einige seiner Vorgänger haben das Weiße Haus als ihren goldenen Käfig bezeichnet."

„Das ist eine durchaus passende Beschreibung. Es ist wunderschön, das Personal ist fantastisch, aber man ist total abgeschnitten vom wirklichen Leben, und die Sicherheitsvorkehrungen schränken einen selbst in einem so prachtvollen Gebäude sehr ein."

„Ich würde komplett durchdrehen", erklärte Freddie unverblümt.

„Ja, ich auch. Ich bin so dankbar, dass ich nach wie vor jeden Tag auf Achse sein kann, auch wenn Vernon und Jimmy mir auf Schritt und Tritt folgen. Die beiden haben das mit der Diskretion wirklich drauf."

„Ja, das klappt besser, als ich erwartet hatte."

„Weil sie respektieren, was ich tue. Ich bin sicher, es gibt Personenschützer, die nicht so entgegenkommend wären oder denen die Vorstellung, dass die First Lady auf den Straßen unterwegs ist, nicht passen würde."

„Secret-Service-Beamte mit dieser Einstellung würden es nicht lange als deine Bodyguards aushalten. Ich bin sicher, ihre Vorgesetzten haben Vernon und Jimmy ausgewählt, weil sie dachten, sie würden gut zu dir passen."

„Vernons Sarkasmus tut das definitiv."

„Ich habe meinen Hang zum Sarkasmus erst entwickelt, als ich anfing, meine gesamte Zeit mit dir zu verbringen."

„Tja, und schau dich jetzt an. Ich bin richtig stolz darauf, wie du dich entwickelt hast."

Er blickte sie an. „Echt?"

Sam verdrehte die Augen. „Ja klar. Du bist mein Meisterstück."

„Das bedeutet mir sehr viel."

„Werd jetzt bloß nicht rührselig."

„Ich bin überhaupt nicht rührselig."

„Doch, bist du."

„Gar nicht. Es bedeutet mir eben viel, dass du stolz auf mich bist. Es ist mir wichtig."

Sam parkte einen Block von der Adresse entfernt, die bei dem Namen Stella Gregorio stand, und sah zu ihrem jungen, attraktiven, ernsthaften Partner hinüber. „Ich bin sehr stolz auf den Mann und Ermittler, zu dem du herangewachsen bist. Ich hoffe, du weißt das."

„Danke. Ich meinerseits bin stolz auf dich und Nick und darauf, mit wie viel Klasse und Würde ihr diese neuen Rollen ausfüllt. Ich kann kaum glauben, dass meine besten Freunde der Präsident und die First Lady sind."

„Es ist uns eine Ehre, deine besten Freunde zu sein, und wir betrachten dich als einen von uns. Damit ist dann jetzt aber auch Schluss mit den Liebesbekundungen. Zurück zur Normalität. Hören wir uns an, was Stella über Pam zu sagen hat."

„Jawohl, Ma'am."

KAPITEL 11

Freddie folgte ihr zu Stellas Haustür, die keine Klingel hatte.

Sam klopfte an und spähte durch die Seitenfenster, um zu sehen, ob jemand zu Hause war. „Da kommt wer." Sie war sofort auf der Hut und legte die Hand an die Waffe, denn kürzlich hatte jemand durch eine geschlossene Tür auf sie geschossen.

Ein finster dreinblickender Mann öffnete ihnen, erkannte Sam, und sein Gesichtsausdruck sagte: *Wow, es ist die First Lady,* woraufhin er sofort die Sturmtür aufdrückte.

Sie zeigte ihm ihre Dienstmarke. „Ich bin Lieutenant Holland, das ist mein Partner Detective Cruz. Wir möchten gerne mit Stella Gregorio sprechen."

„Stella geht es nicht gut. Pam war eine ihrer besten Freundinnen."

„Ich verstehe, dass dies eine schwierige Zeit ist, aber wir versuchen, Pams Mörder zu finden. Dafür brauchen wir von den Menschen, die ihr am nächsten gestanden haben, jede Hilfe, die wir erhalten können."

„Kommen Sie herein. Ich hole sie." Er trat zur Seite, um sie einzulassen, und wies mit einer Geste auf ein kleines Wohnzimmer, das an die Diele angrenzte. „Nehmen Sie bitte Platz."

Während er seiner Frau Bescheid gab, setzten sich Sam und Freddie nebeneinander auf ein Sofa.

Sam schaute flüchtig zu den gerahmten Fotos junger Erwachsener, die an der Wand hingen. „Ein neuer Tag, ein neuer Zweisitzer."

„Bleib bloß auf deiner Seite der Ritze", warnte Freddie und zeigte darauf.

„Keine Sorge. Ich bin an dem, was du zu bieten hast, nicht interessiert."

„Was ich zu bieten habe, ist für dich gar nicht erhältlich."

Ehe sie ihr Desinteresse an seinem Angebot erneut betonen konnte, hörten sie Schritte, die sich näherten.

Der Mann, der sie begrüßt hatte, hatte seinen Arm um eine Frau gelegt, die fast einen ganzen Kopf kleiner war als er. „Das ist meine Frau Stella." Er half ihr, Platz zu nehmen, und blieb in der Nähe stehen, als rechnete er damit, dass sie vom Stuhl fiel oder so.

Stella hatte kurzes, fransig geschnittenes graues Haar und trug eine auffällige lilafarbene Brille. Ihr Gesicht war rot und verquollen vom Weinen, die Hände in ihrem Schoß zitterten.

„Es tut uns sehr leid, dass wir Sie stören müssen", begann Sam.

„Ich kann mir nicht vorstellen, wer Pammy das angetan haben könnte. Sie war …" Stella begann zu schluchzen. „Sie war die beste Freundin, die ich je hatte."

„Wir haben Sie sie kennengelernt?"

„Ihre Molly ist mit meinem Jimmy in den Kindergarten gegangen. Die beiden sind bis heute beste Freunde, und wir sind das auch."

Verflucht sollte das Präsens sein, in dem die Leute über ihnen nahestehende, kürzlich ermordete Menschen sprachen. Sam machte das jedes Mal traurig.

„Ich kann nicht glauben, dass sie tot ist. Wie kann das sein?"

„Wir versuchen herauszufinden, was passiert ist. Hat sie Ihnen von irgendwelchen Problemen erzählt?"

Stella schüttelte den Kopf, ehe Sam die Frage ganz ausgesprochen hatte. „In letzter Zeit lief alles so gut für sie. Molly hat problemlos den Wechsel ans College geschafft, die Jungs entwickeln sich in der Highschool prächtig – beide sind gute Schüler und Spitzensportler. Sie und Bob waren schon immer das Paar, das man am liebsten gehasst hätte – nach mehr als zwanzig gemeinsamen Jahren immer noch so verliebt."

Sam hoffte, dass die Leute das Gleiche über sie und Nick sagen würden, wenn sie einmal zwanzig Jahre zusammen waren.

„Ihre Firma florierte, nachdem sie sie in jahrelanger harter Arbeit aus dem Nichts aufgebaut hatte", fuhr Stella fort. „Ihre

Kunden haben sie in den höchsten Tönen gelobt. Entsprechende Zitate finden Sie auf ihrer Website."

„Was ist mit ihren anderen Freundinnen? Hatte sie mit denen Probleme?"

„Nicht mal ansatzweise. Ich habe die ganze Nacht wach gelegen und versucht, eine Erklärung für den Mord zu finden, aber mir ist nichts eingefallen."

„Ist es möglich, dass etwas passiert ist, wovon Sie nichts wussten?"

„Das ist höchst unwahrscheinlich. Wir haben einander alles erzählt, auch die schwierigen Dinge."

„Was waren denn die schwierigen Dinge, die sie Ihnen erzählt hat?"

„Bob hatte vor drei Jahren Prostatakrebs. Er war in Behandlung, und jetzt geht es ihm gut, doch die Therapie war mit vielen Schwierigkeiten verbunden, darunter auch Impotenz. Sogar darüber haben wir geredet. Sie hatten außerdem eine schwere Zeit mit Lucas, als er sich in der zehnten Klasse mit einer Gruppe von Jugendlichen eingelassen hat, die Bob und Pam nicht mochten. Sie haben aber jede Herausforderung, die sich ihnen gestellt hat, gemeinsam gemeistert."

„Erzählen Sie mir von diesen Jugendlichen, die sie nicht mochten." Es war nicht viel, allerdings mehr, als sie vor ihrer Ankunft gehabt hatte.

„Über die Einzelheiten weiß ich nicht viel. Es waren Jugendliche, die Lucas durch einen Job in einem der örtlichen Restaurants kennengelernt hatte, und seinen Eltern missfiel der Einfluss, den sie auf ihn hatten. Er fing an, die Schule und das Training zu schwänzen. Dank Football hat er das Potenzial für ein Vollstipendium an einem guten College. Sie wollten nicht, dass er sich das vermasselt."

„Wie sind sie damit umgegangen?"

„Sie haben dafür gesorgt, dass er so mit Arbeit, Schule und Sport beschäftigt war, dass er keine Zeit hatte, sich mit Freunden zu treffen, die ihn auf Abwege hätten bringen können. Ich finde, sie haben das sehr geschickt angestellt – sie haben diese Typen ausgeschaltet, ohne eine große Sache daraus zu machen."

Sam merkte sich das zur eigenen Verwendung, falls sie eine solche Strategie jemals bei ihren eigenen Kindern brauchen sollte. Sie hoffte, dass das nie der Fall sein würde.

So schnell, wie die Möglichkeit von Problemkids in Lucas' Leben aufgetaucht war, hatte sich die Spur auch wieder verflüchtigt. Wenn es keine große Szene und keinen Streit gegeben hatte, hatten Lucas und seine Freunde wahrscheinlich gar nicht bemerkt, dass seine Eltern eingeschritten waren.

Dieser Fall begann sie maßlos zu nerven.

Sam reichte Stella ihre Visitenkarte. „Rufen Sie mich an, wenn Ihnen noch etwas einfällt, das relevant sein könnte." Wie immer fügte sie hinzu: „Die kleinste Sache kann von entscheidender Bedeutung sein."

Stella nahm die Visitenkarte entgegen. „Pam würde sich freuen, dass Sie in ihrem Fall ermitteln. Sie hat Sie und Ihren Mann sehr bewundert."

„Das freut mich. Noch einmal unser Beileid."

„Danke sehr."

Der Ehemann brachte sie zur Tür.

Als sie wieder draußen im Kalten standen, sah Sam Freddie an. „Das hat uns nicht weitergebracht."

„Ich dachte zuerst, diese Freunde des Jungen könnten eine Spur sein."

„Ich auch, aber so leicht ist es natürlich nie. Probieren wir es bei der nächsten Freundin auf der Liste."

Paula Baxter lebte am Quincy Place, etwa fünf Blocks nördlich von Pams Zuhause in der M Street. Sie streute gerade Sand auf die Stufen zu ihrer Haustür, als Sam und Freddie sich ihrem Tor näherten. Als sie erkannte, wer sie da besuchte, fiel sie fast die Treppe herunter. Von draußen zeigten Sam und Freddie ihre Dienstmarken.

„Lieutenant Holland, Detective Cruz vom MPD. Haben Sie einen Moment Zeit für uns?"

„Ja, natürlich. Bitte kommen Sie doch herein."

Sie führte sie in ein warmes, gemütliches Haus, in dem leuchtende Farben dominierten. Die Zimmer waren in Gelb, Rot und Blau gestrichen. Die Wohnung bereitete Sam auf der Stelle Kopfschmerzen.

„Es geht um Pam, richtig?", fragte Paula.

„Genau."

Paula führte sie in eine orangefarbene Küche mit einer Fülle bunter Obstkeramiken. „Möchten Sie Kaffee?"

„Wenn es keine Umstände macht", sagte Sam und erntete einen verblüfften Blick von ihrem Partner. Sie freute sich, dass sie ihn immer noch ab und zu überraschen konnte.

„Überhaupt nicht. Ich habe gerade eine frische Kanne gekocht." Sie schenkte drei Tassen Kaffee ein und stellte Milch und Zucker auf den Tisch.

„Wie haben Sie das mit Pam erfahren?", erkundigte sich Sam, während sie Milch in ihren Kaffee rührte und Freddie Zucker in seinen schaufelte.

„Unsere gemeinsame Freundin Bev hat mich angerufen. Unsere Jungs spielen alle zusammen Football, seit sie klein waren. Es ist ein solcher Schock. Pam war so ein netter Mensch. Sie war immer bereit, Kinder zu chauffieren, deren Eltern nicht von der Arbeit wegkonnten. Pam hat immer erklärt, sie sei schließlich selbstständig, und wenn sie nicht für ihre Kinder da sein könne, wenn sie sie bräuchten, wozu sei das dann gut?"

„Ich möchte Sie etwas fragen, das sich vielleicht anhört, als würde ich Ihre Freundin für etwas, das sie getan hat, verurteilen, aber das ist nicht meine Absicht", begann Sam.

„Okay ..."

„Wenn Pam auf Konferenzen gearbeitet hat, war sie für ihre Familie tagelang nicht erreichbar."

Paula nickte, noch bevor Sam zu Ende gesprochen hatte. „Ich weiß, doch sie hat immer dafür gesorgt, dass wir für die Kinder da waren, wenn sie weg war. Sie hat uns den Rest der Zeit über geholfen, also sind wir für sie eingesprungen, wenn sie beruflich verhindert war."

„Ich muss zugeben, dass ich mich besser damit fühle, zu wissen, dass sie das durchgeplant hat."

„Die Konferenzen waren superanstrengend. Oft war sie diejenige, die das Ganze geleitet hat, natürlich zusammen mit Mitarbeitern der verschiedenen Organisationen, für die sie tätig war, aber sie hatte das Sagen. Häufig waren es bis zu sechzehn Stunden am Tag, fünf oder sechs Tage hintereinander. Bob und die Kinder haben sie dann ganz in Ruhe gelassen. Sie wussten, dass sie sie in Notfällen erreichen konnten, doch sie haben versucht, sie nicht zu stören, wenn es nicht wirklich erforderlich war."

„So verstehe ich ihre Vorgehensweise ein bisschen besser."

„Sie hat so hart für die Unternehmen gearbeitet, die sie engagiert haben. Pam hat ihre Agentur von einer kleinen Klitsche, die Unterstützung bei der Konferenz-Registrierung anbot, zu einer Full-Service-Agentur aufgebaut. Wir sind alle enorm stolz auf das, was sie erreicht hat, und untröstlich, dass sie ihrer Familie und ihren Freunden auf so sinnlose Weise entrissen wurde.“

„Kennen Sie jemanden, der Pams Tod gewollt haben könnte?“

„Nein. Jeder, der sie kannte, hat sie gemocht.“

Nicht jeder, hätte Sam am liebsten erwidert, unterließ es aber. „Hatte sie Auseinandersetzungen mit Kunden, Freunden, anderen Eltern, Trainern?“

„Nicht dass ich es mitbekommen hätte. Soweit ich weiß, hat sie sich mit allen gut verstanden. Die Leute mochten sie. Mir gegenüber hat sie nie ein böses Wort über jemanden verloren.“

Sam hätte vor Frustration am liebsten geschrien. Pams Ermordung war eine sehr persönliche Tat gewesen. Der Täter hatte dafür gesorgt, dass sie litt, ehe sie starb. Mit den Freundinnen, die sie geliebt hatten, zu reden brachte sie nicht weiter. „Wir wissen Ihre Hilfe sehr zu schätzen.“

„Ich wünschte, ich könnte mehr dazu beitragen, den Schuldigen zu finden.“

Sam legte ihre Visitenkarte auf den Tisch. „Wenn Ihnen noch etwas einfällt, das relevant sein könnte, rufen Sie mich bitte an.“

„Natürlich.“

„Gibt es jemanden, mit dem wir reden sollten und der nicht auf dieser Liste steht?“ Sie zeigte Paula die Freundesliste, die die Familie zusammengestellt hatte.

„Vielleicht Mark Ouellette, den Football-Trainer der Jungs. Sie war Vorsitzende des Fördervereins und hat bei vielen Projekten eng mit ihm zusammengearbeitet.“

„Wo finden wir ihn?“

Paula griff nach ihrem Handy, rief Ouellettes Kontaktdaten auf und schrieb sie auf den Block, den Sam ihr reichte. „Er hat eine Versicherungsagentur.“

„Schreiben Sie das bitte ebenfalls dazu.“

Als Paula fertig war, steckte Sam den Notizblock wieder ein. „Vielen Dank für Ihre Zeit.“

„Wie gesagt, ich wünschte, ich könnte mehr tun.“

„Sie haben uns bereits sehr geholfen.“

Paula begleitete Sam und Freddie noch zur Tür. „Ich hoffe, Sie finden den Schuldigen.“

„Das hoffe ich auch“, antwortete Sam. Draußen zog sie den Reißverschluss ihrer Jacke zu und streifte sich Handschuhe über. „Irgendwelche Ideen?“

„Das alles erinnert mich an den Fall Woodmansee."

„Inwiefern?"

„Ganz normale Leute, die ohne ersichtlichen Grund ermordet werden."

„Ja, stimmt. Wie kann sie sich mit jemandem so sehr gestritten haben, dass diese Person sie fesselt, knebelt und einen langsamen, qualvollen Tod in der Kälte sterben lässt, ohne dass jemand in ihrem Leben davon weiß?"

Als sie wieder in Sams Auto saßen, startete sie es, um die Heizung in Gang zu bringen.

„Was tun wir jetzt?"

„Ehe wir mit Ouellette reden, will ich von Archie hören, was er auf Pams Handy und Computer gefunden hat."

„Dann los."

„Ich habe auf ihrem Computer und ihrem Handy den gesamten letzten Monat durchgesehen und nichts entdeckt, was auf ein Problem mit irgendjemandem hinweisen würde", berichtete Archie dreißig Minuten später, als Sam ihn in seinem Büro im Polizeigebäude antraf.

„Es muss etwas geben", sagte Sam.

„Wenn ja, dann ist es weder auf ihrem Handy noch auf ihrem Computer zu finden."

Sams Enttäuschung drohte überzuschwappen, aber das würde ihr nicht helfen, den Mörder zu fassen.

„Soll ich weiter als einen Monat zurückgehen?"

„Ja, ich fürchte schon. Irgendwas muss es geben."

„Mach ich", versprach Archie und deutete mit dem Kinn nach draußen. „Hast du mitgekriegt, was da drüben läuft?"

„Nein, was denn?"

„Ramsey räumt seinen Schreibtisch. Farnsworth hat ihn rausgeschmissen."

„*Was?*"

„Die Spurensicherung konnte ihn mit dem Vandalismus in deinem Büro in Verbindung bringen. Er wird außerdem wegen mutwilliger Beschädigung fremden Eigentums angeklagt."

„Gerade wird ein Traum von mir wahr. Ich brauche einen Augenblick, um das zu erfassen", erwiderte Sam, obgleich ihr klar war, dass Ramsey selbst nach seinem Rausschmiss aus dem Polizeidienst weiter eine Gefahr für sie darstellen würde.

„Ich dachte mir, dass dich das freut.“

„Wie konnte er so blöd sein, zu glauben, dass er damit durchkommt?“

„Genau wie Stahl, der vom Aufenthaltsraum der Lieutenants aus mit den Medien telefoniert hat.“

„Aber wirklich. Wenn ich etwas gegen einen Kollegen unternehmen wollte“, meinte Sam, „würde ich dafür sorgen, dass es nicht auf mich zurückfallen kann.“

„Wenn du zum Beispiel jemanden wie Ramsey genauer in Augenschein nehmen und herausfinden würdest, dass er eine Affäre hat?“

„Zum Beispiel, auch wenn ich das nicht war.“

„Natürlich nicht“, spottete Archie, in dessen Augen der Schalk blitzte. „Du hast viel zu viel zu tun, um dich in solche Niederungen hinabzubegeben.“

„Korrekt.“

„Wer auch immer in seinem Privatleben herumgeschnüffelt hat, hat uns allen einen großen Gefallen getan. Nach der Sache mit Stahl, Conklin und Hernandez können wir so einen Mist hier nicht gebrauchen.“

„Das stimmt.“

„Was gibt es Neues im Fall deines Vaters?“

„Die Beweisaufnahme beginnt nach den Feiertagen.“

„Du musst doch nicht in den Zeugenstand?“

„Nein, das erspart man mir. Avery Hill und das FBI arbeiten eng mit der Staatsanwaltschaft zusammen.“

„Gut. In einer so heißen Angelegenheit können wir uns keine Interessenkonflikte leisten.“

„Richtig.“

„Sie werden dafür in den Knast gehen, Sam. Sag mir, dass du dir dessen sicher bist.“

„Bin ich, aber es ist seltsam, dass es mir so viel weniger bedeutet als damals, als mein Vater noch gelebt hat. Welchen Unterschied macht es schon, jetzt, wo er tot ist?“

„Es macht einen Riesenunterschied“, entgegnete Archie heftig. Alle Anzeichen von Belustigung waren längst verschwunden. „Was sie getan haben, war ungeheuerlich, und sie verdienen es, dafür zu bezahlen. Conklin hat das, was er wusste, vier Jahre lang für sich behalten. Das ist totaler Irrsinn."

„Ja."

„Keiner von uns kann ahnen, wie schwer das für dich ist, doch glaub mir, so ziemlich jeder in dieser Truppe will Gerechtigkeit für deinen Vater."

„Das ist gut. Es bedeutet mir sehr viel."

„Genauso wollen wir Gerechtigkeit für Steven Coyne."

„Ich auch. Glaub mir, ich will Gerechtigkeit für beide."

Selbst Wochen später versuchte Sam immer noch, die Fakten der Schießerei zu begreifen, bei der ihr Vater seine Querschnittslähmung davongetragen hatte, genau wie die Verbindung zu den Schüssen aus dem Auto auf seinen ersten Partner vor über dreißig Jahren. All dies war zu dem Zweck geschehen, einen geheimen Glücksspielring zu schützen, den Stadtrat Roy Gallagher und seine Komplizen betrieben hatten. Paul Conklin, der Nachfolger ihres Vaters als stellvertretender Polizeichef, hatte die ganze Zeit über gewusst, wer hinter den Schüssen steckte, die Informationen aber für sich behalten, während er vorgab, ein enger Freund ihres Vaters zu sein. Es war mehr als abscheulich.

„Tust du mir einen Gefallen?", bat Sam Archie.

„Jeden."

„Schaust du mal, ob Ramsey weg ist, ehe ich nach unten gehe?"

„Klar."

Während sie auf Archies Rückkehr wartete, dachte sie darüber nach, wie glücklich sie sich schätzen konnte, am Arbeitsplatz Freunde wie ihn und viele andere zu haben. Die Stahls, Ramseys und Conklins waren in ihrer Laufbahn in der Minderheit gewesen, und sie war erleichtert, Ramsey bei der Polizei los zu sein.

„Er scheint nicht mehr hier zu sein", meldete Archie, als er zurückkam. „Doch ich gehe mit dir raus, nur für den Fall, dass er wieder auftaucht."

„Normalerweise würde ich sagen, das sei nicht nötig, aber dieses Mal sage ich einfach Danke."

„Gern."

Archie begleitete sie die Treppe hinunter zu ihrem Büro, wo sie ihr Team vorfand, das nach der Untersuchung durch die Spurensicherung alles wieder auf Vordermann brachte.

„Hast du es schon gehört, Lieutenant?", fragte Detective Jeannie McBride mit einem breiten Lächeln.

„Ja, Jeannie."

„Es wird gemunkelt, dass der Polizeichef ihm die Pension streichen lassen will, ebenso wie Stahl, Conklin und Hernandez." Sie hatten im Nachhinein herausgefunden, dass Hernandez, der Leiter der Streifenpolizei, ebenfalls gewusst hatte, wer hinter der Erschießung ihres Vaters steckte, und diese Information zurückgehalten hatte.

„Super", meinte Sam erfreut. „Keiner von denen hat es verdient, fett von Steuergeldern zu leben, nachdem sie die Abteilung unehrenhaft verlassen mussten."

„Nein, ganz sicher nicht", pflichtete ihr Jeannie bei.

„Vielen Dank, dass ihr das macht", sagte Sam zu Jeannie sowie zu den Detectives Green und O'Brien.

„Gern geschehen", versicherte Green. „Wir haben deine Akten so gut wie möglich wieder sortiert, aber du solltest sie vielleicht noch einmal durchsehen, um dich zu vergewissern, dass alles da ist, wo du es haben willst."

„Ich habe keinen Zweifel, dass sie jetzt besser sortiert sind als vorher. Das weiß ich wirklich zu schätzen, Leute."

„Sie haben schon genug zu tun", sagte O'Brien.

Er war vor Kurzem zur Einheit gestoßen, um Detective Will Tyrone zu ersetzen, der die Polizei nach der Ermordung seines Freundes Detective Arnold verlassen hatte. O'Brien fügte sich bisher gut ein.

„Was gibt es Neues in unserem Fall?", fragte Green.

„Wir kommen nicht weiter", gestand Sam. „Wir sollten uns in zehn Minuten im Besprechungsraum versammeln, um zu erörtern, was wir bis jetzt haben." Sie betrat ihr Büro, das ordentlicher war als je zuvor, und versuchte, ihr legendäres Mojo zu finden, das ihr bei diesem Fall bisher einfach fehlte.

„Klopf, klopf."

Sam hob den Kopf und sah Dr. Trulo auf der Schwelle stehen. „Herein."

Er trat ein und schloss die Tür hinter sich. „Ich habe gehört, Ramsey hat Ihr Büro zerlegt und ist deshalb geflogen."

„Ich bin ihn losgeworden, ohne einen Finger krumm machen zu müssen."

Trulos Mundwinkel verzogen sich zu einem Lächeln. „Trotzdem bleibt er ein gefährlicher Feind."

„Ja, das ist mir klar, und ich bleibe natürlich wachsam."

„Ich bin froh, dass Ihnen der Secret Service zur Seite steht."

„In solchen Situationen ist das gar nicht mal so schlecht."

„Ich bin gekommen, um zu schauen, ob ich vor heute Abend noch etwas für Sie tun kann."

Sie hatte keine Ahnung, wovon er sprach. Was war denn am Abend?

„Sam", tadelte Trulo, entnervt und amüsiert zugleich. „Heute Abend trifft sich die Selbsthilfegruppe zum zweiten Mal."

„Oh, richtig." Sie hatten beschlossen, vor den Feiertagen noch einmal zusammenzukommen, damit sie einander nötigenfalls um Hilfe bitten konnten. „Ich erinnere mich."

„Machen Sie es nicht noch schlimmer, indem Sie mir ins Gesicht lügen."

„Ich lüge nicht. Ehrlich, ich hatte es nicht vergessen!"

„Doch", widersprach er lachend, „aber das ist nicht schlimm. Wenn Sie es nicht schaffen, kümmere ich mich allein darum. Mir ist klar, dass Sie viel um die Ohren haben, vor allem nach der Tragödie in Des Moines."

„Ja, es ist viel, Doc. Nick und ich suchen noch nach dem besten Weg, die Familien in Iowa zu unterstützen."

„Darf ich?", fragte er und deutete auf ihren Besucherstuhl.

„Klar." Ihr Team konnte noch fünf Minuten auf sie warten.

„Das Beste, was Sie tun können, ist, dorthin zu fliegen und zu zeigen, dass Sie das, was passiert ist, wirklich bewegt, dass Sie sich für die tiefer liegenden Probleme interessieren, die solche Dinge verursachen, und dass Sie entschlossen sind, alles in Ihrer Macht Stehende zu tun, um für Verbesserungen zu sorgen."

„Das fühlt sich so unzulänglich an."

„Wenn der Präsident und seine Frau kommen, um ihr Beileid auszusprechen, wird sich das für die Betroffenen nicht unzulänglich anfühlen."

„Sind Sie sich dessen sicher?"

„Ja."

„Das ist gut. Ich danke Ihnen."

„Ich bin immer für Sie da, Sam, ob es nun mit der Polizei zu tun hat oder nicht. Schließlich bin ich Ihr Freund."

„Das ist sehr tröstlich. Ich werde heute Abend bei dem Treffen sein."

„Ich habe um einen größeren Raum gebeten, da sich seit

unserem Auftritt in der *Today*-Show etliche weitere Interessenten gemeldet haben.“

„Oh. Waren es sehr viele?“

„Mehr als dreihundert Polizeibehörden haben sich nach unserem Konzept erkundigt, und es haben sich ziemlich viele Menschen gemeldet, die mit früheren Fällen von uns zu tun hatten und an der nächsten Sitzung teilnehmen wollen. Daher der größere Raum.“

„Wow, das ist eindrucksvoll.“

„Das verdanken wir Ihnen und Ihrer brillanten Idee.“

„Und vor allem Ihrer brillanten Umsetzung meiner Idee.“

„Wir sind ein gutes Team.“

„Das stimmt. Apropos … Sie werden vermutlich von meinem Mann hören.“

Dr. Trulo hob die Brauen. „In welcher Angelegenheit?“

„Es geht um die Leitung eines Arbeitskreises, der sich mit dem Zusammenhang zwischen psychischer Gesundheit und Waffengewalt befasst.“

„Ich soll … für den Präsidenten der Vereinigten Staaten …“

Amüsiert von seiner Überraschung sagte Sam: „Seine Taskforce für psychische Gesundheit leiten. Wenn Sie dazu bereit sind, natürlich.“

„Aber klar! Was für eine unglaubliche Ehre. Ich nehme an, Sie haben mich vorgeschlagen?“

„Nur weil er dachte, ich würde eine gute Vorsitzende abgeben.“

Trulo lachte, ehe er einen leider vergeblichen Versuch unternahm, seine Belustigung zu zügeln.

„Sie dürfen ruhig lachen. Ich fand es auch recht lustig.“

„Werden Sie mit mir in dieser Taskforce sein?“

„Als eine Art Aushängeschild, so wie bei der Trauergruppe.“

„Ah, ich verstehe.“

„Sie erledigen die ganze Arbeit. Ich ernte den ganzen Ruhm.“

Wieder lachten sie.

„Ich teile den Ruhm gern mit einer Freundin.“ Trulo wandte sich zum Gehen. „Passen Sie gut auf sich auf, während Sie Ihrem Mann helfen, sich um andere zu kümmern, vor allem in Anbetracht dessen, was Sie selbst gerade erst durchgemacht haben.“

„Das werde ich“, versprach sie, gerührt von seiner Sorge um sie. „Danke noch mal.“

„Bis später, Sam.“

KAPITEL 12

Nachdem Trulo gegangen war, nahm Sam ihr Haar im Nacken zusammen, steckte es mit einem Clip hoch und griff nach einer halb leeren Flasche Wasser und ihrem Notizbuch, bevor sie sich zu ihrem Team in den Besprechungsraum begab.

„Ich habe gesehen, dass Dr. Trulo bei dir war, also habe ich mir erlaubt, alle schon mal auf den neuesten Stand zu bringen", sagte Freddie.

„Danke. Wenn niemand eine bessere Idee hat, werde ich als Nächstes den Football-Trainer der Söhne aufsuchen. Ich habe keine Ahnung, ob er etwas zur Klärung des Falls beitragen kann, aber wir werden das überprüfen."

„Ich habe nachgedacht", meldete sich Cameron zu Wort, „und ich komme immer wieder auf die Art ihrer Ermordung zurück. Es gibt wirklich nur wenige Dinge, die so heftige Gefühle auslösen, dass sie zu einem solchen Mord führen können – Liebe, Geld, Sex, Macht."

„Sehr gut", lobte Sam, wie immer beeindruckt von dem scharfsinnigen jungen Detective, der nach dem Mord an Detective Arnold zu ihnen gestoßen war. „Gehen wir eins nach dem anderen durch." Sie hatten ein Whiteboard für Pam angelegt, mit Fotos von ihr zu Lebzeiten und von ihrer Leiche sowie einer Zeitleiste mit dem, was sie bisher wussten. Sam trat zum zweiten Whiteboard und schrieb die Worte „Liebe", „Geld", „Sex" und „Macht" darauf.

„Was haben wir zum Thema Liebe?", fragte sie.

„Ihre Familie", antwortete Jeannie. „Ihre Freundinnen. Ihre Firma. Ihr Umfeld."

Sam schrieb alles auf das Whiteboard. „Noch etwas?"

„Mir fällt nichts ein, was wir über sie erfahren haben, was nicht in eine dieser Kategorien fällt", erwiderte Freddie.

„Wie steht es mit Geld?"

„Wir haben die Finanzen von ihr und ihrem Mann überprüft", berichtete Cam. „Da gibt es nichts Außergewöhnliches. Ein Leben im gehobenen Mittelstand mit den üblichen Rechnungen und Ausgaben, die anfallen, wenn man drei Kinder hat, von denen eins in Boston auf dem College ist. In den letzten sechs Monaten keine ungewöhnlichen Einzahlungen oder Abhebungen."

„Ich habe ihre Firmenkonten überprüft", ergänzte Jeannie. „Ihre Agentur hat letztes Jahr etwa dreihunderttausend Dollar Umsatz gemacht, dieses Jahr wäre noch deutlich besser ausgefallen. Testimonials auf ihrer Website zufolge war sie eine der Beste in ihrem Fach, und eine Vielzahl von Organisationen hat sich auf sie verlassen, wenn es darum ging, Veranstaltungen für ihre Mitglieder und interessierte Dritte optimal zu organisieren."

„Kommen wir zu Sex. Was haben wir dazu?"

„Sie war glücklich verheiratet", sagte Freddie. „Jeder, mit dem wir gesprochen haben, hat erwähnt, wie solide sie und Bob als Paar und sie alle als Familie waren. Das ist ganz anders als das Gefühl, das wir sofort hatten, als wir den Mord an Ginny McLeod untersucht haben."

„Stimmt", bestätigte Sam. „Die Familie McLeod war … speziell." Sie deutete auf die letzte Spalte auf dem Whiteboard. „Bleibt nur Macht."

„Ich habe nicht das Gefühl, dass sie oder Bob machthungrig waren", meinte Freddie. „Viel eher wirken sie wie Leute, die sich ausschließlich miteinander, ihren Kindern und den Menschen befassen, die ihnen am nächsten stehen."

„Eins sollte man bedenken", ergriff erneut Cameron das Wort. „Beide Söhne sind hervorragende Footballspieler. Freddie hat erzählt, Lucas sei auf dem besten Weg, sich für ein Stipendium für ein D-1-College zu qualifizieren. Das ist eine große Sache. Vielleicht sollten wir uns mal mit seiner athletischen Laufbahn befassen."

„Das ist ein ausgezeichneter Gedanke", erklärte Sam.

„Ich würde vorschlagen, mit jedem der Kinder einzeln zu sprechen", warf Jeannie ein. „Manchmal nehmen Teenager Spannungen, Streitigkeiten oder Dinge wahr, die sie für sich behalten, wenn man sie nicht direkt danach fragt."

„Das ist ebenfalls eine gute Idee“, pflichtete ihr Sam bei. „Das machen wir nach dem Football-Trainer. In der Zwischenzeit kann der Rest von euch an den Rechnern bleiben und sich mit den einzelnen Familienmitgliedern beschäftigen. Wie ihr wisst, ist kein Detail zu klein. Ich will auch Berichte über die Social-Media-Konten der Kinder.“

„Wir sind dran“, meldete Gonzo. „Wir müssen aber auch über ein paar Dinge aus Stahls Akten reden.“

„Nämlich?“

„Zunächst mal ein verschwundener Teenager, nach dem er nie gefahndet hat.“

„O Mann“, seufzte Sam. „Sag mir, dass es nicht noch schlimmer wird.“

„Bisher zumindest nicht“, beruhigte Gonzo sie.

„Darf ich davon ausgehen, dass es sich um einen afroamerikani-schen Teenager gehandelt hat?“, fragte Sam.

„Genau, ein Mädchen.“

„Warum wusste ich nur, dass das jetzt kommen würde?“

„Weil wir gerade herausfinden, was für ein unfassbarer Dreck-sack Stahl war.“

„Neben allen anderen wundervollen Eigenschaften war er auch noch ein *rassistischer* Drecksack“, stellte Jeannie fest. „Mit deiner Erlaubnis werde ich diesen ungelösten Fall neu aufrollen.“

„Ja, bitte tu das“, sagte Sam. „Halt mich auf dem Laufenden.“

„Mach ich.“

„Na schön, Leute, an die Arbeit.“

Sam und Freddie trafen Mark Ouellette in einem unscheinbaren Büro in der Rhode Island Avenue an, in dem im vorderen Raum mehrere Angestellte an Schreibtischen arbeiteten. Obwohl er Sam sofort erkannte, überreagierte er nicht, wirkte allerdings nervös.

„Sie sind wegen Pam hier“, begrüßte er sie. „Wir sind alle scho-ckiert und am Boden zerstört.“

„Wie haben Sie von ihrem Tod erfahren?“

„Mein Sohn Aidan hat es von Mannschaftskameraden gehört. Er spielt mit Pams Söhnen Lucas und Justin Football.“

Nachdem er die Bürotür geschlossen hatte, bedeutete er ihnen, sich auf die Besucherstühle auf der anderen Seite seines unordentlichen Schreibtischs zu setzen.

„Gehört die Firma hier Ihnen?", erkundigte sich Sam.

„Ja. Ich muss zeitlich flexibel sein, wegen meines Zweitjobs als Football-Trainer. Was ist Pam zugestoßen? Niemand weiß etwas."

„Wir haben sie in Southeast geknebelt und gefesselt in ihrem Minivan gefunden."

„O mein Gott." Er fuhr sich mit einer zitternden Hand übers Gesicht. „Sind Sie sicher, dass sie es ist?"

Sam sah ihn perplex an. „Natürlich." Nach einer kurzen Pause fuhr sie fort: „Ich will ehrlich zu Ihnen sein, Mr Ouellette. Ihre Reaktion kommt mir ziemlich heftig vor, wenn man bedenkt, dass wir über die Mutter zweier Jungs sprechen, die Sie trainieren. Das Ganze scheint Sie enorm mitzunehmen."

„Tut es auch. Pam war ein wunderbarer Mensch. Sie hat mir bei der Organisation aller Mannschaftsangelegenheiten sehr geholfen. Ich habe keine Ahnung, wie ich das alles ohne sie hinkriegen soll."

„Mehr war nicht zwischen Ihnen beiden?", fragte Sam einer Eingebung folgend. „Es ging nur um die Mannschaft?"

Er keuchte empört auf. „Was meinen Sie damit?"

„Sie wissen, was ich meine. Hatten Sie über Ihre Zusammenarbeit für die Mannschaft hinaus eine Verbindung zu ihr?"

„Nein. Wir sind beide glücklich verheiratet. Ich habe eine Frau und vier Kinder. Sie hat drei und ist schon ewig mit Bob zusammen. Football war seit Jahren das Bindeglied zwischen unseren Familien. Ich habe sie als enge Freundin betrachtet, also ja, es nimmt mich sehr mit, dass jemand sie ermordet hat."

Seine Worte klangen zwar überzeugend, aber der Schauer, der Sam über den Rücken lief, verriet ihr, dass sie etwas auf der Spur war. Sie hatte gelernt, diesem Gefühl zu vertrauen. „Ich sage das nur einmal, Mr Ouellette. Wenn Sie etwas wissen, das für diese Untersuchung von Bedeutung sein könnte, fordere ich Sie auf, es uns jetzt mitzuteilen. Wenn wir wiederkommen müssen, wird unser nächster Besuch nicht so freundlich ausfallen."

Er schluckte trocken, sodass der Adamsapfel in seiner Kehle auf und ab hüpfte. Lange schwieg er und starrte ausdruckslos auf die Wand hinter ihnen. Als er seinen Blick wieder auf sie richtete, erklärte er: „Ich will einen Anwalt."

Während er mit seinem Rechtsbeistand telefonierte, schrieb Sam Freddie eine SMS.

Damit hatte ich nicht gerechnet.

Ich auch nicht.

Mir ist wieder mal ein Schauer über den Rücken gelaufen.

Igitt.

Nein, hör zu, das verrät mir üblicherweise, dass ich auf was gestoßen bin. Es ist so was wie mein Spinnensinn.

Tja, ihr hattet recht, du und dein Schauerrücken. Hier stimmt etwas nicht.

Was glaubst du?

Keine Ahnung. Pams Ehe mit Bob schien intakt.

Zumindest dachte er das. Wer weiß, was sie getrieben hat?

„Mein Anwalt wird in einer Viertelstunde hier sein."

Sam freute sich, dass bereits jemand unterwegs war. Manchmal mussten sie länger als einen halben Tag auf das Eintreffen eines Anwalts warten. „Ich bin überrascht, dass Sie so schnell jemanden gefunden haben."

„Er ist mein Schwager."

„Ist er Strafverteidiger?"

Bei dem Wort erbleichte Ouellette. „Nein, das brauche ich allerdings auch nicht, denn ich habe kein Verbrechen begangen."

Sam wollte ihm sagen, dass es nicht besonders schlau war, mit so etwas einen Juristen zu betrauen, der nicht regelmäßig mit der Polizei zu tun hatte, doch es gehörte nicht zu ihren Aufgaben, kostenlose Rechtsberatung zu erteilen. Also hielt sie den Mund und las eine weitere SMS von Freddie.

Es ist nicht besonders schlau, sich damit an einen Schreibtischtäter zu wenden.

Manchmal machte es sie kirre, wie er ihre Gedanken las.

Das habe ich auch gerade gedacht. Aber letztlich ist das nicht unser Problem. Er weiß etwas, und ich will erfahren, was. Er will einen Anwalt, also werden wir warten.

Wie lange? Ich verhungere.

Sam hoffte, dass der Blick, den sie ihm zuwarf, die Botschaft vermittelte, dass er mit seinem Gequengel aufhören sollte. Freddie war immer hungrig. Er war jederzeit in der Lage, eine komplette Mahlzeit zu verdrücken, selbst wenn er gerade erst gegessen hatte. Manchmal malte sie sich den Tag aus, an dem ihn seine beschissene Ernährungsweise einholen würde, denn dann hatte sie etwas, auf das sie sich freuen konnte.

Captain Malone rief sie an, und sie ging nach draußen, um mit ihm zu sprechen. „Was liegt an?"

„Das wollte ich Sie gerade fragen. Wie weit sind wir im Fall Tappen?"

„Wir sind womöglich auf etwas gestoßen, doch ich weiß noch nichts Genaues."

„Was denn?"

Sie erzählte ihm von Ouellette und seinem Wunsch nach einem Anwalt.

„Interessant. Wenn er einen Anwalt will, muss da etwas sein."

„Denke ich auch, deshalb warten Cruz und ich hier auch auf die Ankunft dieses Anwalts, der übrigens zudem Ouelettes Schwager ist."

„Gut. Lassen Sie mich wissen, was Sie rausfinden."

„Mach ich. Ich habe McBride grünes Licht dafür gegeben, in einem von Stahls ungelösten Fällen zu ermitteln – dem Verschwinden eines afroamerikanischen weiblichen Teenagers, das er nie untersucht hat."

„Verflucht", brummte Malone. „Was um alles in der Welt hat bei dem Mann bloß nicht gestimmt?"

„Es würde den ganzen Tag dauern, das aufzuzählen."

„Das ist wohl richtig. Sie haben gehört, dass Ramsey rausgeflogen ist?"

„Ja. Meinen Sie, er wird mithilfe der Gewerkschaft gegen die Kündigung Widerspruch einlegen?"

„Das hat er bereits getan und gedroht, er werde eine Menge schmutziger Wäsche der Polizei und ihrer sogenannten Stars an die Öffentlichkeit zerren, wenn wir versuchen, ihn loszuwerden."

„Was für schmutzige Wäsche hat er denn?", fragte Sam.

„Keine Ahnung, aber wir lassen uns nicht erpressen. Dem Chief reicht es ein für alle Mal."

„Darüber ist niemand glücklicher als ich", sagte Sam.

„Bloß weil er nicht mehr bei der Polizei ist, heißt das nicht, dass man in Bezug auf ihn unvorsichtig sein sollte."

„Mir ist klar, dass er ein mächtiger Feind bleiben wird, doch ich bin ehrlich dankbar, dass er nicht länger einen Gehaltsscheck kassieren und dafür im Hauptquartier nur Platz verschwenden wird."

„Seh ich genauso. Nach den letzten Monaten lässt sich der Chief nicht mehr so leicht an der Nase rumführen. Er hofft, dass er damit nicht nur Ramsey loswird, sondern außerdem die Botschaft vermittelt, dass schlechte Polizisten bei uns keinen Platz haben."

„Gott, ich hoffe, das gelingt ihm. Von schlechten Polizisten habe ich die Nase nämlich gestrichen voll."

„Ich auch, Sam."

„Haben Sie etwas wegen der Neubesetzung der Stelle des stellvertretenden Chiefs gehört?", erkundigte sich Sam in der Hoffnung, dass die Bürgermeisterin sie nicht mehr in diesem Amt sehen wollte, nachdem sie das Angebot einer Beförderung, die sie nicht wollte, abgelehnt hatte.

„In letzter Zeit nichts Neues. Die Bürgermeisterin will nach wie vor eine Frau."

„Dann sollte sie sich mal näher mit Erica Lucas befassen. Wie Sie wissen, ist sie eine hervorragende Ermittlerin."

„Ja, das weiß ich. Ich gebe die Idee mal unverbindlich weiter. Haben Sie vor, nach den Feiertagen an der Anhörung im Fall Ihres Vaters teilzunehmen?"

„Ich weiß es noch nicht. Soll ich?"

„Jedenfalls nicht in offizieller Funktion. Wir haben Ihren Namen aus offensichtlichen Gründen aus den Berichten herausgehalten."

„Ich möchte nicht, dass das zu einem Riesenrummel ausartet, und das scheint in letzter Zeit überall zu passieren, wo ich auftauche", erwiderte Sam.

„Das verstehe ich. Sagen Sie Bescheid, wenn jemand aus der Familie teilnehmen möchte, und wir sorgen dafür, dass das diskret möglich ist."

„Darum kümmern wir uns nach den Feiertagen."

„Können Sie in der Zwischenzeit die Presse über den Fall Tappen informieren, wenn Sie wieder im Haus sind?"

„Muss das sein?", fragte sie wie immer.

„Ich fürchte schon, Lieutenant."

„Na gut, ich übernehme das."

„Danke."

„Gern geschehen." Schon bevor Nick Vizepräsident und dann Präsident geworden war, hatte sie den Umgang mit der Presse gehasst. Jetzt hasste sie ihn noch mehr, weil die Journalisten ständig versuchten, sie dazu zu bringen, ihnen etwas über Nick zu erzählen, obwohl sie wiederholt klargestellt hatte, dass das nicht passieren würde – niemals. Aber das hielt die Medienleute nicht davon ab, jedes Mal, wenn sie über einen Fall Auskunft gab, Fragen zu stellen, die nichts mit den Ermittlungen zu hatten und die sie darüber hinaus nicht zu beantworten gedachte.

„Halten Sie mich darüber auf dem Laufenden, was Sie von dem Trainer erfahren."

„Na klar." Sam klappte ihr Handy mit einem zufriedenstellenden Knall zu und ging wieder hinein. „Wann wird Ihr Rechtsbeistand hier sein?"

Ouellette, der zusammengesunken dagesessen hatte, richtete sich auf. „Er müsste jeden Moment eintreffen."

Sam setzte sich ihm gegenüber und richtete den Blick auf ihn.

Er weigerte sich, sie anzusehen.

Wenigstens wusste sie jetzt sicher, dass er ihr etwas Wichtiges zu sagen hatte, sonst wäre er nicht so leicht einzuschüchtern gewesen und hätte nicht nach einem Anwalt verlangt.

Zehn Minuten später kam dieser mit rotem Gesicht schnaufend durch die Tür gestürmt. „Tut mir leid, dass Sie warten mussten, Mrs Cappuano."

Sam verdrehte die Augen und zeigte ihm ihre Dienstmarke. „Lieutenant Holland. Das ist mein Partner Detective Cruz. Sie sind …?"

„Joseph Holleran. Freut mich, Sie beide kennenzulernen. Meine Frau wird nicht glauben, dass ich der First Lady begegnet bin."

„Das reicht jetzt", verkündete Sam mit finsterer Miene. „Wie Sie wissen, bin ich als Polizistin hier, und wenn ich etwas hasse, dann dass man meine Zeit verschwendet. Ich versuche, den Mörder von Pam Tappen zu finden. Ihr Mandant verfügt über für meinen Fall relevante Informationen, also lassen Sie uns anfangen."

„Ich möchte zuvor gern einen Moment unter vier Augen mit meinem Mandanten sprechen", bat Holleran.

Sam machte eine zustimmende Geste. „Aber bitte kurz." Sie verließ zusammen mit Freddie das Zimmer.

„Eben dachte ich tatsächlich für ein oder zwei Sekunden, ich müsste dich zurückhalten", meinte Freddie grinsend. „Als er das über seine Frau gesagt hat, war ich bereit einzugreifen."

„Warum müssen Menschen das Offensichtliche nur immer laut aussprechen? Warum, warum, warum?"

„Wahrscheinlich, weil sie noch nie eine Präsidentengattin hatten, die als Polizistin auf den Straßen unterwegs war?"

„Warum musst *du* jetzt das Offensichtliche feststellen? Du solltest doch auf meiner Seite sein."

Lachend entgegnete er: „Ich bin auf deiner Seite, Sam, aber es wird eine Weile dauern, bis sich das abgenutzt hat."

„Ist bestimmt bald so weit." Sie gab Holleran und seinem Mandanten noch fünf Minuten, bevor sie wieder reingehen würde, ob die nun fertig waren oder nicht.

Drei Minuten später öffnete der Jurist die Tür. „Mein Mandant ist bereit, mit Ihnen über sehr persönliche Dinge zu sprechen, vorausgesetzt, Sie berücksichtigen, dass er dies freiwillig und aus dem Wunsch heraus tut, Gerechtigkeit für Pam zu finden."

Während Freddie sich räusperte, um sich ein Lachen über diese Aussage zu verkneifen, erwiderte Sam den Blick des Anwalts. „Lassen Sie mich einige Dinge klarstellen, Mr Hapigan."

„Holleran."

„Wie auch immer Sie heißen, dies ist eine Morduntersuchung, was bedeutet, ich kann Ihren Mandanten verhaften, wenn ich Grund zu der Vermutung habe, dass er mir relevante Informationen vorenthält. Er tut uns keinen Gefallen, er kooperiert bei einer Mordermittlung und rettet sich so vor der Festnahme. Sind wir uns da einig?"

„Ich habe nichts mit dem zu tun, was Pam zugestoßen ist!", rief Ouellette.

„Halt die Klappe, Mark", wies Holleran ihn zurecht.

„Ich war es nicht! Ich hab Pam gerngehabt. Wir waren Freunde. Ich hätte ihr nie etwas angetan." Ouelettes Kinn bebte, seine Augen füllten sich mit Tränen, und Sam spürte wieder das Kribbeln, das mit einem möglichen Durchbruch in einem Fall einherging.

„Was möchten Sie uns mitteilen, Mr Ouellette?", fragte sie und zwang sich zu einem geduldigen Tonfall, obwohl sie versucht war, ihm den Kopf abzureißen, weil er die Sache so lange hinauszögerte.

„Sie müssen wissen, dass Pam eine wunderbare Freundin, Mutter und Ehefrau war. Sie hat so viel für so viele Menschen getan und war immer bereit zu helfen, wenn man sie brauchte."

„Ja, und?"

Zu ihrem Entsetzen brach Ouellette in Tränen aus. Auch das noch ...

„Ich liebe meine Frau und meine Kinder. Meine Familie bedeutet mir alles, und Pam hat ihre Familie alles bedeutet."

„Aber?"

„Wir, ich ... Wir hatten eine Affäre."

Bingo. „Wann?"

„Sie begann vor etwa einem Jahr."

„Wie lange hat sie gedauert?"

„Sie lief noch."

„Wer hat davon gewusst?"

„Niemand! Wir sind sehr diskret gewesen."

„Ich will Einzelheiten. Wie und wann es angefangen hat, wo Sie sich getroffen haben …"

„Das ist, äh, irgendwie persönlich."

„Mr Ouellette, ich erinnere Sie noch einmal daran, dass Pam einem Mord zum Opfer gefallen ist, was bedeutet, dass *nichts* persönlich ist."

Er ließ den Kopf in die Hände sinken. „Ich kann einfach nicht glauben, dass ihr jemand etwas angetan hat. Sie war der beste Mensch der Welt. Jeder hat sie geliebt."

„Ich brauche die Einzelheiten, Mr Ouellette. Jetzt."

Ouellette schien zu begreifen, dass er keine andere Wahl hatte, seufzte tief und erzählte: „Sie war die Vorsitzende unseres Fördervereins, und ich habe mich in allem auf sie verlassen. Wir standen in ständigem Kontakt, und mit der Zeit hat sich daraus eine enge Freundschaft und tiefe Vertrautheit entwickelt. Anfangs ging es um unsere Kinder, die Teenager waren und uns den üblichen Stress bereitet haben, der für diese Lebensphase normal ist. Wir haben einander bemitleidet, verstehen Sie? Eins führte zum anderen, und wir haben über unsere Ehen gesprochen und darüber, dass wir unsere Ehepartner zwar liebten, doch das Gefühl hatten, dass etwas fehlte."

„Sex?"

„Nein, oder zumindest nicht nur. Intimität, Nähe, und ja, auch Sex. Wir haben uns schrecklich gefühlt, weil wir überhaupt darüber gesprochen haben, aber wir haben beide dringend jemanden zum Reden gebraucht. Sie hat Bob geliebt. Wirklich. Sie hat nie ein böses Wort über ihn gesagt. Er war ein hervorragender Vater und Ernährer und alles, was man sich von einem Ehemann wünschen würde. Bloß war irgendwann der Funke erloschen. Ich konnte das besser als jeder andere verstehen, denn bei mir war es genauso. Meine Frau ist wunderbar. Sie ist die beste Mutter und der netteste Mensch der Welt. Ich liebe sie über alles, nur bin ich nicht mehr in sie verliebt. Schon sehr lange nicht mehr." Er wischte sich die Tränen mit dem Ärmel seines Hemdes ab. „Das muss sich für Sie furchtbar anhören, doch Pam und ich haben uns einander zugewandt, um etwas zu finden, das in unseren Ehen gefehlt hat. Wir haben uns schrecklich gefühlt, weil wir unsere Ehepartner betrogen haben, aber es war uns wichtig, verheiratet zu bleiben und unsere Familien zusammenzuhalten."

„Ich frage noch mal: Wer wusste von der Affäre?"

„Wir haben es niemandem erzählt. Am Anfang haben wir uns geschworen, dass es unter uns bleiben muss. Unsere Leben wären ruiniert gewesen, wenn jemand es herausgefunden hätte."

Ohne die Augen von Ouellette zu wenden, sagte Sam: „Detective Cruz, würden Sie bitte die Bilder des Fahrzeugs aufrufen, in dem wir Mrs Tappen gefunden haben?"

„Natürlich, Ma'am. Hier." Er reichte ihr sein iPhone.

„Das hat jemand mit Pam gemacht, Mr Ouellette."

Nachdem er einen Blick auf das Foto auf dem Bildschirm geworfen hatte, brach er erneut zusammen. „O Gott", flüsterte er.

„Jemand hat sie gefesselt, geknebelt und zum Sterben in der Kälte zurückgelassen. Jemand, der wollte, dass sie leidet. Also frage ich Sie noch einmal: Wem haben Sie von der Affäre erzählt?"

„Keiner Menschenseele. Ich schwöre es beim Leben meiner Kinder."

„Besteht die Möglichkeit, dass Ihre Frau es herausgefunden und Sie nicht darauf angesprochen hat?"

„Ich denke, ich wüsste es, wenn sie es mitbekommen hätte, und es gibt keine Anzeichen dafür."

„Sagen Sie mir, wo Sie sich für Ihre Stelldicheins getroffen haben."

Er holte tief Luft und seufzte. „Meist in Hotelzimmern. Manchmal habe ich sie besucht, wenn sie bei einer Konferenz gearbeitet hat."

„Mussten Sie dafür fliegen?"

„Manchmal."

„Wie haben Sie die Zimmer und die Flüge bezahlt?"

„Ich hatte eine Kreditkarte ausschließlich dafür, und die Rechnungen sind hierhergeschickt worden."

Sam war entrüstet über die Vorstellung, dass er eine Kreditkarte eigens dafür hatte, eine Affäre zu bezahlen. „Wo waren Sie vergangenen Freitag?"

„Bei einem AAU-Football-Turnier in Delaware."

„Wann sind Sie zurückgekommen?"

„Sonntag gegen Mitternacht. Ich war die ganze Zeit mit meinem

Sohn zusammen und habe nach meiner Rückkehr das Haus nicht mehr verlassen.“

„Können Sie das beweisen?“

„Ich habe eine Alarmanlage, die ich bei meiner Rückkehr nach Hause scharf geschaltet und erst am nächsten Morgen wieder deaktiviert habe.“

Sam warf Freddie einen Blick zu, um ihm zu signalisieren, dass er das überprüfen sollte. „War Ihre Frau mit bei dem Turnier?“

„Nein, sie war mit unseren anderen Kindern daheim.“

„Sie haben insgesamt vier?“

„Ja. Der Älteste ist mein Sohn, der mit in Delaware war. Er ist neunzehn.“

„Aber noch auf der Highschool?“

Ouellette nickte. „Er hat die achte Klasse wiederholt, um ein weiteres Jahr als Spieler wachsen und reifen zu können. Der Junge ist einer der am heißesten umworbenen Quarterbacks des diesjährigen Jahrgangs. Jeder will ihn verpflichten.“

„Wann haben Sie Pam das letzte Mal gesehen?“

Ouellette dachte kurz nach. „Wir haben letzten Dienstag zusammen zu Abend gegessen.“

„Wo?“

„In einem Restaurant in West Virginia.“

„Da sind Sie extra hingefahren, nur um zu Abend zu essen?“

„Wir haben die Nacht zusammen verbracht.“

„Was haben Ihre jeweiligen Ehepartner geglaubt, wo Sie sind?“

„Pam hat erzählt, sie träfe sich mit einem neuen Kunden, und ich war angeblich bei einem AAU-Treffen. Beides Dinge, die wir häufig tun.“

Sam konnte es nicht fassen, dass die beiden tatsächlich unbemerkt eine Affäre gehabt hatten.

„Hat jemand geahnt, dass Sie und Pam mehr als bloß Freunde waren?“

„Nicht dass ich wüsste. Wir sind extrem vorsichtig gewesen. Schließlich hatten wir beide eine Menge zu verlieren.“

„Nicht mal Ihr Sohn, mit dem Sie so viel Zeit verbracht haben, wusste davon?“

„Ihm gegenüber habe ich es mit keinem Wort erwähnt. Wenn er es herausgefunden hat, dann ohne mein Wissen.“

„Ich will mit Ihrer Frau sprechen.“

Er wurde blass und sah den Anwalt an, der genauso schockiert wirkte. „Warum das denn?"

„Um herauszufinden, ob sie von Ihrer Affäre mit Pam wusste."

„Sie wollen sie das einfach fragen?"

„Ja. Ich werde auch Bob Tappen fragen, denn die beiden sind von den Menschen, die bisher in dieser Ermittlung aufgetaucht sind, die einzigen, die ein Motiv gehabt hätten, eine Frau zu töten, die jeder geliebt hat."

„Das dürfen Sie nicht! Sie zerstören mein Leben!"

Sie hielt ein weiteres Foto von Pam hoch. „*Ihr* Leben hat schon jemand zerstört, Mr Ouellette, jemand, der sie leiden lassen wollte. Wollen Sie, dass ihr Gerechtigkeit widerfährt?"

„Natürlich, aber Sie verlangen von mir, dass ich mein ganzes Leben in den Sand setze, um Gerechtigkeit für jemanden zu bekommen, der nicht mehr da ist."

„Tut mir leid. Wir wollen niemandes Leben zerstören, doch Ihre Frau und Mr Tappen haben wegen der Affäre ein Motiv."

„Auch wenn sie gar nichts davon wussten?"

„Das glauben Sie."

„Ich bin mir dessen sicher. So etwas hätte sich Josie nicht gefallen lassen. Wenn Sie Bescheid gewusst hätte, hätte sie *mich* umgebracht, nicht Pam."

„Hat sie Pam denn gekannt?"

Ouellette nickte zögernd. „Unsere Jungs sind zusammen aufgewachsen und haben von klein auf in denselben Mannschaften Football gespielt."

„Hat sie Pam als Freundin betrachtet?"

„Sie waren befreundete Mütter. Die beiden sind nicht zusammen shoppen gegangen oder so."

„Aber sie waren Freundinnen."

„Ja, vermutlich schon."

„Wenn Ihre Frau also davon erfahren hat, dann hat sie sich nicht nur von ihrem Mann betrogen gefühlt, sondern auch von einer langjährigen Freundin."

„So etwas würde sie nie jemandem antun", wiederholte er und deutete auf die Fotos von Pam auf dem Handy. „Das brächte sie niemals über sich."

„Lassen Sie mich Ihnen etwas sagen, was ich über Menschen gelernt habe, Mr Ouellette. Wenn sie sich von denen, die ihnen am nächsten stehen, verraten fühlen, sind sie zu allem fähig."

„Aber nicht meine Josie. Sie würde nie jemanden einfach so verrecken lassen. Josie rettet Vögel mit gebrochenen Flügeln und bringt sie in die Auffangstation. So ist sie."

„Es tut mir leid, doch ich muss mit ihr sprechen und sie fragen, ob sie von Ihrer Affäre wusste."

Ouellette stöhnte gequält.

„Wie konntest du ihr das nur antun, Mark?", fragte Holleran. „Sie ist meine Schwester. Da musst du allein durch." Er wollte hinausstürmen, aber Freddie legte ihm die Hand auf den Arm.

„Die Einzelheiten dieser Ermittlung müssen vertraulich bleiben, bis wir Gelegenheit hatten, mit Mrs Ouellette zu sprechen", teilte er ihm mit. „Verstanden?"

„Ja, ich verstehe. Ich darf meiner Schwester nicht erzählen, dass ihr Mann ein Mistkerl ist. Alles klar." Er riss sich von Freddie los und verließ den Raum.

Sam legte ihr Notizbuch vor Ouellette, der leise vor sich hin weinte, auf den Tisch. „Schreiben Sie mir auf, wo wir Ihre Frau jetzt finden. Bitte spielen Sie keine Spielchen, und verschwenden Sie nicht weiter unsere Zeit, sonst verhafte ich Sie."

Er nahm das Notizbuch und begann zu schreiben.

KAPITEL 13

„O Mann, ich hasse das", meinte Sam zu Freddie, als sie sich in Richtung der Adresse von Mark und Josie Ouellette im Stadtteil Woodley Park durch den Verkehr quälten.

„Ich auch. Sie ist zu Hause, während ihr Mann arbeitet und ihre Kinder in der Schule sind, und kümmert sich um ihre eigenen Angelegenheiten, ohne zu ahnen, dass gleich eine Bombe in ihrem geordneten Leben explodieren wird."

„Ehrlich gesagt hätte ich Pam nicht für eine Frau gehalten, die eine Affäre hat."

„Ich auch nicht. Ich hätte mein Leben darauf verwettet …"

„Absolut. Nach allem, was wir über sie erfahren haben, passt das überhaupt nicht zu ihr."

„Ich frage mich, wie sie das überhaupt zeitlich geschafft hat, während sie ihre eigene Firma geführt, sich um die Familie gekümmert, Footballspiele besucht und anderen Leuten mit ihren Kindern geholfen hat. Sie müsste doch alle Hände voll zu tun gehabt haben."

„Menschen nehmen sich Zeit für Dinge, die ihnen wichtig sind."

„Da hast du wohl recht."

„Sei nicht so desillusioniert, kleiner Freddie. Bei Weitem nicht alle Ehen enden so."

„Wir erleben aber viele, die so kaputt sind, dass man sich fragt, wie die jeweiligen Ehepartner überhaupt ein Paar werden konnten."

„Das bedeutet nicht, dass es dir auch so gehen muss."

„Ja, ich weiß. Trotzdem frage ich mich, wie es dazu kommt. Wie gelangt man von dem Wunsch, für immer mit jemandem zusammen zu sein, zu dem Punkt, an dem man ihn so satthat, dass man mit jemand anderem ins Bett steigt?"

„Wenn du eine konkrete Antwort willst, würde ich sagen, das geschieht in den meisten Fällen schleichend. In anderen Fällen merkt man schon früh, dass es ein großer Fehler war, überhaupt zu heiraten. So war es bei mir und Peter. Ich wusste ziemlich bald nach unserer Heirat, dass diese Ehe keine gute Idee gewesen war."

„Warum hast du ihn überhaupt geheiratet? Das wollte ich immer schon mal fragen."

„Du hast ihn nur als durchgeknallten Psychopathen gekannt. Seine süße, liebenswürdige, romantische Seite hast du nie zu sehen bekommen. Er konnte wirklich viel Charme versprühen, und ich war verletzlich nach dem, was mit Nick passiert war – oder wovon ich annahm, dass es mit Nick passiert sei." Sie würde nie verwinden, dass Peter ihr Nicks Nachrichten vorenthalten hatte, auf die sie so sehnsüchtig gewartet hatte, weil er sie für sich selbst gewollt hatte. „Er hat eine Chance erkannt und sie genutzt, um mir zu geben, was ich gebraucht habe." Sie blickte zu Freddie. „Es mag dich überraschen, zu hören, dass ich nicht immer die skrupellose Frau war, die ich heute bin."

Er versuchte, mit einem Husten das Lachen zu kaschieren, das schließlich dennoch aus ihm herausbrach.

Sam unterdrückte ihr eigenes Bedürfnis, über den absurden Gedanken zu lachen, dass sie mit Peter Gibson verheiratet gewesen war, während Nick Cappuano in dieser Welt existierte. „Es war aus vielen Gründen ein großer Fehler, Peter zu heiraten, aber vor allem, weil ich immer noch in den Mann verliebt war, mit dem ich eine Nacht verbracht hatte. Das war meine Schuld. Trotzdem hätte ich Peter niemals betrogen, solange wir verheiratet waren. Gegen Ende hätte ich vielleicht Mord in Betracht gezogen, doch nicht Untreue."

„Daraus hätte ich dir keinen Vorwurf gemacht. Als er sich beschwert hat, du würdest zu viel Zeit mit deinem Vater verbringen, nachdem der angeschossen worden war ... Das konnte keiner von uns glauben."

„Das war das Ende unserer Ehe. Er kannte mich da schon viele Jahre und wusste nicht, was mein Vater mir bedeutet hat? Uns allen? Im Nachhinein ist es ein Wunder, dass ich in dieser Zeit nicht wirklich jemanden umgebracht habe, mit Peter zu Hause, Stahl bei der Arbeit und meinem Vater, der mit seiner Querschnittslähmung fertigwerden musste, während der Mann, der auf ihn geschossen hatte, weiter frei herumlief."

„Keiner hätte es dir verübelt."

„Möglich, aber den ganzen Papierkram wäre es nicht wert gewesen."

„Stimmt auch wieder." Er deutete auf eine Reihe vierstöckiger Luxus-Stadthäuser. „Wir sind da." Er sah sich die Gebäude genauer an. „Seine Agentur hat eigentlich nicht profitabel genug gewirkt, um so etwas zu finanzieren."

„Vielleicht ist Football-Training lukrativ. Was ist AAU-Football überhaupt?"

„Das ist für die wirklich richtig guten Kinder, die eine Chance haben, auf dem College D-1 zu spielen."

„Ich wollte das nicht vor allen im Hauptquartier fragen, aber was bedeutet D-1?"

Freddie warf ihr einen Seitenblick zu. „Das ist die Abkürzung für Division 1. Die höchste Liga am College."

„Ah, gut. Seine und Pams Söhne sind also sehr gute Footballer."

„Wenn sie in der AAU spielen, dann bestimmt."

„Wofür steht AAU?"

„Ich weiß es leider nicht genau. Lass mich mal kurz Google fragen." Er tippte auf seinem Handy herum. „Das ist die Abkürzung für Amateur Athletic Union. Ein ziemlich wichtiger Verband in der Welt des Breitensports. Der Website zufolge nehmen mehr als siebenhunderttausend Sportler an mehr als dreißig AAU-Sportarten im ganzen Land teil. Sie wurde 1888 von William Buckingham Curtis mit dem Ziel gegründet, ‚allgemeine Standards im Amateur-sport zu schaffen'. Ich erinnere mich, dass das zu meiner Schulzeit eine ziemlich elitäre Sache war. Man muss sich bewerben, und nur die besten Kids in jeder Sportart werden aufgenommen."

„Ich bin froh, dass Scotty nicht auf Football steht. Ich hätte Angst, dass er sich verletzt."

„Doch Eishockey lässt du ihn spielen?"

„Das scheint mir nicht so schlimm zu sein wie Football."

„Tut mir leid, dass ich es dir beibringen muss, Sam, aber Eisho-ckey ist eine der verletzungsträchtigsten Sportarten überhaupt."

„Sag doch so etwas nicht!"

„Das sollte ich dir nicht erklären müssen", entgegnete er, als sie aus dem Auto stiegen. „Du warst ja selbst schon bei Spielen dabei. Du weißt, wie hart es da zugeht."

„In seiner Liga sind Bodychecks verboten.“

„In der Highschool nicht mehr.“

„Das hat mir niemand erzählt!“

„Ich fass es nicht. Ich fass es einfach nicht.“

„Woher soll ich denn wissen, wie Highschool-Eishockey funktioniert, wo ich doch noch nie ein Kind hatte, das diese Sportart ausgeübt hat?“

„Ich gebe zu, das ist eine gute Frage, aber du musst doch wissen, dass irgendwann die Bodychecks anfangen.“

„Ich dachte, erst auf dem College.“

„Falsch gedacht.“

„Darüber werde ich später mit meinem Mann ein ernstes Gespräch führen.“

„Ich habe das Gefühl, ich sollte ihn vorwarnen.“

„Wage es nicht. Ich brauche das Überraschungsmoment auf meiner Seite.“

„Gegen zwei begeisterte Eishockeyspieler stehst du auf verlorenem Posten.“

Sam hätte sich sehr viel lieber für den Rest des Tages mit Freddie über Eishockey gekabbelt, als Josie Ouellette erzählen zu müssen, dass ihr Mann eine Affäre mit einer Frau gehabt hatte, die ermordet worden war. „Das ist ganz großer Mist“, meinte sie, während sie auf die festlich geschmückte Eingangstür blickte.

„Du hast recht. Bringen wir es schnell hinter uns.“

Sie gingen die Stufen hinauf und läuteten an der Tür mit der ziemlich normal klingenden Klingel. Dass keiner von ihnen über diese Tatsache eine Bemerkung machte, war ein Zeichen dafür, wie ungern sie beide diese Pflicht erfüllten.

Eine blonde Frau in einem roten Pullover öffnete mit schockierter Miene die Tür. „Unglaublich. Sie sind es wirklich! Die Frau des Präsidenten! Vor meiner Tür.“

Sam hielt ihre Polizeimarke hoch. „Sind Sie Josie Ouellette?“

„Ja.“

„Lieutenant Holland, Detective Cruz. Dürfen wir kurz hineinkommen, bitte?“

Die Frau trat beiseite, um sie einzulassen. „Sie sind Mordermittlerin, richtig? Oh, klar. Wir haben Pam Tappen gekannt. Deshalb sind Sie hier. Wir waren erschüttert, als wir das mit ihr gehört haben.“ Josie führte sie in eine warme, gemütliche Küche im hinteren Bereich des Hauses. „Kann ich Ihnen etwas anbieten? Kaffee, Tee, Kakao? Draußen ist es so bitterkalt."

„Nein, danke", lehnte Sam ab und setzte sich auf die einladende Geste der Frau hin an den runden Tisch mit sechs Stühlen.

„Mir ist ganz übel wegen Pam. Ich kann an nichts anderes mehr denken. Der arme Bob und die Kinder. Sie sind eine so großartige Familie. Wir kennen die Tappens seit Jahren."

„Seit wann genau?"

„Puh … Es muss sieben oder acht Jahre her sein, dass mein Aidan angefangen hat, mit ihrem Lucas zusammen zu spielen. Sie haben in der jüngsten Gruppe, der U8, angefangen. Beide sind ausgezeichnete Spieler und haben gemeinsam mehrere Meisterschaften gewonnen."

„Wie würden Sie Ihre Beziehung zu Pam beschreiben?"

„Wir waren über unsere Kinder befreundet. Wenn Kinder auf so hohem Niveau spielen, bestimmt das auch das Leben der Eltern. Wir haben viele Wochenenden bei Turnieren verbracht, und daraus entstand mit der Zeit so etwas wie eine große Football-Familie. Wir haben einander häufig gegenseitig mit Fahrdiensten und anderen Dingen ausgeholfen. Wenn Pam beruflich unterwegs war, habe ich Lucas und später Justin zum Training gebracht, und sie hat meine Kinder nach Hause gefahren, wenn ich meine anderen abholen musste. Es braucht ein Dorf, um einen Spitzensportler großzuziehen."

„Scheint so. Wie war die Beziehung zwischen Pam und Ihrem Mann?"

Josie legte verwirrt die Stirn in Falten. „Meinem Mann? Er ist einer der Trainer der Mannschaft, und sie war die Leiterin des Fördervereins, also hat sie ihm bei vielen Dingen geholfen. Wir haben bei Turnieren und Spielen Zeit miteinander verbracht, sind danach gemeinsam essen gewesen, haben uns ab und zu zusammen ein Bierchen gegönnt. So in der Art."

Du lieber Gott, dachte Sam. *Die Frau ist wirklich völlig ahnungslos.* In mancher Hinsicht war das gut für Josie, da sie bei Pams Mordfall nicht zum Kreis der Verdächtigen zu zählen schien. Aber in manch anderer Hinsicht …

„Warum fragen Sie?"

„Wir haben erfahren, dass Pam und Ihr Mann ein Verhältnis hatten. Eine Affäre."

Für einen Moment war Josies Gesicht völlig ausdruckslos, dann schüttelte sie den Kopf. „Das ist unmöglich."

Sam schwieg, um der anderen Frau einen Moment Zeit dafür zu geben, zu begreifen, was sie ihr da gerade mitgeteilt hatte.

„Woher haben Sie diese Information?"

„Von Ihrem Mann."

Wieder schüttelte Josie ungläubig den Kopf. „Das ist lächerlich. Er hat mit seiner Versicherungsagentur und der Leitung der Mannschaft so viel um die Ohren, dass er kaum zum Essen oder Schlafen kommt. Wann um alles in der Welt sollte er Zeit haben für …" Josie hielt inne, als wäre ihr etwas eingefallen, das sie erkennen ließ, dass das, was Sam sagte, wahr sein konnte. Sie brach unvermittelt in Tränen aus.

Sam warf einen Blick zu Freddie, den das genauso mitzunehmen schien wie sie. „Es tut mir sehr leid, Ihnen das mitteilen zu müssen, Mrs Ouellette, aber wir versuchen herauszufinden, wer wütend genug auf Pam war, um sie zu ermorden."

„Ich war es nicht", stieß sie zwischen zwei Schluchzern hervor. „Ich wusste ja nicht mal, dass sie mit meinem Mann geschlafen hat."

Sam glaubte ihr das. „Fällt Ihnen irgendjemand ein, mit dem sie Streit gehabt haben könnte?" Die Routinefragen mussten gestellt werden, obwohl sie davon überzeugt war, dass die Affäre eine Rolle bei dem spielte, was mit Pam geschehen war. Sie war das einzig Ungewöhnliche, das sie bisher über das Leben der Toten herausgefunden hatten.

Josie schüttelte den Kopf, während sie sich die Tränen abwischte. „Alle mögen Pam. Besser gesagt, mochten. Zumindest dachte ich das immer. Wer weiß schon, was wahr ist und was nicht?" Sie wischte sich mit einer Papierserviette die restlichen Tränen weg und putzte sich die Nase. „Weiß es Bob?"

„Zu ihm fahren wir als Nächstes."

„Das wird ihn völlig umhauen. Er hat sie abgöttisch geliebt. Das war für jeden, der die beiden kannte, offensichtlich. Warum hat sie ihm so was angetan? Oder ihren Kindern? Oder meiner Familie?"

Sam hätte sie am liebsten daran erinnert, dass dazu immer zwei gehörten, doch darauf würde sie schon noch früh genug selbst kommen.

„Wie alt sind Ihre Kinder?", wechselte sie das Thema.

„Aidan ist neunzehn, Grace achtzehn, Michaela fünfzehn, und die kleine Alexis ist elf." Sie sah Sam völlig verzweifelt an. „Was soll ich denn jetzt bloß machen? Mein Mann hatte eine Affäre mit einer

Frau, die ermordet wurde, und Sie sind hier, weil Sie dachten, ich hätte sie umgebracht?"

„Wir mussten Sie als Täterin ausschließen."

„Ich habe sie nicht getötet. Ich hatte ja gar keine Ahnung, dass ich einen Grund hatte, ihren Tod zu wollen. Es hat mir das Herz gebrochen, was mit ihr passiert ist, und jetzt erfahre ich, dass sie mit meinem Mann geschlafen hat. Wie lange ging das schon so? Hat er Ihnen das gesagt?"

„Etwa ein Jahr."

„Ich glaube, mir wird schlecht." Sie stand auf und eilte ins Bad, das sich neben der Küche befand. Gleich darauf hörte man, wie sie sich lautstark übergab.

„An manchen Tagen hasse ich meinen Beruf wirklich", sagte Sam.

„Ich auch."

Sams Handy gab einen Signalton von sich. Ihr Freund, der Reporter Darren Tabor vom *Washington Star*, hatte ihr eine SMS geschickt.

Hab eine SMS von Roni gekriegt. Sie kommt erst nach den Feiertagen wieder nach Washington. Sie schreibt, sie würde sich bei Ihnen melden und Sie sollten den Job für sie frei halten, wenn Sie könnten.

Sam antwortete sofort. *Werde sie anrufen und sie wissen lassen, dass der Job ihr gehört, wann immer sie verfügbar ist. Freut mich, dass es ihr gut geht.*

Was heißt schon „gut"?

Klar. Sie tut mir leid.

Mir auch, aber ich glaube, dieser Job gibt ihr etwas, worauf sie sich freuen kann, also danke dafür.

Ich bin wirklich froh, sie mit an Bord zu haben. Wenn Sie an Heiligabend zu einem Treffen im WH kommen möchten, setze ich Sie auf die Gästeliste.

Hören Sie auf. Mit so etwas scherzt man nicht.

Das ist mein Ernst! Sie sind als Freund eingeladen. Privat.

Das muss ich erst mal verarbeiten.

Sam musste sich ins Gedächtnis rufen, dass es angesichts von Josie Ouellettes Verzweiflung unangemessen gewesen wäre, laut zu lachen. *Sagen Sie mir Bescheid, wenn Sie jemanden mitbringen wollen. Ich muss das mit dem Secret Service abklären. Ach, übrigens: Abendkleidung, bitte.*

Es ist wirklich Ihr Ernst.

Ja, Darren, aber jetzt tut es mir fast schon wieder leid ...

Ich komme! Bis dann. Spätestens. Wenn es etwas über die Frau im Van zu erzählen gibt, wissen Sie, wo Sie mich finden.

Vergessen Sie's.

Hey, wir sind jetzt FREUNDE. So können Sie nicht mit mir reden.

So rede ich mit meinen Freunden. Schluss jetzt. Lassen Sie mich in Ruhe. Ich bin bei der Arbeit.

„Schau mal“, sagte Sam und reichte Freddie ihr Handy, damit er den Austausch lesen konnte.

„Oh, du hast ihm den Tag, die Woche, das Jahr, das Leben versüßt.“

„Ich vermute, ich werde es noch bereuen.“

„Nein, wirst du nicht.“

Ein paar Minuten später kehrte Josie merklich blasser zurück. „Tut mir leid.“

„Das muss Ihnen nicht leidtun.“

„Es ist ein furchtbarer Schock. Ich dachte, Mark und ich …“ Josie seufzte tief. „Ich dachte, wir hätten etwas Besonderes, nur um jetzt zu erfahren, dass ich lediglich eine weitere Klischee-Ehefrau bin, die keine Ahnung hatte, was ihr Mann wirklich treibt.“

Die Tür von der Garage zur Küche öffnete sich, und Mark trat ein, als wäre er sich nicht sicher, ob er noch dort wohnte.

„Verschwinde“, sagte Josie, deren Augen jetzt vor Wut blitzten.

„Josie, lass uns reden.“

„Hast du mit Pam geschlafen?“

„Lass mich dir das erklären …“

„Raus. *Sofort.*“

Mark sah Sam und Freddie an, als erwarte er Hilfe von ihnen. Doch von den beiden kam nichts. Zum Glück drehte er sich um und ging, bevor sie sich einmischen mussten.

„Was soll ich denn jetzt machen?“, fragte Josie, der wieder Tränen in die Augen traten. „Ich habe vor Aidans Geburt aufgehört zu arbeiten. Wie soll ich denn ohne Marks Gehalt klarkommen?“

„Suchen Sie sich einen guten Anwalt“, riet Sam. „Das ist der beste erste Schritt.“

„Ich habe Pam nicht getötet“, flüsterte Josie. „Ihr Tod trifft mich nicht mehr, aber ihre Kinder tun mir nach wie vor leid. Sie haben das genauso wenig verdient wie meine.“

Sam legte ihre Visitenkarte auf den Tisch. „Wenn Sie etwas hören, das für den Fall relevant sein könnte, rufen Sie mich bitte an.“

„Sie erwarten doch nicht wirklich, dass ich Ihnen helfe, oder?“

„Ich erwarte, dass Sie alle Informationen weitergeben, die für die Mordermittlung relevant sind, denn sonst machen Sie sich unter Umständen strafbar."

„Das wird ja immer besser", entgegnete Josie mit einem bitteren Lachen.

„Es tut mir leid, dass ich Ihnen das antun musste", beteuerte Sam. „Unsere Aufgabe ist es, Pams Mörder zu finden."

„Ist Ihnen völlig egal, wer dabei auf der Strecke bleibt?"

„Wollen Sie damit sagen, dass Sie es lieber nicht wüssten?"

Josie zuckte die Achseln. „Ich mochte mein Leben so, wie es vor dreißig Minuten war, lieber."

Sam hatte keine Ahnung, was sie darauf antworten sollte. Wie konnte jemand nicht wissen wollen, dass sein Ehepartner ihn betrog? „Wir, äh, wir finden selbst hinaus." Sie konnte gar nicht schnell genug wegkommen.

„Das war ja furchtbar", stellte Freddie fest, als sie draußen waren. „Mrs Ouellette tut mir so leid."

„Warum will sie nicht wissen, dass ihr Mann mit einer anderen schläft?"

„Weil sie glauben will, dass alles genau so ist, wie sie es sieht: das glücklich verheiratete Paar mit den vier talentierten Kindern und einem Leben, um das sie jeder beneiden würde. Jetzt ist sie die verschmähte Ehefrau ohne eigenes Einkommen, dafür mit einem Ehemann, der doppelt Miete wird zahlen müssen und wahrscheinlich kaum das Haus, das er bereits hat, finanzieren kann."

„Wow, das ist für einen Frischvermählten eine Menge Einsicht in das Scheitern einer Ehe."

„Liege ich denn falsch?"

„Vermutlich nicht."

„Was machen wir jetzt?"

„Ich will noch mal zu Bob Tappen."

„Damit wir auch ihm die frohe Botschaft überbringen können?"

„Genau."

„Ich muss wirklich etwas essen, ehe wir weiter unsere Schneise der Zerstörung schlagen."

„Na gut, aber es muss schnell gehen."

„Ich finde, es muss vor allem superfettig sein."

„Du weißt bestimmt genau, wo du hinwillst, also fahr du." Sie warf ihm den Autoschlüssel zu und nahm auf dem Beifahrersitz Platz.

Freddie schwang sich auf den Fahrersitz wie ein Fünfjähriger, der zu viel Zucker gegessen hatte. „Einer meiner Lieblingssandwichläden ist hier in der Gegend."

Eine Viertelstunde später stieg Freddie wieder ein und brachte den köstlichen Duft von gegrillten Zwiebeln, Paprika und Steak mit. Weil das Leben nicht fair war, war sein Sandwich wahrscheinlich auch noch mit Käse überbacken.

„Hier, dein Salat", erklärte er und reichte Sam eine eigene Tüte.

„Danke."

Sie aßen schweigend – oder besser gesagt, er verschlang ein extragroßes Sandwich, während sie in einem faden Salat rumstocherte. In der Zeit, die sie brauchte, um die Hälfte ihres Salats zu essen, hatte er zusätzlich zwei Tüten Chips und drei Schokokekse vertilgt.

Der Salat wäre sogar halbwegs appetitlich gewesen, wenn er nicht neben ihr gesessen und sich das Sandwich einverleibt hätte. Sie schob die ungegessene Hälfte zurück in die Tüte und rollte sie zu. Dann schickte sie Captain Malone eine SMS.

Würden Sie sich bitte, bitte, BITTE um die Presse kümmern? Wir sind gerade dabei, die betrogenen Ehegatten zu informieren, und ich möchte nicht noch einmal ins Hauptquartier müssen. Sagen Sie ihnen einfach, wir arbeiten an dem Fall und werden bald mehr Informationen für sie haben. BITTE?

Na, ausnahmsweise!

Vielen Dank!

Schon gut.

„Puh. Malone übernimmt die Pressekonferenz."

„Prima."

Da sie nun eine Sache weniger zu erledigen hatte, entspannte sich Sam ein wenig, während Freddie den Wagen in den Verkehr einordnete, um zu dem Hotel in der 14th Street zu fahren, in dem die Tappens untergebracht waren. Auf dem Weg dorthin rief Sam Lieutenant Haggerty von der Spurensicherung an, um zu fragen, wie weit er und seine Leute im Haus der Tappens waren.

„Was auch immer mit ihr passiert ist, es hat nicht im Haus stattgefunden", berichtete Haggerty. „Keine Kampfspuren, kein Blut und auch sonst nichts, was auf ein Verbrechen hindeutet."

„Verdammt. Ich hatte so gehofft, Sie würden einen Volltreffer landen."

„So viel Glück haben wir leider nur selten."

„Stimmt auch wieder. Dennoch danke, dass Sie's versucht haben. Schicken Sie mir so bald wie möglich alles, was Sie haben."

„In Ordnung. Wir räumen jetzt alles zusammen. Sie können der Familie sagen, sie kann gegen vier wieder hier rein."

„Wird gemacht." Frustriert klappte Sam ihr Handy zu. „Ich will auf der Stelle wissen, was Pam zugestoßen ist."

„Geht mir genauso. Wie kann ihr Tod nichts mit ihrer Affäre zu tun haben?"

„Muss er. Bloß wie? Das ist die Frage. Josie hat sie nicht umgebracht. Sie wusste nichts von der Affäre. Bob hat auf mich wie jemand gewirkt, der glücklich verheiratet ist, also wette ich, dass auch er nichts davon gewusst hat. Aber was heißt das für uns?"

„*Irgendjemand* hat es gewusst."

„Nur wie finden wir heraus, wer?"

„Wenn ich die Antwort auf diese Frage wüsste, wärst du versucht, mich zu befördern."

Sam verdrehte die Augen. „Nach Bob möchte ich noch mal mit der Freundin sprechen. Paula. Wenn Pam jemandem von der Affäre mit Mark erzählt hat, dann ihr."

„Sie hat ausgesagt, ihr fiele nichts ein, was zu Pams Tod geführt haben könnte."

„Vielleicht wollte sie ihren Ruf und die Erinnerung ihrer Familie an sie schützen. Sosehr mich das auch ärgern würde, ich könnte es verstehen. Menschen schützen die, die sie lieben."

„Mag sein, doch du hast sie ziemlich unmissverständlich davor gewarnt, uns während der Morduntersuchung etwas vorzuenthalten."

„Vielleicht hat sie gehofft, wir würden es anderweitig herausfinden und sie könnte sich da ganz raushalten."

„Das ist wohl denkbar."

Vor dem Hotel trafen sie wieder auf den Mann in Uniform, den sie bereits kannten.

„Anderer Tag, selbe Bitte", begrüßte ihn Sam und steckte ihm einen Fünfdollarschein zu. „Passen Sie bitte auf meinen Wagen auf." Dann erinnerte sie sich an die Mitarbeiter des Secret Service, an die sie während der Arbeit nicht denken wollte, und legte einen weiteren Fünfer nach. „Auf den da auch." Mit dem Daumen wies sie auf den schwarzen SUV hinter ihr.

„Jawohl, Ma'am, Mrs Cappuano."

Sam nahm sich nicht die Zeit, ihn zu verbessern.

KAPITEL 14

Sie nahmen den Fahrstuhl zur Etage der Tappens und gingen mit dem diensthabenden Beamten die gleiche Routine durch wie zuvor. Als Sam an Bob Tappens Tür klopfte, hatte sie mehr als genug von diesem Tag.

„Haben Sie den Mörder meiner Frau gefunden?", fragte er und wirkte dabei hoffnungsvoll und abgekämpft zugleich.

„Bisher nicht. Können wir kurz reinkommen?"

„Oh, äh, sicher."

Sie folgten ihm ins Zimmer. Lucas lag auf dem zweiten Bett und scrollte auf seinem Handy. Als er Sam und Freddie bemerkte, setzte er sich auf.

„Die Spurensicherung schließt gerade ihre Arbeit bei Ihnen daheim ab. Sie können gegen vier Uhr nach Hause. Ich werde die Streife bitten, Sie zu fahren."

„Danke."

Sam sah Lucas an. „Können wir Sie kurz allein sprechen, Mr Tappen?"

Er bedeutete Lucas mit einem Nicken, sich nach nebenan zurückzuziehen, was dieser mit einem Blick über die Schulter auch tat.

Nachdem sich die Tür hinter ihm geschlossen hatte, sagte Sam: „Was dagegen, wenn wir Platz nehmen?", und deutete auf das Bett, auf dem Lucas gelegen hatte.

„Natürlich nicht. Bitte setzen Sie sich." Er ließ sich ihnen gegenüber nieder. „Haben Sie eine Erklärung gefunden? Mir ist nämlich keine eingefallen. Ich hab mir den Kopf zerbrochen, bin im Geiste jedes Gespräch, jeden Tag der letzten Wochen auf der Suche nach etwas durchgegangen, das zu Pams Ermordung geführt haben könnte. Mir ist nichts in den Sinn gekommen."

Sam schaute Freddie an und überließ ihm damit ohne Vorwarnung das Feld. Das tat sie gern, und er würde sich später sicher lautstark darüber beschweren. Aber hey, es war ihre Aufgabe, ihn auszubilden, und genau das tat sie.

„Mr Tappen", begann Freddie zögernd, „wir haben neue Informationen, die möglicherweise relevant für den Fall Ihrer Frau sind."

„Was für Informationen?"

„Es tut mir leid, Ihnen mitteilen zu müssen, Sir, dass wir herausgefunden haben, dass Ihre Frau eine Affäre hatte."

Er starrte Freddie lange an, ohne dass sich sein Gesichtsausdruck veränderte. Dann brach er in Gelächter aus. Er lachte so heftig, dass ihm die Luft wegblieb.

Freddie sah Sam Hilfe suchend an, doch sie konnte damit genauso wenig anfangen wie er. Sie zuckte die Achseln.

„Finden Sie das witzig, Sir?", fragte Freddie.

„Pam hatte keine Affäre." Tappen wischte sich die Lachtränen ab. „Das ist lächerlich."

„Die betreffende Person hat bestätigt, dass sie tatsächlich eine Affäre mit ihr hatte."

„Welche betreffende Person?"

„Mark Ouellette."

Sein Gesichtsausdruck wurde sofort zornig. „Ganz bestimmt hat sie keine Affäre mit diesem Idioten gehabt."

Freddie ließ sein Schweigen für sich sprechen.

Gut gemacht, dachte Sam. *Gib ihm einen Augenblick Zeit dafür, das zu verdauen.*

„Pam mochte Mark nicht einmal. Niemand von uns mochte ihn. Er ist ein Vollidiot."

Freddie schwieg weiter.

„Es ist völlig ausgeschlossen, dass sie mit ihm im Bett war", erklärte Tappen, der langsam weniger angriffslustig klang.

„Mr Ouellette hat eine einjährige Beziehung mit Ihrer Frau bestätigt."

Tappen schüttelte ungläubig den Kopf. „Pam hat ihn für einen Angeber gehalten. Das hat sie ständig gesagt. ‚Wie hält Josie es bloß mit ihm aus?', hat sie immer gefragt. ‚Er spricht nur über sich selbst und seinen Sohn, den Star-Quarterback, der es bis in die NFL schaffen wird, obwohl wir wissen, dass die meisten dieser Kinder der NFL nicht näher kommen werden als am Sonntag im Stadion, wenn sie ein Spiel besuchen.' Ich wünschte, ich könnte Ihnen vermitteln, wie oft sie das und andere Dinge über ihn geäußert hat. Meine Jungs mögen ihn auch nicht und können seinen Sohn ebenfalls nicht leiden."

„Ich vermag nicht zu erkennen, welchen Grund Mr Ouellette haben sollte, in diesem Punkt zu lügen, da sein Eingeständnis ihn zum Verdächtigen in einer Mordermittlung macht", mischte sich Sam ein. „Ganz zu schweigen davon, dass wir keine andere Wahl hatten, als seine Frau zu befragen und ihr die gleichen Informationen zu geben wie jetzt Ihnen. Es erübrigt sich wohl, zu erwähnen, dass seine Ehe jetzt ernsthaft in Gefahr ist."

„Das kann einfach nicht sein", wiederholte Tappen.

„Wir müssen davon ausgehen, dass Mr Ouellette die Wahrheit gesagt hat, denn er hat ansonsten keinen Grund, eine solche Bombe in seinem Leben platzen zu lassen."

„Die Leute werden davon erfahren und sich fragen, wie unser Zusammenleben in Wirklichkeit war. *Ich* werde mich das auch fragen, obwohl ich geglaubt habe, die Antwort zu kennen."

„Es tut uns leid, Ihnen diese Nachricht in einer für Sie ohnehin schon schwierigen Zeit überbringen zu müssen."

„Was soll ich nur meinen Kindern erzählen?"

„Ich rate zur Wahrheit, und zwar bevor sie im Rahmen der Ermittlungen ans Licht kommt", erwiderte Sam.

„Wie soll ich ihnen so etwas über ihre Mutter erklären? Sie werden es nicht glauben, zumal ich es ja selbst nicht tue."

„Wir müssen Sie fragen, wem Pam von der Affäre erzählt haben könnte."

„Niemandem. So etwas … hätte in *ihrem* Leben wie eine Bombe eingeschlagen, wenn es jemand gewusst hätte. Sie müssen verstehen, dass unsere Football-Familie eine sehr eng verknüpfte Gemeinschaft ist. Jeder kennt jeden, und das wäre ein riesiger Skandal geworden. Ich schwöre, wenn es jemand gewusst hätte, wäre es an die Öffentlichkeit gedrungen. Die Leute hätten das nicht für sich behalten. Es wäre ein zu saftiger Skandal gewesen." Tappen seufzte tief. „Als ob ihre Ermordung nicht schlimm genug gewesen wäre. Jetzt auch noch das."

„Tut mir leid, dass wir Ihnen zusätzlich Kummer bereiten müssen", entschuldigte sich Freddie.

Tappen zuckte die Achseln. „Sie machen nur Ihren Job. Es ist ja nicht Ihre Schuld, dass meine Frau mich mit diesem dreckigen Mistkerl betrogen hat." Nach einer weiteren langen Pause blickte er Sam an. „Hat er einen Grund genannt, warum sie das getan hat?"

„Ich, äh … Er hat gesagt, dass sie beide schon lange verheiratet waren und dass Ihre Ehe praktisch tot war."

„Das ist eine beschissene Lüge", entrüstete sich Tappen, in dessen Augen Wut blitzte. „Unsere Ehe war alles andere als tot."

„Ich gebe nur wieder, was er gesagt hat."

„Vielleicht hat er das so betrachtet, aber sie ganz sicher nicht. Ich werde niemals glauben, dass sie das so empfunden hat."

„Fällt Ihnen jemand ein, der das mit der Affäre herausgefunden haben könnte und darüber so aufgebracht gewesen wäre, dass er Pam etwas angetan hätte?", fragte Sam.

„Nein, außer mir und Josie, und nach dem, was Sie mir erzählt haben, wusste sie genauso wenig davon wie ich."

„Wäre es möglich, dass eins Ihrer Kinder im Bilde war?"

Tappen starrte sie ungläubig an. „Glauben Sie, eins meiner Kinder, die ihre Mutter regelrecht angebetet haben, hätte von der Affäre erfahren und seine Mutter auf eine derart qualvolle Weise ermordet? Sie hätten das niemals getan. Die Kinder wären zu untröstlich gewesen, um sich so einen teuflischen Plan überhaupt auszudenken. Wenn Sie mir nicht glauben – wollen Sie sie darüber aufklären, was ihre Mutter mit Ouellette getrieben hat? Sie können sich selbst davon überzeugen, dass keiner von ihnen es gewusst hat, denn dann hätten sie ihr und mir die Hölle heißgemacht."

Sam wollte auf keinen Fall diejenige sein, die Tappens Kindern von der Affäre erzählte, doch sie wollte sehen, wie sie reagierten, wenn sie davon erfuhren. „Wenn Sie sie herholen, fragen wir sie, ob sie davon wussten."

Freddie schaute kurz zu Sam, und in seinen Augen las sie, dass auch er lieber nichts mit der Sache zu tun hätte.

Sie konnte es ihrem Partner nicht verübeln.

Tappen ging seine drei Kinder holen. Als alle versammelt waren, sagte er: „Nur zu. Erzählen Sie ihnen, was Sie mir eben mitgeteilt haben."

Sam sah Freddie erneut an.

Wenn Blicke töten könnten, wäre das ihre letzte Sekunde auf Erden gewesen.

„Wir haben herausgefunden", begann er, „dass eure Mutter eine Affäre mit Mark Ouellette hatte."

Justin schnaubte. „Quatsch. Den konnte sie nicht mal leiden."

„Sie hat immer betont, was für ein Angeber er ist", bekräftigte Lucas und schaute seinen Vater Bestätigung heischend an.

„Das hätte meine Mutter meinem Vater niemals angetan", schloss sich Molly ihren Brüdern an. „So war sie nicht gestrickt."

„Mr Ouellette hat die Affäre uns gegenüber bestätigt. Es gibt keinen Grund für ihn, sich in einer Mordermittlung zu einem potenziellen Verdächtigen zu machen, wenn es nicht wahr wäre."

„Glauben Sie, er hat sie umgebracht?", erkundigte sich Lucas ungläubig.

„Er hat ein Alibi für die Zeit, in der deine Mutter wahrscheinlich verschwunden ist", erläuterte Sam. „Da war er bei einem Football-Turnier in Delaware."

„Da waren wir auch", erwiderte Lucas. Er meinte sich und Justin. „Wir haben ihn und Aidan dort gesehen."

„Wir müssen diese Frage stellen, selbst wenn es uns schwerfällt", sagte Freddie. „Hatte einer von euch auch nur die geringste Ahnung, dass eure Mutter etwas mit Mr Ouellette hatte?"

„Natürlich nicht", antwortete Justin. „Das ist total ekelhaft."

„Aber echt", fügte Lucas hinzu.

Nach einem langen Schweigen erklärte Molly: „Ich habe es ebenfalls nicht gewusst."

Sam starrte sie mit ihrem Laserblick an, der regelmäßig dafür sorgte, dass Kriminelle im Verhörraum zu stammeln anfingen. „Wenn ihr etwas wisst, ist jetzt der richtige Zeitpunkt, es zu sagen. Wenn wir herausfinden, dass ihr uns Informationen vorenthalten habt, die für unsere Ermittlungen von Bedeutung sind, kann euch das Ärger einbringen."

„Hast du es gewusst, Molly?", hakte ihr Vater nach, dessen Gesichtsausdruck völliges Erstaunen ausdrückte.

„Ich habe gespürt, dass etwas nicht stimmt", räumte Molly ein und blinzelte Tränen weg. „Seit ich auf dem College bin, war sie nicht mehr sie selbst. Jedes Mal, wenn ich mit ihr gesprochen habe, war sie abgelenkt, und manchmal hat sie meine Anrufe weggedrückt, was überhaupt nicht ihre Art war."

„Hast du von Mark gewusst?", fragte ihr Vater erneut, diesmal etwas schärfer.

„Ich hatte den Verdacht, dass sie etwas mit ihm hatte. Sie hat mir gegenüber auffällig oft seinen Namen erwähnt."

„Machst du Witze? Warum hast du nichts gesagt?"

„Was hätte ich denn bitte sagen sollen, Dad? ,Ich glaube, Mom vögelt Mr Ouellette'?"

„Ja, das wäre ein Anfang gewesen. Dann wäre sie jetzt vielleicht noch am Leben."

Auf Mollys Gesicht malte sich Bestürzung, dann brach sie in herzzerreißendes Schluchzen aus.

Bob erkannte sofort, was er getan hatte, und trat zu seiner Tochter, um sie zu trösten. „Es tut mir leid, Schatz. All das ist natürlich nicht deine Schuld."

„Ich hätte etwas sagen sollen."

„Nein, das war nicht deine Aufgabe."

„Tut mir leid, Dad."

Ihr Vater hielt sie im Arm, bis sie sich beruhigt hatte.

„Warum sollte sie etwas so Beschissenes tun, und dann noch ausgerechnet mit dem Typen?", fragte Justin, und seine Miene verriet seine Gefühle. „Sie hat ihn nicht leiden können. Keiner von uns mag ihn."

„Fällt euch noch jemand ein, der von der Affäre gewusst haben könnte und wütend genug gewesen wäre, um den Mord an eurer Mutter zu begehen?", erkundigte sich Sam.

„Wen hätte das denn interessieren sollen, abgesehen von unserem Vater und der Frau des Trainers?", gab Molly zurück.

„Eins ihrer Kinder vielleicht?", spekulierte Justin.

„Nein", widersprach Lucas. „Die sind total nett, außer Aidan mit seinem übersteigerten Ego. Aber das ist nicht wirklich seine Schuld. Sein ganzes Leben lang hat ihm sein Vater eingetrichtert, dass er der nächste Peyton Manning oder Tom Brady wird. Das ist ihm irgendwann zu Kopf gestiegen."

„Ist er wirklich so gut?", wollte Freddie wissen.

„Ja", bekräftigte Lucas. „Wenn einer von uns auf dem Weg zum Football-Profi ist, dann er."

„Wenn Ihnen noch irgendetwas einfällt, das relevant sein könnte, auch wenn es abwegig erscheint, würden Sie es uns bitte mitteilen?", bat Sam. „Sie haben ja meine Karte."

„Das werden wir", versprach Bob stellvertretend für alle.

„Tut uns leid, dass wir Ihnen mit dieser Information noch mehr Kummer bereiten mussten."

„Da glaubt man, jemanden wirklich zu kennen", murmelte Bob und schüttelte den Kopf. „Es ist unglaublich."

Was sollte sie darauf erwidern? „Heute Nachmittag werden Sie von der Polizei nach Hause gebracht."

„Vielen Dank."

Sam konnte gar nicht schnell genug aus dem Hotelzimmer verschwinden.

Freddie ging es offenbar genauso. „Das war echt brutal", brummte er.

„Ja, schrecklich."

„Ach ja, herzlichen Dank, dass du mir ohne Vorwarnung das Wort überlassen hast."

„Ich tue, was ich kann", entgegnete sie, was ihr einen finsteren Blick von ihrem Partner eintrug.

Am Ende des Korridors blieb Sam stehen, um mit dem Streifenbeamten zu sprechen, der sich mit Vernon unterhalten hatte, während der auf sie gewartet hatte. „Die Spurensicherung ist bei den Tappens durch, sie können heute Nachmittag um vier wieder zurück nach Hause. Würden Sie bitte den Transport organisieren?"

„Jawohl, Ma'am. Wir übernehmen das."

„Danke." Sie drückte auf den Rufknopf, und als der Aufzug kam, stieg sie mit Freddie und Vernon ein. „Dieser Fall nervt."

„Tun sie das nicht alle?", fragte Freddie.

„Doch, aber der hier nervt schlimmer als die meisten."

„Was ist das Problem?", wollte Vernon wissen.

„Wir haben eine allseits beliebte Ehefrau und Mutter ermordet in ihrem Minivan aufgefunden. Sie war gefesselt und geknebelt, sodass sie über mehrere Tage hinweg entweder erstickt oder erfroren ist, was bedeutet, dass der Täter sie leiden lassen wollte. Ihre Söhne spielen in einer Elite-Football-Liga, und wir haben herausgefunden, dass sie eine Affäre mit einem Spielervater hatte, der gleichzeitig der Trainer der Mannschaft ist. Laut eigenen Aussagen wusste keiner der beiden betrogenen Ehepartner etwas von der Affäre – was wir ihnen glauben. Wer sollte die Frau also sonst so sehr gehasst haben, dass er ihr das angetan hat? Wie kann die Tat nicht mit der Affäre zusammenhängen, die das Einzige war, was in ihrem Leben nicht gestimmt hat?"

„Das Einzige, was Ihrem jetzigen Informationsstand nach nicht gestimmt hat“, korrigierte Vernon. „Das heißt nicht, dass da nicht noch mehr ist.“

„Auch wieder wahr“, räumte Sam ein. „Doch nach allem, was man hört, war sie eine wunderbare Ehefrau, Mutter, Freundin und Geschäftsfrau. Sie scheint nicht der Typ gewesen zu sein, der überall in der Stadt Leichen vergraben hat.“

„Vielleicht war die Affäre mit Ouellette nicht ihre erste“, meinte Freddie.

„Ja, das wäre natürlich möglich.“

„Was nun?“, erkundigte sich Freddie.

„Ich will noch mal mit Paula reden, und dann machen wir Schluss.“ Zu Vernon sagte sie: „Danke für Ihre Anmerkung.“

„Immer gern.“

Eine Woge der Sehnsucht nach ihrem Vater schlug über Sam zusammen. Normalerweise hätte sie ihn an diesem Punkt in einem verwirrenden Fall um Rat gefragt. Auch zwei Monate später war es immer noch ein Schock, dass er endgültig nicht mehr da war.

Draußen bedankte sie sich bei dem Mann vom Parkservice und bei Jimmy, die bei den Autos geblieben waren.

„Fröhliche Weihnachten Ihnen und Ihrer Familie, Ma’am“, wünschte der Mann in Hotellivree. „Wir hoffen, Sie genießen die Feiertage im Weißen Haus.“

„Danke schön. Auch Ihnen frohe Weihnachten.“ Da war er wieder, der Stich, wenn sie daran dachte, wie es sein würde, das Fest der Liebe ohne Skip zu feiern. Er hatte Weihnachten geliebt und hatte immer die besten Geschenke gefunden. Sie hatte gehört, dass das erste Mal von allem nach einem großen Verlust das Schlimmste sei, und das stimmte wahrscheinlich. Aber sie wusste bereits, dass ohne Skip Holland, der ihr in ihrem Leben mit Rat und Tat zu Seite gestanden hatte, nie wieder etwas so sein würde wie früher.

Auf dem Weg zu Paulas Haus rief sie ihre neue Freundin Roni an. Wenn die Feiertage schon für sie eine Qual waren, konnte sie sich nicht vorstellen, wie es für Roni sein würde, deren Mann im Oktober kurz nach der Hochzeit durch eine verirrte Kugel umgekommen war.

Sie erreichte nur die Mailbox. „Hey, hier spricht Sam. Ich wollte dir bloß sagen, ich denke an dich. Darren hat mir erzählt, dass du dich bei ihm gemeldet hast, und ich wollte dir versichern, dass der Job auf dich wartet, wann immer du so weit bist. Keine Eile, kein Druck. Pass auf dich auf.“

Sie klappte ihr Handy zu und beendete damit das Telefonat.

„Nett von dir, dich bei ihr zu melden."

„Ich mag sie wirklich."

„Damit ist sie praktisch so was wie ein ultraseltenes Einhorn, denn du magst ja eigentlich niemanden."

„Es ist nicht mehr so schlimm wie früher. Mein anderer neuer Freund ist Gideon Lawson, der Chief Usher im Weißen Haus. Er versteht mich, und er hat eine scharfe Zunge."

„Noch so ein Einhorn. Ich freue mich schon darauf, ihn kennenzulernen."

„Gideon ist cool. Du wirst ihn mögen."

„Ich kann noch gar nicht glauben, dass wir Heiligabend im Weißen Haus verbringen. Das ist so surreal."

„Was glaubst du, wie es uns geht? Deshalb wollten wir, dass ihr alle dabei seid. Damit es weniger unwirklich ist."

„Ich kann mir nicht vorstellen, wie seltsam es sein muss, das berühmteste Gebäude der Welt sein Zuhause zu nennen."

„Ich muss in der Ninth Street vorbeischauen und eine Kiste mit Christbaumschmuck holen, die ich für das Weiße Haus gepackt habe, die es aber irgendwie nicht in den Umzugswagen geschafft hat. Ich fürchte, wenn ich dorthin gehe, werde ich nicht mehr wegwollen."

„Hasst du es so sehr, im Weißen Haus zu wohnen? Sag die Wahrheit."

„Nein. Es ist irgendwie so wie im luxuriösesten Hotel der Welt. Gestern haben wir um ein Uhr nachts Pizza für Eli bestellt, und zwanzig Minuten später waren die Butler da und haben einen Wagen mit einem Mitternachtssnack für einen König hereingerollt."

„Ich wäre in großen Schwierigkeiten, wenn mir diese Art von Service zur Verfügung stünde."

„Vielleicht würdest du dann endlich die vierhundertfünfzig Kilo zunehmen, die du von Rechts wegen auf den Rippen haben müsstest."

„Jetzt benimmst du dich wieder wie eine blöde Zicke."

„Besser als wie ein verfressenes Schwein."

„Das ist nur deine Meinung."

„Grunz, grunz."

„Määh. Was das Weiße Haus betrifft ..."

„Ich hasse es nicht, dort zu wohnen, aber ich fühle mich auch nicht zu Hause."

„Das wird vermutlich noch ein Weilchen so bleiben.“

„Ganz sicher. Ich sage mir immer wieder, entscheidend ist, wo Nick und die Kinder sind. Da bin ich zu Hause. Das Gebäude spielt keine Rolle.“

„Eigentlich würde ich dir da zustimmen, doch wenn man im Weißen Haus wohnt, spielt das Gebäude schon eine Rolle.“

„Ja, das stimmt wohl. Bitte denk nicht, ich würde mich beschweren, denn das tue ich nicht. Es ist wunderschön dort, und ich bin so stolz auf Nick, weil er diese unglaubliche Chance bekommt, auch wenn es mir eine Scheißangst macht.“

„Wovor hast du denn solche Angst?“

„Zum einen lastet buchstäblich das Gewicht der ganzen Welt auf seinen Schultern. Neulich gab es einen Zwischenfall mit Piraten, die Schiffe im Golf von Suez angegriffen haben, sodass er mitten in der Nacht stundenlang im Lagezentrum sitzen musste. Ich weiß nicht mal, wo der Golf von Suez liegt, geschweige denn, was dort vor sich geht.“

„Er hat tolle Berater.“

„Ach ja? Viele davon waren Nelsons treue Gefolgsleute. Sind sie Nick gegenüber wirklich loyal? Stehen sie hinter ihm, oder verfolgen sie ihre eigenen Ziele? Das ist eine weitere Sache, über die ich mir Sorgen mache, zusätzlich zu dem erhöhten Sicherheitsrisiko aufgrund des Amtes, das er bekleidet, und der Art, wie er in dieses Amt gekommen ist. Viele Menschen stören sich maßlos daran, dass er nie eine Präsidentschaftswahl gewonnen hat.“

„Er wird ihnen immer wieder beweisen, dass sie sich glücklich schätzen können, ihn zu haben.“

Sam zuckte resigniert die Achseln. „Wahrscheinlich hast du recht.“

„Er hat gestern nach den Schüssen in Des Moines genau das Richtige gesagt. Das ist wichtig für die Betroffenen und für alle, die nach einem Sinn in dieser Katastrophe suchen.“

„Kinder zu erschießen, die sich beim Weihnachtsmann anstellen, wird nie einen Sinn ergeben.“

„Das stimmt. Soll ich dich in die Ninth Street begleiten?“

„Nicht nötig, aber danke für das Angebot.“

KAPITEL 15

Einige Minuten später, als der Nachmittag in die Abenddämmerung überging, erreichten sie Paulas Wohngegend und parkten einen Block von ihrem Haus entfernt. Die kurzen Tage im Dezember waren deprimierend, dachte Sam, als sie durch die Kälte zu Paulas Haus gingen.

„Ich nehme an, du möchtest, dass *ich* Pams beste Freundin frage, ob sie von der Affäre wusste."

„Das weiß ich noch nicht."

„Gib mir schnellstmöglich Bescheid."

„Ich sage dir eins: Wenn sie davon gewusst und es uns nicht gleich beim ersten Mal erzählt hat, werde ich extrem sauer sein." Sam klingelte an Paulas Haustür. „Du weißt, wie sehr ich Leute verabscheue, die unsere Zeit verschwenden."

„O ja."

Sie klingelte erneut. „Metro PD."

Die innere Tür öffnete sich, und Paula wirkte überrascht, dass sie zurück waren. „Sie sind wieder da", stellte sie fest und öffnete die Sturmtür.

„Wir sind wieder da", bestätigte Sam. „Weil wir noch ein paar Fragen haben."

„Kommen Sie rein."

Wieder folgten sie ihr in die Küche, wo Paula die Flamme unter einem Topf auf dem Gasherd herunterdrehte.

Sam hätte nicht gern in einem Haus mit Gasanschluss gelebt. In ihrem ersten Berufsjahr war sie zu einer Hausexplosion gerufen worden, als deren Grund sich später ein Leck in der Gasleitung erwiesen hatte. Das Haus war in die Luft geflogen, wobei zwei Menschen ihr Leben verloren hatten. Sam hatte nie vergessen, was sie an jenem Tag gesehen hatte. Unwillkürlich fragte sie sich, ob es wohl im Weißen Haus Gas gab. Wenn ja, wurde es wahrscheinlich regelmäßig kontrolliert. Sie würde Gideon danach fragen müssen, damit sie noch etwas Neues hatte, worüber sie sich Sorgen machen konnte.

Als sie an Paulas Küchentisch saßen, schaute Sam Freddie an, um ihm das Feld zu überlassen.

Er warf ihr einen vernichtenden Blick zu, ehe er seine Aufmerksamkeit Paula zuwandte. „Hat Pam je angedeutet, dass sie in ihrer Ehe unglücklich war?"

„Nein, gar nicht. Bei ihr und Bob war alles in Ordnung."

„Hat sie Interesse an anderen Männern zum Ausdruck gebracht?"

Paula reagierte empört. „Natürlich nicht. Sie war verheiratet."

„Uns ist zu Ohren gekommen, dass Pam eine Affäre mit Mark Ouellette hatte, einem der Trainer der Football-Mannschaft ihrer Söhne."

„Das stimmt nicht."

„Wir haben dazu glaubwürdige Hinweise."

Paula schwieg lange, und Sam registrierte erneut, dass Freddie einfach abwartete. Genau das hätte sie auch getan. „Wie haben Sie davon erfahren?"

„Mark hat es uns erzählt."

„Warum das denn?"

„Weil wir herauszufinden versuchen, wer Pam getötet hat, und wir ihm klargemacht haben, dass es eine Straftat ist, bei einer Mordermittlung Informationen zurückzuhalten."

„Woher wissen Sie, dass Mark die Wahrheit sagt?"

„Seine Geschichte war überzeugend, ebenso wie die Tatsache, dass er nichts zu gewinnen und alles zu verlieren hat, indem er das zugibt." Sam wartete einen Moment, ehe sie hinzufügte: „Sie haben eben mitgekriegt, dass das Zurückhalten von Informationen, die für einen Mordfall relevant sind, eine Straftat ist, oder?"

„Ja." Sie fuhr sich mit einer zitternden Hand durchs Haar. „Ich hoffe, Sie verstehen das ... Pam war meine Freundin. Meine *beste* Freundin. Als Sie das erste Mal hier waren, galt mein einziger Gedanke dem Schutz ihrer Familie. Sie ist tot, verstehen Sie? Aber ihr Mann und die Kinder ... müssen mit den Konsequenzen leben."

„Berichten Sie uns, was passiert ist", drängte Sam.

„Sie ... sie hat Bob sehr geliebt. Ich habe sie nie ein böses Wort über ihn verlieren hören, selbst wenn wir anderen über ihn hergezogen haben. Sie hat immer gesagt, er sei ein wunderbarer Vater und Ehemann und arbeite hart."

„Aber?"

Paula seufzte tief. „In den letzten paar Jahren wollte er nicht mehr mit ihr intim sein. Alles andere zwischen ihnen lief wunderbar, doch dieser Teil ihrer Ehe war zu Ende."

„Hat sie mit ihm darüber gesprochen?"

„Ja, und er war bei mehreren Ärzten, die keinen körperlichen Grund für sein plötzliches Desinteresse am Sex finden konnten. Er hatte sich von dem Prostatakrebs erholt und war wieder völlig gesund, also lag es nicht daran. Sie haben eine Paartherapie gemacht, die das Problem ebenfalls nicht lösen konnte. Es war eine sehr schwierige Situation für beide. Pam war siebenundvierzig und noch nicht bereit, damit abzuschließen."

„Sie hatte also eine Affäre?"

„Mehrere sogar. Die mit Mark war die letzte und längste."

Sam lief ein Schauer über den Rücken, als sie merkte, dass sie da an etwas dran waren. Na endlich. „Ich brauche eine Liste der Männer, mit denen sie zusammen war."

Paula starrte sie bestürzt an. „Ich ... ich bin mir nicht sicher, ob ich alle kenne."

„Wie viele waren es?"

„Ich weiß von vieren."

„Seit wann?"

„Seit ungefähr drei Jahren. Die ersten beiden waren One-Night-Stands auf Konferenzen. Der dritte war ein Freund von uns, der seine Ehefrau vor einigen Jahren an Krebs verloren hat."

„Name?"

„Müssen Sie ihn wirklich da hineinziehen? Er hat schon so viel durchgemacht."

„Ja. Name?"

„Tyler Markham."

„Wo finden wir ihn?"

Paula schlug die Hände vors Gesicht. „Er ist Gynäkologe am George Washington University Hospital."

Der Name kam Sam bekannt vor, aber sie konnte ihn nicht sofort zuordnen. „Sonst noch etwas?", fragte sie. „Gibt es mehr, was Sie wissen und was wir wissen sollten? Ich warne Sie, wenn Sie uns noch einmal etwas vorenthalten, wird das juristische Folgen für Sie haben."

„Nein, das ist alles. Sie werden doch Bob nicht verraten, dass Sie diese Information von mir haben, oder?"

„Vermutlich wird das nicht erforderlich sein. Wer könnte noch davon gewusst haben?"

„Niemand", sagte Paula schluchzend. „Niemand."

„Verdammt noch mal, ich hasse es, wenn Menschen unsere Zeit verschwenden", fluchte Sam auf dem Rückweg von Paulas Wohnung zum Auto.

„Ich kann allerdings schon irgendwie verstehen, warum sie beim ersten Mal nichts gesagt hat", gestand Freddie. „Ihre Freundin ist tot, und die Erinnerung an sie zu bewahren hat für sie oberste Priorität."

„Während es für uns oberste Priorität hat, ihren Mörder zu finden."

„Unterschiedliche Perspektiven, unterschiedliche Prioritäten."

„Vermutlich hast du recht", meinte Sam. „Jetzt mal ehrlich, warum müssen wir den Leuten eigentlich immer erst erklären, dass das Zurückhalten von Informationen in einem Mordfall strafbar ist, bevor sie uns erzählen, was wir wissen müssen?"

„Meine sehr kluge Partnerin würde erwidern, dass das für uns zwar etwas Alltägliches ist, für sie aber alles neu."

„Hör auf, so vernünftige Sachen von dir zu geben. Das nervt."

Freddie lachte. „Ich setze es auf die Liste der Dinge, die ich nicht tun darf."

„Die dürfte mittlerweile ziemlich lang sein."

„Sechsundzwanzig Seiten."

Sam warf ihm einen Seitenblick zu. „Du hast doch nicht wirklich so eine Liste, oder?"

„Das wirst du niemals erfahren."

Sie warf ihm ihren Autoschlüssel zu. „Fahr mich zum GW. Ich muss telefonieren."

„Jawohl, Ma'am."

Als sie angeschnallt auf dem Beifahrersitz saß, wählte sie die

Nummer von Dr. Anderson, ihrem Freund im GW. Die Mailbox meldete sich, also hinterließ sie eine Nachricht. „Hey, hier ist Sam Holland. Ich frage mich, wie ich in dem Labyrinth, das Sie Krankenhaus nennen, einen Ihrer Kollegen finde. Rufen Sie mich zurück, wenn Sie dies in den nächsten rund zwanzig Minuten abhören."

Sie beendete das Gespräch und beschloss, Captain Malone auf den neusten Stand zu bringen.

Er nahm beim zweiten Klingeln ab. „Hey, wie läuft's?"

„Wir sind möglicherweise ein Stückchen weitergekommen." Sie teilte ihm mit, was sie von Paula erfahren hatten. „Wir sind auf dem Weg, um mit einem der anderen Typen zu sprechen, und gehen davon aus, dass die beiden One-Night-Stands es nicht wert sind, dass wir diese Spur weiterverfolgen. Jedenfalls im Augenblick."

„Sie haben die Frau des Football-Trainers und Pams Ehemann ausgeschlossen?"

„Beide waren völlig schockiert, als sie von der Affäre erfahren haben. Josie Ouellette hatte keine Ahnung, und Bob Tappen hat gesagt, Pam habe behauptet, sie könne Mark nicht leiden. Er und seine Kinder waren fassungslos, als wir sie darüber informiert haben, dass sie eine Affäre mit ihm hatte, ‚ausgerechnet mit ihm‘, wie sie es ausdrückten."

„Das ist seltsam. Der Täter wollte sie leiden lassen. Wer außer den jeweiligen Ehepartnern hätte dafür ein Motiv gehabt?"

„Ihre Kinder, wenn sie von der Affäre erfahren und sich darüber empört hätten, aber ein Verbrechen wie dieses erfordert ein gewisses Maß an Raffinesse. Sie von zu Hause wegzulocken, ohne eine digitale Spur zu hinterlassen, sie so zu fesseln, dass sie sich nicht selbst befreien kann, sie in einem eiskalten Auto auszusetzen und zu warten, bis man erfährt, dass sie tot ist. Das war ein echter Soziopath."

„Ich würde die Kinder mal unter die Lupe nehmen und sehen, ob Ihnen etwas auffällt."

„Okay. Morgen. Wenn wir mit dem dritten Mann gesprochen haben, einem Arzt vom GW, machen wir Schluss für heute."

„Haben Sie heute Abend nicht Ihr Trauergruppentreffen?"

„Drecksmistscheißkack."

Malone lachte sich halb tot. „Von mir wird Dr. Trulo nicht erfahren, dass Sie den Termin verschwitzt haben."

„Ich habe ihn nicht verschwitzt. Nicht wirklich."

„Klar. Wir treffen uns im Hauptquartier."

„Wieso fluchst du so lästerlich?“, fragte Freddie.

„Ich habe möglicherweise die Trauer-Selbsthilfegruppe heute Abend vergessen.“

„Ah, stimmt, da war ja was. Ich hätte dich daran erinnern sollen.“

„Eigentlich sollte das nicht nötig sein.“

„Nur leider …“

„Hör auf, meine Fehler so sehr zu genießen. Auch das nervt.“

„Setz es auf die Liste.“

„Es nervt mich außerdem, dass du eine Liste von Dingen führst, die mich nerven.“

„Zur Kenntnis genommen.“

„Darf ich die Trauer-Selbsthilfegruppe schwänzen, die ich gegründet habe?“

„Ich glaube nicht.“

„Woher habe ich nur gewusst, dass du das antworten würdest? Bah. Ich habe so viel zu tun und keine Zeit, irgendetwas davon zu schaffen.“

„Was hast du denn noch zu tun?“

„Ich habe bisher kein einziges Geschenk gekauft, und nächste Woche ist Weihnachten.“

„Du hast doch Personal, das dir dabei helfen kann.“

„Klar. Und nichts sagt mehr ‚Ich liebe dich‘ als Weihnachtsgeschenke, die jemand anders besorgt hat.“

„Dafür hätte unter den gegebenen Umständen jeder Verständnis, Sam. Uns ist allen klar, dass sich dein Leben in letzter Zeit massiv verändert hat.“

„Trotzdem will ich nicht, dass Fremde Geschenke für die Kinder und Nick aussuchen.“

„Dann bitte Celia und deine Schwestern, es zu erledigen.“

„Die haben schon genug mit ihren eigenen Familien zu tun.“

„Bitte jemanden um Hilfe, Sam. Nur so kannst du drei Vollzeitjobs unter einen Hut bringen.“

„Ich hasse es, wenn du recht hast. Schreib das auch auf deine blöde Liste.“

„Das steht schon jetzt ganz oben.“

Sam konnte sich ein Lachen nicht verkneifen. „Ich hasse es auch, dich zu ermutigen, aber das war ein guter Spruch.“

„Danke. Ich habe von der Besten gelernt.“

„Offenbar habe ich dich zu gut unterrichtet. Was soll ich also dem Mann zu Weihnachten schenken, der alles hat, weil er mich hat?"

„Ich weiß nicht mal ansatzweise, wie ich diese Frage angehen soll."

„Mal im Ernst, Freddie. Was soll ich ihm schenken?"

„Wie wäre es, wenn du mit dem Secret Service zusammen einen Skiausflug für die ganze Familie organisierst, solange die Kinder Ferien haben? Es gibt nichts, was Nick lieber täte, als mehr Zeit mit dir und den Kindern zu verbringen."

„Wir wollen nach Weihnachten nach Camp David fliegen."

„Ach ja, richtig. Dann mach was im Juni, wenn sie alle Sommerferien haben. Dann kann er sich schon mal darauf freuen."

„Eine gute Idee, und ich werde sie wahrscheinlich sogar umsetzen, aber ich brauche etwas, das ich ihm jetzt schenken kann."

„Ich werde darüber nachdenken und dir Bescheid geben."

„Denk schnell. Wir haben nur noch eine Woche Zeit."

„Ist ja gut."

Sams Handy klingelte. Es war Dr. Anderson. „Hey."

„Wen suchen Sie?"

„Tyler Markham, einen Gynäkologen." Wieder überlegte Sam, woher sie den Namen kannte.

„Er ist um diese Zeit vermutlich in seiner Praxis in der K Street oder im Kreißsaal."

„Ich probier's zuerst in der Praxis. Danke für die Info."

„Wir haben uns jetzt schon eine Weile nicht gesehen. Sie müssten doch demnächst wieder mal Opfer einer Katastrophe werden."

„Halten Sie den Mund."

Sie hörte ihn durch das Telefon lachen. „Während der Feiertage haben wir ein besonderes Angebot: doppelte Punktzahl auf Ihrer Bonuskarte."

„Gut zu wissen. Da Sie mich nicht zu Gesicht bekommen werden, wünsche ich Ihnen frohe Weihnachten."

„Ich Ihnen auch."

„Danke für Ihre Hilfe."

„Jederzeit."

Sam klappte ihr Handy zu. „Gib mir mal dein Smartphone."

„Wozu?"

„Damit ich die Adresse der Arztpraxis googeln kann."

„Das kannst du auch auf dem iPad", sagte er und deutete auf den Bildschirm, der an ihrem Armaturenbrett befestigt war.

„Ich hätte dafür lieber dein Smartphone."

„Weswegen? Weil du dir nie die Mühe gemacht hast, zu lernen, wie man das iPad benutzt?"

„Warum muss ich das wissen, wo du es doch kannst?"

„Für Augenblicke wie diesen, wenn ich fahre."

„Gib mir dein Smartphone, sonst bist du gefeuert."

Er verdrehte die Augen, zog das Telefon aus seiner Gesäßtasche und reichte es ihr. „Übrigens kannst du mich gar nicht feuern, nur weil ich dir nicht erlaube, mein privates Smartphone zu benutzen."

„Wetten?"

„Nein. Du würdest verlieren."

„Wie lautet deine PIN?"

„Das muss ich dir nicht verraten."

„Freddie!"

Lachend sagte er: „Sechs – zwei – null – drei."

Sam gab die Zahlen ein. „Was nun?"

„Gottverdammte …"

„Hast du gerade geflucht und gleichzeitig den Namen des Herrn missbraucht?"

„Du treibst mich dazu."

„Mein Werk, was dich angeht, ist beinahe getan."

„Klick auf das blaue Icon mit der rot-weißen Kompassnadel. Dann öffnet sich etwas, das man als World Wide Web bezeichnet. Da kannst du die Praxisadresse des Arztes suchen."

„War das jetzt so schwer?"

„Es ist jedes Mal wieder furchtbar, wenn ich erkennen muss, dass du keine Ahnung hast, wie man ein Smartphone bedient."

„Noch einmal: Wieso muss ich das wissen, wo ich doch dich habe?"

„Für Zeiten, in denen ich nicht für dich da sein kann, beispielsweise wenn ich Auto fahre."

„Er ist in der K Street 920. Schau mal. Ich habe erfolgreich ganz allein etwas auf einem Smartphone gefunden."

„Na ja, nicht wirklich ganz allein."

„Wer bitte hat all die Tasten gedrückt?"

„Du", räumte er mit leiderfülltem Seufzen ein.

„Dann wäre das ja geklärt."

„Apropos ‚geklärt', warum warten die nicht bis nach Weihnachten mit dem Prozess gegen Androzzi?"

„Ausgezeichnete Frage. Ich schätze, der Richter wollte vor den

Feiertagen so viel wie möglich abarbeiten, weil er direkt nach diesem einen weiteren großen Prozess hat."

„Ich bin nicht sicher, ob ich bereit bin, mich noch einmal mit Arnolds Ermordung zu befassen."

„Geht mir genauso. Mir hat das erste Mal schon mehr als gereicht."

„Denk an seine armen Eltern, seine Schwestern, seine Freundin – und Gonzo … O Mann, wir haben ihn gerade erst zurück."

„Wir werden alle da sein, um ihn zu unterstützen und ihm beizustehen", sagte Sam, aber auch sie war in Sorge. Gonzo hatte mehrere Monate im Entzug verbracht, um eine Schmerztablettenabhängigkeit zu bekämpfen, die er nach Arnolds Ermordung entwickelt hatte, und es ging ihm mittlerweile wieder viel besser. Der Gedanke, dass der Prozess all diese harte Arbeit und die Fortschritte zunichtemachen könnte, war unerträglich. Das durften sie nicht zulassen.

Das Parken beim GW war immer ein Glücksspiel, doch sie fanden einen Parkplatz an der Straße, ein paar Blocks entfernt.

„Erinnere mich daran, häufiger spät am Tag herzukommen", wies Sam Freddie an.

„Ich werde versuchen, deine Verletzungen entsprechend zu timen."

„Du bist heute ziemlich frech, junger Padawan."

„Ich will nur ehrlich sein, Lieutenant."

Er würde nie wissen, wie viel ihr das bedeutete, besonders seit ihr Leben an Thanksgiving durch den Anruf aus dem Weißen Haus, der alles verändert hatte, auf den Kopf gestellt worden war. Dass sich wenigstens an ihrer Beziehung zu Freddie nichts änderte, war in dieser neuen Situation für ihre geistige Gesundheit unerlässlich.

Auf dem Weg zur Arztpraxis erhielt Sam einen Anruf von Andy. „Was gibt's, Herr Anwalt?"

„Ich wollte dir nur mitteilen, dass unserem lieben Thorn ein fetter Prozess bevorsteht."

„Super. Danke für die Info. Du hast dafür gesorgt, dass es richtig wehtut, oder?"

„Oh, und wie."

„Danke, Andy."

„Es ist mir immer ein Vergnügen, dir und Nick zu helfen."

„Gibt es etwas Neues in Sachen Sorgerechtsstreit?"

„Ich warte weiter auf Nachricht dazu, ob wir nächste Woche, noch vor den Feiertagen, eine Anhörung bekommen. Allerdings habe ich die Hoffnung, dass die Beteiligung des Präsidenten und seiner Gattin förderlich sein wird."

„Wenn es dazu beiträgt, Dinge in unserem Sinne zu regeln, freue ich mich, mit dem Präsidenten verheiratet zu sein."

Andy lachte schallend. „Ich halte dich auf dem Laufenden, Sam."

„Danke dir noch mal."

Sam klappte ihr Handy zu und brachte Freddie auf den neuesten Stand, während sie das Ärztehaus betraten.

„Ich bin froh, dass ihr diesem Thorn ordentlich eine reinwürgt. Das hat er so was von verdient."

„Absolut."

KAPITEL 16

Sie fanden den Namen des Arztes auf der Übersichtstafel und fuhren mit dem Aufzug in den fünften Stock. „Wie stehen die Chancen, dass er tatsächlich hier ist und Zeit für uns hat?"

„Ich würde sagen, gering."

„Diese Antwort missfällt mir."

„Dachte ich mir. Ich nehme an, wir arbeiten dieses Wochenende durch."

„Höchstwahrscheinlich. Natürlich nur, wenn du kannst." Sie musste sich oft daran erinnern, dass ihre Untergebenen neben ihrer Arbeit auch ein Privatleben hatten. Ganz abgesehen davon wollte sie selbst unbedingt Zeit mit Scotty und den Zwillingen verbringen. Die Wochenenden waren ein kostbares Gut, seit die Kinder in ihr Leben getreten waren, aber das interessierte die Mörder in der Regel nicht.

Sie hatte für die Kinder sowie für ihre Nichten und Neffen bei einem Online-Händler Bastelsets für Weihnachtsdeko bestellt und hoffte, dass sie rechtzeitig zum Wochenende eintreffen würden. Ja, das war untypisch für sie, doch sie hatte es sich zum Ziel gesetzt, mehr Zeit mit den Kindern zu verbringen und Dinge zu tun, die außerhalb ihrer Komfortzone lagen. Weihnachtsbasteleien fielen ganz sicher in diese Kategorie.

„Ich kann am Samstagmorgen arbeiten, wenn es unbedingt sein muss", sagte Freddie. „Elin hat Dienst. Am Nachmittag ist allerdings die Geburtstagsfeier von einer ihrer Nichten."

„Wenn wir arbeiten müssen, sorge ich dafür, dass du die nicht verpasst."

„Danke."

„Dennoch versuchen wir, diesen Fall zügig abzuschließen, damit wir vor den Feiertagen fertig sind."

„Ist mir sehr recht."

Sie betraten Dr. Markhams Praxis, die am späten Dienstagnachmittag praktisch verwaist war. Die schockierte Sprechstundenhilfe schob die Trennscheibe zur Rezeption auf. „Kann ich Ihnen helfen?"

Sam und Freddie zeigten ihr ihre Dienstmarken. „Lieutenant Holland und Detective Cruz für Dr. Markham."

„Erwartet er Sie?"

„Nein, definitiv nicht."

„Könnten Sie bitte kurz warten?"

„Kurz ja, doch viel Zeit habe ich nicht."

„Ich bin gleich wieder da." Die Frau schloss die Scheibe und verschwand in dem Flur, der vom Büro abging.

„Ich mag sie", sagte Sam.

„Warum?"

„Sie hat mich offensichtlich erkannt, sich aber trotzdem nicht wie eine Idiotin benommen, und als ich nach Markham gefragt habe, hat sie sich erkundigt, ob er mich erwartet. Sie hat nicht gefragt: ‚Haben Sie einen Termin?', obwohl sie genau weiß, dass ich keinen habe. Dann ist sie sofort los, um ihn zu holen. Ich gebe ihr eine Eins plus im Rezeptionieren."

„Das Wort gibt es nicht."

„Ab jetzt schon. Ich bin die First Lady, weißt du?"

Er verdrehte die Augen. „Du spielst diese Karte also schon, wenn es dir gerade in den Kram passt?"

„Wann sonst?"

Ehe er darauf antworten konnte, trat die Arzthelferin aus der Tür wieder ins Allerheiligste. „Hier entlang, bitte, Detectives."

„Eins plus mit Sternchen", flüsterte Sam Freddie zu.

Sie folgten der Frau vorbei an dunklen Untersuchungsräumen zu einem Sprechzimmer am Ende eines langen Flurs. Als Sam Dr. Tyler Markham sah, wurde ihr sofort klar, warum ihr sein Name bekannt vorgekommen war. Während ihrer Ehe mit Peter hatte sie ihn einmal wegen einer Fruchtbarkeitsbehandlung aufgesucht. Wenn er sie als etwas anderes als die Frau des Präsidenten erkannte, ließ er es sich nicht anmerken. Sein Anblick versetzte sie unverzüglich in eine der schwierigsten Zeiten ihres Lebens zurück, und sie musste sich gegen die Gefühlswallung wehren, die mit diesen Erinnerungen einherging, um sich auf ihre Aufgabe konzentrieren zu können.

Sam vollzog das Ritual der Vorstellung und des Vorzeigens der Dienstmarken.

Hinter seinem Schreibtisch stehend wirkte der Arzt auf eine starke, kompetente Art attraktiv, die sie flüchtig an Nick erinnerte, obwohl Markham blond und blauäugig war. „Was kann ich für Sie tun, Detectives?"

„Wir untersuchen den Mord an Pam Tappen. Im Laufe unserer Ermittlungen haben wir erfahren, dass Sie einmal eine Affäre mit ihr hatten."

Seinem schockierten Gesichtsausdruck nach zu urteilen, hatte er von nichts gewusst. „Pam ist *tot*?"

„Ja", bestätigte Sam. „Man hat sie gestern mehrere Kilometer von ihrem Haus entfernt in ihrem Minivan aufgefunden, gefesselt, geknebelt und erfroren."

„O Gott", sagte er und setzte sich. „Das ist ja schrecklich."

„Ja."

„Aber was hat das mit mir zu tun? Ich habe Pam seit Jahren nicht gesehen."

„Seit wie vielen Jahren genau?"

Markham dachte kurz nach. „Seit drei. Kurz nachdem meine Frau an Brustkrebs gestorben war, hatte ich etwas mit ihr. Ein gemeinsamer Freund hat uns einander bei einer Dinnerparty vorgestellt, und wir haben uns während des Essens angeregt unterhalten. In der darauffolgenden Woche hat sie mich gefragt, ob ich mich auf einen Kaffee mit ihr treffen wolle."

„Wussten Sie, dass sie verheiratet war?"

„Ja", gestand er und schnitt eine Grimasse. „Und normalerweise hätte ich mich auch nie mit einer verheirateten Frau eingelassen. Doch zu der Zeit war mein Leben ziemlich durcheinander. Ich musste drei Teenager allein großziehen, und Pam ... Sie war so warmherzig und verständnisvoll, und ich ... ich habe das einfach gebraucht."

„Wie und warum hat die Affäre geendet?"

„Sie war vorbei, als die Schuldgefühle, weil ich mit einer verheirateten Frau schlief, unerträglich wurden. Nach ein paar Monaten habe ich den anfänglichen Nebel der Trauer allmählich hinter mir gelassen, und mir gefiel nicht, was ich sah, wenn ich in den Spiegel schaute. Ich habe mir Sorgen um ihren Mann und ihre Kinder gemacht und darum, dass die Leute es herausfinden und schlecht von mir denken könnten – und dass sich das auf meine Kinder übertragen würde. Ich konnte es nicht mehr."

„Wie hat Pam reagiert, als Sie die Affäre beendet haben?"

„Sie war traurig. Das waren wir beide. Wir hatten in dem anderen etwas gefunden, das wir beide brauchten, und es war schwer, das aufzugeben, auch wenn es richtig war." Er holte tief Luft, ehe er hinzufügte: „Ich bin nicht stolz darauf, mit einer verheirateten Frau liiert gewesen zu sein, aber meine Gefühle für sie waren echt, und sie hat mir durch die schwierigste Zeit in meinem Leben geholfen. Doch das ist lange her."

Sam war für seine Offenheit und seine bereitwilligen Antworten dankbar. Beides war in ihrem Beruf selten. „Wir versuchen zu verstehen, warum jemand wie Pam, die einen Mann und drei Kinder hatte, die sie offensichtlich abgöttisch liebte, außereheliche Affären hatte. Ich frage das vollkommen wertfrei. Es scheint einfach nicht zu der Person zu passen, die man uns beschrieben hat, bevor wir diese Informationen über ihre außerehelichen Aktivitäten erhalten haben."

Markham sank in sich zusammen, während er über eine passende Erwiderung nachdachte. „Es hat tatsächlich nicht zu ihr gepasst. Sie hatte schrecklich damit zu kämpfen. Pam hat Bob geliebt und wollte sich weder von ihm scheiden lassen noch ihre Familie kaputtmachen. Aber die Dinge zwischen ihnen hatten sich geändert, und sie war in einer schwierigen Situation."

„Ich weiß, Sie haben gesagt, Sie hätten seit Jahren keinen Kontakt mehr zu ihr gehabt. Trotzdem muss ich Sie fragen, ob sie damals irgendetwas oder irgendjemanden erwähnt hat, der ihr besonderen Stress bereitet hat."

„Das Football-Hobby ihres Sohnes Lucas war immer eine Quelle der Belastung. Es gab pausenlos Turniere, Wochenenden, an denen sie hierhin und dorthin musste. Sosehr sie Lucas auch liebte und ihn unterstützen wollte, sie hasste diese Turniere und die andauernden Verpflichtungen. Ihr jüngerer Sohn war ebenfalls ein talentierter Sportler, und diese Jahre als Football-Mom haben sie überfordert."

„Das war sehr hilfreich." Sam erhob sich und legte ihre Visitenkarte vor ihm auf den Schreibtisch. „Wenn Ihnen noch etwas einfällt, das von Bedeutung sein könnte, und sei es auch nur eine Kleinigkeit, rufen Sie mich bitte an."

„Werde ich tun." Er schaute sie an. „Sie wissen, dass wir uns von früher kennen?"

„Ja."

Er nickte. „Schön, Sie wiederzusehen."

„Gleichfalls. Danke noch mal für Ihre Zeit."

„Ich wünschte, ich könnte mehr tun. Pam war wirklich nett. Es macht mich sehr traurig, von ihrer Ermordung zu hören."

„Wir finden alleine hinaus", sagte Sam.

Im Aufzug musterte Freddie sie. „Woher kennst du ihn?"

„Vor Jahren, während meiner Ehe mit Peter, hatte ich eine Fruchtbarkeitsbehandlung bei ihm. Der Name ist mir gleich bekannt vorgekommen, doch erst als ich ihn gesehen habe, ist mir klar geworden, wer er ist."

„Uh, das muss eine unangenehme Erinnerung gewesen sein."

„Ja, aber das ist schon lange her. Es tut nicht mehr so weh wie früher, bevor Scotty, Eli und die Zwillinge in mein Leben getreten sind." Sie gingen durch die eisige Dunkelheit des späten Nachmittags zu ihrem Auto. „Soll ich dich am Hauptquartier oder an der Metro absetzen?"

„Metro reicht. Bist du sicher, dass ich dich nicht in die Ninth begleiten soll?"

„Ja. Das ist keine große Sache. Ich muss nur kurz was holen."

„Okay, trotzdem kann ich gern mitkommen, wenn du willst."

Sam wusste sein Angebot zu schätzen, vor allem wenn sie bedachte, wie sehr er sich am Ende eines langen Tages immer darauf freute, zu seiner Frau heimzukehren. „Ich schaffe das allein, doch der gute Wille zählt, und dafür gibt es Pluspunkte."

„Ich füge sie meiner erklecklichen Liste von Pluspunkten hinzu, die ich in diesem Job bisher verdient habe. Leider weiß ich nicht, wie ich sie einlösen kann."

„Das erfährst du schon noch." Sie fuhr an der Metrostation Farragut North rechts ran. „Danke für alles, was du heute getan hast."

„Gern geschehen."

„He, Freddie?"

„Ja?"

„Ich möchte nur, dass du weißt, wie dankbar ich bin, dass wir inmitten des Wahnsinns, der mich in diesen Tagen umgibt, immer noch wir selbst sein können. Es bedeutet mir viel, dass unser Umgang miteinander so normal bleibt."

„Wir werden immer wir selbst sein, egal wie berühmt und wichtig du bist."

„Danke dir."

„Wenn du hinterher über die Trauer-Selbsthilfegruppe reden willst, weißt du, wo du mich findest."

„Du bist der Beste."

„Ich weiß! Das sage ich dir jeden Tag!"

„Raus jetzt."

„Sie gibt, und sie nimmt gleichzeitig." Er stieg aus und winkte ihr fröhlich zu, bevor er in Richtung der Bahn joggte, die ihn nach Woodley Park zurückbringen würde.

Sam mochte ihn unglaublich gern. Wieder einmal kam ihr in den Sinn, dass sie sich wahrscheinlich besser einen anderen Partner suchen sollte, weil sie in jeder Situation eher auf seine Sicherheit achten würde als auf ihre eigene. Aber sie konnte sich einfach nicht vorstellen, diesen schrecklichen Job zu erledigen, ohne dass er sie den ganzen Tag zum Lachen brachte.

Während sie in Richtung Capitol Hill fuhr, redete sie sich ein, dass es keine große Sache war, für ein paar Minuten nach Hause in die Ninth Street zu gehen. Weil es tatsächlich keine war.

Doch als sie in die Straße einbog und an der Stelle vorbeifuhr, an der sich vor dem Umzug ins Weiße Haus der Kontrollpunkt des Geheimdienstes befunden hatte, fiel ihr auf, wie menschenleer und verlassen hier alles wirkte, ohne den ganzen Trubel, der sie umgeben hatte, als Nick noch Vizepräsident gewesen war. Die Nachbarn waren wahrscheinlich überglücklich, dass sie ausgezogen waren und ihren Zirkus mitgenommen hatten.

Als Sam vor dem Doppelhaus, das sie und Nick ihr Zuhause nannten, anhielt, rührte der Anblick der Rampe, die zu ihrer Haustür führte und die Nick für Skip gebaut hatte, ihr Herz. Auf dem Bürgersteig stehend schaute sie zu der anderen Rampe vor dem nun ebenfalls dunklen Haus ihres Vaters hinüber und dachte über die massiven Veränderungen nach, die in ihrem Leben stattgefunden hatten, seit Skip im Oktober gestorben war. Jetzt war alles anders, und sie sehnte sich unwillkürlich nach früher.

Sie lief die Rampe hinauf und stellte fest, dass es mehr als ein Jahr her war, dass sie ihren Schlüssel hatte benutzen müssen, um das Haus zu betreten. An vielen Abenden war sie heimgekommen und hatte pures Chaos in diesem Haus vorgefunden – Kinder, die sich gegenseitig umherjagten und vor Freude schrien, während Nick über sie wachte. An diesem Abend begrüßten sie Stille und der merkwürdige Klang verlassener Räume, als sie durch den ersten Stock zum Abstellraum eine Etage höher ging, wo die Weihnachtsdekoration lagerte.

Als sie an Scottys ehemaligem Zimmer und dem Raum vorbeikam, den die Zwillinge gemeinsam bewohnt hatten, dachte sie daran, dass ein Haus ohne die Menschen, die es zu einem Zuhause machten, bloß ein Haufen Steine war. Nach nur wenigen Wochen fühlte sich dieser Ort nicht mehr wie ein Zuhause an, denn die Menschen, die es dazu gemacht hatten, lebten jetzt woanders. Sie fand den Christbaumschmuck genau dort, wo sie ihn vermutet hatte, und trug die Schachtel nach unten. In der Küche starrte sie auf den Tisch, an dem so viele Mahlzeiten und Gespräche stattgefunden hatten.

Vor ihrem geistigen Auge sah sie Shelby, ihren Sohn Noah in der Babytrage vor der Brust, in der Küche werkeln und sehnte sich nach der Einfachheit, die noch vor wenigen Wochen geherrscht hatte. Sie schenkte sich ein Glas Wasser ein und setzte sich an den Tisch, auf dessen Oberfläche sich eine leichte Staubschicht gebildet hatte. Mit der Zeigefingerspitze zeichnete sie ein Herz in den Staub.

Hier gehörte sie her, in die Ninth Street im Herzen von Capitol Hill, wo sie in einer bescheidenen Mittelklassefamilie aufgewachsen war. Sosehr sie die historische Bedeutung des Weißen Hauses auch respektierte, normal würde es sich für sie niemals anfühlen, inmitten eines solchen Luxus zu leben und ständig von Butlern und anderem Haushaltspersonal umgeben zu sein.

Sie hatte keine Ahnung, wie lange sie in der Küche saß und das Gefühl der Vertrautheit genoss, bevor sie in ihr aktuelles Leben zurückkehren musste. Das Klingeln des BlackBerrys riss sie aus ihren Gedanken. „Hey."

„Selber hey", sagte Nick. „Wo bist du?"

„In der Ninth Street."

„Was tust du denn da?"

„Christbaumschmuck für die Residenz holen."

„Ah, verstehe. Du klingst ein bisschen bedrückt. Ist alles in Ordnung?"

„Es ist seltsam, hier zu sein. Das Haus wirkt, als hätte jemand ihm alles Leben ausgesaugt oder so."

„Soll ich dich abholen?"

Da sie wusste, dass es für den Secret Service trotz der kurzen Strecke durch die Stadt ein Riesenaufwand wäre, ihn herzubringen, antwortete sie: „Nein, nicht nötig. Ich fahre in ein paar Minuten wieder."

„Sam, ich würde dich abholen, wenn du mich brauchst."

„Ich weiß."

„Hab ich Grund zu der Sorge, dass du beschließen könntest, dort zu bleiben?"

„Ganz bestimmt nicht."

„Ein Teil von mir würde es dir nicht verübeln."

„Das werde ich nicht. Ich will da sein, wo ihr seid, du und die Kinder. Dieser Ort ist nur ein Haus, wenn ihr nicht hier seid und es zu einem Zuhause macht."

„Und wir brauchen dich hier, um diesen Ort in ein Zuhause zu verwandeln."

„Ich habe heute Abend die Trauer-Selbsthilfegruppe. Zumindest an der ersten Hälfte will ich teilnehmen. Danach komme ich heim."

„Wir werden hier sein."

„Wie war dein Tag?"

„Nicht schrecklich, aber er ist noch nicht vorbei. Gretchen Henderson kommt gleich."

„Hmm."

„Sam, ich weiß. Ich werde ein sehr offenes Gespräch mit ihr führen und darauf achten, ob ich mich dabei wohlfühle."

„Viel Glück dabei. Ich weiß, das ist eine schwierige Entscheidung."

„Jede Minute hier ist eine schwierige Entscheidung. Schicke ich Truppen in den Golf von Suez, um ihn vor Piraten zu schützen, und riskiere damit eine Konfrontation mit einer Reihe von Ländern, die nichts lieber täten, als uns vom Antlitz der Erde zu tilgen? Oder halte ich mich zurück und hoffe, dass die Ägypter und andere die Piraten selbst bekämpfen?"

„Dagegen sieht mein Tag ja regelrecht simpel aus. Wie werdet ihr reagieren?"

„Wir schieben die Entscheidung erst mal noch vierundzwanzig Stunden auf. Bei dem Gedanken, US-Truppen in einen solchen Einsatz zu schicken, ist mir unglaublich unwohl, auch wenn ich mir bewusst bin, dass dies Teil der Aufgabe ist."

„Tatsächlich würde ich mir viel mehr Sorgen machen, wenn du

davon völlig unbeeindruckt wärst. Ich habe keinen Zweifel daran, dass du mit den dir zur Verfügung stehenden Informationen die bestmögliche Entscheidung treffen wirst."

„Danke für dein Vertrauen in mich. In solchen Situationen frage ich mich immer, warum jemand diesen Job haben möchte. Außerdem möchte das Kommunikationsteam, dass du auf den FLOTUS-Accounts eine Erklärung zu den Schüssen in Des Moines abgibst. Lilia wird sich mit einigen Vorschlägen bei dir melden."

„Okay."

„Der Post soll den Blickwinkel einer Mutter verdeutlichen."

„Ich kann mir nicht mal ansatzweise vorstellen, was diese Familien erleiden."

„Die Medien veröffentlichen Geschichten über die einzelnen Opfer, und es ist einfach herzzerreißend."

„So traurig ich über den Tod meines Vaters bin, ich könnte mir nicht vorstellen, eins der Kinder zu verlieren."

„Daran wollen wir gar nicht erst denken. Unsere Kinder haben ausgezeichneten Personenschutz, das ist der große Vorteil dieses Jobs."

„Na ja, die Butler sind auch nicht schlecht."

„Nein", pflichtete er ihr bei und lachte. „Das sind sie ganz sicher nicht. Ich muss ein zweites tägliches Training in meinen Zeitplan einbauen, damit ich nicht jedes Jahr zehn Kilo zunehme, solange wir hier wohnen."

„Ich muss erst mal ein erstes Training in meinen Tagesplan aufnehmen."

„Nein, musst du nicht. Ich liebe dich genau so, wie du bist."

„Das musst du ja sagen."

„Nein, das stimmt nicht, und das weißt du genau. Jetzt geh, und bring deinen Kram über die Bühne, und dann schaff deinen sexy Hintern so schnell wie möglich zu mir nach Hause. Ich habe eine Überraschung für dich."

„Was für eine Überraschung?"

„Wart's ab."

„Ach Mann, warum musstest du mir davon erzählen, wo ich stundenlang warten muss, um sie zu sehen?"

„Weil ich gewusst habe, dass du ausflippen würdest, und das bringt mich jedes Mal zum Lachen."

„Das wirst du später büßen."

„Ich kann's kaum erwarten. Ich liebe dich."

„Aus irgendeinem sehr seltsamen Grund liebe ich dich auch."

Nick beendete lachend das Gespräch, was sie mit einem breiten Grinsen auf dem Gesicht zurückließ. Das war seine Superkraft – sie zum Lachen und zum Lächeln zu bringen, während der Rest ihres Lebens chaotisch und zumindest in ihrem Job voller Dunkelheit war. Seine Liebe trug sie durch gute wie durch schlechte Zeiten, und ein zehnminütiges Gespräch mit ihm genügte, um ihre Stimmung aufzuhellen.

Sie stand auf, um ihr Glas abzuwaschen und abzutrocknen, und stellte es anschließend zurück auf das Regal zu dem übrigen Geschirr, das hier warten würde, bis sie nach ihrer Zeit im Weißen Haus heimkehrte. Ein Teil von ihr konnte diesen Tag kaum erwarten, aber ein anderer Teil von ihr war entschlossen, dieses Abenteuer ihres Lebens so intensiv wie möglich zu genießen.

Für keinen anderen Mann auf der Welt hätte sie die Rolle der Präsidentengattin übernommen. Bei Nick hatte sie einmal mehr bewiesen, dass es nichts gab, was sie nicht für ihn tun würde – und sie war sicher, dass das auf Gegenseitigkeit beruhte.

Als sie das Haus in der Ninth Street verließ, fühlte sie sich gestärkt dafür, zu dem Treffen der Trauergruppe ins Hauptquartier zurückzukehren, von dem sie sich dann so schnell wie möglich zu ihrer Familie verabschieden würde. Auf ihren Wunsch hin hatte Dr. Trulo dieses Treffen für sechs statt für sieben Uhr angesetzt, damit sie früher nach Hause konnte. Ihr Plan war, den ersten Teil zu besuchen und in der Pause zu verschwinden. Es war ihr wichtig, bei den Treffen der von ihr gegründeten Selbsthilfegruppe anwesend zu sein, doch sie fühlte sich nicht verpflichtet, jedes Mal die ganze Zeit zu bleiben.

Sie hoffte nur, dass die Teilnehmer dafür Verständnis haben würden.

KAPITEL 17

Ihr normales Handy klingelte. Es war Lilia, ihre Stabschefin im Weißen Haus. „Hallo", meldete sich Sam. „Ich habe deinen Anruf schon erwartet."

„Ich hoffe, ich störe nicht bei der Arbeit."

„Nein, nein. Ich bin gerade im Auto, dein Timing ist also perfekt."

„Prima. Wir denken, dass ein Posting von der First Lady, in dem sie den Familien in Des Moines ihr Beileid ausspricht, angebracht wäre."

„Einverstanden. Was schwebt dir vor?"

„Wie hört sich Folgendes an? *Der Präsident und ich möchten den Familien und Angehörigen der Menschen, die in Des Moines durch diese sinnlose Tragödie ums Leben gekommen sind, unser tief empfundenes Beileid aussprechen. Als Mutter bricht mir insbesondere der Tod unschuldiger Kinder das Herz. Als Polizeibeamtin bin ich besorgt über den blutigen Zoll, den Waffengewalt in unserer Gesellschaft fordert, und verspreche, eng mit dem Präsidenten zusammenzuarbeiten, um sinnvolle Änderungen herbeizuführen, die unser aller Leben sicherer machen werden.* Was meinst du?"

„Ausgezeichnet. Besser hätte ich es nicht formulieren können."

„Großartig, wir werden es auf allen Social-Media-Kanälen veröffentlichen und dann die Kommentare moderieren."

„Danke. Du lässt mich immer in einem guten Licht dastehen, Lilia."

„Das ist ja schließlich meine Aufgabe."

„Ich habe Roni heute eine Nachricht geschickt und ihr gesagt, dass wir den Job so lange frei halten werden, wie sie braucht. Ich weiß, das ist eine zusätzliche Belastung für dich …“

„Kein Problem. Du solltest die Person in dieser Position haben, die du dir ausgesucht hast, da sie häufig für dich sprechen wird.“

„Danke für dein Verständnis. Sehen wir dich und Harry an Weihnachten?“

„Das würden wir um nichts in der Welt versäumen. Wer kriegt denn das Lincoln-Schlafzimmer?“

„Wir haben einen Plan dafür, wie wir das entscheiden. Das wird sicher sehr lustig.“

„Ich kann's kaum erwarten.“

„Bis spätestens dann.“

„Klingt gut.“

Sam schätzte Lilia, die einfach wunderbar und rundum kompetent war und sie in ihrer Rolle als Gattin des Vizepräsidenten und jetzt als First Lady mit viel Sachverstand und Liebe zum Detail unterstützte. Mit ihrem Vollzeitjob außerhalb des Weißen Hauses machte Sam es ihren Mitarbeitern nicht leicht, aber sie meisterten jede Situation mit einer Souveränität, die Sam verblüffte.

Als sie zwanzig Minuten später das Großraumbüro der Mordkommission betrat, war sie überrascht, dort Gonzo anzutreffen. „He, was tust du denn noch hier? Deine Schicht ist doch schon längst vorbei.“

„Ich will zum Treffen der Selbsthilfegruppe.“

„Oh. Okay.“

„Ist dir das recht?“

„Ja, klar. Wir freuen uns sehr, wenn du kommst.“

„Danke. Ich dachte, es könnte nicht schaden.“

Sam lehnte sich an O'Briens Schreibtisch und blickte Gonzo an, der sich zu ihr umdrehte. Bei seiner Beförderung zum Sergeant hatte er sich entschieden, weiter im Großraumbüro zu bleiben, statt in eins der angrenzenden Einzelbüros umzuziehen. „Wie kommst du mit dem bevorstehenden Prozess zurecht?“

„Erwartungsgemäß, denke ich. Ich habe mich mit Hope und Faith getroffen, um dafür zu sorgen, dass meine Aussage hieb- und stichfest ist.“ Die stellvertretenden Staatsanwältinnen würden Arnolds Mörder vor Gericht anklagen. Gonzo verzog das Gesicht und fügte hinzu: „Es gibt nichts Schöneres, als der einzige Zeuge des Mordes an seinem Partner zu sein.“

„Das ist total krass, Gonzo. Ich hoffe, du meldest dich, wenn wir dir irgendwie helfen können."

„Auf jeden Fall. Danke dir. Ich muss das jetzt einfach durchziehen, um für ihn Gerechtigkeit zu erreichen."

„Solange es nicht auf deine Kosten geschieht … Du hast dich so gut geschlagen."

„Ich bin viel besser darin als noch vor ein paar Monaten und entschlossen, mich hiervon nicht zurückwerfen zu lassen."

„Ich kann dir gar nicht sagen, wie sehr es mich freut, das zu hören."

„Es ist ein täglicher Kampf gegen die Dunkelheit, doch ich führe ihn nicht nur für mich selbst, sondern auch für Christina, Alex und euch. Zu viele Menschen zählen auf mich."

„Ich bin stolz auf dich. Obwohl ich versuche, mich in deine Lage zu versetzen, gelingt mir das nicht einmal annähernd."

„Sam, ich bete, dass niemand von euch das je durchmachen muss. Wir werden A. J. Gerechtigkeit verschaffen und alles tun, was wir können, um die Erinnerung an ihn wachzuhalten, angefangen mit dem Spendenlauf im Frühjahr."

„Lass es mich wissen, wenn ich dir dabei helfen kann."

„Das werde ich." Er blickte auf die Uhr. „Wir sollten hochgehen, sonst schreibt dich Dr. Trulo noch zur Fahndung aus."

„Er bedauert es sicher schon, sich auf dieses Projekt mit mir eingelassen zu haben. Ich kann mich kaum noch an meinen eigenen Namen erinnern, geschweige denn an die Termine der Trauergruppe."

„Du kommst klar, oder?"

Sam war dankbar, dass er sich nach ihr erkundigte. Im zurückliegenden Jahr hatten sie auf die harte Tour gelernt, wie wichtig es war, in schwierigen Zeiten besser aufeinander aufzupassen. „Ja, aber danke, dass du fragst."

„Es ist ziemlich viel auf einmal, zumal du ja auch gerade erst deinen Vater verloren hast. Lass dich von der Trauer nicht so überwältigen, wie ich es getan habe."

„Ich versuche, mich auf die unmittelbare Gegenwart zu konzentrieren und meine Gedanken nicht zu weit in die Zukunft schweifen zu lassen. Kinder, Ehemann, Arbeit, Freunde, die Pflichten als First Lady, die Trauergruppe … eins nach dem anderen."

„Ich kann es immer noch nicht glauben, dass du die First Lady bist und Nick Präsident ist", erwiderte Gonzo lachend.

„Was meinst du, wie es in mir aussieht?"

„Das muss Wahnsinn sein."

„In jeder Hinsicht. Ich bin so froh, dass ich immer noch jeden Tag hierherkommen kann, wo die Dinge für mich Sinn ergeben – meistens jedenfalls."

„Gibt's etwas Neues im Fall Tappen?"

„Wir sind darauf gestoßen, dass sie längere Affären mit zwei Männern und One-Night-Stands mit zwei weiteren hatte, nachdem der Sex in ihrer Ehe eingeschlafen war."

„Interessant."

„Nach meinem Eindruck von ihr, bevor ich wusste, dass sie diese Affären hatte, hätte ich mein Leben darauf verwettet, dass sie der Typ war, der Eheprobleme durchsteht und nicht auf Abwege gerät. Mein Vater hat mal gesagt, dass niemand weiß, was in einer Ehe vor sich geht, außer den beiden Ehepartnern, und das ist die Wahrheit. Bob hat uns versichert, ihre Beziehung sei solide gewesen. Pam hatte dazu offenbar eine andere Meinung, ist jedoch um ihrer Kinder und der Familie willen bei ihm geblieben."

„Das Leben ist manchmal so verdammt kompliziert."

„Stimmt."

„Verdächtigst du einen der beiden Typen, mit denen sie länger was hatte?"

„Nein."

„Was ist mit den betrogenen Ehepartnerinnen?"

„Einer der beiden Männer war Witwer, als sie zusammengekommen sind. Die Frau des letzten Liebhabers war schockiert und sprachlos, als sie gehört hat, dass er eine Affäre mit ihr hatte."

„Du hast also immer noch keinen Verdächtigen?"

„Leider nein."

„Such weiter. Du schaffst das. In der Zwischenzeit hat sich Jeannie mit dem Fall Carisma Deasly beschäftigt und herausgefunden, dass Stahl nach der Vermisstenmeldung nie auch nur das Geringste unternommen hat."

„Ich will wissen, warum seinen Vorgesetzten nicht aufgefallen ist, dass er die Meldung zu einem vermissten Teenager ignoriert hat." Sam wurde klar, dass diese Frage auch ihren eigenen Vater betreffen mochte, wenn der Zeitpunkt stimmte, aber trotzdem brauchte sie eine Antwort.

„Ich glaube, das war zu einer Zeit, zu der wir hier sehr unterbesetzt waren. Die Detectives haben allein gearbeitet, weswegen es einfacher war, mit so einem Mist durchzukommen."

„Das wäre eine mögliche Erklärung. Wie spät ist es?"

Gonzo schaute auf die Uhr. „Fünf vor sechs."

„Dann sollten wir besser nach oben gehen, ehe Dr. Trulo denkt, ich hätte den Termin vergessen, was nicht der Fall ist."

„Hat er dich daran erinnern müssen?"

„Das tut jetzt nichts zur Sache."

Gonzo musste lachen, während er ihr die Treppe hinauf folgte. „Verrückt, die Sache mit Ramsey, hm?"

„Ich kann noch gar nicht glauben, dass ich mir keine Sorgen mehr darüber machen muss, ihm hier oben über den Weg zu laufen."

„Du musst dir allerdings weiter Sorgen darüber machen, ihm woanders über den Weg zu laufen."

Sie grinste. „In diesem Fall ist der Schutz durch den Secret Service überaus nützlich." Sie betraten einen Raum voller Menschen. „Heilige Scheiße."

„Das kannst du laut sagen. Scheint ganz so, als wäre deine Selbsthilfegruppe ein Volltreffer."

Sam entdeckte viele Gesichter, die sie von früheren Fällen her kannte, Menschen, die schon beim letzten Mal gekommen waren, und einige neue, darunter Charles und Diana Weber, deren Tochter Tara erst vor Kurzem ermordet worden war.

„Schön, Sie wiederzusehen", begrüßte Sam sie und ließ sich von ihnen umarmen.

„Gleichfalls, Lieutenant."

„Wie geht es dem Baby?" Tara war kurz nach der Geburt ihres Sohnes ermordet worden.

„Bestens", erwiderte Diana. „Meine Schwester passt auf ihn auf, damit wir heute Abend kommen konnten. Sie dachte, das würde uns vielleicht helfen."

„Ich hoffe es. Hier trifft sich eine Gemeinschaft von Menschen, die das Gleiche durchgemacht haben wie Sie, und es hilft, mit Leuten zusammen zu sein, die einen verstehen."

„Wir sind Ihnen dankbar für alles, was Sie getan haben, damit Taras Mörder gefasst wurde", meldete sich Charles zu Wort. „Für uns ist es immer noch unvorstellbar, dass ihre Freunde darin verwickelt waren. Wir werden den Rest unseres Lebens brauchen, um zu verstehen, wie zwei Menschen, die sie so sehr geliebt hat, sie derart verraten konnten."

„Es tut mir aufrichtig leid."

„Danke", flüsterte Diana. „Wir stehen das gemeinsam durch. Irgendwie."

„Ihr Enkel wird Ihnen viel Freude bereiten."

„Oh, das tut er schon."

Sam entdeckte Derek Kavanaugh, einen engen Freund von Nick, dem auch sie sich inzwischen sehr verbunden fühlte. „Entschuldigen Sie mich, ich muss noch ein paar andere Freunde begrüßen."

„Natürlich", sagte Diana. „Nochmals vielen Dank, dass Sie das hier möglich machen."

„Danke, dass Sie dabei sind." Sam ging zu Derek hinüber und umarmte ihn. Er hatte hellbraunes Haar, braune Augen und eine drahtige, aber muskulöse Figur. „Schön, dich zu sehen."

„Ich hätte ja gern behauptet, dass ich so etwas wie das hier nicht brauche, doch durch die Feiertage kommt alles wieder hoch." Er zuckte die Achseln. „Die letzten Wochen waren hart."

Sam drückte ihn erneut. „Ich wünschte, wir könnten mehr für dich tun, Derek."

„Jeder tut, was er kann, und ich hätte Vics Verlust ohne euch und meine anderen Freunde nicht überlebt."

„Wir werden immer für dich und Maeve da sein."

„Das hilft mir sehr. Wir freuen uns schon auf Weihnachten im Weißen Haus. Maeve will wissen, ob der Weihnachtsmann sie dort auch ganz bestimmt finden wird."

„Oh, absolut. Sag ihr, wir haben ihm einen sehr langen Brief mit einer Liste aller Kinder geschickt, die am Weihnachtsmorgen im Weißen Haus sein werden, damit er weiß, wo er sie findet."

„Mach ich", versprach er lächelnd. „Das wird sie freuen."

„Gideon hat sich bei dir gemeldet, oder?", fragte Sam.

„Ja. Er ist der Beste."

„Das ist er tatsächlich." Der Chief Usher im Weißen Haus hatte die eingeladenen Eltern kontaktiert, um dafür zu sorgen, dass alle Kinder ihre Geschenke erhielten.

„Wir wissen es wirklich zu schätzen, dass ihr auch meine Eltern eingeladen habt. Sie wären bitter enttäuscht gewesen, wenn sie nicht hätten miterleben können, wie Maeve am Weihnachtsmorgen ihre Geschenke auspackt."

„Das ist doch verständlich. Wir hätten nicht gewollt, dass ihnen das entgeht."

„Würden Sie sich bitte alle setzen?", eröffnete Dr. Trulo, der am anderen Ende des vollen Raumes stand, das Treffen.

Sam bemerkte, dass mehrere Streifenbeamte zusätzliche Stühle hereinbrachten, damit alle einen Sitzplatz hatten. „Wir werden ein größeres Boot brauchen", flüsterte sie Derek zu.

„Großartiges Zitat aus ‚Der weiße Hai'", lobte er grinsend.

„Mit Haifilmen kenne ich mich aus."

„Lieutenant?" Dr. Trulo winkte sie zu sich herüber.

„Die Pflicht ruft", erklärte sie.

„Na, dann mal los, Killer", verabschiedete Derek sie. „Oh, warte. Ein sehr unpassender Spruch in diesem Umfeld."

Sam lachte, drückte seinen Arm und begab sich zu Dr. Trulo.

„Sie oder ich?", fragte der Psychiater.

„Na Sie. Sie ganz allein."

„Woher habe ich nur gewusst, dass Sie das sagen würden?" Dr. Trulo wandte sich an die Gruppe: „Vielen Dank, dass Sie heute Abend zu diesem zweiten Treffen unserer neu geschaffenen Selbsthilfegruppe für Opfer von Gewaltverbrechen gekommen sind. Lieutenant Holland und ich fühlen uns geehrt, Sie alle hierzuhaben, in dieser besonderen Gemeinschaft von Menschen, die die einzigartige Trauer verstehen, die mit dem Verlust eines geliebten Menschen durch Gewalt einhergeht. Ich möchte dieses Treffen mit einer Schweigeminute für die Familien beginnen, die diese Woche in Des Moines solche schweren Verluste erlitten haben."

Sam senkte den Kopf und kämpfte mit dem Kloß, den sie plötzlich im Hals hatte. Der Gedanke an das, was dort geschehen war, machte sie jedes Mal unfassbar traurig. Sie hoffte, sie würde sich zusammenreißen können, wenn sie sich mit den Familien trafen.

„Danke sehr", sagte Dr. Trulo. „Ich sehe einige bekannte Gesichter von unserem letzten Treffen und viele neue. Wir sind froh, dass Sie alle gekommen sind. Wer möchte anfangen?"

Danita Jackson hob sofort die Hand. Ihr fünfzehnjähriger Sohn Jamal hatte bei einer Reihe von willkürlichen Angriffen mit Schusswaffen, die später einem verärgerten städtischen Angestellten zur Last gelegt worden waren, sein Leben verloren. „Ich möchte mich von ganzem Herzen für diese tolle Gruppe bedanken. Seit unserem ersten Treffen habe ich mich mit so vielen Menschen, die ich hier kennengelernt habe, angefreundet, und es hilft wirklich, diese schreckliche Last mit Menschen zu teilen, die verstehen, was ich durchmache. Mehr wollte ich gar nicht sagen. Danke."

„Wir danken Ihnen, Danita", antwortete Sam. „Es freut uns, wenn es Ihnen hilft."

Gonzo hob die Hand, und Dr. Trulo erteilte ihm das Wort.

„Ich bin Detective Sergeant Tommy Gonzales. Meine Freunde nennen mich Gonzo, also können Sie alle das gern auch tun. Mein Partner wurde vor fast einem Jahr erschossen, und seit jener Nacht im Januar, in der er vor meinen Augen starb, hatte ich eine sehr, sehr schwere Zeit. Ich hatte mit vielen Dingen zu kämpfen, aber jetzt komme ich endlich wieder in die Spur. Vor Kurzem habe ich Christina, die Liebe meines Lebens, geheiratet, die bei allem mein Fels in der Brandung war, und nach ein paar Monaten Auszeit, die ich dringend gebraucht habe, arbeite ich auch wieder. Die schwerste Aufgabe, die jetzt vor mir liegt, ist der Prozess nächste Woche gegen den Mann, der meinen Partner erschossen hat. Als einziger Augenzeuge des sinnlosen Mordes an einem großartigen jungen Mann weiß ich genau, was ich tun muss, um Gerechtigkeit für meinen Partner zu erreichen. Doch der Gedanke, diese schmerzhafte Wunde wieder aufzureißen, ist gelinde ausgedrückt ein wenig überwältigend. Mehr wollte ich nicht sagen, außer dass ich Sam und Dr. Trulo dafür danke, dass sie diese Selbsthilfegruppe ins Leben gerufen haben. Sie wird vielen Menschen guttun."

Sam applaudierte ihrem Kollegen und Freund, und andere fielen ein, woraufhin er vor Verlegenheit errötete. „Ich weiß, dass ich für alle hier spreche, wenn ich dir versichere, dass wir wirklich bewundern, was du getan hast und noch tust, um Detective Arnolds Erbe zu ehren."

„Danke sehr", flüsterte Gonzo.

„Ich möchte meinen Freund Derek Kavanaugh bitten, als jemand, der seit fast anderthalb Jahren mit dem schrecklichen Verlust seiner Frau lebt, ein paar Worte zu sagen. Tut mir leid, wenn ich dich damit überfalle, Derek", wandte sich Sam lächelnd direkt an ihn. „Aber ich denke, deine Perspektive könnte für diejenigen von uns hilfreich sein, die erst kürzlich einen Verlust erlitten haben."

„Gerne", erwiderte Derek. „Manchmal fühlt es sich an, als wäre es erst vor einer Woche passiert, und manchmal, als sei es schon ewig her. Meine Frau Victoria wurde in unserem Haus ermordet, und eine Zeit lang wurde auch unsere einjährige Tochter Maeve vermisst. Sie alle kennen die Geschichte, wie Präsidentschaftskandidat Arnie Patterson Victoria im Rahmen eines jahrelangen Komplotts bei einem von Präsident Nelsons Helfern einschleusen wollte, um Informationen über Pattersons größten Rivalen zu erhalten. Als Victoria sich weigerte zu kooperieren, haben sie sie umgebracht. Das ist die kurze Version der Story. Die lange handelt davon, wie ich mich mit einigen ziemlich verkorksten Fakten über unsere Beziehung herumgeschlagen habe, die ein später gefundener Brief von Vic ausgeräumt hat, in dem sie mich wissen ließ, dass die Dinge zwischen uns absolut echt waren. Sie hat mich auf Kosten ihres eigenen Lebens beschützt. Damit muss ich jeden Tag klarkommen, aber es geht Maeve und mir inzwischen besser. Die Trauer, die am Anfang wie ein scharfes Messer war, wird mit der Zeit stumpfer. Ich hasse es, dass Maeve sich nicht an ihre Mutter erinnern wird. Sie war wunderbar, und ich versuche, sie in unserem Leben so präsent zu halten, wie ich kann. Ich denke, ich würde denen unter Ihnen, die noch ganz am Anfang stehen, raten, all diese Gefühle zuzulassen, sich ihnen zu stellen, statt ihnen auszuweichen. Nicht dass Letzteres auf Dauer überhaupt möglich wäre. Ich bin gerne bereit, mit jedem zu sprechen, der in diesem Prozess einen Freund braucht, wenn Sie glauben, dass es hilfreich wäre, mit jemandem zu reden, der im Trauerprozess schon weiter fortgeschritten ist."

„Danke, Derek", sagte Sam. „Nick und ich bewundern dich sehr dafür, wie du das in den letzten anderthalb Jahren für Maeve gemacht hast."

„Ich danke dir. Das bedeutet mir echt viel. Meine Familie und meine Freunde waren der Schlüssel dazu, dass ich diesen furchtbaren Schicksalsschlag überlebt habe."

Als sie kurz darauf eine Pause einlegten, bemerkte Sam, dass Derek sich mit Trey Marchand unterhielt, der seine sechsjährige Tochter Vanessa durch Schüsse aus einem vorbeifahrenden Auto verloren hatte.

„Sie haben mit dieser Idee wirklich einen Nerv getroffen, Lieutenant", meinte Dr. Trulo und klang dabei wie ein stolzer Vater. Natürlich weckte dieser Gedanke in Sam sofort die Sehnsucht nach Skip.

„Es ist schön, dass dem Wahnsinn etwas Gutes entspringt", antwortete sie und schaute ihn an. „Wenn es für Sie in Ordnung ist, werde ich mich jetzt aus dem Staub machen, damit ich nach Hause kann, um die Kinder vor dem Schlafengehen zu sehen."

„Klar. Ich berichte Ihnen morgen vom Rest des Treffens."

„Danke für alles, was Sie hier leisten", fügte Sam hinzu. „Ich halte das, was wir hier tun, für sehr wichtig."

„Durchaus. Ehe Sie aufbrechen … Das erste Weihnachten nach einem einschneidenden Verlust kann sehr schwer sein. Sie wissen, wo Sie mich finden, wenn Sie mich brauchen."

„Ich behalte es im Hinterkopf. Sie sind der Beste." Früher hatte sich Sam gegen jede Art von Seelenklempner gewehrt, aber das war gewesen, bevor Dr. Trulo ihr den Verstand und damit ihre Karriere gerettet hatte, nachdem der ehemalige Lieutenant Stahl sie festgehalten und gefoltert hatte. Jetzt wusste sie, dass jeder Mensch irgendwann im Leben Hilfe brauchte. Das Geheimnis war, sich selbst gut genug zu kennen, um zu wissen, wann man darum bitten musste.

Während die Anwesenden miteinander und mit den Snacks beschäftigt waren, die Dr. Trulo besorgt haben musste, ergriff Sam die Flucht und war zehn Minuten später auf dem Heimweg, wie immer mit dem schwarzen SUV mit Vernon und Jimmy im Schlepptau. Sie war schon halb in der Ninth Street, als ihr klar wurde, dass sie die falsche Richtung eingeschlagen hatte. Nachdem sie an der nächsten Kreuzung gewendet hatte, machte sie sich auf den Weg zur Pennsylvania Avenue, wobei sie sich fragte, wann es normal sein würde, das Weiße Haus als „Zuhause" zu betrachten.

Nach jetzt fast drei Wochen war sie jedenfalls noch nicht so weit.

Nick wollte unbedingt nach oben zu den Kindern, saß jedoch im Oval Office fest und wartete auf Gretchen Henderson. Terrys Anruf, bei dem er sie gebeten hatte, nach Washington zu kommen, hatte sie in New York erreicht, und sie hatte den ersten Flug nach D. C. genommen. Deshalb musste Nick auf sie warten.

Nicht dass er nicht jede Menge zu tun gehabt hätte. Zahllose Informationen strömten auf ihn ein und überfluteten jeden Winkel seines Bewusstseins mit Details, mit denen er sich mit unterschiedlicher Dringlichkeit auseinandersetzen musste – Briefings, Sitzungen, Telefonate. Bis zu zwölf Stunden am Tag war er ununterbrochen beschäftigt. Darüber hinaus verfolgte die Presse ihn rund um die Uhr und sezierte jedes Wort, das er sagte, alles, was er tat, und jede Handlung seiner Regierung mit einer Erbarmungslosigkeit, die jeder Beschreibung spottete.

Er bemühte sich, Gefallen daran zu finden, aber er sehnte sich nach einer Auszeit mit der Familie. Zuvor hatte er ein langes

Gespräch mit seinem Chefberater und engen Freund Senator Graham O'Connor geführt. Gespräche mit ihm halfen Nick jedes Mal, eine Perspektive für die schwierigsten Themen zu finden. Es war Grahams Schuld, dass Nick überhaupt in diesem Büro saß. Nick schmunzelte, als er daran dachte, wie sehr sich Graham darüber freute, dass er Präsident war.

Grahams Sohn Terry kam herein, in der Hand das allgegenwärtige Briefingbuch, das Nick jeden Abend mitnahm, um sich auf den nächsten Tag vorzubereiten. „Ich habe von einem Kontakt im Außenministerium erfahren, dass der Generalinspekteur sich mit den Ereignissen im Iran befasst. Interessanterweise fordert der Direktor des Diplomatischen Sicherheitsdienstes eine Anhörung vor dem Kongress, weil seine Personenschützer eine ganz andere Geschichte erzählen als die, mit der Ruskin hausieren geht. Ich habe außerdem gehört, dass das Justizministerium sich der Sache ebenfalls angenommen hat."

„Ich wäre sehr froh, wenn wir Ruskin zur Rechenschaft ziehen könnten." Seit Nick den ehemaligen Außenminister nach dem bizarren Vorfall im Iran gefeuert hatte, war Martin Ruskin mit seiner öffentlichen Kritik am jüngsten Präsidenten des Landes gnadenlos gewesen, dem es, wie Ruskin es ausdrückte, an „Format" dafür fehlte, die Aufgabe zu erfüllen, für die „ihn niemand gewählt hatte". Ganz zu schweigen davon, dass er, wie Ruskin zu sagen pflegte, den Job gar nicht gewollt hatte.

Der Kerl war ein Schwätzer, aber die Nachrichtensendungen der Privatsender stürzten sich förmlich auf seine Kritik am neuen Präsidenten, der seinerseits langsam die Nase voll hatte von Ruskin.

Kurz nach halb sieben geleitete Terry Gretchen ins Büro. „Mr President, Gretchen Henderson ist hier." Gretchen war groß, hatte dunkle Korkenzieherlocken, die ein auffallend schönes Gesicht umrahmten, und kam lächelnd mit ausgestreckter Hand auf ihn zu.

Nick erhob sich und begrüßte sie mit einem Händedruck. „Vielen Dank, Terry. Freut mich, Sie wiederzusehen, Gretchen."

„Gleichfalls, Mr President. Es tut mir leid, dass ich Sie habe warten lassen."

„Das ist kein Problem. Es war ja auch alles sehr kurzfristig."

Wie bei ihrem ersten Gespräch verließ Terry den Raum, ließ jedoch die Bürotür offen, um einem Vorwurf von unangemessenem Verhalten jegliche Grundlage zu entziehen. Nick hasste es, so denken zu müssen, aber er kannte Gretchen nicht und war sich immer noch nicht sicher, ob er ihr trauen konnte. „Nehmen Sie Platz." Nick deutete auf die Couch neben dem Sessel, auf dem er sich niederließ. „Bedienen Sie sich bitte an den Erfrischungen."

Sie beugte sich vor und schenkte sich eine Tasse Kaffee aus der Thermoskanne ein, die einer der Butler zuvor gebracht hatte. „Vielen Dank."

„Die Kekse sind eine Sünde wert", sagte Nick. „Ich erlaube mir allerdings nicht mehr als einen pro Tag."

„Ja, an die erinnere ich mich noch von meinem letzten Besuch." Sie lächelte, nahm einen der mit Hagelzucker bestreuten Kekse und legte ihn auf eine Serviette. „Ich bin sicher, Sie könnten sich locker auch zwei leisten."

„Ich habe Angst, danach süchtig zu werden. Das Personal hier meint es sehr gut mit uns."

„Das muss eine Riesenumstellung für Sie und Ihre Familie sein."

„Zweifellos, aber wir leben uns ein und finden uns langsam zurecht. Dieses Gebäude ist so viel größer, als es von außen erscheint."

„Mir hat gefallen, was Sie nach der Schießerei gesagt haben", bemerkte Gretchen zwischen zwei Bissen von dem Keks. „Es war genau der richtige Ton und der richtige Zeitpunkt dafür, das Thema einer vernünftigen Waffenkontrolle – wieder einmal – aufs Tapet zu bringen."

„Das war improvisiert und kam direkt von dem Vater in mir, der sich nicht vorstellen kann, was diese Familien heute fühlen müssen."

„Es ist unfassbar."

„In der Tat. Sie fragen sich sicher, warum ich Sie gebeten habe, so kurzfristig noch einmal hier zu erscheinen."

„Die Frage habe ich mir in der Tat gestellt", gab sie mit einem leichten Lächeln zu, bei dem ihre braunen Augen funkelten.

„Ich brauche immer noch eine Vizepräsidentin und hatte gehofft, Sie wären vielleicht weiter interessiert."

„Es wäre mir eine Ehre, aber ich dachte, Sie hätten sich inzwischen für Senatorin Sanford entschieden."

„Ich gebe zu, sie wäre meine erste Wahl gewesen, doch es zieht sie mehr ins Außenministerium."

„Ah, verstehe. Obwohl ich überrascht bin, dass sie sich die Gelegenheit entgehen lässt, die erste Vizepräsidentin der USA zu werden."

„Ich glaube, sie ist der Ansicht, dass sie als Außenministerin mehr bewirken kann, und das stimmt vermutlich sogar. Als ehemaliger Vizepräsident kann ich bestätigen, dass das eine Rolle mit wenig klar umrissenen Aufgaben ist, was sehr schwierig sein kann. Wie ich ja bereits bei unserem ersten Treffen erwähnt habe, möchte ich, dass meine Vizepräsidentin mir eine echte Partnerin beim Regieren ist. Nach nur wenigen Wochen im Amt bin ich mir bewusst, dass ich bei der Bewältigung all der Aufgaben, die täglich auf mich zukommen, tatkräftigen Beistand brauche. Ich suche keine Vizepräsidentin, um sie auf die billigen Plätze zu verweisen. Ich möchte eine Frau, die bereit ist, sich die Hände mit echter Arbeit schmutzig zu machen."

„Das gefällt mir, Mr President. Ich bin es gewohnt, einen vollen Terminkalender zu haben, schließlich habe ich einen Beruf und meine Kinder. Deshalb fürchte ich, ich würde mich schrecklich langweilen, wenn ich in Ihrer Regierung keine echte Rolle spielen könnte."

„Gut zu wissen. Ich muss Sie noch einmal fragen, ob Sie und Ihre Kinder bereit sind, in die Residenz des Vizepräsidenten auf dem Gelände des Naval Observatory zu ziehen und sich auf den aufdringlichen Schutz durch den Secret Service einzustellen."

„Nachdem ich das erste Mal bei Ihnen war, habe ich lange mit meinen Kindern darüber gesprochen, was sich ändern würde, wenn ich dieses Amt antreten würde. Sie hatten zwar Bedenken in Bezug auf die Privatsphäre und die Sicherheit, aber sie waren sich einig, dass es das Opfer wert wäre, wenn ich diese historische Chance erhalte."

„Dann freue ich mich, Ihnen die Stelle offiziell anbieten zu können, natürlich vorbehaltlich der Zustimmung des Kongresses."

„Ich nehme das Angebot mit großer Dankbarkeit für Ihr in mich gesetztes Vertrauen an und verspreche, Sie werden es nie bereuen, mich gefragt zu haben."

Nick erhob sich, als Zeichen, dass das Gespräch beendet war. „Ich danke Ihnen für Ihr Kommen und freue mich auf die Zusammenarbeit." Nachdem sie sich noch einmal die Hand geschüttelt hatten, fügte er hinzu: „Terry wird sich morgen früh mit Ihnen in Verbindung setzen, um im Laufe des Tages eine Pressekonferenz im East Room zu veranstalten und Sie offiziell als unsere Kandidatin zu präsentieren. Sie können gerne mitbringen, wen auch immer Sie einladen möchten. Terry kann dabei behilflich sein. Wir werden Ihre Nominierung nach den Feiertagen dem Kongress vorlegen."

„Meine Eltern werden überglücklich sein."

Nick brachte sie zur Tür. „Ich freue mich darauf, Sie und Ihre Kinder kennenzulernen."

„Dann bis morgen."

„Ja, bis dann."

Während er ihr nachschaute, hoffte er, eine gute Entscheidung getroffen zu haben. Es war ihm wichtig gewesen, die erste Vizepräsidentin zu ernennen, um in naher Zukunft die Tür für eine Präsidentin zu öffnen.

Er saß wieder am Resolute Desk und suchte gerade die Unterlagen zusammen, die er mit nach oben nehmen wollte, um sie nach dem Abendessen mit der Familie durchzugehen, als sein BlackBerry summte. Andy hatte ihm eine SMS geschrieben.

Ich habe gute Nachrichten. Wir haben einen Richter dazu gebracht, eine Nachrichtensperre für alle an der Sorgerechtssache beteiligten Parteien zu erlassen, und er hat sie auf alle Mitglieder von Cleos unmittelbarer Familie ausgeweitet. Sag Eli, dass sein Geheimnis sicher ist. Ich habe auch eine Notfallanhörung beantragt, um die Angelegenheit vor den Feiertagen zu klären. Jetzt heißt es abwarten und Daumen drücken!

Danke, Andy. Eli wird sehr erleichtert sein, und ich bin es jetzt schon. Halt uns bitte auf dem Laufenden.

Klar.

Nick leitete Andys SMS umgehend an Sam und Eli weiter.

Gute Neuigkeiten!

Gott sei Dank, antwortete Eli.

Dem schließe ich mich an, kam von Sam.

Terry erschien an der Tür. „Im Golf von Suez sind gerade Schüsse gefallen, Mr President. Wir brauchen Sie unverzüglich im Lagezentrum."

Nick seufzte, als er erkannte, dass er die Kinder vor dem Schlafengehen wahrscheinlich nicht mehr sehen würde. So viel zu den Vorteilen des Homeoffice … Aber er fühlte sich viel besser, seit er Andys SMS erhalten hatte.

KAPITEL 18

Cameron überlegte, ob er noch einmal zu Gigi fahren oder einen Abend Pause einlegen sollte, um nicht zu übereifrig zu wirken. Er erwog das Für und Wider, während er sich nach der Arbeit eine heiße Dusche gönnte. Er hatte den ganzen Tag über die Erleichterung darüber verspürt, dass er ihr gesagt hatte, was er für sie empfand, und endlich Gelegenheit gehabt hatte, sie zu küssen.

Wem wollte er eigentlich etwas vormachen? Natürlich würde er am Abend wieder zu ihr fahren, und von nun an wahrscheinlich jeden Abend – wenn sie ihn denn bei sich haben wollte.

Nach der Dusche zog er ein dunkelblaues Henley-Shirt und eine verwaschene Jeans an und nahm seinen Mops Jeffrey an die Leine, bevor er aufbrach, um Abendessen in einem italienischen Restaurant zu holen, von dem sie geschwärmt hatte, als er ihr letzte Woche was von dort mitgebracht hatte. Er hatte beschlossen, dass es an der Zeit war, Gigi und Jeffrey einander vorzustellen, denn wenn die beiden sich nicht verstanden, gab es keine Hoffnung für sie als Paar.

Als er sich auf dem Parkplatz seinem Auto näherte, kam ihm etwas seltsam vor, sodass er nach der Waffe griff, ohne die er nie das Haus verließ. Aus der Nähe sah er, dass alle vier Reifen an seinem Dodge Charger platt waren.

„Verdammter Mist", murmelte er, steckte die Waffe zurück ins Holster und griff nach seinem Handy, um die Zentrale anzurufen. „Hier Detective Green, Dienstmarkennummer 9822. Jemand hat mein Privatauto beschädigt." Er gab seine Adresse in Adams Morgan durch und erhielt die Auskunft, dass Streifenbeamte auf dem Weg waren. Während er wartete, schickte er Sam eine SMS, um ihr zu berichten, was passiert war.

Sie rief ihn sofort an. „Was zum Teufel …?"

„Keine Ahnung", antwortete Cameron. „Ich bin nach der Arbeit nach Hause gefahren, um zu duschen, und war etwa dreißig Minuten hier. Als ich rauskam, waren alle Reifen platt."

„Was gibt es bei dir an Sicherheitskameras?"

„Ich gehe rüber zum Hausmeisterbüro und check das mal."

„Okay, sag mir Bescheid, und lass Archies Team auch unsere Kameras in der Gegend überprüfen."

„Mach ich."

„Ist nur dein Auto betroffen?"

„Ich habe auf den ersten Blick keine anderen beschädigten Fahrzeuge gesehen."

„Also was Persönliches. Hast du eine Idee, wer einen Brass auf dich haben könnte?"

Die jähe Erkenntnis traf ihn wie ein Schlag in die Magengrube. Das würde sie niemals tun. Oder? „Jaycee."

„Deine Freundin?"

„Ex-Freundin. Ich habe deinen Rat befolgt und einige Veränderungen in meinem Leben umgesetzt, angefangen mit einem Schlussstrich unter meiner Beziehung zu ihr. Jaycee hat es nicht gut aufgenommen."

„Was meinst du damit?"

„Sie war stinksauer. Hat behauptet, ich hätte ihr die Ehe versprochen, obwohl das absolut nicht stimmt. Zwischen uns ist nie das Wort ‚Heirat' gefallen. Das schwöre ich bei Gott, Sam. Kein einziges Mal."

„Ich glaube dir, aber ich denke, du musst die Möglichkeit in Betracht ziehen, dass sie gerade ausrastet."

„Ich kann es nicht fassen, dass sie so etwas tun würde."

„Cameron, ich hätte auch nie gedacht, dass mein Ex-Mann versuchen würde, mich umzubringen. Pass bitte auf dich auf. Wenn sie in der Lage ist, dein Auto zu beschädigen, wer weiß, was sie noch alles anstellen könnte?"

„O Gott … Gigi."

„Wie bitte?"

„Ich habe in den letzten Wochen viel Zeit mit ihr verbracht …" Sein Herz schlug so schnell, dass er befürchtete, er könnte zu hyperventilieren beginnen. „Wenn Jaycee mir gefolgt ist …"

„Warte. Ich schicke sofort eine Streife bei ihr vorbei."

Cameron hörte, wie Sam über Funk Streifenpolizisten anwies, unverzüglich zu Gigis Wohnung zu fahren. Von der Dringlichkeit in ihrer Stimme wurde er noch nervöser, weswegen er Gigi eine SMS sandte.

Jemand hat alle meine Reifen zerstochen. Es ist nicht auszuschließen, dass das Jaycee gewesen sein könnte. Sam schickt vorsichtshalber eine Streife zu dir. Wenn jemand außer mir klingelt, mach nicht auf. Bitte antworte, damit ich weiß, dass du das gelesen hast. Es tut mir leid …

Sie schrieb zu seiner großen Erleichterung sofort zurück.

OMG, Cam … Es geht mir gut. Ich lass niemanden rein.

Ich komme zu dir, so schnell ich kann.

Das fehlte ihr gerade noch, nachdem ihr Ex sie erst kürzlich tätlich angegriffen hatte.

Die nächste Stunde verbrachte Cameron damit, mit den uniformierten Kollegen zu reden, einen Bericht zu verfassen und Fragen zu beantworten. „Ich glaube, ich weiß, wer es war, doch solange wir keine Beweise haben, möchte ich ihren Namen nicht nennen", sagte er dem Schichtleiter, der ihm die gleichen Fragen stellte wie der Streifenbeamte. „Die Gebäudeverwaltung sucht gerade die relevanten Aufnahmen der Überwachungskamera zusammen, und sobald ich einen Blick darauf werfen konnte, werde ich Ihnen Bescheid geben, ob ich jemanden wiedererkenne."

„Halten Sie uns auf dem Laufenden."

„Na klar." Er wollte schnellstens zu Gigi, aber er wartete noch zwanzig Minuten, bis die Wachleute das Video überprüft hatten.

„Ich glaube, wir haben hier etwas, Detective Green", meinte der Leiter des Wachdienstes und bat Cameron in sein Büro, damit er sich die Aufnahme selbst ansehen konnte.

Der andere Mann spielte das Video ab, und Cameron beobachtete gespannt, wie ein weißer Nissan Altima neben seinem Auto anhielt. Als die Fahrerin ausstieg, zuckte er zusammen, denn er erkannte die Frau, mit der er ein Jahr zusammen gewesen war, nicht nur an ihrer Größe und Statur, sondern auch an der Art und Weise, wie sie sich bewegte. Dann blickte sie zu dem Reihenhaus, in dem er wohnte, schaute also direkt in die Kamera, bevor sie systematisch alle vier Reifen seines Wagens zerstach.

„Kennen Sie die Frau?", fragte der Wachmann.

„Ja. Das ist meine Ex."

„Ist nicht gut ausgegangen, was?"

„Nein, wir haben gerade Schluss gemacht. Gott sei Dank, wenn das ihr wahres Gesicht ist. Können Sie das für mich auf einen USB-Stick ziehen?"

„Sicher."

Mit dem Stick in der Hand begab sich Cam nach draußen und rief erneut Sam an. „Tut mir leid, dass ich dich noch mal störe, doch ich habe den Videobeweis, dass es Jaycee war."

„Was gedenkst du jetzt zu tun?"

Er dachte kurz darüber nach. Als er zum Parkplatz hinüber-schaute, sah er, dass der Leiter des Streifendienstes noch da war. „Ich glaube, ich werde Anzeige erstatten."

„Das finde ich gut, sonst hört sie am Ende nicht auf."

„Genau das fürchte ich auch."

„Cam, soll ich mich darum kümmern?"

„Ist schon okay. Ich erledige das. Ich wollte dich nur ins Bild setzen."

„Danke. Geht es dir gut?"

„Ehrlich gesagt bin ich verwirrt. Ich hätte mein Leben darauf verwettet, dass sie zu so etwas nicht fähig ist."

„Es ist besser, es jetzt herauszufinden, als nach der Hochzeit."

„Aber echt."

„Du bist ein netter Kerl, Cam, deshalb widerstrebt es dir, ihr die Polizei auf den Hals zu hetzen. Doch was sie getan hat, ist eine Straftat, und dafür muss sie sich verantworten."

„Das sehe ich auch so."

„Lass sie von der Polizei abholen, und ruf mich an, wenn du etwas brauchst."

„Das werde ich. Danke für die Unterstützung."

„Jederzeit, Cam."

Cameron ging zurück zu der Stelle, an der der Leiter des Strei-fendienstes wartete. Er hasste das, was er jetzt gleich würde tun müssen.

„Hatten Sie Glück mit dem Video?"

„Ja. Es war meine Ex-Freundin, Jaycee Patrick."

„Holen wir sie ab?"

Cam schätzte die professionelle Rücksichtnahme, die sein uniformierter Kollege ihm entgegenbrachte. Wenn Cam die Sache nicht weiterverfolgen wollte, dann war das eben so. Aber Sam hatte recht. Was würde als Nächstes kommen, wenn er ihr das durchgehen ließ? „Ja, bitte." Er nannte dem Mann ihre Adresse in Kingman Park und fühlte sich dabei beschissen.

„Wir kümmern uns darum."

„Geben Sie mir Bescheid, wenn Sie sie haben?", fragte Cameron und reichte ihm seine Visitenkarte, auf der seine Handynummer stand.

„Mach ich."

„Vielen Dank, Sergeant."

Mittels einer Handy-App rief Cameron ein Uber, das ihn und Jeffrey zu Gigi brachte. Morgen würde er sich überlegen, wo er neue Reifen herbekam. Was für eine nervige Angelegenheit zu einer ohnehin schon stressigen Zeit! Jetzt, wo der Schock langsam nachließ, war er ernsthaft sauer. Wie hatte er mit einer Frau zusammen sein – und mit ihr schlafen – können, die zu so etwas fähig war? Wie hatte er übersehen können, dass sie ein solches Maß an Rachsucht in sich trug?

Während das Uber ihn zu Gigi brachte, überlegte er, dass er sich vermutlich besser von ihr fernhalten sollte, bis Jaycee in Gewahrsam war. Bei der Vorstellung, Gigi in irgendeiner Weise zu gefährden, besonders nach dem, was sie mit ihrem eigenen Ex durchgemacht hatte, wurde ihm schlecht. Doch er konnte sich nicht dazu durchringen, wegzubleiben. Er würde eben bei ihr bleiben, bis er die Nachricht bekam, dass man Jaycee verhaftet hatte.

Als Cameron bei ihr eintraf, zeigte er den Streifenpolizisten auf dem Parkplatz seine Dienstmarke. „Ich bin Detective Green, ich habe Sie herbeordert."

„Hier ist alles ruhig", meldete einer der Beamten.

„Danke fürs Aufpassen. Ich übernehme ab jetzt."

„Okay."

Wenig später klopfte Cameron an Gigis Tür. „Ich bin's." Eine Reihe von Schlössern wurde entriegelt, ehe sich die Tür öffnete. Cameron war unfassbar froh, Gigi zu sehen.

Sie nahm seine Hand und zog ihn hinein, ehe sie die Tür wieder schloss und verriegelte.

Jeffrey war mit hineingetrottet und begann die fremde Wohnung zu erkunden.

„Geht's dir gut?", erkundigte sie sich und überraschte Cam, indem sie die Arme fest um ihn schlang.

Er erwiderte ihre Umarmung, und die Anspannung, die ihn ergriffen hatte, als er bemerkt hatte, dass seine Reifen platt waren, löste sich. „Ja, alles in Ordnung. Ich bin bloß stinksauer. Die Aufnahmen der Überwachungskamera haben gezeigt, dass es meine Ex war.“

„Verdammt. Das tut mir leid, Cam.“

„Nein, ich sollte mich bei dir entschuldigen. Nach allem, was passiert ist, ist das Letzte, was du brauchst, Angst davor zu haben, dass meine verrückte Ex hinter dir her ist.“

Sie warf ihm einen erzürnten Blick zu. „Ich habe keine Angst.“

Lächelnd beugte er sich für einen kurzen Kuss vor. Doch Gigi hatte andere Vorstellungen. Als sie die Arme um seinen Hals legte und ihre Lippen sich öffneten, streifte ihre Zunge seine Unterlippe und entfachte ein Feuer in ihm. *Geh behutsam mit ihr um*, ermahnte er sich. *Sie ist noch nicht wieder gesund.*

„Gigi“, stöhnte er atemlos. „Warte.“

„Ich will aber nicht warten. Ich will dich küssen. Auf der Stelle.“

Was sollte er da tun? Aus einem Kuss wurden zwei und dann drei, und ehe er sichs versah, lag er auf ihr auf der Couch.

Verärgert darüber, dass man ihn ignorierte, stieß Jeffrey ein Bellen aus, das Cam zum Lachen brachte. „Gigi, das ist Jeffrey. Jeffrey, Gigi“, stellte er sie einander vor.

„Oh, ist der süß.“

Jeffrey setzte sich neben dem Sofa hin, starrte sie an und hechelte.

„Aus, Kumpel. Es ist alles in Ordnung.“

Der Hund seufzte tief und rollte sich auf dem Boden zusammen.

Cameron konzentrierte sich wieder auf Gigi. „Ähm, wir sollten, du weißt schon …“

„Uns weiter küssen“, ergänzte sie. „Definitiv.“

„Oh, da ist jemand aufgewacht“, scherzte er und presste seine Erektion gegen sie.

„Es fühlt sich so schön an, dich zu küssen, Cam. Das will ich schon so lange.“

„Ich auch.“ Nach ein paar Minuten unterbrach Cameron den Kuss allerdings, setzte sich auf und streckte ihr die Hand hin, um ihr aufzuhelfen.

Gigi verzog schmollend die Lippen und ergriff seine Hand. „Mehr Küsse, bitte.“

Er blickte auf ihre verschränkten Finger.

„Was geht dir durch den Kopf?“

„Ich hasse es, dass ich sie verhaften lassen musste.“

„Das war ja kaum zu vermeiden. Sie darf mit so etwas nicht durchkommen."

„Genau das hat Sam auch gesagt. Trotzdem … Ich war ein Jahr mit ihr zusammen, und ich habe gewusst, dass sie manchmal krass drauf sein kann, doch es gab nie einen Hinweis darauf, dass sie sich an fremdem Eigentum vergreifen würde."

„Wenigstens hat sie sich darauf beschränkt. Ich hatte wirklich Angst bei dem Gedanken, dass sie da draußen mit einer Waffe auf dich hätte warten können."

„Ja, ich schätze, ich hatte Glück, dass es nur meine Reifen erwischt hat."

„Sogar großes Glück."

„Ich verstehe nicht, warum ich nicht sagen kann, dass diese Beziehung für mich nicht mehr funktioniert, ohne mir Sorgen machen zu müssen, dass sie auf mich, mein Eigentum oder Leute, die mir wichtig sind, losgeht."

„Menschen sind eben verrückt."

„Du nicht."

„Auch ich trage ein wenig Verrücktheit in mir. Genau wie du, würde ich wetten."

„Vielleicht, aber ich würde dir nie die Reifen aufschlitzen oder dir einen Milzriss verpassen, wenn du mir mitteilst, dass du nicht mehr mit mir zusammen sein willst."

„Nun, selbst wenn ich keine Milz mehr habe, ist das gut zu wissen."

Lächelnd streichelte er ihr Gesicht. „Ich würde dich überhaupt nie verletzen, egal was du sagst, was du willst – oder nicht willst."

„Dito. Ich bin übrigens nicht imstande, Reifen aufzuschlitzen, falls du dich das fragst."

„Auf die Idee wäre ich nicht gekommen, aber es ist gut zu wissen."

„Können wir uns jetzt weiter küssen?"

Mit einem breiten Grinsen erwiderte er: „Wenn es sein muss."

„Es muss. Unbedingt."

Als Sam zu Hause ankam, fand sie die Kinder im Wintergarten im dritten Stock, wo sie mit Eli Jenga spielten.

„Du bist ja noch da", sagte Sam zu ihm, während sie Aubrey und

Alden umarmte und Scotty das Haar verwuschelte. „Ich dachte, du müsstest zurück nach Princeton."

„Erst morgen. Das einzige Seminar, das ich heute hatte, ist ausgefallen, deshalb habe ich beschlossen, noch zu bleiben. Deine Schwestern haben Celia zum Essen eingeladen, also hab ich ihr versprochen, hier die Stellung zu halten."

„Wir freuen uns immer, wenn du da bist, und ich wette, die Kinder tun das auch."

„Ich freue mich total, dass Lijah noch hier ist", rief Aubrey. „Er darf nächste Woche für einen ganzen Monat kommen."

„Das wird ein Riesenspaß", bestätigte Sam und streichelte dem kleinen Mädchen über das feuchte Haar. „Danke, dass du das Baden übernommen hast."

„War mir ein Vergnügen", versicherte Eli. „Ich wünschte, ich hätte häufiger Gelegenheit dazu."

„Ihr werdet bald einen ganzen Monat zusammen verbringen können."

„Ich kann's kaum erwarten."

„Noch kein Lebenszeichen von Dad?"

„Wir haben gehört, dass man ihn gegen sieben ins Lagezentrum gerufen hat", antwortete Scotty.

„Oje", seufzte Sam. „Was ist denn jetzt schon wieder?" Sie hasste das Lagezentrum und alles, was dort vor sich ging.

„Mom, du musst dir anschauen, wie hoch Eli das Jenga kriegt", wechselte Scotty das Thema.

Sam blieb eine Stunde lang bei den Kindern, hörte sich alle möglichen Geschichten über ihren Tag an, zeigte sich beeindruckt von Elis Jenga-Fähigkeiten und freute sich über das schallende Gelächter der Zwillinge, als der Turm schließlich mit einem gewaltigen Krachen zusammenbrach. Gegen neun Uhr steckten sie und Eli die Kleinen ins Bett.

„Noch dreimal schlafen, dann habt ihr Ferien", erinnerte sie sie, als Eli und sie die beiden nach einer kurzen Geschichte ihres großen Bruders endgültig zudeckten.

„Wirst du morgen früh noch hier sein, Lijah?", fragte Alden.

„Versprochen. Wir sehen uns vor der Schule, und dann komme ich am Wochenende wieder." Er gab den beiden einen lautstarken Kuss, worüber sie kichern mussten. „Die zwei sind so verdammt süß."

„Da hast du recht."

Mit angespanntem Gesichtsausdruck massierte er sich den Nacken. „Ich hasse es, dass diese Sorgerechtssache so kurz vor Weihnachten wie ein Damoklesschwert über uns hängt."

„Hoffentlich verhandelt der Richter den Fall schon nächste Woche. Wenn es einen Vorteil hat, im Weißen Haus zu leben, dann ist es der, dass die Leute sich sputen, wenn der Präsident etwas möchte."

„Das hoffe ich. Ich muss leider noch Hausaufgaben machen."

Sam umarmte ihn kurz. „Wir sehen uns morgen früh. Vergiss nicht, was Andy gesagt hat: Du bist im Vorteil, weil dein Vater und Cleo sehr genau wussten, was sie für die Kinder wollten, und das festgehalten haben."

„Ich werde daran denken. Danke für alles."

„Wir lieben euch. Was immer wir für euch tun können, ihr müsst es nur sagen."

„Wir lieben euch auch. Eure Unterstützung ist mir wahnsinnig wichtig."

„Versuch, dich ein bisschen auszuruhen."

„Du auch."

Sie verließ ihn an der Tür seines Zimmers und klopfte bei Scotty.

„Ja, herein."

Sam betrat ein Zimmer, das seinem in der Ninth Street verblüffend ähnlich sah. Im Fernsehen lief das Spiel der Caps, während er Hausaufgaben erledigte. „Du hast ja deine Poster aufgehängt!"

„Dabei hat mir Eli vorhin geholfen."

„Ist ja fast wie daheim."

„Ich fange langsam an, mich hier einzugewöhnen."

Sie setzte sich neben ihn auf die Bettkante. „Das freut mich. Wie war's in der Schule?"

„Ein weiterer ganz normaler Tag im Paradies."

„Der Spruch ist von mir, darauf habe ich das Urheberrecht."

Er verdrehte die Augen. „Wenn du meinst." Nach einer Pause fügte er hinzu: „Darf ich dich etwas fragen?"

„Jederzeit."

„Diese Sorgerechtssache mit den Zwillingen …"

„Mach dir deswegen keine Sorgen."

„Mach ich aber. Das ist total seltsam. Sie leben erst ein paar Monate bei uns, doch es fühlt sich an, als wären sie schon ewig da."

„Ja, oder? Wir empfinden da genauso."

„Wir dürfen sie nicht verlieren", erklärte Scotty mit zitternder Unterlippe.

Sam rutschte näher an ihn heran und umarmte ihn. „Das werden wir auch nicht. Andy meint, wir hätten gute Karten, weil die Eltern der Zwillinge ganz deutlich festgelegt haben, wen sie als Vormund haben wollten. Eli darf allein bestimmen, wo sie leben, und alle wichtigen Entscheidungen für sie treffen."

„Doch wo Dad jetzt Präsident ist, könnte der Richter denken, sie seien in Gefahr oder so."

Seine Besorgnis stimmte Sam traurig und weckte ihre Wut auf die Menschen, die dafür verantwortlich waren. „Die besten Sicherheitsleute der Welt passen auf sie auf."

„Ich liebe unsere Familie", flüsterte Scotty. „Genau so eine habe ich mir immer gewünscht."

„Ich auch, mein Freund. Dad und ich werden dafür kämpfen, dass alles bleibt, wie es ist. Mach dir also bitte keine Gedanken."

„Wie soll das denn gehen? Ich liebe die beiden – und Eli. Zum ersten Mal in meinem Leben habe ich Geschwister. Ich will sie nicht wieder verlieren."

„Das wirst du nicht."

Er hatte sich nicht mehr so fest von ihr umarmen lassen, seit er sich in einen Teenager verwandelt hatte, der mütterliche Zuneigung verschmähte. Doch jetzt klammerte er sich fest an sie.

„Es wird alles gut", beteuerte sie. „Versprochen." Während sie diese Worte sagte, betete sie, dass sie dieses Versprechen tatsächlich würde halten können.

„Hältst du mich auf dem Laufenden?"

„Klar. Versuch lieber, an die schönen Dinge zu denken: Weihnachten steht vor der Tür, wir gönnen uns alle zusammen eine Woche Urlaub in Camp David, was, nach allem, was ich gehört habe, bestimmt sehr lustig wird, und zwei ganze Wochen lang keine Algebra."

„Das ist besser als Weihnachten", pflichtete er ihr bei.

„Tracy, Angela, Celia, Shelby und all die anderen Kinder kommen auch. Ihr werdet so viel Spaß haben!"

„Ich freue mich auch wirklich darauf, aber muss ich an Heiligabend tatsächlich einen Smoking tragen?"

Sie verpasste ihm eine spielerische Kopfnuss. „Das musst du mit deinem Dad besprechen. Er ist der Meinung, dass es schön wäre, Heiligabend formell zu gestalten."

„Widerlich. Das Präsidentenamt ist ihm total zu Kopf gestiegen."

Sam lachte. „Ja, nicht wahr?" In Wahrheit freute sie sich auf die formelle Party mit ihren Freunden und ihrer Familie, doch das konnte sie Scotty nicht sagen. Besonders der Gedanke an das Designerkleid, das ihr Freund Marcus für sie entworfen hatte, ließ ihr Herz höherschlagen. „Bitte sprich mit uns darüber, wie es dir mit dieser Sorgerechtssache geht."

„Das werde ich."

„Und vor allem zerbrich dir nicht den Kopf. Andy kümmert sich darum, und er ist der Beste."

„Ja, ich weiß."

„Willst du noch etwas wissen?"

„Klar."

„Ich habe dich schon sehr geliebt, bevor die Zwillinge zu uns gekommen sind, aber ich liebe dich noch hundert Millionen Mal mehr, seit ich dich als großen Bruder erlebe."

„Großer Bruder sein ist toll – und kleiner Bruder auch. Das ist das Beste."

„Wir werden nicht zulassen, dass irgendetwas das zerstört."

„Danke – dafür und für alles andere."

„Ich liebe dich bis zum Mond und wieder zurück."

Erneut verdrehte er die Augen. „Das sagt man zu Babys."

„Ich habe es aber nicht zu dir sagen können, als du noch ein Baby warst, also werde ich das jetzt nachholen."

„Wenn du meinst."

„Tu ich, und was ich meine, gilt."

„Bin ich froh, dass ich nur dein Sohn bin und nicht dein Untergebener. Der arme Freddie."

„Sehr witzig. Er weiß, was für ein Riesenglück er hat, mit mir zusammenzuarbeiten."

„Ja, klar."

Sam küsste Scotty auf die Stirn und erhob sich. „Bleib nicht zu lange auf."

„In den Ferien bleibe ich die ganze Nacht auf."

„Das habe ich in deinem Alter auch getan. Es hat meinen Vater in den Wahnsinn getrieben."

„Ich vermisse ihn."

„Ja, geht mir genauso. Kannst du dir nicht auch lebhaft vorstellen, wie er mit dem Rollstuhl durch die Flure des Weißen Hauses fährt und sich in alles einmischt?"

„Er hätte es geliebt – und bei den Butlern die Speisekarte rauf und runter bestellt."

„Vor allem der endlose Eisnachschub hätte ihn begeistert."

„Den mag ich auch am meisten."

„So, wie die uns hier mästen, werden wir häufig den Fitnessraum aufsuchen müssen."

„Nur wenn du mitkommst."

„Abgemacht. Setz es auf deine Erledigungsliste für die Ferien. Bis morgen, Kumpel."

„Gute Nacht, Mom."

Mom.

Gott, diese Bezeichnung konnte sie aus seinem Mund gar nicht oft genug hören.

KAPITEL 19

Nachdem sie von Scottys Sorgen über den Sorgerechtsfall gehört hatte, hätte sie am liebsten Cleos Familie ausfindig gemacht und sie wissen lassen, was ihr leichtfertiges Vorgehen unschuldigen Kindern antat. Stattdessen schickte sie Freddie eine SMS.

Hattest du schon die Gelegenheit, die Finanzen der Familien Lawson und Dennis zu überprüfen?

Bin gerade dabei, antwortete er ein paar Minuten später, als sie sich gerade in dem an ihr Schlafzimmer angrenzenden Bad Leggings und T-Shirt anzog.

Sag mir Bescheid.

Wem auch sonst?

Sei nicht so frech, Freddie. Übrigens hat Greens verrückte Ex ihm alle vier Reifen zerstochen.

Ihr Telefon klingelte. Diese Mitteilung hatte ihn dazu gebracht, direkt anzurufen.

„Echt jetzt?"

„Ja. Er hat sie auf den Überwachungsaufnahmen vom Parkplatz vor seiner Wohnung identifiziert."

„Du meine Güte. Das ist ja total daneben."

„Ich erzähle dir jetzt etwas, was du für dich behalten musst."

„Diskretion ist mein zweiter Vorname."

„Cam hat was mit Gigi."

„Mit *unserer* Gigi? Wieso weißt du das und ich nicht?"

„Ja, mit unserer Gigi, und Menschen vertrauen sich mir an, weil ich als Quell der Weisheit bekannt bin."

„Hör bitte auf, sonst wird mir noch schlecht … Also, mit dieser Paarung hätte ich nicht gerechnet."

„Er ist im Krankenhaus aufgetaucht, als sie verletzt war, und ich wusste sofort, dass da was im Busch war. Ich glaube, ich wusste es sogar vor ihm."

„Wie meinst du das?"

„Als ich ihn darauf angesprochen habe, schien er überrascht, dass es jemandem aufgefallen war. Er befand sich in einem Gewissenskonflikt, weil er seit einem Jahr mit Jaycee zusammen war. Beinahe kam es mir so vor, als hätte er jemanden gebraucht, der ihm die Erlaubnis gab, etwas für Gigi zu empfinden."

„Wow, und jetzt will Jaycee ihn fertigmachen. Was ist mit Gigi?"

„Wir haben eine Streife zu ihr geschickt, als ihm klar wurde, wer ihm da die Reifen zerstochen haben könnte."

„Stell dir vor, du wärst so durchgeknallt, dass du so etwas jemandem antust, den du angeblich liebst."

„Ich weiß! Es ist fast so, als würde man versuchen, seine Ex und den Kerl, von dem man sie sechs Jahre lang ferngehalten hat, in die Luft zu jagen."

Er lachte. „Genau. Übrigens waren die Lawsons ein dankbares Ziel in Bezug auf die genauere Betrachtung ihrer Finanzen. Letztes Jahr haben sie Konkurs angemeldet, und die Firma der Familie Dennis steckt ebenfalls in Schwierigkeiten. Ein Kunde hat sie vergangenes Jahr verklagt, und es sieht so aus, als würden sie den Prozess verlieren, was für sie den finanziellen Ruin bedeuten würde."

„Unfassbar. Keiner von denen ist also an den Kindern interessiert. Die wollen nur ihre Kohle. Was für eine widerliche Bande."

„Was hast du mit dieser Information vor?"

„Ich werde sie an Andy weitergeben und ihn bitten, die Offenlegung ihrer Finanzen zu erwirken, um zu beweisen, dass sie gar nicht die Mittel haben, für die Kinder zu sorgen. Danke, dass du das für mich erledigt hast."

„Ich tue alles, was ich kann, um dir zu helfen."

„Auch unethische Dinge?"

„Auch die."

„Gute Nacht, Freddie."

„Dir auch."

Nachdem sie aufgelegt hatte, schrieb sie Andy rasch eine SMS.

Die Lawsons, dieses elende Pack, mussten letztes Jahr Konkurs anmelden, und die Familie Dennis verliert gerade einen Prozess gegen einen Kunden. Es sieht nicht gut für sie aus, also ist diese Sorgerechtsklage praktisch eine Art Spendengala für sie.

Andy reagierte sofort.

Woher weißt du das?

Das kann ich leider nicht preisgeben. Was können wir damit anfangen?

Ich werde eine Offenlegung ihrer Finanzen beantragen.

Ich hatte gehofft, dass du das sagen würdest. Das sind doch nützliche Informationen, oder?

Sie können jedenfalls nicht schaden.

Außerdem haben sie Eli erpresst.

Ja, sie benehmen sich wie die letzten Idioten.

Alle sind total durch den Wind. Es ist herzzerreißend.

Deshalb habe ich eine Dringlichkeitsanhörung beantragt, um die Sache noch vor Weihnachten zu klären. Ich bin zuversichtlich, dass der Richter die Klage abweisen wird, wenn er die hieb- und stichfeste Sorgerechtsverfügung sieht, die Cleo und Jameson erarbeitet haben.

Aber was, wenn nicht?

Dann ziehen wir in den Krieg.

Bei diesem Gedanken bekam Sam Magenschmerzen.

Danke für alles, Andy.

Ich würde ja sagen, du sollst dir keine Sorgen machen, doch ich weiß, das ist sinnlos. Ich melde mich wegen der Dringlichkeitsanhörung.

Danke dir, Andy.

Er antwortete mit einem Daumen-hoch-Emoji.

Sam klappte ihr Handy schneller zu als üblich.

„Oh-oh", meinte Nick von der Tür aus. „Was ist los?"

Der Klang seiner Stimme, der Anblick seines attraktiven, müden Gesichts ... mehr brauchte es nicht, um sie zu beruhigen. Er sorgte dafür, dass es ihr besser ging, einfach indem er ins Zimmer kam. „Scotty und Eli sind total gestresst wegen des Sorgerechtsprozesses."

Nicks tiefer Seufzer sagte alles. „Ich finde es furchtbar, dass die Sache sie – und uns alle – so mitnimmt."

„Geht mir genauso. Freddie und ich haben ein paar Nachforschungen angestellt. Hör dir das an: Die Lawsons mussten letztes Jahr Konkurs anmelden, und die Firma der Eltern steckt in Schwierigkeiten."

„Ach. Also kämen ihnen ihre sagenhaft reiche Nichte und ihr ebenso sagenhaft reicher Neffe jetzt ziemlich gelegen."

„So in etwa. Da wir ihnen nicht unter die Nase reiben können, dass wir das wissen, wird Andy eine Offenlegung ihrer Finanzen beantragen. Er hofft, dass der Richter die Klage abweist, wenn er die Sorgerechtsverfügung sieht, die Cleo und Jameson für die Kinder getroffen haben, hoffentlich schon nächste Woche, wenn Andy diese Dringlichkeitsanhörung durchkriegt."

Nick ließ seine schwere Arbeitstasche noch auf der Türschwelle fallen, nahm seine Krawatte ab, öffnete die obersten beiden Knöpfe seines Hemds und war mit einem Schritt bei ihr, um sie zu küssen. „Das wäre wunderbar. Dann müssten wir uns an Weihnachten nicht mehr damit rumschlagen."

Sam knöpfte sein Hemd ganz auf und fuhr mit den Händen über Nicks Brust und Bauch. Sie spürte durch das T-Shirt, wie sich seine Muskeln anspannten, während sie seinen unverwechselbaren, vertrauten Duft einatmete. „Finde ich auch. Du kommst spät. Ist alles in Ordnung?"

„Nein."

„Willst du darüber reden?"

„Auf keinen Fall. Ich bin am Verhungern. Hast du schon gegessen?"

„Nein, ich bin erst seit etwa einer Stunde zu Hause und hatte gehofft, dass wir das gemeinsam tun."

„Du hattest heute Abend die Trauer-Selbsthilfegruppe. Wie ist es gelaufen?"

„Wirklich gut. Gonzo und sogar Derek waren da."

„Er hat mir gesagt, dass er versuchen würde, es diesmal zu schaffen. Es ging ihm darum, dich zu unterstützen."

„Ja, das war gut. Es war sehr wertvoll, etwas über die Erfahrungen von jemandem zu hören, bei dem der Trauerfall schon eine Weile zurückliegt."

„Ich bin froh, dass er behilflich sein konnte. Lass uns was zu essen bestellen, und dann will ich dir meine Überraschung zeigen."

„Ich kann es kaum erwarten."

Sie riefen im Büro des Butlers an, um sich nach dem Abendessen zu erkundigen.

„Der Koch hat in Erwartung Ihres Anrufs Lachs und Risotto mit Spargel zubereitet", sagte LeRoy. „Wir können das Essen servieren, wann immer Sie bereit sind."

Als Sam das hörte, lief ihr das Wasser im Mund zusammen. „Klingt großartig."

„Ich bringe es gleich rauf."

„Danke."

„Es ist mir ein Vergnügen, Ma'am."

Sie legte das Haustelefon weg und drehte sich zu Nick um, der sich bis auf die Boxershorts entkleidet hatte. „Wenn ich mich das nächste Mal darüber beschwere, dass ich First Lady bin, erinnere mich bitte an den Lachs und das Risotto, die schon auf uns gewartet haben, als ich angerufen habe."

Er lächelte. „In Ordnung. Die Butler sind wirklich das Beste an dem Leben hier."

Sam ging zu ihm und strich über ihre Lieblingsmuskeln. „Sie sind sogar noch besser als der Swimmingpool und die Bowlingbahn."

Er senkte den Kopf und küsste sie auf den Hals. „Eine Million Mal besser."

Sie ließ die Hände über seinen Rücken gleiten und legte sie auf seinen Po.

„Fang nichts an, was wir nicht vor dem Abendessen beenden können."

Sie rieb sich unverhohlen an seiner Erektion. „Hält die sich bis nach dem Dessert?"

Er schloss sie in die Arme und antwortete: „In deiner Nähe hält sie ewig."

„Das hier und die Zeit mit den Kindern, das ist immer das Schönste an meinem Tag."

„Finde ich auch. Es tut mir so leid, dass ich sie vor dem Schlafen-gehen nicht mehr gesehen habe."

„Scotty ist noch wach, wenn du bei ihm vorbeischauen möchtest. Ich habe mit ihm über den Sorgerechtsprozess gesprochen, was ihn hoffentlich ein wenig beruhigt hat."

Nick löste sich von ihr und gab ihr einen kurzen Kuss. „Ich gehe vor dem Abendessen noch rasch zu ihm." Er betrat den begehbaren Kleiderschrank und kam in einer Jogginghose und seinem alten Lieblings-Harvard-T-Shirt zurück.

Selbst so angezogen war er der sexyste Mann, den sie kannte.

„Ich bin gleich wieder da."

„Du findest mich hier."

„Darauf verlasse ich mich."

Als er eine Viertelstunde später zurückkehrte, war das Abendessen da, und Sam hatte die Kerzen angezündet, die LeRoy auf den Tisch gestellt hatte. Sie schätzte die Liebe des Butlers zum Detail.

„Das ist schön", erklärte Nick, als er ihr gegenüber Platz nahm.

Sam goss ihnen beiden Weißwein ein. „Wie geht es Scotty?"

„Ganz gut. Er hat gesagt, es habe geholfen, mit dir darüber zu sprechen und zu wissen, dass Andy alles tut, was er kann, um die Sache aus der Welt zu schaffen."

„Ich hasse es, dass er und Eli so darunter leiden."

„Ja, und zu wissen, dass das Motiv im Hintergrund vermutlich Geld ist, macht mich wütend."

„Mich auch."

Das Abendessen war so köstlich, wie es geklungen hatte, und der Wein half ihnen, den Tag zu vergessen.

„Ich bin jetzt bereit für meine Überraschung."

„Kaum zu glauben, dass du es so lange ausgehalten hast, ohne dass ich sie dir zeigen musste."

„Nur weil ich so hungrig war. Jetzt, da ich gegessen habe, habe ich keine Geduld mehr."

„Dann schwing dich mal in ein sexy Outfit."

„Was?", fragte sie und deutete auf ihr T-Shirt. „Ist das nicht sexy genug?"

„An dir sieht alles sexy aus, aber dafür willst du dich rausputzen."

„Herausforderung angenommen." Sie stand auf und betrat den begehbaren Kleiderschrank, um ein Kleidungsstück anzuziehen, das sie eigentlich für den bevorstehenden Urlaub gekauft hatte. Aktuell ließ sie alles zu ihrer Schwester Tracy schicken, damit nicht irgendein armer Angestellter des Weißen Hauses das Paket mit der Reizwäsche für die First Lady öffnen musste.

Als sie sich in die komplizierte Kreation kämpfte, musste sie beim Gedanken daran grinsen, dass das passieren könnte. Was zum Teufel hatte sie sich dabei gedacht, etwas mit so vielen Riemen und Schnallen zu bestellen? Bis sie es anhatte, lief ihr ein Schweißtropfen den Rücken hinunter. Sie trug die von Nick geliebte Vanille-Lavendel-Lotion auf und schlüpfte in den schwarzen Seidenmorgenmantel, den er ihr im Oktober zum Geburtstag geschenkt hatte.

Als sie wieder ins Schlafzimmer trat, stellte sie fest, dass er die Kerzen gelöscht hatte, aber nirgends zu sehen war. Etwas auf dem Boden sprang ihr ins Auge.

Das Blütenblatt einer Rose.

Oh, das Spiel hat begonnen, dachte sie und lächelte, als sie ihr Handy nahm, es in die Tasche ihres Morgenmantels steckte und der Spur nachging, die er ihr bis zur Treppe in den dritten Stock gelegt hatte. Oben lief sie am Wintergarten vorbei zu einer verschlossenen Tür, die auf dem gleichen Flur lag wie Celias Wohnbereich, nur weiter hinten.

Obwohl sich alles um uns herum verändert, bleiben einige Dinge gleich, dachte Sam, während sie den Rosenblättern bis zu der Tür folgte, an der die Spur endete. Ihr Herz klopfte vor Aufregung und Vorfreude, als sie die Tür öffnete, woraufhin ihr sofort der Kokosnussduft der Kerzen aus ihrem Dachboden-Strandidyll zu Hause in die Nase stieg.

Lächelnd betrachtete sie ihren umwerfenden Ehemann, der ausgestreckt auf der Doppelliege lag, die er gekauft hatte, um sie an ihre Flitterwochen in Bora Bora zu erinnern. Als sie die Tür hinter sich schloss, sagte sie: „Ich suche den Präsidenten. Unten läutet das Bat-Telefon."

„Lügnerin." Er grinste und deutete auf das Telefon, das auf einem Tisch neben der Doppelliege stand. „Die finden mich überall."

„Tja, das ist unschön."

„Wie recht du hast." Er streckte die Hand nach ihr aus. „Sosehr sich auch alles verändert hat, manche Dinge bleiben gleich."

Sam legte ihr Handy auf den Tisch, ehe sie seine Hand nahm. „Komisch, ich habe gerade dasselbe gedacht, als ich der Spur gefolgt bin, die du für mich gelegt hast."

„Hauseigene Floristen zu haben ist in solchen Momenten sehr praktisch."

„Du hast ihnen bestimmt gewaltig den Tag versüßt, als du um Rosenblütenblätter gebeten hast."

Er zog sie an sich. „Sie haben sich über eine direkte Anfrage aus dem Oval Office gefreut."

Sam küsste ihn auf die nackte Brust, den Hals und schließlich die Lippen. „Ich finde es toll, dass du einen Weg gefunden hast, unseren Dachboden hierher zu importieren."

„Der ist für uns zu wichtig, um ohne auszukommen."

„Stimmt."

„Jeder Tag hier erscheint mir verrückter als der davor. Ständig Besprechungen, Pflichten, Fotos, Interviews, Krisen … Jede Entscheidung ist superwichtig. Die anderen schaffen es gar nicht bis zu mir. Nur die großen, und die haben alle jede Menge Konsequenzen." Während er sprach, streichelte er ihren Arm und ihren Rücken. „Weißt du, was mir hilft, das alles durchzustehen?"

„Was?", fragte sie, obwohl sie es wusste, denn ihre Antwort auf diese Frage war immer die gleiche.

„Du, das hier, wir, unsere Familie. Es ist die Belohnung, das, wofür sich der ganze Stress lohnt."

„Genau. Ich kann es kaum erwarten, eine ganze Woche mit dir, den Kindern und meinen Schwestern, Nichten und Neffen, Shelby, Avery und Noah zu verbringen."

„Du weißt, dass ich selbst dort werde arbeiten müssen?"

„Ja, trotzdem wirst du auch Freizeit haben."

„Ich freue mich ebenfalls sehr darauf, Sam. Die letzten Monate waren unwirklich. Angesichts des Verlusts deines Vaters, mit den Zwillingen und Eli, die in unser Leben getreten sind, und meinem Jobwechsel …"

Sam lachte. „Dein Jobwechsel? Das klingt so harmlos, als wäre es eine kleine Beförderung gewesen, dabei war es *die* Beförderung schlechthin."

„Es war schon heftig, vor allem weil wir unser Haus verlassen mussten, gerade als die Kleinen sich dort eingelebt hatten. Trotz alledem sind wir der Kitt, der alles zusammenhält, und solange wir das hier haben", sagte er und schob einen Oberschenkel zwischen ihre Beine, „kann ich mit dem Rest umgehen."

„Das gilt auch für mich, Babe", pflichtete ihm Sam bei, gerührt von seinen Worten. „Wenn jemand wüsste, wie oft ich an dich denke, wenn ich nicht bei dir bin, würden sie sich gnadenlos über mich lustig machen."

„Ich habe genau das gleiche Problem. *Saturday Night Live* wird übrigens demnächst die Schauspieler vorstellen, die uns während meiner Amtszeit darstellen werden, und der erste Sketch wird wohl unsere offensichtliche Zuneigung zueinander thematisieren."

„O Gott. Ich kann mir lebhaft vorstellen, wie sie das überzeichnen werden. Wann soll das laufen?"

„Ich bin nicht sicher. Die Sendung sollte eigentlich diese Woche ausgestrahlt werden, wurde jedoch aus Rücksicht auf die Opfer in Des Moines verschoben."

Beim Gedanken an die Tragödie seufzte Sam tief.

„Aber genug von allem, was nicht das Hier und Jetzt betrifft." Er küsste sie, während er am Knoten ihres Morgenmantelgürtels nestelte. Er schob eine Hand hinein und hielt inne, als er nackte Haut und Satin spürte. „Was haben wir denn hier?"

„Ach, das alte Ding? Das habe ich für den Urlaub gekauft."

Nick zog die Hand zurück. „Ich brauche eine vollständige Demonstration, und dann muss ich wissen, wie du es gekauft hast und ob es einen internationalen Zwischenfall verursachen wird."

Lachend erhob sich Sam auf die Knie und streifte den Morgenmantel ab, sodass er einen Blick auf das „Ding" werfen konnte, das kaum etwas verbarg. Schwarze Satinstreifen bedeckten ihre Brustwarzen und verliefen kreuz und quer über ihren Unterleib, bevor sie zwischen ihren Beinen in einem Schnappverschluss endeten.

„Wow!" Nick stieß einen leisen Pfiff aus, wobei er sich auf einen Ellbogen stützte, um sie genauer zu betrachten. „Das ist das schärfste Teil, das ich je gesehen habe, und ich habe eine Menge scharfe Teile gesehen, seit ich dich wiedergefunden habe."

„Ich dachte mir, dass es dir vielleicht gefällt."

„Das ist untertrieben – ich liebe es. Komm mal her, damit ich's mir besser anschauen kann."

Sam rutschte auf den Knien über die Matratze, bis sie sich direkt neben ihm befand. „Nah genug?"

Er schüttelte den Kopf und zog sie auf seinen erregten Körper. „Selbst das ist noch nicht nah genug. Ich bin dir nie nah genug."

„Es geht noch näher", antwortete sie und griff nach unten, um das Kleidungsstück – wenn man es denn so nennen konnte – zu öffnen.

„Find ich gut."

„Ich finde das auch gut." Sie richtete sich auf und nahm ihn mit einer geschmeidigen Bewegung bis zum Anschlag in sich auf, was sie beide zum Stöhnen brachte.

„Wie nah ist dieses Zimmer noch mal an Celias?", fragte Sam. „Nur fürs nächste Mal ..."

„Sie schläft drei Türen weiter."

„Das müsste weit genug weg sein, dass man sich nicht zurückhalten muss."

Er legte die Hände auf ihre Brüste und strich mit den Daumen über die Seide, die nur knapp ihre Brustwarzen bedeckte. „Du sollst dich auch nicht zurückhalten. Ich will dich laut und enthemmt."

„Wir sind auch nicht direkt über Elis Zimmer, oder?"

„Nein. Darauf habe ich geachtet. Wir sind hier sicher."

„Sicherer als daheim zumindest, wo am Fuß der Treppe der Secret Service stand."

„Das stimmt." Er legte ihr die Hände auf die Hüften. „Was wirst du jetzt, wo du mich da hast, wo du mich haben willst, mit mir anstellen?"

„Ich weiß noch nicht", entgegnete sie mit einer kleinen Bewegung, die ihm ein scharfes Aufkeuchen entlockte. „Vielleicht ein wenig hiervon." Sie steigerte ihr Tempo, um es unmittelbar darauf wieder zu verlangsamen. „Oder hiervon." Sie erhob sich und ließ ihn fast aus sich herausgleiten, bevor sie sich wieder auf ihn senkte. „Irgendwelche Vorlieben, der Herr?"

„Ich finde alles toll. Die Entscheidung überlasse ich daher der Dame."

„Hmm … Lass mich mal nachdenken …" Sie merkte, dass sie ihn überraschte, als sie sich wieder aufrichtete und ihm den Rücken zuwandte. „Hier, mal was Neues."

„Ich mag neue Dinge."

Sie hatte von der „umgekehrten Reiterstellung" gelesen, aber sie hatte sie noch nie ausprobiert. Als sie ihn aus dem neuen Winkel in sich aufnahm, war sie sich nicht sicher, ob es ihr gefiel, bis er etwas tief in ihr berührte und sie nach Luft schnappte. Sie beugte sich vor, die Hände auf seinen Oberschenkeln, und bewegte sich vorsichtig, bis sie einen Rhythmus gefunden hatte.

Dann waren seine Hände auf ihrem Hintern, drückten, kneteten und machten sie verrückt, während sie ihn auf einen wilden Ritt mitnahm, bei dem ihre Oberschenkelmuskeln vor Anstrengung protestierten. Sie würde morgen Muskelkater haben.

„Die Aussicht ist herrlich", sagte er und brachte sie zum Lachen und dann zum Stöhnen, als er seinen Daumen gegen ihren Hintereingang drückte.

Der Druck allein reichte aus, um einen heftigen Orgasmus auszulösen, der auch ihn mitriss.

„Komm her, meine kleine Reiterin." Er half ihr von sich herunter und zog sie neben sich. „Das war großartig."

„Schön, dass es dir gefallen hat. Bei dir bin ich einfach am besten."

Sein schallendes Lachen ließ sie lächeln. „Meine Frau steckt voller Überraschungen." Er fuhr einen der Riemen nach, die quer über ihren Rücken verliefen. „Jetzt sag mir, wie du das gekauft hast und ob mein Pressereferent morgen Fragen danach wird beantworten müssen."

„Ich habe es zu Tracy schicken lassen, und sie hat es mir noch in dem Karton, in dem es versendet worden ist, mitgebracht."

„Ah, gute Idee. Der Rest der Welt muss ja nicht unbedingt wissen, was für eine erotische, verführerische Frau die First Lady ist."

„Als erotische, verführerische Frau habe ich mich vor dir nie gefühlt."

„Ich hasse es, dass es überhaupt andere Männer in deinem Leben gegeben hat."

„Geht mir mit Frauen und dir genauso. Dabei weiß ich darüber gar nicht so genau Bescheid."

Er kniff sie in den Po. „Du weißt aber, dass keine vor dir von Bedeutung war."

„Trotzdem weißt du von Peter und Archie … Ich hingegen weiß fast nichts über deine Frauen vor mir."

„Sind die denn so wichtig?"

„Nein, da ist eben nur diese seltsame Lücke. Ich bin keine Idiotin. Mir ist klar, dass es andere vor mir gegeben hat."

„Ein paar, allerdings kann dir keine auch nur annähernd das Wasser reichen."

Sam hatte keine Ahnung, warum sie das so beschäftigte. Es gab wirklich keinen Grund, sich darüber Gedanken zu machen, für wen er sich in der Vergangenheit interessiert haben könnte. „Nicht so wichtig. Ich frage mich bloß manchmal, wer sie wohl waren, das ist alles."

„Solche Fragen brauchst du dir nicht zu stellen." Nick drehte sich auf die Seite und steckte ihr eine Haarsträhne hinters Ohr. „Manchmal habe ich das Gefühl, der erste Teil meines Lebens sei offiziell zu Ende, und der Rest hat vor zwei Jahren begonnen, als ich John tot aufgefunden habe und du in seine Wohnung spaziert bist, um in dem Fall zu ermitteln. Alles davor ist wie ein verschwommener Schwarz-Weiß-Film. Dafür ist alles danach in Technicolor und 4K."

„Du solltest wirklich über eine Zukunft in der Politik nachdenken. Wie du mit Worten umgehen kannst …"

Lächelnd erwiderte er: „Nur wenn ich von der Liebe meines Lebens spreche, die mir die Buntheit, den Spaß, die Liebe und die

Familie beschert hat, nach denen ich mich gesehnt habe. Sie ist das Geheimnis hinter allem."

„Wer ist sie, und wie kann ich sie aus dem Weg räumen lassen?"

Sein Lachen ließ seinen gesamten Körper erbeben. „Du weißt ja, für mich gibt es nur dich. Jetzt lass den Unsinn, und küss mich."

Sie wollte seinem Wunsch gerade nachkommen, als ihr Telefon klingelte und sie aufstöhnte. „Ich hoffe, das ist nicht die Zentrale."

Nick reichte ihr das Handy vom Nachttisch. „Ich fürchte doch."

KAPITEL 20

Sam nahm ihm das Smartphone aus der Hand. „Verfluchter Drecksmist. Ich habe bereits einen absurden Fall, den ich vermutlich nicht vor den Feiertagen werde lösen können." Sie klappte ihr Handy auf, um den Anruf entgegenzunehmen. „Holland."

„Lieutenant, gerade ist eine Meldung über einen Mord in Spring Valley reingekommen." Die Telefonistin der Zentrale nannte ihr eine Adresse, bei der Sam ein Schauer über den Rücken lief, denn dort war sie erst gestern gewesen. Sie hoffte, dass es nur das war: ein großer, fetter Zufall. „Ich bin schon auf dem Weg. Bitte informieren Sie auch Detective Carlucci und Sergeant Gonzales."

„Jawohl, Ma'am."

Sam beendete das Gespräch und rief dann die Nummer an, die man ihr dafür gegeben hatte, nach Feierabend einen Secret-Service-Mitarbeiter anzufordern. „Ich muss zur Arbeit", erklärte sie dem diensthabenden Beamten.

„Ihre Personenschützer erwarten Sie in Kürze draußen, Ma'am."

„Richten Sie ihnen aus, sie haben zehn Minuten."

„Jawohl, Ma'am."

„Danke."

„Du hast keine Ahnung, wie froh und dankbar ich bin, dass du diese Entscheidung getroffen hast, Babe", sagte Nick, nachdem sie das Telefon mit einem befriedigenden Knall zugeklappt hatte.

„Ich versuche, den Personenschutz zu einem Teil meiner Routine zu machen."

„Danke dafür.“

Sam zuckte die Achseln. „Wenn es dich beruhigt, ist das ein geringer Preis. Ich muss zugeben, ich bemerke sie tagsüber kaum.“

„Freut mich, dass du damit zurechtkommst.“

„Der Mord hat … bei den Thorns stattgefunden.“

Nick riss die Augen auf. „Im Haus des Typen, der die Bilder von der Party gepostet hat?“

„Genau.“

„Oh, Mist.“

„Das gibt garantiert einen Skandal, denn wir haben ihn ja gerade verklagt.“

„Wenn es einen Skandal gibt, dann werden wir damit fertig. Hältst du mich auf dem Laufenden?“

„Klar.“ Sam beugte sich vor und küsste ihn. „Danke.“

„Danke dir, mein sexy Cowgirl.“

„Yee-haw!“

„Was das Outfit angeht … Davon hätte ich gerne mehr.“

Sam stand auf, um ihren Morgenmantel anzuziehen. „Mal sehen, ob ich das hier noch toppen kann.“

„Ja, bitte.“

„Vergessen Sie nicht, Ihre Rosenblüten wegzuräumen, Mr President, sonst gibt es Gerede beim Reinigungspersonal.“

„Ich kümmere mich darum. Pass da draußen auf dich auf, Samantha. Ich liebe dich wahnsinnig.“

Sie war bereits dabei, den Raum zu verlassen, kehrte aber zu ihm zurück, um ihn noch einmal zu küssen. „Nick, ich liebe dich auch wahnsinnig, und ich bin immer vorsichtig. Ich habe so viel, wofür es sich zu leben lohnt.“ Nach einem weiteren Kuss sagte sie: „Schlaf ein bisschen.“

„Ich werd’s versuchen.“

Das Letzte, was sie wollte, war, ihn jetzt zu verlassen, doch sie versuchte, bei jedem Mord zum Tatort zu kommen, selbst wenn das bedeutete, ihren Mann allein zu lassen, statt neben ihm zu schlafen. Ihre Arbeit machte vor nichts halt – nicht einmal vor dem Präsidenten.

～

Als Sam über der Leiche des erschlagenen Bryson Thorn stand, wurde ihr klar, dass sie diesen Fall abgeben musste. Gut, dass sie in weiser Voraussicht Gonzo zum Tatort gerufen hatte.

„Was haben wir?", fragte er, als er eintraf. Carlucci, die Sam ebenfalls angefordert hatte, wurde noch bei der Aufklärung eines sexuellen Übergriffs gebraucht.

„Bryson Thorn, einundvierzig. Seine Frau hat ihn hier im Garten gefunden, als sie vom Abendessen mit Freundinnen nach Hause gekommen ist. Da drüben ist sie." Sam nickte in Richtung der hysterischen Frau, die auf dem Sonnendeck von zwei Streifenbeamten getröstet wurde. „Nick und ich haben ihn gerade erst verklagt, weil er mit der Weitergabe von Fotos von Nick auf der Geburtstagsparty der Zwillinge gegen die Bedingungen der Vertraulichkeitsvereinbarung verstoßen hat."

„Oh, verdammt."

„Deshalb musst du die Ermittlungen leiten."

„Klar, kann ich machen. Was wissen wir bisher?"

„Noch gar nichts. Seine Frau konnte ihn im Haus nicht finden, also ist sie nach draußen gegangen, um zu sehen, ob er im Pool war, und hat ihn hier drüben entdeckt."

„Hier muss es doch irgendwo Kameras geben."

„Das wäre auch meine nächste Frage gewesen."

„Hältst du kurz die Taschenlampe, damit ich fotografieren kann?"

„Sicher."

Nachdem er die Leiche aus allen Blickwinkeln abgelichtet hatte, erklärte Gonzo: „Ich übernehme ab jetzt."

„Danke", antwortete Sam, die frustriert darüber war, dass sie sich in diesem Fall zurückhalten musste, aber das Letzte, was sie gebrauchen konnten, war eine Klage wegen Interessenkonflikten. Sie kehrte zu ihrem Auto zurück und rief Nick vom BlackBerry aus an.

„Haben wir uns nicht gerade gesehen?"

„Ja, schon, und du wirst mich sehr bald wiedersehen. Das Opfer ist Bryson Thorn, deshalb habe ich Gonzo gebeten, die Leitung der Ermittlungen zu übernehmen. Ich wollte dich nur vorwarnen, damit es dich nicht unvorbereitet trifft, wenn bekannt wird, dass jemand den Kerl, den wir verklagt haben, umgebracht hat."

„Ich sage sofort Christina Bescheid."

„Tut mir leid, dass ich dir das jetzt auch noch aufbürden muss."

„Ist ja nicht deine Schuld. Du warst das ja schließlich nicht. Oder?"

„Sei still! Sag so etwas nicht, solange die NSA mithört."

„Die hört nicht mit."

„Darauf würde ich nicht wetten."

Er lachte: „Bis bald. Der Abend wird immer besser."

„Nicht für Bryson Thorn."

„Was ihm zugestoßen ist, tut mir wirklich leid, aber nicht, dass wir ihn verklagt haben."

„So sehe ich das auch. Bis gleich."

„Ich geh nicht weg."

Sam beendete das Telefonat und rief dann von ihrem Klapphandy aus Captain Malone an.

„Hey." Es klang, als hätte sie ihn geweckt. „Was gibt's?"

„Wissen Sie noch, wie ich Ihnen erzählt habe, dass Nick und ich den Kerl verklagen würden, der unter Verstoß gegen die Vertraulichkeitsvereinbarung Fotos von Nick auf der Party der Zwillinge veröffentlicht hat?"

„Ja, und?"

„Jemand hat ihm den Schädel eingeschlagen."

„Verdammt."

„Ich habe Gonzo mit dem Fall betraut."

„Gute Entscheidung."

„Ich wollte Sie nur informieren, weil es schon ein wenig seltsam ist, dass er tot aufgefunden wird, kurz nachdem Nick und ich Klage gegen ihn eingereicht haben."

„Sie müssen sich von diesem Fall fernhalten."

„Deshalb habe ich ja Gonzo die Leitung der Ermittlungen übertragen. Ich habe alle Hände voll mit Pam Tappen zu tun, komme da allerdings nicht wirklich weiter."

„Dann fangen wir morgen früh eben wieder von vorne an. Was anderes: Der Chief hat mich heute Nachmittag gebeten, mit Ihnen über die Wiederaufnahme von Stahls Fällen zu sprechen."

„Ja, und?"

„Er ist dagegen."

Das schockierte Sam. „Warum das denn?"

„Weil wir in den letzten Monaten so viel schlechte Presse bekommen haben, wie wir nur verkraften können. Wenn bekannt wird, dass wir einen Haufen schlecht bearbeiteter ungeklärter Fälle überprüfen, ist das nicht die Sorte Publicity, die wir brauchen."

Sam war fassungslos. „Jeannie arbeitet an einem Vermisstenfall, bei dem Stahl nichts unternommen hat, um ein junges Mädchen zu finden. Wollen Sie sagen, dass wir damit aufhören sollen?"

„Genau das will ich sagen."

„Das kann ja wohl nicht Ihr Ernst sein."

„Doch, und der Chief sieht das genauso. Das absolut Letzte, was wir jetzt brauchen, ist eine Berichterstattung über all den Mist, den wir im Laufe der Jahre verbockt haben."

„Was ist mit der Familie des verschwundenen Kindes? Schulden wir der nichts?"

„Wir können sie nicht alle retten."

„Aber wir können es verdammt noch mal wenigstens versuchen!"

„Die Anweisung stammt von ganz oben. Wenn Sie ein Problem haben, müssen Sie das mit dem Chief besprechen – und ich würde Ihnen empfehlen, dabei behutsam vorzugehen. Er hat keinen Zweifel daran gelassen, dass er diese Wiederaufnahmen nicht will. Der FBI-Bericht steht im Januar an, und er dürfte extrem negativ ausfallen. Wir können nicht noch mehr Probleme gebrauchen. Nicht jetzt."

Der Gedanke, die Überprüfung der ungeklärten Fälle, die Stahl nicht bearbeitet hatte, aufgeben zu müssen, machte Sam das Herz schwer.

„Ich weiß, das wollen Sie jetzt nicht hören, aber er hat recht. Angesichts des FBI-Berichts, der Verurteilung von Stahl, der anhängigen Anklagen gegen Conklin und Hernandez, der Entlassung von Ramsey und der Klärung des Worthington-Falls an einem einzigen Nachmittag, nachdem er aus Nachlässigkeit so lange ungeklärt geblieben ist, haben die Medien die Polizei, den Chief und alle, die für ihn arbeiten, hart kritisiert. Unser stellvertretender Polizeichef sitzt in Haft, weil er Informationen über Schüsse auf zwei Kollegen zurückgehalten hat. Das wird uns noch jahrelang anhaften. Die Moral in der Truppe ist bereits auf der Kippe. Wir brauchen nichts, was die Situation weiter verschlechtert."

Sam seufzte. Obwohl sie nachvollziehen konnte, warum er und der Chief dieser Auffassung waren, konnte sie es nicht ertragen, dass es Fälle gab, um die sich Stahl nicht einmal ansatzweise gekümmert hatte. Sie startete ihren BMW und fuhr vom Haus der Thorns weg, überließ den Fall Gonzo.

„Sagen Sie mir, dass Sie das kapieren", verlangte Malone.

„Natürlich, auch wenn es mir nicht gefällt."

„Uns gefällt es auch nicht. Wir hassen es, dass Stahl geschludert und sich wenig oder gar nicht um seine Fälle gekümmert hat. So sind wir nicht, weder als Polizisten noch als Menschen, doch leider denken nicht alle Kolleginnen und Kollegen so. Dass Sie trotz des Präsidentenamtes Ihres Mannes weiterarbeiten, gibt uns die Möglichkeit, das Bild der Polizei in der Öffentlichkeit geradezurücken. Ihr Auftritt in der *Today*-Show ist sehr gut angekommen, und die Selbsthilfegruppe erzeugt landesweit Aufmerksamkeit. Das ist die Publicity, die wir jetzt brauchen, ebenso wie der Schub an Mitgefühl, den wir für den Prozess gegen Arnolds Mörder erhalten werden, und da passt ein weiterer ungeklärter Fall, den wir binnen zwei Tagen lösen, weil wir uns endlich entschieden haben, uns darum zu kümmern, nicht ins Bild."

„Aber das Lösen ungeklärter Fälle ist doch gute PR für die Polizei. Es demonstriert nach außen, dass wir niemals aufhören, nach Antworten zu suchen."

„In diesem Fall demonstriert es lediglich, dass wir Beamte in Führungspositionen hatten, die nicht mal das absolute Minimum für die Opfer oder ihre Angehörigen getan haben. Genau solche Geschichten können wir uns im Moment nicht leisten. Wir erteilen einer Wiederaufnahme von Stahls Fällen ja keine kategorische Absage. Sie kann nur nicht jetzt stattfinden, wo Stahl gerade wegen versuchten Mordes in den Knast gewandert ist und Conklin und Hernandez im Fall Ihres Vaters vor Gericht stehen."

Sam hatte noch viel mehr dazu zu sagen, aber sie war in der Lage, es zu erkennen, wenn sie gegen Windmühlen kämpfte. „Okay, ich verstehe. Es passt mir nicht, doch ich verstehe Ihre Argumente. Lassen Sie den Chief wissen, dass wir die Überprüfung der ungelösten Fälle zurückstellen werden."

„Danke. Das wird er zu schätzen wissen."

„Ich möchte auch zu Protokoll geben, dass ich dagegen bin, dass wir während des Prozesses die Mitleidsnummer abziehen."

„Wir werden die Mitleidskarte nicht aktiv spielen, trotzdem werden wir davon profitieren. Das liegt einfach in der Natur der Sache. Das wissen Sie, Sam."

„Manchmal ist diese Welt einfach zu beschissen, als dass ich es ertragen könnte. Wie konnte Stahl einfach nichts tun, um ein vermisstes junges Mädchen zu finden? Wie konnte er damit leben?"

„Ich weiß es nicht, und ich bin froh, dass ich keine Ahnung habe, wie es ist, so eine Person zu sein. Er wird für den Rest seines Lebens im Knast sitzen und über die vielen Möglichkeiten nachdenken, wie er ein besserer Mensch hätte sein können."

„Daran wird er keinen Gedanken verschwenden. Er wird sauer darüber sein, dass allein die Tatsache, dass es mich gibt, sein Leben ruiniert hat."

„Da haben Sie vermutlich recht. Stahl ist zu Selbstreflexion gar nicht in der Lage."

Sam lachte humorlos. „In der Tat."

„Noch eine Neuigkeit, dann lasse ich Sie in Ruhe. Die Anklage gegen Ramsey lautet auf Vandalismus und Einbruch."

Einbruch war keine Kleinigkeit. „Wow. Forrester macht keine Gefangenen."

„Der Chief hat den Bezirksstaatsanwalt gebeten, Ramsey die volle Wucht des Gesetzes spüren zu lassen. Er will sicherstellen, dass er verurteilt wird, damit wir nicht gezwungen sind, ihn zurückzunehmen, wenn er wegen irgendeiner Formalität freigesprochen wird."

„Das wäre gut."

„Wir sind uns alle einig, dass Sie vorsichtig sein müssen, Sam. Er wird Ihnen die Schuld an allem geben, was in seinem Leben schiefgelaufen ist."

„Ich weiß", seufzte Sam. „Allmählich wird es zermürbend, als Sündenbock für Männer herzuhalten, die ihren eigenen Mist nicht auf die Reihe kriegen."

„Das kann ich mir lebhaft vorstellen, aber die Bedrohung ist nichtsdestotrotz real. Was anderes – wie hält sich Gonzales im Vorfeld des Prozesses?"

„Den Erwartungen entsprechend. Er sagt, er sei bereit und freue sich darauf, es endlich hinter sich zu bringen. Ihm geht es nur um Gerechtigkeit für Arnold. Er versichert mir, dass er sich erholt hat und keinen Rückfall zulassen wird. Ich behalte ihn dennoch im Auge, und es wird ihm guttun, dass er für die Thorn-Ermittlungen zuständig ist."

„Sehe ich auch so. Bitte unterrichten Sie mich, wenn Sie das Gefühl haben, er braucht irgendetwas. Wenn wir im letzten Jahr eins gelernt haben, dann dass wir mehr tun müssen, um unsere Leute zu unterstützen, wenn sie bei der Arbeit ein Trauma erleiden."

„Korrekt." Sie hasste es, wie sehr Gonzo nach dem sinnlosen Mord an seinem Partner gelitten hatte und dass er das vor den

Menschen, die ihm am nächsten standen, verheimlicht hatte. „Ich fahre mal heim und schlafe ein bisschen. Bis morgen früh."

„Bis dann."

Zwanzig Minuten später kroch sie zu Nick ins Bett, der den Arm um sie legte und sie dicht an sich zog. Sie atmete tief durch und versuchte, ihre sich überschlagenden Gedanken zu beruhigen, damit sie schlafen konnte. Doch der Mord an Bryson Thorn und das Chaos, das dadurch in ihrem Leben ausbrechen konnte, gingen ihr nicht aus dem Kopf.

~

Gonzo wollte zuerst mit Thorns verzweifelter Frau sprechen. „Kennen Sie ihren Vornamen?", fragte er den Streifenbeamten, der als Erster am Tatort gewesen war.

„Tiffany. Sie hat erzählt, sie sei vom Abendessen mit Freundinnen nach Hause gekommen und habe Bryson tot im Garten vorgefunden."

„Haben Sie nach den Überwachungskameras gefragt?"

„Sie sagt, das Sicherheitssystem war ausgeschaltet, weil Bryson zu Hause war."

„Natürlich. Bitte suchen Sie das Grundstück nach einer möglichen Mordwaffe ab."

„Jawohl, Sir."

Gonzo ging zu der Frau hinüber, die eine Streifenbeamtin noch immer tröstete. Sie erinnerte Gonzo an eine Barbiepuppe, bis hin zu den blonden Haaren, die ihr in perfekten Wellen auf die Schultern fielen. „Mrs Thorn? Detective Sergeant Gonzales vom Metro PD. Mein Beileid."

„Wer könnte ihm das angetan haben?", fragte sie zwischen zwei Schluchzern und schaute ihn aus geröteten und verquollenen Augen an. „Jeder hat Bryson geliebt."

Offenbar nicht jeder, dachte Gonzo. „Wann haben Sie das letzte Mal mit Ihrem Mann gesprochen?"

„Bevor ich zu meinen Freundinnen aufgebrochen bin. Er wollte für unseren Sohn Abendessen machen, und dann wollten die beiden sich zusammen einen Film ansehen, ehe der Kleine ins Bett geht."

„Wo ist Ihr Sohn jetzt?"

„Er schläft."

„Wann muss er üblicherweise ins Bett?"

„Wenn Schule ist, gegen halb neun."

„Wann sind Sie nach Hause gekommen?"

„Um zwanzig nach zehn. Ich habe auf die Uhr am Armaturenbrett geblickt, als ich in die Einfahrt eingebogen bin."

Mit diesen Zeitangaben konnte Gonzo arbeiten. Thorn war also irgendwann zwischen halb neun und zwanzig nach zehn getötet worden. „Fällt Ihnen jemand ein, der mit ihm im Clinch lag?"

„Abgesehen von Ihrer Chefin und ihrem Mann?", fragte Tiffany in scharfem Tonfall. „Sie haben ihn auf eine Million Dollar verklagt, weil er nach der Party die Vertraulichkeitsvereinbarung verletzt hat."

Gonzo konnte es Sam und Nick nicht übel nehmen, dass sie die Vertraulichkeitsvereinbarung durchsetzten und versucht hatten, den Mann so hart wie möglich zu treffen, nachdem Thorn Nick in den ersten Tagen seiner Präsidentschaft so viel Ärger mit den Aufnahmen bereitet hatte. „Sonst noch jemand?"

„Sie werden die beiden doch als Verdächtige behandeln, oder?"

„Nein."

Diese Antwort gefiel Tiffany ganz und gar nicht. „Die Mächtigen kommen einfach mit allem durch."

„Meine Chefin und ihr Mann stehen rund um die Uhr unter dem Schutz des Secret Service, was einen Mord ziemlich schwierig machen würde."

„Das heißt aber nicht, dass sie niemanden damit beauftragt haben könnten", sagte sie eindringlich, als ob sie wirklich glaubte, dass Sam und Nick jemanden angeheuert hatten, um ihren Mann zu töten.

„Ich denke, die Klage der beiden gegen Ihren Mann spricht für sich selbst. Sie waren eher daran interessiert, ihm finanziellen statt körperlichen Schmerz zuzufügen."

„Glauben Sie doch, was Sie wollen. Sie werden mich nie davon überzeugen können, dass die beiden nichts damit zu tun haben, und ich wette, die Presse wird sich durchaus für meine Sichtweise interessieren."

„Ist das Ihr Plan? Ihren Fall in die Medien zu bringen, ohne jeden Beweis für die Beteiligung des Präsidenten und der First Lady, in der Hoffnung, dass die öffentliche Meinung den Stab über sie bricht?"

Unter seinem forschenden Blick zuckte sie leicht zusammen.

„Wie könnte der Mord an meinem Mann nichts mit der Klage zu tun haben?"

„Mir fallen da jede Menge Möglichkeiten ein. Wir werden eine umfassende Untersuchung durchführen, an deren Ende wir hoffentlich den Schuldigen festnehmen können. Bis dahin schlage ich vor, dass Sie der Presse keinen Blödsinn erzählen, der am Ende unsere Bemühungen behindern könnte, den Mörder Ihres Mannes seiner gerechten Strafe zuzuführen. Das wollen Sie doch, oder? Gerechtigkeit für Ihren Mann?"

„Natürlich will ich das", erwiderte sie.

„Dann lassen Sie uns unsere Arbeit machen, und behalten Sie Ihre haltlosen Theorien für sich."

„Können Sie objektiv sein, wenn die beiden Hauptverdächtigen Ihre Freunde sind?"

„Sie sind für mich nicht die Hauptverdächtigen."

„Damit ist meine Frage wohl beantwortet", sagte sie verdrossen.

„Ich schlage vor, dass Sie sich nicht über sie auslassen, wenn Sie nicht noch eine Klage am Hals haben wollen."

„Sie könnten auch mich umbringen lassen."

Gonzo erkannte, dass von dieser Seite momentan keine nützlichen Informationen zu erwarten waren, und beschloss, es dabei bewenden zu lassen. „Schreiben Sie mir bitte Ihren vollständigen Namen und Ihre Telefonnummer auf, falls ich weitere Fragen habe. Notieren Sie auch die Namen und Nummern der Frauen, mit denen Sie heute Abend zusammen waren."

Sie nahm ihm das Notizbuch ab, trug die Informationen sie selbst betreffend ein, benutzte ihr Handy, um die Nummern ihrer Freundinnen nachzuschauen, und reichte ihm dann das Notizbuch zurück.

„Wenn Sie etwas darüber wissen, was Ihrem Mann zugestoßen ist, Mrs Thorn, dann wäre es gut, Sie sagen es mir jetzt."

„Aber ich habe Ihnen doch schon alles gesagt! Ich war bei einem Abendessen mit Freundinnen. Ich weiß nichts." Sie brach wieder in Tränen aus, und ihr Körper zitterte, als kostete es sie Anstrengung, ihren Kummer zur Schau zu stellen.

Kaum hatte Gonzo diesen Gedanken gehabt, wurde ihm klar, dass ihre Trauer nur gespielt war. Woher er das wusste, konnte er nicht erklären. Aber er war sich hundertprozentig sicher, dass sie eine Show für ihn abzog.

Als er sich abwandte, bog gerade einer der Wagen der Gerichtsmedizin in die Einfahrt ein. Gonzo machte sich zu ihm auf den Weg, um mit Dr. Byron Tomlinson, dem stellvertretenden Gerichtsmediziner, zu sprechen.

„Was haben wir?"

„Ein Opfer im Garten, möglicherweise erschlagen."

„Na, dann schauen wir doch mal. Nach Ihnen."

Gonzo führte ihn zu der Leiche, wobei er noch einmal einen Blick auf Gesicht und Kopf warf, die am stärksten in Mitleidenschaft gezogen waren. Das Gras um den Leichnam herum war mit Blut getränkt.

„Puh." Byron ging in die Hocke, um sich die Leiche genauer anzusehen, und leuchtete sie mit einer Taschenlampe von oben nach unten ab. „Sie haben Fotos gemacht?"

„Ja", sagte Gonzo. „Meinen Sie auch, dass es ganz den Anschein hat, als hätte der Angriff hier draußen stattgefunden?"

„Ich denke, das ist ziemlich wahrscheinlich."

Byron gab seinen Kollegen ein Zeichen, den Leichensack und die Bahre zum Transport zu holen.

Der Streifenpolizist, den Gonzo gebeten hatte, nach der Mordwaffe zu suchen, kam mit leeren Händen zurück. „Das Grundstück hier ist riesig", meldete er. „Ich habe mich so gut wie möglich umgeschaut, aber es war selbst mit Taschenlampe schwer."

„Dann werde ich die Spurensicherung bitten, sich bei Tageslicht eingehender umzusehen. Bis dahin möchte ich, dass der Tatort von Streifenbeamten gesichert wird. Ich werde Mrs Thorn bitten, mit ihrem Sohn woanders zu nächtigen."

„Jawohl, Sir."

Gonzo begab sich zurück zu Tiffany, deren Tränen auf wundersame Weise versiegt waren. „Ich möchte, dass Sie und Ihr Sohn erst mal in ein Hotel ziehen."

„Warum?" Dieses eine Wort war voller Entrüstung darüber, dass jemand wie er jemandem wie ihr vorschrieb, was sie zu tun hatte.

Diese Frau nervte ihn. „Weil jemand Ihren Mann getötet hat, und wenn er Sie und Ihren Sohn holen kommt, möchten Sie vermutlich lieber nicht hier sein."

Sie lieferten sich ein Blickduell, das er gewann, als sie blinzelte.

„Na gut."

„Officer Watts wird Sie in ein Hotel bringen."

„Das ist nicht nötig. Ich kann bei meiner Schwester bleiben. Sie wohnt in der Stadt."

„Er wird Sie begleiten, damit Sie auch sicher dort ankommen."

„Ich brauche eine Minute, um für mich und meinen Sohn zu packen und ihn zu wecken."

„Wir warten gern solange."

Während sie davonstürmte, murmelte Officer Watts: „Was für ein Schätzchen."

„Ich werde sie ganz genau unter die Lupe nehmen." Gonzo wünschte, er hätte mehr als nur eine Vermutung, dass sie etwas mit der Sache zu tun hatte, denn dann könnte er sie mit ins Hauptquartier nehmen. Da sie jedoch ein Alibi hatte, brauchte er dafür Beweise, die ihm im Augenblick noch fehlten. Er würde dieses Alibi bei der ersten sich bietenden Gelegenheit auf Herz und Nieren überprüfen. „Würden Sie auf sie warten und dafür sorgen, dass sie zu ihrer Schwester kommt?"

„Jawohl, Sir."

„Geben Sie mir Bescheid, wenn Ihnen irgendwas auffällt, das nicht ins Bild passt."

„Klar."

Auf dem Weg zum Auto rief Gonzo Sam an.

„Mmm, was?"

„Tut mir leid, dass ich dich wecken muss, aber Tiffany Thorn droht, dich und Nick zu beschuldigen, den Mord an ihrem Mann arrangiert zu haben. Ich glaube, ich habe ihr ausgeredet, damit zur Presse zu gehen, allerdings bin ich mir nicht ganz sicher, also dachte ich, ich warne dich vor."

„'kay."

„Sam? Hast du mir zugehört?"

„Ja."

„Was habe ich gerade gesagt?"

„Thorns Frau will uns die Verantwortung für den Mord in die Schuhe schieben und mit ihren Beschuldigungen zur Presse gehen."

„Ja. Wahrscheinlich solltest du besser Nicks Leute vorwarnen."

„Das werde ich. Morgen früh. Danke für den Anruf."

Sie legte auf.

„Ich habe getan, was ich konnte", meinte er, während er sein Auto startete und zum Hauptquartier fuhr, um mit den Ermittlungen zu Mrs Tiffany Thorn – und ihrem Ehemann – zu beginnen.

KAPITEL 21

Cameron hatte nicht vorgehabt, bei Gigi zu übernachten, doch irgendwie waren sie zusammen auf ihrem Sofa eingeschlafen, zugedeckt und ineinander verschlungen. Sie an sich gepresst zu spüren löste eine vorhersehbare Reaktion aus, von der er hoffte, dass sie sie nicht bemerken würde. Sie erholte sich immer noch von ihren Verletzungen und brauchte ihn und seine lästige Erektion gerade nicht.

Er musste sich beeilen, wenn er sich noch zu Hause umziehen wollte, bevor er zur Arbeit fuhr.

Sie wurde wach, als er sich bewegte.

„Tut mir leid, dass ich dich geweckt habe, aber ich muss los."

Sie rollte sich auf den Rücken und lächelte ihn an. „Wir sind eingeschlafen."

Er hätte am liebsten den ganzen Tag damit verbracht, sie zu küssen. „Ja, scheint so."

Sie strich ihm mit einem Finger übers Kinn, und ihre Berührung durchfuhr seinen ganzen Körper wie ein Blitz. „Ich wünschte, du könntest noch bleiben."

„Ich auch." Als sie sich auf die Lippe biss und zu ihm hochblickte, war Cameron versucht, sich zum ersten Mal in seiner beruflichen Laufbahn krankzumelden. Doch da der Tappen-Fall ins Stocken geraten war und Sam versuchte, zwei dringend benötigte Wochen Urlaub über die Feiertage zu kriegen, konnte er das nicht. „Ich werde mir nach Weihnachten ein paar Tage freinehmen. Dann können wir irgendwo hinfahren, wo wir uns ausruhen und entspannen können."

Ihre dunklen Augen glänzten vor Begeisterung. „Das wäre super."

„Wo soll es hingehen?"

„Rauf in die Berge, wo wir es uns vor dem Kamin gemütlich machen können, während es draußen schneit."

„Ich werde sehen, was ich tun kann."

„Ist es wahr, Cam? Sind wir jetzt wirklich zusammen?"

„Wahrer wird's nicht, und wir sind definitiv zusammen."

„Ich kann immer noch nicht glauben, dass du mich gewollt, aber nie ein Wort gesagt hast."

„Wir waren beide anderweitig gebunden. Es war nicht der richtige Zeitpunkt."

„Ist es das denn jetzt?"

Er strich ihr das dunkle Haar aus dem Gesicht. „Nichts hat sich für mich je richtiger angefühlt, als mit dir zusammen zu sein, doch ich möchte dich nicht zu etwas drängen, wozu du vielleicht noch nicht bereit bist."

Sie dachte einen Moment lang nach, bevor sie antwortete. „Ich war mein gesamtes Erwachsenenleben lang mit Ezra zusammen, und die ganze Zeit habe ich versucht, es mit ihm zu schaffen, weil ich dachte, ich müsste das. Diesen ständigen Kampf darum, dass unsere Beziehung so läuft, wie sie sollte, habe ich für normal gehalten, aber ich weiß jetzt, dass nichts daran normal war. Zwischen uns war es lange vor der Nacht aus, in der er mich geschlagen hat. Ich glaube, jeder in meinem Umfeld hat das gewusst, außer uns. Meine Mutter und meine Schwester sind froh, dass das mit uns vorbei ist – und das waren sie auch schon, bevor er meine Mutter und meine Neffen als Geiseln genommen hat."

„Es tut mir so leid, dass du all das erleben musstest, Süße."

„Mir nicht."

Cameron legte den Kopf schief. „Nein?"

„Nein. Wenn ich das mit ihm nicht erlebt hätte, wäre mir vielleicht nicht klar, dass das mit dir etwas ganz Besonderes ist."

Obwohl er eigentlich keine Zeit hatte, legte Cameron die Arme um sie und hielt sie fest. „Es *ist* etwas ganz Besonderes, und deshalb will ich vorsichtig mit dir sein. Du bist in einer schwierigen Lage, und ich möchte auf keinen Fall irgendwas schlimmer machen."

Sie wich ein Stück zurück, um ihm in die Augen sehen zu können. „Verstehst du denn nicht, Cam? Du machst alles *besser*.“

Er musste los, doch wie konnte er etwas anderes tun, als sie zu küssen, nachdem sie das zu ihm gesagt hatte? Schon lange hatte er geahnt, dass es so zwischen ihnen sein könnte, aber da Gigi in einer Langzeitbeziehung gewesen war, hatte er sich weiter auf Jaycee eingelassen.

Cameron wusste jetzt, dass das ein großer Fehler gewesen war – nicht nur weil sie offensichtlich psychisch labil war, was sie in der zurückliegenden Nacht unter Beweis gestellt hatte. Es war auch ihnen beiden gegenüber nicht fair gewesen, weil sein Herz sich nach jemand anderem gesehnt hatte.

Gigi unterbrach den Kuss und lächelte ihn an. „Du musst gehen.“

Cameron schaute auf die Uhr und verzog das Gesicht. „Darf ich dein Auto und deine Dusche benutzen? Ich habe keine Zeit mehr, nach Hause zu fahren und mich umzuziehen.“ Er würde zum ersten Mal in Jeans und Henley-Shirt bei der Arbeit aufkreuzen, was die Gerüchteküche zum Brodeln bringen würde, aber ihm war egal, was die anderen dachten. Endlich war er mit der Frau zusammen, die er begehrte, seit er sie zum ersten Mal gesehen hatte.

„Du kannst mein Auto und meine Dusche benutzen, und wenn du Jeffrey hierlassen willst, bitte ich meine Schwester, dass sie Futter für ihn vorbeibringt.“

„Oje, du hast mich mein armes Baby ganz vergessen lassen.“

„Ich werde gut auf ihn aufpassen.“ Sie strich Cameron über die Brust. „Mr ‚Geschniegelt und gebügelt‘ wird einen Skandal auslösen, wenn er in Henley-Shirt und Jeans im Hauptquartier auftaucht.“

„Fünfzehn weitere Minuten mit dir sind mir das mehr als wert.“

Als Sam aufwachte, glaubte sie für einen kurzen Moment, Gonzos Anruf bloß geträumt zu haben. Doch als ein Blick auf ihre Anrufliste bestätigte, dass er sie um 23.45 Uhr kontaktiert hatte, war klar, dass es sich nicht nur um einen Traum gehandelt hatte. Nick lag nicht mehr neben ihr, und sie konnte ihn auch nirgends entdecken, also rief sie ihn vom BlackBerry aus an.

Es klingelte mehrere Male. Wahrscheinlich war er gerade in der morgendlichen Sicherheitsbesprechung, der von ihm am meisten gefürchteten Sitzung des Tages, die er den „kleinen Horrorladen" nannte.

Als sich seine Mailbox meldete, hörte sie zum ersten Mal die Nachricht, die er extra für sie aufgenommen hatte.

„Hallo, Babe. Ich kann deinen Anruf gerade nicht entgegennehmen, aber es gibt nichts, was ich lieber täte, als mit dir zu sprechen, also hinterlass mir eine Nachricht, und ich melde mich, sobald ich kann."

Sie schmolz dahin.

„Hey, Liebster, ich bin's. Großartige Bandansage. Wie schon erwähnt, gestern Abend hat jemand Bryson Thorn ermordet. Gonzo hat mich in der Nacht angerufen, um mir mitzuteilen, dass Thorns Frau Tiffany uns beschuldigt, den Mord in Auftrag gegeben zu haben, und ihn gefragt hat, wie dieses Verbrechen nicht mit unserer Klage zusammenhängen könne. Offenbar spricht sie davon, sich an die Presse zu wenden. Er hat erzählt, er habe versucht, ihr das auszureden, aber wer weiß, was sie tun wird? Melde dich kurz, wenn du das abhörst."

Sam unterbrach die Verbindung und beschloss, Christina per SMS dieselben Informationen zu schicken, nur für den Fall, dass Nick die Nachricht nicht zeitnah erhalten würde.

Nachdem sie getan hatte, was sie konnte, um die beiden zu warnen, stand sie auf, duschte und zog sich für die Arbeit an, bevor sie Scotty und die Zwillinge wecken ging. Da es bloß noch ein paar Tage bis zu den Weihnachtsferien waren, kamen sie nur langsam in die Gänge und waren übellauniger als sonst, als sie die Pfannkuchen aßen, die sie für sie in der Küche der Familie zubereitet hatte.

Sie war fest entschlossen, in den Ferien so viele Mahlzeiten wie möglich für die Familie zu kochen, damit ihre Kinder wussten, dass sie mehr konnte als nur Pfannkuchen backen.

Elijahs Anwesenheit trug dazu bei, die Stimmung zu heben, doch alle waren traurig, als sie ihn zum Abschied umarmten, weil er für ein paar Tage zu den Abschlussprüfungen zurück zur Uni musste.

Scotty verließ mit seinen Personenschützern das Haus, und die Zwillinge folgten ihm eine Viertelstunde später mit ihren. Sam brach kurz nach ihnen auf und traf wenige Minuten vor Beginn ihrer Schicht um acht Uhr im Hauptquartier ein.

Fünf Minuten nach ihrer Ankunft erschien Captain Malone in der Tür ihres Büros. „Guten Morgen", begrüßte sie ihn.

„Wir haben Greens Ex in Haft, die einen riesigen Aufstand macht, weil wir sie angeblich zu Unrecht beschuldigen."

„Haben Sie ihr gesagt, dass wir sie auf Video haben, wie sie Greens Auto beschädigt?"

„Sie behauptet, sie war es nicht."

Seufzend raffte Sam ihr Haar zu einem Pferdeschwanz zusammen, den sie mit einer Klammer feststeckte. „Ich werde mich mit ihr unterhalten, und dann hole ich alle in den Besprechungsraum, um festzustellen, wie weit wir im Fall Tappen sind."

„Danke, dass Sie sich um Greens Ex kümmern. Sagen Sie mir Bescheid, wann die Besprechung stattfindet. Ich komme dazu."

„Das wäre prima. Gibt's was Neues von Gonzo zum Fall Thorn?"

„Er hat die ganze Nacht daran gearbeitet. Gonzo kann gleich alles darüber berichten, und dann werden wir getrennt zuschlagen und vereint siegen."

„Wir brauchen ein paar neue Spuren im Fall Tappen. Ich lande immer wieder bei ihrer Affäre mit dem Vater eines der Mannschaftskameraden ihres Sohns. Wie kann die nicht mit ihrer Ermordung zusammenhängen?"

„Lassen Sie uns nachher darüber reden. Gemeinsam fällt uns bestimmt etwas Neues ein."

Sam erhob sich, um Malone aus dem Büro zu folgen. Während er links abbog, um in sein eigenes zu gehen, bog sie rechts ab in Richtung Treppe zu den Arrestzellen im Keller. Sie hörte Jaycee, ehe sie sie sah.

„Ich verklage Sie alle wegen Freiheitsberaubung", kreischte sie bemerkenswert laut.

„Kennen Sie die Frau, Lieutenant?", fragte der diensthabende Sergeant.

„Sie ist die Ex eines meiner Leute."

„Da hat der Glückspilz gerade noch rechtzeitig den Absprung geschafft. Sie hat ununterbrochen rumgeschrien, seit sie letzte Nacht hier gelandet ist."

„Ich schau mal, was ich tun kann."

„Das wüssten wir sehr zu schätzen."

Sam näherte sich Jaycees Zelle, als sie gerade mit einer neuen Tirade über Polizisten begann, die ihre Autorität dazu missbrauchten, Unschuldige zu schikanieren. „Halten Sie die Klappe", verlangte Sam und war erstaunt, dass sie die Frau in der Zelle bei früheren

Treffen, als sie noch mit Cameron zusammen gewesen war, attraktiv gefunden hatte.

Verblüfft von Sams plötzlichem Auftauchen schloss Jaycee den Mund, aber nur für eine Sekunde. „Wie können Sie es wagen, so mit mir zu reden?" Sie war eine kurvenreiche Blondine mit blauen Augen, ein Hingucker und zweifellos daran gewöhnt, im Leben und in der Liebe ihren Willen zu bekommen. Es musste ein Schock für sie gewesen sein, dass Cameron sie abserviert hatte.

„Wie können *Sie* es wagen, das Eigentum von Detective Green zu zerstören?"

„Das habe ich nicht!"

„Wir haben eine Videoaufnahme davon, wie Sie die Reifen zerstechen, also hören Sie auf mit dem Schwachsinn über Schikane und Bullen, die mit allem durchkommen."

„Dieses Video hat keinerlei Beweiskraft. Weil ich nicht wusste, dass es Überwachungskameras gibt, handelt es sich um einen Fall von Provozieren einer strafbaren Handlung."

Sam verdrehte entnervt die Augen. „Offenbar sehen Sie zu viel *Law & Order*. Das Videomaterial ist zulässig, und es ist kein Fall von Provozieren einer strafbaren Handlung. Sie haben das Verbrechen begangen, und wir werden Sie entsprechend anklagen."

„Cameron hat das Verbrechen begangen, als er mir vorgegaukelt hat, wir würden heiraten, und mich dann für eine dunkelhäutige Schlampe sitzen gelassen hat ..."

Sam war froh, dass die Gitterstäbe sie daran hinderten, Jaycee eine zu knallen. „Ernsthaft jetzt?"

„Hat sie dunkle Haut oder nicht?"

„Das Mittelalter hat angerufen, es möchte seinen bösartigen weiblichen Dorftrottel zurück."

Ihre eiskalten blauen Augen blitzten vor Zorn. „Cameron hat mir Dinge versprochen."

„Nein, hat er nicht, und zwar weil er wahrscheinlich wusste, dass sich unter Ihrer glänzenden Fassade eine hasserfüllte, rachsüchtige, rassistische Schlampe verbirgt, die ihn nicht verdient hat."

„Unterstehen Sie sich, so etwas zu sagen! Sie kennen mich doch überhaupt nicht."

„In den wunderbaren letzten fünf Minuten mit Ihnen habe ich alles erfahren, was ich über Sie wissen muss, und ich bin sehr dankbar, dass mein Freund und Kollege Sie aus seinem Leben gestrichen hat. Die Sache wird folgendermaßen ablaufen: Wenn Sie heute

Vormittag vor Gericht stehen, werden Sie sich der mutwilligen Beschädigung fremden Eigentums schuldig bekennen und Ihre Strafe akzeptieren, einschließlich der Wiedergutmachung für den Schaden, den Sie an Camerons Fahrzeug angerichtet haben. Danach wird er eine einstweilige Verfügung beantragen, der zufolge Sie sich ihm und Detective Dominguez nicht auf mehr als dreihundert Meter nähern dürfen. Sie werden sich an diese einstweilige Verfügung halten, oder wir laden Sie gerne zu einem Aufenthalt in unserem Stadtgefängnis ein. Alles klar?"

Jaycee verschränkte die Arme und reckte das Kinn. „Ich will einen Anwalt."

„Sicher, wir können einen für Sie rufen, aber Sie sollten wissen, dass Sie, bis er oder sie eintrifft, hierbleiben werden. Wir können Sie nicht anklagen, ehe Ihr Rechtsbeistand hier ist. Das kann ein oder zwei Tage dauern, und Ihr Anwalt wird Ihnen wahrscheinlich den gleichen Rat geben wie ich, wenn er oder sie das Videomaterial sieht. Ihre Entscheidung."

Jaycee sank etwas in sich zusammen, als ihr klar wurde, dass ihre Handlungsmöglichkeiten ziemlich beschränkt waren.

„Soll ich einen Anwalt für Sie anrufen, oder sollen wir die Anklageerhebung vorantreiben und Sie auf Kaution freilassen, mit der Anweisung, sich von den Detectives Green und Dominguez fernzuhalten?"

Jaycee trat von einem Fuß auf den anderen.

Sam schämte sich ein wenig für die Befriedigung, die sie über das Unbehagen der anderen Frau empfand.

„Das ist total unfair."

„Was?", seufzte Sam.

„Er hat mich belogen, hat mir die Ehe versprochen."

„Falsch, das Wort ‚Ehe' hat er Ihnen gegenüber nie erwähnt."

„Woher wollen Sie das wissen?"

„Er hat mir erklärt, dass er nie etwas dergleichen gesagt hat, weil er Sie nie heiraten wollte."

Bei diesen Worten zuckte Jaycee zurück. „Was hat er Ihnen noch über mich erzählt?"

„Dass er sich schlecht gefühlt hat, weil er für Sie nicht das Gleiche empfunden hat wie Sie für ihn, doch er konnte nicht erzwingen, was einfach nicht da war."

„Natürlich war es da! Er lügt!"

„Nein. Cameron ist einer der aufrichtigsten, anständigsten

Menschen, die ich kenne. Ich bezweifle nicht, dass er immer offen und ehrlich zu Ihnen gewesen ist. Wenn Sie in seine Worte mehr hineinfantasieren, ist das Ihr Problem, nicht seins."

„Ich liebe ihn."

„So sehr, dass Sie ihm die Reifen zerstochen haben?"

„Ich wollte nicht, dass er zu ihr fährt! Wie kann er sie wollen und nicht mich?"

„Äh, war das eine rhetorische Frage?"

„Was soll das heißen?"

„Vergessen Sie's. Ich habe genug von meiner wertvollen Zeit mit Ihnen verschwendet. Soll ich einen Anwalt rufen oder Sie dem Haftrichter vorführen lassen?"

Jaycee stieß ein empörtes Schnaufen aus. „Ich wähle den Haftrichter."

„Sie halten sich von meinen Detectives fern?"

Jaycee nickte nur kurz, aber das reichte aus, um Sam zufriedenzustellen. „Lassen Sie mich eins klarstellen: Wenn wir uns wiedersehen, werde ich nicht annähernd so freundlich sein wie heute. Wenn Sie auf die Idee kommen, die Detectives Green oder Dominguez zu belästigen, zu schikanieren oder zu bedrohen, mache ich Ihnen das Leben zur Hölle. Kapiert?"

Tränen traten Jaycee in die großen blauen Augen, doch sie nickte.

„Na also."

Sam wandte sich ab und wäre beinahe mit Cameron Green zusammengestoßen. Sie war sich nicht sicher, was schockierender war – dass er Jeans trug oder dass er sich nicht rasiert hatte. Sam wies ihm den Weg zurück zur Treppe und folgte ihm nach oben. „Hast du mitgehört?"

„Hab ich. Vielen Dank, Lieutenant."

„Gern geschehen."

Oben angekommen drehte er sich zu ihr um. „Es tut mir sehr leid, dass ich diesen Schlamassel hier eingeschleppt habe."

„Hast du nicht. Das war sie. Es ist nicht deine Schuld."

„Was sie vorhin über Gigi gesagt hat ..." Seine sonst so freundliche Miene verhärtete sich. „Ich hatte keine Ahnung, dass sie so denkt."

„Sei froh, dass du sie los bist, Cam."

„Nach den Worten eben ist mir ganz übel."

„Versuch, es abzuhaken und dich auf die Zukunft zu konzentrieren. Du hast dich ihr gegenüber untadelig verhalten. Das weißt du, und das ist alles, was zählt. Was sie in die Sache hineininterpretiert, liegt nicht in deiner Verantwortung.“

Cameron seufzte tief. „Ich weiß. Es ist nur schwer zu begreifen, dass ich ein Jahr mit ihr zusammen war und bis jetzt nicht wusste, wie sie in Wahrheit ist.“

„Wenigstens hast du es herausgefunden, bevor du dich für ein ganzes Leben an sie gebunden hast.“

Ihm schauderte. „Gott sei Dank.“

„Wie geht es Gigi?“

Bei ihrer Erwähnung änderte sich seine gesamte Haltung. „Bestens.“

„Ich nehme an, die Dinge an dieser Front entwickeln sich?“

„Kann man so sagen.“

„Das freut mich für euch.“

„Es wird unsere Arbeit nicht behindern, das verspreche ich.“

„Ihr seid beide Profis. Deswegen mache ich mir keine Sorgen.“

„Okay, gut.“

„Wir treffen uns in zehn Minuten im Besprechungsraum, um uns über unsere Erkenntnisse im Fall Tappen auszutauschen. Kannst du allen Bescheid sagen?“

„Klar. Nochmals vielen Dank für deine Unterstützung und dafür, dass du dich um das Chaos da unten gekümmert hast.“

„Du kannst dich auf mich verlassen, Cameron. Immer.“

„Dito.“

Zufrieden, dass sie die Sache mit Jaycee so gut wie möglich geregelt hatte, kehrte Sam ins Großraumbüro zurück, um sich mit dem Stand der Ermittlungen zu Pam Tappens Tod zu befassen.

KAPITEL 22

„Es ist jetzt mehr als vierundzwanzig Stunden her, dass wir Pam Tappen gefesselt und geknebelt in ihrem Minivan gefunden haben, und zwar drei volle Tage nachdem sie ihr Haus in der M Street verlassen hatte, um an einer Konferenz in Baltimore teilzunehmen." Sam deutete auf die Fotos von Pam im Fahrzeug, die jetzt am Whiteboard hingen. „Unsere Überprüfung ihres Handys und ihres Computers hat nichts Ungewöhnliches für den Tag ergeben, an dem sie vermutlich verschwunden ist, was letzten Freitag war. Dr. McNamara schätzt den Todeszeitpunkt auf etwa sechs Uhr abends am Sonntag."

Sam hielt inne, um diese Information auf ihr Team wirken zu lassen. Alle im Raum stellten sich vermutlich vor, wie die zwei Tage, gefesselt und geknebelt in einem eiskalten Minivan, für das Opfer gewesen sein mussten.

„Pam hatte eine Agentur für Konferenzdienstleistungen und Kunden in verschiedensten Branchen. Ihre Familie hat angegeben, es sei nicht ungewöhnlich gewesen, dass Pam keinen Kontakt zu ihrer Familie hatte, während sie auf einer Konferenz arbeitete. Wir haben mit der Organisation gesprochen, die sie in Baltimore unterstützen sollte, und erfahren, dass sie da nicht aufgetaucht ist. Alle Bemühungen, sie ab Freitag zu erreichen, sind gescheitert. Die Geschäftsführerin des betreffenden Verbandes war wütend auf Pam, bis sie erfuhr, dass sie ermordet worden war."

„Was ist deine Theorie dazu, wie der Mörder mit ihr Kontakt aufgenommen oder ihr aufgelauert hat?", fragte Green.

„Ich denke, er hat sie entweder vor ihrem Haus oder irgendwo auf der Straße auf dem Weg aus ihrem Viertel angesprochen."

„Archie hat alle Kameras in einem Radius von anderthalb Kilometern um ihr Haus überprüft und nichts Auffälliges entdeckt", sagte Freddie.

„Wir müssen den Radius ausweiten." Sam spürte zum ersten Mal seit Beginn dieses rätselhaften Falls ein Kribbeln. „Stellen wir uns vor, sie fährt auf ihrer gewohnten Route Richtung Highway nach Baltimore. Sie sieht jemanden, den sie kennt und der ihr ein Zeichen gibt. Natürlich hält sie an. Ich glaube, so ist es passiert, nur habe ich keine Ahnung, wer von den Menschen in ihrem Umfeld ihren Tod gewollt hat. Wir haben eine Affäre aufgedeckt, die sie mit dem Vater eines der AAU-Footballkumpels ihrer Söhne hatte. Beide Ehegatten waren schockiert, als wir sie von der Affäre in Kenntnis gesetzt haben. Bob Tappen sagte, Pam habe, soweit er wusste, Mark Ouellette nicht einmal leiden können. Er war fassungslos, als er hörte, dass sie ausgerechnet mit ihm eine Affäre hatte. Josie Ouellette war ebenso schockiert."

„Was ist mit den Kindern beider Familien?", fragte Gonzo. „Wie viel haben sie wann gewusst?"

„Die Tappen-Kinder hatten keine Ahnung", antwortete Freddie. „Wir haben ihre Reaktion beobachtet, als sie davon erfahren haben, und sie waren außer sich."

„Was ist mit den Ouellette-Kindern?", erkundigte sich Malone.

„Mit denen haben wir noch nicht gesprochen", erwiderte Sam. „Aber Sie haben recht. Vielleicht hat einer der Jungs es herausgefunden und beschlossen, die Bedrohung für seine Familie aus der Welt zu schaffen. Es fällt mir bloß schwer, mir vorzustellen, dass ein Teenager Pam das angetan haben soll. Es hat etwas beinahe Diabolisches an sich. Der Mörder wollte nicht nur, dass sie stirbt. Er wollte, dass sie leidet."

„Es scheint etwas weit hergeholt, sich einen Jugendlichen vorzustellen, der so etwas tut, doch unmöglich ist es nicht", beharrte Malone. „Wir sollten alle Kinder genau unter die Lupe nehmen. Ich weiß noch, wie eine meiner Klassenkameradinnen in der Highschool herausfand, dass ihr Vater eine Affäre mit der Mutter eines Mitschülers hatte. Mann, war die wütend. Sie war unglaublich entrüstet darüber, dass ihr Vater ihr so etwas antat! Sie hat das sehr persönlich genommen."

„Interessant", meinte Sam.

„Ich stimme dem Captain zu", meldete sich Jeannie McBride zu Wort. „Teenager legen so großen Wert auf das, was ihre Freunde von ihnen denken, dass so etwas sehr peinlich wäre, vor allem wenn alle in der Schule davon erfahren. Oder wenn auch nur eine Person davon erfährt und das betroffene Kind darauf anspricht."

„Das mag alles sein, aber ich muss immer wieder daran denken, wie qualvoll Pam gestorben ist", erklärte Sam.

„Was ist, wenn es zwar eins der Kinder war, das allerdings gar nicht wollte, dass Pam stirbt?", mutmaßte Freddie.

„Sondern?", wollte Sam wissen.

„Vielleicht sollte sie nur ein wenig leiden."

„Hmm, ich weiß nicht. Die Tat kam mir nahezu professionell vor."

„Haben wir diese Möglichkeit in Betracht gezogen?", fragte Malone. „Dass der Mörder ein Profi war?"

„Auch dann stellt sich die Frage des Motivs", sagte Sam. „Die Einzigen, die sich ihren Tod gewünscht haben könnten, wären die betrogenen Ehepartner – außerdem sind sie wahrscheinlich die Einzigen, die sich einen Profikiller hätten leisten können. Doch keiner von beiden wusste überhaupt davon."

„Was ist mit dem Liebhaber?", erkundigte sich Jeannie. „Diesem Ouellette? Was wäre, wenn Pam ihm zur Last geworden war und er sie aus seinem Leben entfernen wollte?"

„Das wäre denkbar, obwohl er geweint hat, als wir ihm erzählt haben, wie sie gestorben ist."

„Das heißt nicht, dass er es nicht in Auftrag gegeben hat", warf Freddie ein.

„Das stimmt. Cam, würdest du dir seine Finanzen ansehen und mal schauen, was du über seine vier Kinder herausfinden kannst? Lass mich wissen, was wir in den sozialen Medien finden."

„Ich helfe dir", erbot sich Jeannie, und Cameron nickte.

„Das war hilfreich", beendete Sam die Besprechung. „Es hat mir ein paar neue Ansätze geliefert, denen ich nachgehen kann. Wie weit sind wir mit dem Thorn-Mord, Gonzo?"

„Ich glaube, seine Frau ist darin verwickelt", erwiderte Gonzo.

„Wie kommst du darauf?"

Gonzo verteilte Ausdrucke mit den Finanzdaten von Tiffany und Bryson Thorn. „Man beachte die Abhebung von fünfundzwanzigtausend Dollar von ihrem gemeinsamen Konto gestern. Ich habe mit der Filiale in der Nähe ihres Hauses gesprochen, und der Filialleiter hat mir bestätigt, dass Mrs Thorn gestern dort war."

„Das ist in der Tat sehr interessant", räumte Sam ein. „Aber es beweist natürlich nicht, dass sie das Geld benutzt hat, um ihren Mann umbringen zu lassen."

„Nein, allerdings habe ich bei der Überprüfung ihrer Accounts in den sozialen Medien einen Post darüber gefunden, wie begeistert sie davon war, an einer Party im Haus des Vizepräsidenten teilzunehmen. Ich habe mir die Kommentare anderer Eltern durchgelesen, in denen sie sagten, sie seien ‚furchtbar eifersüchtig', und dann: ‚Heilige Scheiße, er ist jetzt Präsident, wird die Party ins Weiße Haus verlegt?' Tiffany hat als Verneinung ein trauriges Emoji unter der Frage gepostet und geantwortet: ‚Aber nächstes Jahr dann!' Stellt euch vor, wie wütend sie gewesen sein muss, als ihr klar wurde, dass ihr Mann die Fotos veröffentlicht und damit ihre Chance, jemals ins Weiße Haus eingeladen zu werden, zunichtegemacht hat."

Sam warf einen Blick auf Malone, der nickte. „Das ist genug, um sie zur Befragung herzubringen. Gute Arbeit, Sergeant Gonzalez."

„Sie war gestern echt unerträglich." Gonzo stand auf und bedeutete Cam, mit ihm zu kommen. „Es würde mir nicht das Herz brechen, wenn sich Beweismaterial gegen sie findet."

„Ich helfe bei den Ouellette-Kindern, sobald wir zurück sind", versprach Cam, als er mit Gonzo aufbrach, um Tiffany Thorn herzuholen.

„Danke. Jeannie, können wir uns nachher noch kurz unterhalten?"

„Klar. Ich bin dann draußen im Großraumbüro."

Als die anderen den Raum verlassen hatten, warf Sam Freddie und Captain Malone einen Blick zu. „Ich wäre nie auf die Idee gekommen, dass es eins der Kinder gewesen sein könnte."

„Das mit den diabolischen Zügen des Verbrechens ist nicht von der Hand zu weisen", sagte Malone. „Es ist schwer vorstellbar, dass ein Teenager so einen Mord begehen könnte."

„Wenn ich mir Scotty oder auch Eli ansehe, kann ich mir beim besten Willen nicht vorstellen, dass ein junger Mensch zu so etwas imstande ist."

„Das Böse steckt in Menschen jeden Alters." Captain Malone seufzte in einem weltmüden Ton, der von dreißig Jahren Erfahrung mit dem Bodensatz der Menschheit herrührte.

„Ja, das stimmt wohl", pflichtete ihm Sam bei. „Ich hätte schon früher in diese Richtung ermitteln sollen."

„Könnte sich trotzdem als Sackgasse entpuppen", gab Freddie zu bedenken. „Wer weiß?"

„Lass uns noch mal mit Bob Tappen und den Ouellettes reden", schlug Sam vor. „Wir fangen dort an, während die anderen im Internet recherchieren."

„Einverstanden, Lieutenant", erwiderte Freddie.

„Halten Sie mich auf dem Laufenden", fügte Malone hinzu.

„Geht klar."

Ehe sie das Hauptquartier verließ, bat sie Detective Jeannie McBride in ihr Büro. „Mach die Tür zu, ja?"

„Stimmt etwas nicht?", fragte Jeannie.

„Kann man so sagen. Der Chief bittet uns, die Überprüfung von Stahls Akten zurückzustellen."

Jeannie sah so bestürzt aus, wie Sam sich am Vorabend gefühlt hatte. „Aber warum?"

„Weil wir nicht noch mehr schlechte PR vertragen können, zumal der FBI-Bericht nach dem Jahreswechsel fällig ist. Wir erwarten nicht, dass er schmeichelhaft ausfällt, und ich schätze, die Tatsache, dass ich den fünfzehn Jahre alten Fall der Worthingtons an einem Nachmittag gelöst habe, wird nicht gerade Lobeshymnen auslösen. Die Leute sind entrüstet – und das zu Recht –, dass wir so lange gebraucht haben, um einen Fall abzuschließen, der eigentlich von Anfang an klar und eindeutig hätte sein sollen."

„Ich glaube, ich stehe kurz davor, Carisma Deasly aufzuspüren."

Sam zögerte. „Worauf bist du gestoßen?"

„Eine Freundin ihrer Mutter namens Daniella Brown ist ungefähr zur selben Zeit wie Carisma verschwunden. Daniella war jahrelang immer wieder in Schwierigkeiten und auf Entzug gewesen, während die Mutter der Vermissten eine Ausbildung zur Rechtsanwaltsgehilfin absolviert und ein Stadthaus für sich und ihre Kinder gekauft hatte. Sie hat immer geglaubt, Daniella habe Carisma entführt, konnte jedoch weder die beiden finden noch beweisen, dass ihre ehemalige Freundin etwas damit zu tun hatte."

Sam löste die Klammer, die ihr Haar festhielt, und fuhr sich mit den Fingern durch die wilde Mähne, während sie zu überlegen versuchte, was sie nun tun sollte.

„Ich kann jetzt nicht aufhören. Das geht einfach nicht. Vielleicht finden wir sie tatsächlich. Ich habe einen Mann ermittelt, mit dem

Daniella damals zusammen war, und er ist bereit, mir zu erzählen, was er weiß. Ich werde ihn heute Abend treffen."

„Der Chief hat unmissverständlich angeordnet, dass wir uns zurückhalten sollen."

„Dann tue ich es in meiner Freizeit. Carismas Familie hat elf Jahre lang auf Antworten gewartet. Die Angehörigen halten es für möglich, dass Daniella sie die ganze Zeit über gefangen gehalten hat, dass Carisma ihr entkommen wäre, wenn sie gekonnt hätte. Wie soll ich damit leben, zu wissen, dass sie vielleicht irgendwo da draußen ist und darauf wartet, dass sich jemand die Mühe macht, sie zu retten?"

Sams Kopf fühlte sich an, als könnte er jeden Moment explodieren. „Na gut, aber erstatte nur mir Bericht. Sag niemandem sonst, was du tust, und nimm Matt mit, wenn du dich mit ihrem Freund triffst. Du kannst ihm ja erzählen, es ginge um den Tappen-Fall." Sie würde direkt in die Hölle kommen, weil sie sich einem direkten Befehl des Chiefs widersetzte und Jeannie ermutigte, ihren Partner anzulügen. „Wir sind in einer schwierigen Lage. Doch wir können nicht zulassen, dass sich das zu einem beschissenen Riesendesaster ausweitet, das die Abteilung schlecht dastehen lässt – schon wieder."

„Ich versteh das und werde das unter allen Umständen zu verhindern versuchen."

„Gut, denn vielleicht hängt unser beider Job davon ab."

„Wir haben ein Problem", eröffnete Christina das Gespräch, als sie in Begleitung von Trevor Donnelly das Oval Office betrat.

Terry war gerade dabei, Nick über den neuesten Stand der Lage im Golf von Suez zu informieren, die sich in den letzten Stunden entspannt hatte. Das war eine große Erleichterung. Nick war bei dem Gedanken an die Entsendung von Truppen nicht wohl gewesen, vor allem so kurz vor Weihnachten. Terry brach mitten im Satz ab und drehte sich zu Nicks Pressesprecherin und Kommunikationschefin um. „Nämlich?"

„Du und Sam, ihr verklagt einen Mann namens Bryson Thorn?"

„Wollten wir, aber dann ist er plötzlich umgebracht worden", sagte Nick.

„Seine völlig verzweifelte Frau ist im Fernsehen und behauptet, dass der Präsident und seine Frau ihren Mann verklagt haben und er dann am nächsten Tag tot war.“ Christina hielt ihr Handy hoch. „Sam hat uns beide telefonisch vorgewarnt.“

Nick nahm den BlackBerry vom Schreibtisch und rief Sam zurück.

Seine Frau meldete sich beim dritten Klingeln. „Tut mir leid, ich habe das blöde Ding nicht aus der Tasche gekriegt. Hast du meine Nachricht zum Thema Tiffany abgehört?“

„Nein, doch ich habe gerade von Christina gehört, dass sie im Fernsehen unverhohlen Anschuldigungen gegen uns erhebt.“

„Wir verhaften die Frau demnächst wegen der Anstiftung zur Ermordung ihres Mannes“, informierte ihn Sam. „Sie versucht wahrscheinlich, Zweifel zu säen, ehe die Indizien so deutlich auf sie zeigen.“

„Warum hat sie ihn deiner Ansicht nach töten lassen?“

„Wir glauben, weil er ihr die Chance genommen hat, nächstes Jahr zum Geburtstag der Zwillinge ins Weiße Haus eingeladen zu werden.“

„Ist das dein Ernst?“

„Ich fürchte ja.“

„Wow.“

„Die Menschen sind so kaputt.“

„Das wussten wir allerdings bereits“, sagte Nick.

„Ja, aber das ist ein weiterer Beweis dafür. Wie läuft dein Tag, Liebster?“

„Bisher gut. Die Lage im Golf von Suez scheint sich zu entspannen, das ist die wichtigste Nachricht. Heute Mittag findet ein großes Treffen zum Thema Cybersicherheit statt, und dann kommt eine Reihe von CEOs aus der Tech-Branche, um über die Bildung einer öffentlich-privaten Partnerschaft zu beraten, die sich mit dem Problem von Hacker- und Ransomware-Angriffen befassen soll.“

„Es ist ungeheuer sexy, wenn du Wörter wie ‚öffentlich-privat‘ oder ‚Ransomware‘ benutzt.“

Nick grinste. „Okay. Das muss ich mir merken.“

„Tu das. Ich wünsche dir eine gute Besprechung.“

„Danke, Babe. Kannst du bei der Vorstellung von Henderson als meiner Vizepräsidentin dabei sein? Sie findet um halb sieben statt, also vielleicht um sechs?“

Nach einer Pause versprach Sam: „Ich werde da sein.“

„Pass da draußen auf meine hinreißende Frau auf. Sie ist meine Sonne, meine Sterne, mein Mond und meine ganze Welt.“

„Ich falle gleich in Ohnmacht.“

„Kannst du mich am Freitag begleiten?“

„Jap, alles geklärt.“

„Danke, Samantha.“

„Gern geschehen, Nicholas. Ich muss jetzt Schluss machen. Bis später.“

„Ich liebe dich.“

„Ich dich auch.“

Sam beendete den Anruf und wechselte umständlich das Telefon, um auf ihrem Handy ein Gespräch mit Captain Malone zu führen.

„Kannst du versuchen, das Auto auf der Straße zu halten, während du das machst?“, bat Freddie.

„Ich schaff das schon. Keine Sorge.“

„Wunderbar.“

Malone nahm den Anruf entgegen. „Haben wir uns nicht gerade gesehen?“

„Ja, aber ich habe vergessen, Ihnen zu sagen, dass ich am Freitag mit Nick nach Iowa fliege. Nur damit Sie Bescheid wissen, wenn wir den Fall bis dahin nicht gelöst haben.“

„Das ist kein Problem. Tun Sie, was Sie tun müssen. Sie haben ein gutes Team, das Sie vertritt, wenn Sie unterwegs sind.“

„Danke.“

„Wir sind uns alle einig, dass es großartige PR ist, wenn die First Lady während der Amtszeit ihres Mannes weiter für die Polizei arbeitet. Wir sind bereit, Sie auf jede nur erdenkliche Weise zu unterstützen.“

Sam war ungewohnt gerührt von Malones Worten. „Das bedeutet mir viel. Danke.“

„Ihr Vater wäre so unglaublich stolz auf Sie beide.“

Das trieb Sam endgültig die Tränen in die Augen. „Das hoffe ich. Scotty und ich haben uns kürzlich erst ausgemalt, wie er im Rollstuhl überall im Weißen Haus auftauchen würde, um Fragen zu stellen und alle bei der Arbeit zu stören.“

Captain Malone lachte. „Das sehe ich direkt vor mir. Ich vermisse ihn wirklich. Ich kann mir gar nicht vorstellen, wie schwer das für Sie ist, vor allem jetzt, wo Weihnachten vor der Tür steht.“

„Thanksgiving war schon hart. Das war Skips Lieblingsfeiertag.“

„Ich kann ihn immer noch herzhaft in den Truthahnhals beißen sehen, während alle anderen würgen.“

Darüber musste Sam lachen. „Er hat buchstäblich alles gegessen. Übrigens, ich habe heute Abend um sechs eine Veranstaltung in La Casa Blanca.“

„Ah ja, die Bekanntgabe der ersten Vizepräsidentschaftskandidatin unserer Nation. Faszinierend.“

„Was wissen Sie über Henderson?“

„Nur was ich in der Zeitung gelesen habe. Sie hat in den letzten Jahren maßgeblich dazu beigetragen, Wähler für die Partei zu gewinnen, und vor allem junge Wähler überzeugt. Die Menschen sind begeistert, ein junges, tatkräftiges Team im Weißen Haus zu haben, ganz zu schweigen von dem jungen, tatkräftigen Präsidentenpaar.“

„Ja, davon ganz zu schweigen.“

„Warum fragen Sie?“

„Ich hatte ein komisches Gefühl bei ihr, als ich sie das erste Mal getroffen habe, aber die Begegnung hat nur zehn Sekunden gedauert.“

„Das reicht Ihrem Bauchgefühl normalerweise, um ein Ergebnis zu erhalten.“

„Ich hoffe, ich irre mich, was sie angeht.“

„Das hoffe ich auch. Lassen Sie mich wissen, was Tappen zu erzählen hat.“

„Mach ich.“

„Du hast ein komisches Gefühl bei Gretchen Henderson?“, fragte Freddie, als sie aufgelegt hatte.

„Ja, doch wie Nick schon gesagt hat, es war mehr oder weniger im Vorbeigehen. Ich muss der Frau eine Chance geben.“

„Dein Gespür ist normalerweise unfehlbar.“

„Genau davor habe ich Angst, Freddie.“

Sie würde der Frau wirklich eine Chance geben, denn für Nick war es eine große Sache gewesen, die erste Vizepräsidentin der Nation zu nominieren. Als jemand, der solche Dinge für längst überfällig hielt, wollte Sam ihn unterstützen – und Gretchen. Sie wollte die Frauen auf der ganzen Welt unterstützen, die die Ernennung einer Frau für das zweitmächtigste Amt der Welt feierten, und hoffte, dass Gretchen ihr beweisen würde, dass sie – und ihr Gefühl – falschlagen.

Um halb zwölf erreichten Sam und Freddie das Haus der

Tappens. Den Autos in der Einfahrt nach zu urteilen, war die ganze Familie anwesend, was ihnen die Arbeit erleichtern würde. In ihrer letzten Arbeitswoche vor den Ferien hatte Sam keine Zeit zu verlieren.

Es begann zu schneien, als sie und Freddie klingelten.

Lucas Tappen öffnete ihnen. „Oh. Hey. Haben Sie den Mörder meiner Mutter gefasst?"

„Noch nicht", sagte Sam. „Aber wir arbeiten daran. Ist dein Vater da?"

„Ja. Kommen Sie rein. Ich hole ihn."

„Danke sehr."

Sie warteten im Foyer, während Lucas in den rückwärtigen Teil des Hauses verschwand.

Kurz darauf kam Bob Tappen mit einem Geschirrtuch in der Hand aus der Küche.

Sam bemerkte, dass der Mann furchtbar aussah, als würde er gar nicht mehr schlafen. Er tat ihr leid. Innerhalb weniger Tage hatte er nicht nur seine geliebte Frau verloren, sondern auch erfahren, dass sie ihm untreu gewesen war. „Entschuldigen Sie vielmals die neuerliche Störung."

„Kein Problem."

Weil Lucas hinter ihm stand, fragte Sam: „Können wir Sie kurz allein sprechen?"

„Natürlich. Gehen wir ins Arbeitszimmer." Er reichte Lucas das Geschirrtuch. „Mach den Abwasch fertig, ja, mein Junge?"

Lucas warf Sam und Freddie einen langen Blick zu, dann sagte er: „Klar."

Bob führte sie in ein kleines Zimmer und schloss die Schiebetür. „Das war Pams Büro", erklärte er und schaute sich die Unordnung an, die die Spurensicherung hinterlassen hatte. „Was kann ich für Sie tun?"

„Wir haben eine etwas heikle Frage, und es tut uns leid, dass wir sie stellen müssen", erwiderte Sam zögernd, denn sie war immer noch nicht überzeugt, dass dies ein vernünftiger Ermittlungsansatz war. „Ist es möglich, dass eins Ihrer Kinder oder der Ouellette-Kinder von der Affäre erfahren hat und wütend genug war, um Pam das anzutun?"

Zunächst schien Bob zu bestürzt zu sein, um zu antworten. „Nicht meine Kinder. Sie haben ihre Mutter geliebt."

„Molly wusste von der Affäre. Besteht die Möglichkeit, dass sie ...“

„Auf keinen Fall! Sie unterstellen, dass eins meiner Kinder ein Psychopath ist, denn das müsste man sein, um so etwas zu tun.“

„Was wissen Sie über die Ouellette-Kinder?“

„Ich kenne nur Aidan. Seinen jüngeren Geschwistern bin ich ein paarmal zufällig begegnet, aber ich würde sie nicht wiedererkennen.“

„Haben Sie je etwas über einen von ihnen gehört, das Anlass zur Sorge gegeben hat?“

„Nein.“

„Danke für Ihre Hilfe.“

„Sie verdächtigen nicht wirklich meine Kinder, oder?“

„Bis wir den Mörder Ihrer Frau gefasst haben, verdächtigen wir jeden.“

„Meine Kinder waren das nicht. Die Jungs waren mit mir in Delaware, und Molly war in Boston.“

„Danke für die Bestätigung der Alibis.“

„Bitte bringen Sie ihr Leben nicht noch mehr durcheinander, als es ohnehin schon ist“, flehte er. „Keiner von ihnen wäre dazu imstande gewesen. Pam war ihr Ein und Alles.“

„Nochmals vielen Dank für Ihre Zeit“, beendete Sam das Gespräch. „Wir melden uns.“

Tappen begleitete sie hinaus und stand in der Tür, als sie wegfuhren.

„Was meinst du?“, fragte Freddie.

„Dass er ein Vater ist, der seine Kinder beschützen will und sich nicht vorstellen kann, dass eins von ihnen zu so etwas fähig wäre.“

„Eltern wollen grundsätzlich nicht glauben, dass sie einen Mörder großgezogen haben. Dann statten wir jetzt Josie Ouellette einen Besuch ab?“

Sam dachte kurz darüber nach. „Nein, ich möchte noch einmal mit Paula sprechen.“ Wenn jemand mehr wusste, dann Pams beste Freundin. „Ruf sie an, und finde heraus, wo sie ist.“

KAPITEL 23

Freddie rief Paula an und erfuhr, dass sie bei der Arbeit war, in einer Arztpraxis in der Connecticut Avenue Northwest. Er gab die Adresse in sein Smartphone ein.

Zwanzig Minuten später trafen sie dort ein, nachdem sie die nervigsten Staus aufgrund von Baustellen umfahren hatten. „Ich werde nie verstehen, warum die den ganzen Straßenkram nicht in der Nacht machen können."

„Da hast du recht. Es ist totaler Unsinn, irgendetwas davon tagsüber zu erledigen."

„Außerdem nervt es mich."

„Ich werde es auf die Liste setzen."

„Weißt du, was? Ich werde Nick bitten, die Bürgermeisterin anzurufen und sie zu fragen, warum sie tagsüber Straßenarbeiten durchführen lässt."

„Wirklich?"

„Ich werde es ihm jedenfalls vorschlagen."

„Er wird sich sicher sofort darum kümmern, zumal er ohnehin nichts Besseres zu tun hat."

Sam sah zu ihm hinüber und ertappte ihn dabei, wie er versuchte, sich ein Lachen zu verkneifen, dann fiel ihr Blick auf das Schild für die Arztpraxis. „O Gott. Paula arbeitet bei einem Proktologen? Unfassbar. Mir müsste schon der Hintern abfallen, bevor ich ihn zu einem Proktologen bringe."

Jetzt konnte sich Freddie endgültig nicht mehr beherrschen.

„Das werde ich mir notieren, damit ich dich im Fall der Fälle hier-
herbringe.“

„Genau, und keine Sekunde früher.“

In der Praxis fiel Sam auf, dass keiner der Patienten im Wartezimmer sie anstarrte, was eine willkommene Abwechslung war.
Wenn sie hier Patientin wäre, würde sie auch mit niemandem Blick-
kontakt aufnehmen wollen. Nicht dass an Proktologie etwas auszusetzen gewesen wäre. Natürlich nicht.

Paula winkte sie nach hinten in einen Besprechungsraum.

„Tut uns leid, dass wir Sie bei der Arbeit stören“, erklärte Sam.

„Schon in Ordnung. Ich tue alles, was ich kann, um Ihnen zu
helfen, Pams Mörder zu finden.“

„Hat sie mit Ihnen je über Marks Kinder gesprochen?“

Die Frage schien Paula zu überraschen. „Aidan ist ein Mann-
schaftskamerad ihrer Söhne. Er ist ein Riesentalent. Alle rechnen
damit, dass er ein großer Footballstar werden wird.“

Da Aidan ein wasserdichtes Alibi für die Tatzeit hatte, erkundigte sich Sam weiter: „Was ist mit seinen Schwestern?“ Sie sah in
ihr Notizbuch. „Grace, Michaela und Alexis. Hat sie je von ihnen
gesprochen?“

Paula dachte eine volle Minute darüber nach. „Sie hat mal gesagt,
die älteste – das ist Grace – habe Probleme.“

„Hat sie das näher ausgeführt?“

„Sie hat nur erzählt, dass Mark und seine Frau eine Menge Ärger
mit ihr hätten. Sie sei sehr halsstarrig, höre nicht auf sie und
begehre ständig gegen die Regeln auf. So in der Art.“

Sams Rückgrat kribbelte – das Gefühl, das ihr verriet, dass sie
vielleicht an etwas dran waren. „Ist sie, soweit Sie wissen, je gewalt-
tätig geworden?“

„Das kann ich Ihnen leider nicht sagen.“

„Hat Pam Ihnen vielleicht sonst noch etwas über Mark oder
seine Familie erzählt?“

„Mir fällt nichts weiter ein, aber wenn, dann rufe ich Sie an.“

„Danke für Ihre Hilfe. Wir wissen das wirklich sehr zu schätzen.“

„Ich hoffe, dass Sie den Täter bald finden.“

„Das hoffen wir auch.“

Als sie wieder draußen waren, verlangte Sam: „Ruf McBride an,
und sag ihr, sie sollen sich auf Grace Ouellette konzentrieren. Ich
brauche alles, zuerst über sie und dann erst über ihre
Geschwister.“

Während Freddie ihre Anweisungen an Jeannie weiterleitete, fuhr Sam zu Mark Ouellettes Versicherungsagentur.

„Sie sind dran", meldete Freddie. „Wie machen wir weiter?"

„Ich will noch mal mit Mark Ouellette reden. Wenn eins seiner Kinder wegen seiner Affäre sauer war, weiß er vielleicht davon. Ich würde gerne sein Gesicht sehen, wenn ich ihn danach frage."

„Gute Idee. Auf geht's."

~

Als Gonzo und Cameron an dem Haus ankamen, in dem Tiffany Thorn und ihr Sohn untergebracht waren, zeigte er dem Beamten, der vor der Haustür stand, seine Dienstmarke.

„Sie ist gerade erst zurück, Sergeant", meldete der Streifenpolizist, als er ihnen nach einer gründlichen Betrachtung ihre Marken zurückgab. „Eine echt nette Lady."

Die Stimme des jungen Polizisten troff vor Sarkasmus.

„Ich hatte gestern Abend leider das fragwürdige Vergnügen, ziemlich viel Zeit mit ihr zu verbringen", erwiderte Gonzo.

Der Beamte grinste über seine Bemerkung und erstattete dann weiter Bericht: „Ihre Mutter ist gekommen, um bei dem Jungen zu bleiben, während sie im Fernsehen über Ihre Chefin und den Präsidenten hergezogen hat."

„Danke für die Information, Officer McDaniels", sagte Gonzo.

„Gern."

„Wir sind hier, um sie zu einem offiziellen Verhör im Hauptquartier abzuholen. Können Sie uns unterstützen? Es sollte mich wundern, wenn sie einfach so mitkommt."

„Klar, Sergeant."

Cameron wartete neben Gonzo, während dieser klingelte. Als Tiffany Thorn die Tür öffnete, fiel ihm auf, dass ihr Haar und ihr Make-up makellos waren, als hätte ein Profi sie auf ihre Fernsehauftritte vorbereitet.

„Haben Sie Brysons Mörder gefunden?"

„Wir glauben ja."

Sie riss die Augen auf. „Oh, gut. Das ist eine große Erleichterung. Dann können wir nach Hause?"

„Noch nicht ganz. Sie müssen mit ins Hauptquartier kommen."

„Warum?"

„Ich habe ein paar weitere Fragen."

„Warum stellen Sie die nicht hier?"

„Weil es sich um die förmliche Befragung einer Verdächtigen im Mordfall Bryson Thorn handelt."

Es dauerte eine Sekunde, bis sie begriff, was er meinte, dann blitzten ihre Augen zornig. „Ich hoffe für Sie, Sie wollen mir nicht unterstellen, ich hätte etwas damit zu tun."

„Mrs Thorn, ich will damit sagen, dass Sie zu einem offiziellen Gespräch mit mir mitkommen müssen, um die Hinweise zu erörtern, die wir bisher gefunden haben. Wenn Sie mich widerstandslos begleiten, werde ich Ihnen erst im Auto Handschellen anlegen."

„Ich gehe nirgendwohin."

Er ergriff ihren Arm und ließ die Handschellen zuschnappen, bevor sie auch nur ahnte, was er vorhatte. „Dann eben auf die harte Tour. Tiffany Thorn, ich nehme Sie wegen des Verdachts fest, die Ermordung Ihres Mannes Bryson Thorn in Auftrag gegeben zu haben." Gonzo erklärte ihr ihre Rechte, während sie sich heftig wehrte. Nachdem Gonzo sich vergewissert hatte, dass Tiffanys Mutter, die die Vorgänge bestürzt verfolgt hatte, sich um den kleinen Jungen kümmern würde, schafften er, Cameron und McDaniels Tiffany mit vereinten Kräften vom Haus zu Gonzos Auto.

Tiffany schrie die ganze Zeit Zeter und Mordio von wegen Polizeischikane. Sie drohte, dass diese Aktion die beteiligten Beamten ihre Dienstmarken, ihre Karrieren, die Karriere ihres Chefs und jeden Cent, den sie je in ihrem Leben verdient hatten, kosten würde.

„Ich will einen gottverdammten Anwalt! Seht euch an, wie die eine Frau behandeln, die gestern ihren Ehemann verloren hat!" Die Leute auf der Straße blieben stehen und betrachteten sie fassungslos. Dazu schrie sie, all das geschehe nur, weil sie ihre Chefin, die First Lady, und deren Mann, den Präsidenten, des Mordes an ihrem Mann beschuldigt habe.

Gonzo schlug ihr die Tür vor der Nase zu und schnitt ihr damit den Wortschwall ab. „Na, das hat doch Spaß gemacht."

„Mehr Spaß hatte ich die ganze Woche noch nicht", bemerkte McDaniels. „Viel Glück für die Fahrt zum Hauptquartier."

„Wir werden sie ignorieren", antwortete Green. „Darin sind wir geübt."

„Behalten Sie die Mutter und den Sohn im Auge", wies Gonzo McDaniels an, „nur für den Fall, dass wir uns geirrt haben, was die Frau betrifft. Aber ich glaube es nicht."

„In Ordnung. Wenn ich das sagen darf, wir stehen alle hinter Ihnen, was den kommenden Prozess angeht.“

Gonzo schüttelte dem jüngeren Beamten die Hand. „Danke sehr. Das bedeutet mir viel.“ Er stieg ins Auto und schloss die Öffnung in der Trennscheibe zum Rücksitz, damit Tiffanys Gezeter nicht mehr so schrill zu hören war. „An manchen Tagen macht der Job einfach mehr Spaß als an anderen“, stellte er fest, während er sich in den Verkehr einordnete, um zum Hauptquartier zu fahren.

„Das kannst du laut sagen“, pflichtete ihm Cameron bei.

„Ich kann nicht umhin, zu bemerken, dass du heute nicht so geschniegelt und gestriegelt bist wie sonst, sodass wir anderen etwas weniger alt aussehen.“

Cameron lachte. „Ich hatte eine harte Nacht, Gonzo. Meine Ex hat mir die Reifen zerstochen.“

Gonzo blickte ihn an. „Ehrlich? Wurde sie wenigstens festgenommen?“

„Ja, sie wartet in einer Arrestzelle auf die Anklageerhebung. Sam hat ihr heute Morgen eine Standpauke gehalten, die verhindern sollte, dass sie weiteren Ärger macht.“

„Wie konnte es überhaupt so weit kommen?“

„Ich schätze, sie ist mir gefolgt und hat herausgefunden, dass ich jemand anderen habe.“

„Wen denn?“

„Gigi.“

„*Unsere* Gigi?“

„Ja, genau.“

„Heilige Scheiße. Davon hatte ich gar keine Ahnung.“

„Ich auch nicht, bis ihr Ex sie krankenhausreif geschlagen hat und ich zum ersten Mal in meinem Leben Mordlust verspürt hab. Sam hat mich dann draufgestoßen.“

„Hm, also … Das ist toll, Cam. Ich freue mich für euch.“

„Wir freuen uns auch, nur werden die beiden Verflossenen das vermutlich nicht einfach widerspruchslos hinnehmen.“

„Es ist schwer, geduldig zu sein, wenn man jemand Besonderen gefunden hat und die ganze Welt sich gegen einen zu verschwören scheint. Christina und ich waren gerade mal zehn Minuten zusammen, als ich das mit Alex erfahren habe.“ Damals war es der größte Schock seines Lebens gewesen, herauszufinden, dass er einen Sohn hatte, von dem er nichts gewusst hatte. Seitdem war Alex zu einem festen Bestandteil seines Lebens geworden, den er nie wieder missen wollte.

„Das muss Wahnsinn gewesen sein."

„Ja, aber Christina … Sie hat nie gezögert. Sie hat immer zu mir gehalten. Da wusste ich, sie ist die Richtige, verstehst du?"

„Klar. Das ist von einer neuen Freundin viel verlangt. Es ist cool, dass sie sich so für dich eingesetzt hat."

Gonzo stellte fest, dass er mit seinem neuen Partner gerade das erste Mal wie mit einem Freund und nicht nur wie mit einem Kollegen redete. Das war schon lange überfällig, und er hatte das Bedürfnis, das zum Ausdruck zu bringen. „Hey, also, es tut mir leid, dass der Einstieg für dich als mein Partner so hart war. Ich hoffe, du weißt, dass das nichts Persönliches war."

„Natürlich. Ich kann mir nicht mal ansatzweise vorstellen, was du seit Arnolds Tod durchgemacht hast."

„Das war ohne Frage der schlimmste Tag meines Lebens."

„Nach allem, was man hört, war er ein toller Kerl und ein hervorragender Polizist."

„Das war er", bestätigte Gonzo und lächelte, da er sich jetzt mit Zuneigung an seinen Partner erinnern konnte statt nur voller Trauer. „Er war witzig, albern und oft eine große Nervensäge, doch ich habe ihn wie einen Bruder geliebt. Ihn auf diese Weise zu verlieren war ein verdammter Albtraum."

„Das hätte jeder so empfunden."

„Hoffentlich erhält sein Mörder bei dem Prozess seine gerechte Strafe. Ich weiß nicht, was ich tun werde, wenn dieser Kerl freikommt."

„Er wird nicht freikommen. Niemals."

Gonzo war dankbar für Cams Zuspruch. „Dein Wort in Gottes Ohr."

Im Hauptquartier wurde die immer noch kreischende Tiffany erkennungsdienstlich behandelt, einschließlich der Leibesvisitation, bei der sie sich aufführte, als hätte sie den Verstand verloren. Die Polizistin, die das Glück gehabt hatte, die Durchsuchung machen zu müssen, brachte sie in einem orangefarbenen Overall zu Gonzo und Cam zurück.

„Sie gehört ganz Ihnen."

„Freude, schöner Götterfunken", murmelte Gonzo und fasste Tiffany am Arm, um mit ihr zum Verhörraum zu gehen.

„Sie haben die größte Klage vor sich, die diese Behörde je gesehen hat", drohte sie, vor Wut schäumend.

„Nur zu."

„Ich will einen Anwalt!"

„Kein Problem."

Er führte sie in einen der Vernehmungsräume und wies auf den Festnetzapparat auf dem Tisch. „Haben Sie die Nummer Ihres Anwalts? Ich werde sie für Sie wählen." Das war das Mindeste, was er für sie tun konnte, da sie Handschellen trug.

Sie geriet ins Stottern, während sie versuchte, sich an den Namen zu erinnern. „Ich kenne ihn nicht persönlich. Um solche Dinge hat sich Bryson gekümmert."

„Soll ich dann beantragen, dass Ihnen ein Pflichtverteidiger zur Verfügung gestellt wird?"

„Auf gar keinen Fall", sagte sie und verzog angewidert das Gesicht.

„Ich brauche mindestens einen Namen, damit ich jemanden für Sie anrufen kann."

„Den kenne ich aber nicht!"

„Dann kontaktiere ich jetzt das Büro des Pflichtverteidigers. Die sind normalerweise ziemlich überlastet, es könnte also ein oder zwei Tage dauern, bis sie jemanden schicken können. Dann mal los."

„Wohin?"

Gonzo ergriff ihren Arm, ignorierte die Frage und begleitete sie zur Treppe zu den Arrestzellen im Keller.

In der Erwartung von Gegenwehr nahm Cameron ihren anderen Arm.

„Wohin bringen Sie mich?", fragte Tiffany und wehrte sich tatsächlich.

„In die Zelle, in der Sie auf Ihren Anwalt warten können."

„Sie können mich nicht in eine Zelle stecken! Ich habe nichts verbrochen!"

„Ja, klar."

Der diensthabende Sergeant im Arrestbereich schaute auf, als er sie kommen hörte. Als er bemerkte, dass Gonzo und Cam Mühe hatten, ihre Gefangene die Treppe hinunterzuschaffen, öffnete er eine Zelle für sie. Sie schoben sie hinein und schlossen rasch die Zellentür.

„Das ist reine Schikane! Sie haben nichts gegen mich in der Hand! Das wird Sie alle den Job kosten!"

„Wir werden sehen."

„Das machen Sie mit Absicht", keifte sie, und ihre Augen verengten sich gehässig.

„Was mache ich mit Absicht?", erkundigte sich Gonzo.

„Sie machen das hier so unangenehm wie nur irgend möglich für mich."

„Nein, Mrs Thorn, das bewerkstelligen Sie ganz allein. Wenn Ihnen der Name eines Anwalts einfällt, den Sie anrufen möchten, kann Ihnen der diensthabende Kollege helfen. Ansonsten warten wir auf Ihren Pflichtverteidiger."

„Das werden Sie bereuen!", kreischte sie ihnen nach, als sie die Treppe wieder hinaufgingen. „Das wird kein gutes Ende für Sie nehmen!"

„O nein, Süße", murmelte Gonzo halblaut. „Eher umgekehrt."

Nachdem er und Gonzo die Widerspenstige eingelocht hatten, nahm sich Cameron einen Moment Zeit, um Gigi eine SMS zu schreiben und sich zu vergewissern, dass bei ihr alles in Ordnung war.

Alles gut, antwortete sie. *Nur gelangweilt und einsam, abgesehen von Jeffrey, der mir vortrefflich Gesellschaft leistet.* Sie schickte Smileys mit Herzaugen und Kussgesichter, die sogleich Erinnerungen an letzte Nacht weckten und eine eindeutige körperliche Reaktion bei ihm hervorriefen – und das bei der Arbeit!

Ich komme zurück, so schnell ich kann. Lass mich wissen, was du zum Abendessen möchtest.

Bis bald. Küsschen.

Cam hatte solche Sehnsucht nach ihr, dass er am liebsten früher Feierabend gemacht hätte. So hatte er noch nie für eine Frau empfunden. Er dachte daran, wie Sam ihm erzählt hatte, was ihr Ex-Mann alles unternommen hatte, um sie und Nick voneinander fernzuhalten. Schon bei der allerersten Begegnung hatte sie gewusst, dass Nick der Richtige für sie war und dass es nie einen anderen geben würde. Cameron begriff langsam, dass ihm das Gleiche passiert war, als er Gigi Dominguez zum ersten Mal getroffen hatte. Er hatte es nur nicht begriffen. Im Nachhinein war man immer schlauer, und als er die verschiedenen Hinweise durchging, die die ganze Zeit da gewesen waren, kam er sich ein bisschen dumm vor, weil er etwas übersehen hatte, was sich direkt vor seiner Nase befunden hatte.

Vielleicht hatte er es aber gar nicht übersehen. Vielleicht hatte er keine andere Wahl gehabt, als es zu ignorieren, weil sie beide andere Partner gehabt hatten. Jetzt stand ihrem Zusammensein nichts mehr im Weg, und er konnte sich an keine Zeit erinnern, in der er weniger an der Arbeit interessiert gewesen wäre als an diesem Tag.

„Reiß dich zusammen, Mann", ermahnte er sich. „Du hast einen Job zu erledigen." Er loggte sich bei Facebook ein, gab den Namen Grace Ouellette aus Washington, D. C., ein und wühlte sich durch die Suchergebnisse, bis er das Mädchen fand, das er suchte. Dass sie es wirklich war, ließ sich anhand ihrer Freundesliste feststellen, in der ihre Eltern und ihre Geschwister Aidan, Michaela und Alexis auftauchten.

Als er durch Grace' Posts scrollte, verrieten die Bücher und Filme, die sie empfahl, eine Faszination für das Okkulte. Auf den meisten ihrer Fotos waren ihre Augen mit schwarzem Kajal umrandet, was ihr in Kombination mit ihrer blassen Haut ein ätherisches Aussehen verlieh. Ein drei Wochen alter Beitrag erregte seine Aufmerksamkeit. *Vertraue niemandem*, hatte sie gepostet. *Absolut niemandem.* Er machte einen Screenshot des Beitrags und druckte ihn aus, zusammen mit Kommentaren wie „Yo, Kleines, wer hat dich gelinkt?", „Was soll das?" und „Oh-oh, was ist jetzt?".

Nur auf die erste Frage hatte Grace reagiert: „Du würdest es nicht glauben."

Da dies der einzige Post war, auf den Grace geantwortet hatte, notierte sich Cameron den Namen des Mädchens: Cory Bachman. Nachdem er deren Adresse in Erfahrung gebracht hatte, griff er zu seinem Telefon und rief Sam an.

„Was gibt's?"

„Du hast vermutlich schon von Gonzo erfahren, dass wir Tiffany Thorn in Gewahrsam haben und was für ein toller Mensch sie ist."

„Ich habe gehört, dass sie ein ziemliches Theater abzieht."

„Das muss man selbst erlebt haben, um es zu glauben. Ich rufe allerdings an, weil ich in Grace Ouellettes Facebook-Account recherchiert und einen Beitrag gefunden habe, der vor drei Wochen gepostet wurde und in dem sie schreibt: ‚Vertraue niemandem. Absolut niemandem.' Ein paar Freundinnen haben nachgefragt, doch sie hat nur einer geantwortet, die sie gefragt hat, wer sie gelinkt hätte. Sie hat geschrieben: ‚Du würdest es nicht glauben.' Der

Name der Freundin ist Cory Bachman, und ich habe ihre Adresse ein paar Kilometer vom Haus der Ouellettes entfernt ermittelt."

„Großartige Arbeit. Das ist eine wichtige neue Spur."

„Ich werde mit Jeannie und Matt weiter Grace und die anderen Ouellette- und Tappen-Kinder unter die Lupe nehmen, vielleicht fällt da auch noch etwas auf."

„Sag mir dann Bescheid."

„Wird gemacht."

KAPITEL 24

S am beendete das Gespräch mit Cameron und informierte
Freddie über die neueste Entwicklung.

„Interessant, dass Grace schreibt, sie könne niemandem vertrauen", antwortete Freddie. „Ich frage mich, ob sie damit ihren Vater
gemeint hat."

„Das vermute ich. Mal schauen, was Mark zu der Frage sagt, was
seine Kinder wann wussten." Sie warf einen Blick auf die Uhr und
stellte fest, dass es langsam auf zwei zuging. Es blieben ihr noch vier
Stunden, bis sie zu Nicks Bekanntgabe seiner Kandidatin für die
Vizepräsidentschaft im Weißen Haus sein musste.

„Was halten die Leute von Nicks Entscheidung für Henderson
als Vizepräsidentin?", fragte sie zögernd. Ein Teil von ihr wollte es
gar nicht so genau wissen.

„Die Frauen sind begeistert und feiern es als großen Meilenstein,
dass zum ersten Mal eine Frau dieses Amt übernehmen soll."

„Ich bin echt stolz auf Nick, weil er darauf bestanden hat, auch
wenn es viel schwieriger war als erwartet, jemanden zu finden, der
den Job überhaupt haben wollte."

„Die Rechte ist entsetzt, dass er eine Frau vorschlagen will, die
noch keine Wahl gewonnen hat, obwohl sie ihr ganzes Erwachsenenleben lang in der Politik tätig war. Ich habe ein Zitat des Oppositionsführers gelesen, der beklagt, dass der unerfahrenste Präsident
und die unerfahrenste Vizepräsidentin der Geschichte, die beide
ohne direkte demokratische Legitimation ins Amt gelangt sind,
unser Land führen sollen."

Sam schluckte und bereute es, dass sie gefragt hatte. „Stenhouse lässt wirklich keine Gelegenheit aus, uns in die Suppe zu spucken."

„Andere finden den jugendlichen Schwung der Führungsspitze toll und verweisen darauf, dass es längst überfällig sei, dass die nächste Generation das Ruder übernimmt."

„Du bist bemerkenswert gut informiert."

„Einer meiner beiden besten Freunde ist der neue Präsident. Ich verschlinge jedes Wort, das die Presse über ihn und seine Frau schreibt."

„Oje. Was schreibt man denn über seine Frau?"

„Willst du das wirklich wissen?"

„Nein. Schon gut."

„Es ist nicht schlimm", versicherte er ihr lachend. „Die meisten Frauen begrüßen es, dass die First Lady als erste Frau im Weißen Haus einen Job außerhalb dieser heiligen Hallen ausübt. Die meisten Artikel bewerten das Vorbild, das du für Frauen und berufstätige Mütter abgibst, überwiegend positiv."

„Ich möchte gar kein Vorbild für berufstätige Mütter sein, denn ich habe nicht annähernd genug Zeit für meine Kinder. Das möchte ich im neuen Jahr ändern. Ich bin nicht sicher, wie ich das anstellen werde, doch ich bin wild entschlossen, mehr Zeit mit ihnen zu verbringen. Scotty ist schon vierzehn. *Vierzehn!* Er wird nur noch vier Jahre zu Hause wohnen. Ich weigere mich, den größten Teil dieser Zeit über nicht da zu sein."

„Ein schöner Vorsatz. Ich werde alles tun, um dir dabei zu helfen."

„Danke dir. Das weiß ich sehr zu schätzen. Ich werde mich revanchieren, wenn ihr mal Kinder habt."

„Abgemacht."

„Die Zeit verfliegt regelrecht. Nick und ich sind diese Woche zwei Jahre zusammen, was bedeutet, auch der Mord an John O'Connor liegt bereits zwei Jahre zurück."

„Diese Woche kenne ich auch Elin zwei Jahre."

„O mein Gott, stimmt ja! Das war eine ziemlich krasse Woche. Aber wie kann es sein, dass das wirklich schon zwei Jahre her ist?"

„Überleg doch mal, was in dieser Zeit alles passiert ist."

„Davon kriege ich nur Kopfweh. Wie bin ich von einem Date mit einem Stabschef, der seinen Job verloren hatte, weil sein Chef ermordet worden war, dazu gekommen, mit dem Präsidenten im Weißen Haus zu leben?"

Freddie grinste. „Stell dir mal die Bücher und Filme vor, die es eines Tages über deine Geschichte geben wird."

„Solange mich jemand spielt, der sexy ist, wie Scarlett Johansson …"

„Sie wäre perfekt geeignet. Wer könnte mich spielen?"

„Du kommst überhaupt nicht vor", entgegnete Sam und verkniff sich ein Lachen.

Er warf ihr einen gekränkten Blick zu. „Ich bin einer der wesentlichen Protagonisten deiner Geschichte."

„Wenn du meinst …"

„Vielleicht schreibe ich einfach ein Enthüllungsbuch, statt in deinem Film mitzuspielen."

„Wag das ja nicht."

„Dann bring mich in den Film."

„Das ist Erpressung!"

In vorwurfsvollem Ton erklärte er: „,Erpressung' ist so ein hässliches Wort."

„Auf diesen Spruch habe ich das Urheberrecht!"

„Du solltest lieber an deinen Partner denken und daran, wie viel er weiß, wenn Hollywood anruft."

„Du warst mal so ein netter Junge. Was ist nur mit dir passiert?"

„*Du* bist passiert", antwortete er wie immer, wenn sie ihm diese Frage stellte.

Sie fuhr auf den Parkplatz von Mark Ouellettes Versicherungsagentur und drehte sich zu Freddie um. „Wenn du etwas über einen von uns liest oder im Fernsehen siehst, wovon du denkst, dass wir es wissen sollten, dann sag es mir, okay?"

„Du hast doch ein ganzes Team von Leuten, die das für dich tun."

„Aber du weißt besser als jeder andere, was ich wissen muss – und was nicht."

„Ich passe auf dich auf. Keine Sorge."

„Dank sehr." Sam hielt inne, ehe sie aus dem Auto stieg. „Hierfür, meine ich." Sie machte eine Geste, die das ständige Geplänkel zwischen ihnen und die Witzeleien, aus denen ihre Tage bestanden, umfassen sollte. „Du bist das Einzige, was verhindert, dass ich endgültig den Verstand verliere."

„Ich bin immer für dich da", verkündete er.

Gerührt von seiner Loyalität und Unterstützung erwiderte sie: „Das bedeutet mir sehr viel. Dann reden wir jetzt mal mit Mark."

Als sie die Agentur betraten, erschrak Mark sichtlich darüber, sie wiederzusehen. „Ist etwas passiert?"

„Wir brauchen noch ein paar Informationen." Sam schaute in Richtung seines Büros. „Können wir uns ungestört unterhalten?"

Er bemerkte, dass seine Angestellten sie mit unverhohlener Neugierde betrachteten. „Natürlich."

Sam und Freddie folgten ihm in sein Büro.

Freddie schloss die Tür und setzte sich neben Sam, während Mark hinter seinem Schreibtisch Platz nahm.

„Worum geht es?"

„Erzählen Sie uns von Ihren Kindern", bat Sam.

Die Frage schockierte ihn. „M… meinen Kindern? Was ist mit ihnen?"

„Wussten sie von Ihrer Affäre mit Pam Tappen?"

„Ich glaube, Aidan und Grace wussten Bescheid."

„Sie glauben?" Sams Rückgrat kribbelte wie stets, wenn sie an etwas dran waren. „Sie sind sich nicht sicher?"

„Sie … sie wussten es."

„Das letzte Mal haben Sie ausgesagt, niemand hätte etwas geahnt."

„Ich wollte sie da nicht mit reinziehen."

Als Mutter verstand Sam das. Als Polizistin nervte es sie, dass sie das wertvolle Zeit gekostet hatte. „Wie haben sie es herausgefunden?"

„Grace ist mir mal gefolgt, als ich mich mit Pam getroffen habe, und hat uns zur Rede gestellt."

Ja, das war eine wichtige Spur. „Inwiefern zur Rede gestellt?"

„Sie hat uns auf dem Parkplatz eines Restaurants abgefangen und herumgeschrien, wir seien Lügner und Betrüger und sie hoffe, dass wir bekommen, was wir verdient haben."

„Das war alles?"

Ouellette zögerte.

„Mr Ouellette, ich würde Ihnen raten, jetzt mit der ganzen Geschichte rauszurücken. Wenn wir später herausfinden, dass Sie mehrfach Informationen zurückgehalten haben, könnte das eine Anklage nach sich ziehen."

Ouellette brach in Tränen aus. „Sie ist doch meine Tochter. Mein kleines Mädchen. Sie kann das nicht getan haben."

„Was hat sie sonst noch gesagt?"

Es dauerte ganze fünf Minuten, bis er sich so weit wieder beruhigt hatte, dass er sprechen konnte. Die neuerliche Verzögerung ärgerte Sam nur noch mehr. „Sie hat gesagt, sie wolle uns beide umbringen, wenn wir unsere Beziehung nicht beenden."

Sam hatte Mühe, einen neutralen Gesichtsausdruck beizubehalten, nachdem er diese Bombe hatte platzen lassen. „Wann war das?"

Er dachte kurz nach. „Vor etwa sechs Wochen."

„Hat Aidan von ihr von der Affäre erfahren? Hat Grace es ihm erzählt?"

„Ja. Ich habe sie angefleht, es niemandem zu verraten, und versprochen, wir würden es beenden."

„Haben Sie das denn?"

Ouellette errötete. „Nein, wir haben uns danach allerdings seltener gesehen."

„Wie war Ihr Verhältnis zu Grace nach diesem Zwischenfall?", fragte Freddie.

„Seit damals spricht sie nicht mehr mit mir."

Sam nickte Freddie zu, um ihm zu bedeuten, er solle in dieser Richtung weiterfragen.

„Ist das dem Rest Ihrer Familie nicht aufgefallen?"

„Grace ist oft sehr still und in sich gekehrt, deshalb haben sie sich wohl nichts dabei gedacht. Aber mir ist es aufgefallen."

„Mr Ouellette, ist es möglich, dass Ihre Tochter Ihre Geliebte so dringend aus Ihrem Leben entfernen wollte, dass sie sie getötet hat?"

Sein Mund blieb offen stehen, und seine Augen weiteten sich. „Auf gar keinen Fall. Zu so etwas wäre Grace gar nicht fähig. Man müsste ein Monster sein, um Pam das anzutun. Meine Grace könnte das nicht. Das ist völlig ausgeschlossen."

Das Schwanken in seiner Stimme bei den letzten vier Worten verriet Sam, dass er sich in Wirklichkeit gar nicht so sicher war, ob seine Grace zu so etwas nicht doch fähig war. Zu Freddie sagte sie: „Malone soll uns einen Durchsuchungsbeschluss besorgen und die Spurensicherung zum Haus der Ouellettes schicken. Ich will Grace' Computer, ihr Handy und eine vollständige Durchsuchung ihres Zimmers."

„Jawohl, Ma'am", antwortete Freddie und verließ das Büro, um sich um ihre Anweisungen zu kümmern, während Mark ihm entsetzt nachsah.

„Wo finden wir sie?", wollte Sam wissen.

„Sie verdächtigen sie ja wohl nicht ernsthaft?"

„Ich habe gefragt, wo wir sie finden."

„Sie besucht die Burke“, erwiderte er mit einem tiefen Seufzer. „Sie ist im letzten Jahr.“

„Sind Ihre anderen Kinder auch dort?“

Er nickte und fuhr sich mit einer zitternden Hand durchs Haar. „Aidan macht dieses Jahr ebenfalls seinen Abschluss. Wir haben ihn wegen Football ein Jahr zurückgestellt.“

Sam erhob sich und wandte sich zur Tür.

„Das war's? Sie wollen sie in der Schule stören?“

Sam blickte ihn über die Schulter an. „Genau. Und wenn Sie sie warnen, kommen wir zurück und nehmen Sie fest. Noch Fragen?“

Sein finsterer Gesichtsausdruck sprach für sich.

Sie gingen an Ouellettes schockierten Mitarbeitern vorbei hinaus in die kühle Luft, die eine willkommene Abwechslung zu dem stickigen Büro war.

„Wie froh ich bin, dass Grace Ouellette achtzehn ist und ich weder die Erlaubnis ihrer Eltern noch deren Mitwirkung brauche!“

„Das hilft uns beiden enorm. Grace hingegen wird weniger erfreut sein.“

Sam lachte schnaubend über seine schlagfertige Entgegnung. „Was wissen wir über die Schule?“

„Ein echter Eliteschuppen. Ein paar Freunde aus meiner Kirchengemeinde waren dort.“ Er tippte auf seinem Handy herum. „Etwa vierundvierzigtausend pro Jahr und Kind.“

Sam stieß einen leisen Pfiff aus. „Macht man in der Versicherungsbranche so viel Geld?“

„Ich hätte es nicht gedacht, aber er zahlt fast zweihunderttausend im Jahr, um vier Kinder zur Schule zu schicken – und er muss sie auch noch durchs College bringen.“

„An welcher Schule sind die Tappen-Kinder?“

Gleich darauf antwortete er: „Coolidge.“

„Sehr interessant. Die Ouellettes gehen auf eine Privatschule, die Tappens auf eine öffentliche. Sag Cam und Matt, dass sie die Finanzen der Ouellettes mal genauer unter die Lupe nehmen sollen.“

„Ich habe eine SMS geschickt, und Cam ist dran.“

„Ruf Archie an, und erkundige dich, wie weit wir mit der Suche in den Überwachungsaufnahmen aus der Gegend sind, in der Pam wohnt und wo der Minivan gefunden wurde“, fuhr Sam fort, die angesichts des möglichen Durchbruchs in diesem komplexen Fall einen Adrenalinschub hatte.

Während Freddie das erledigte, fuhr Sam in Richtung des Campus der Edmund Burke School in der Connecticut Avenue.

„Er sagt, er hat noch nichts, aber sie arbeiten in einem Umkreis von drei Kilometern um beide Standorte."

„Richte ihm unseren Dank aus, und er soll es uns wissen lassen, wenn er etwas findet."

Als Freddie das Gespräch mit Archie beendet hatte, befahl Sam: „Ruf die Burke an, und gib Bescheid, dass wir kommen, um mit Grace Ouellette zu sprechen. Und vergiss nicht, zu erwähnen, dass wir für ihre Unterstützung dankbar sind."

Während er auch diesen Anruf ausführte, suchte Sam nach einem Parkplatz in der Nähe der Schule. Sie parkte schließlich in zweiter Reihe und ließ die Warnblinkanlage an, während sie sich auf den Weg zu dem roten Ziegelbau mit dem großen BURKE-Schild vor der Tür machten. Da sie vorher angerufen hatten, empfing sie ein Mitarbeiter der Schule am Haupteingang und führte sie in einen Konferenzraum im Verwaltungsgebäude.

Sam schätzte diese Art der Zusammenarbeit und wünschte sich, so etwas bei ihrer Arbeit häufiger zu erleben. „Hier gefällt es mir", verkündete sie, als der Angestellte sie verlassen hatte und sie auf Grace warteten.

„Ich wusste, dass du das sagen würdest."

„Kooperation ist ein so seltenes, außergewöhnliches Geschenk."

„In der Tat."

Fünf Minuten später führte derselbe Mitarbeiter Grace Ouellette in den Raum.

Sam war erstaunt, wie attraktiv das Mädchen war. Sie war ganz in Schwarz gekleidet, ihr Haar war tiefschwarz gefärbt, und ihre Augen waren stark geschminkt. Über der Schulter trug sie einen Rucksack.

„Wer sind Sie?", fragte sie und ließ den Blick zwischen ihnen hin und her wandern, während sie die Hände in die schmalen Hüften stemmte.

Sam hatte den einzigen Menschen in Amerika gefunden, der nicht wusste, wer sie war. Sie zeigte ihre Marke, und Freddie tat das Gleiche. „Lieutenant Holland, Detective Cruz vom Metro PD. Wir möchten mit Ihnen über den Mord an Pam Tappen sprechen."

Bei der Erwähnung von Pams Namen verzog die junge Frau keine Miene, das musste der Neid ihr lassen. „Wer ist das?"

„Die Frau, mit der Ihr Vater eine Affäre hatte."

„Mein Vater hat keine Affären."

„Wir wissen bereits, dass Sie Ihren Vater und Pam auf dem Parkplatz eines Restaurants zur Rede gestellt haben."

Grace starrte sie ausdruckslos an.

Sam bedeutete Freddie, Grace' Rucksack zu durchsuchen, und wartete, bis er einen schlanken silbernen Laptop und ein iPhone herausgeholt hatte, die sie als Beweismittel beschlagnahmen würden.

„Ich möchte mit einem Anwalt sprechen", verlangte Grace.

„Das können wir im Hauptquartier für Sie in die Wege leiten." Sam hielt inne, bis diese Information bei Grace ankam, die bei der Erkenntnis, dass die beiden Polizisten sie verhaften wollten, zurückzuschrecken schien. „Wenn Sie uns gesittet begleiten, können wir Sie ohne Handschellen abführen. Nur für die Fahrt müssen wir Ihnen welche anlegen."

Ein angedeutetes Nicken war Grace' einzige Zustimmung.

Die drei verließen gemeinsam den Konferenzraum und hielten auf den Haupteingang zu, aber die Frau, die sie eben empfangen hatte, folgte ihnen.

„Sie können sie nicht einfach mitnehmen!"

„Doch", entgegnete Sam. „Wir versuchen, diskret vorzugehen. Vielleicht könnten Sie das Gleiche tun?"

Die Frau blieb abrupt stehen und warf Grace einen verzweifelten Blick zu. Sie fürchtete wahrscheinlich Druck vonseiten der Eltern, weil sie der Polizei erlaubt hatte, sie aus der Schule zu holen. Allerdings war das nicht Sams Problem. Draußen warteten sie, bis sie sich ein Stück von der Schule entfernt hatten, bevor sie Grace Handschellen anlegten und sie zu Sams Auto führten, wo sie ihr auf den Rücksitz halfen, um zum Hauptquartier zu fahren.

Auf der gesamten viertelstündigen Fahrt sagte ihre junge Passagierin kein Wort.

Sam lenkte den BMW zum Eingang bei der Rechtsmedizin, um der Presse auszuweichen, die den Haupteingang belagerte. Wenn sie sich in Bezug auf Grace irrten, auch wenn sie das nicht glaubte, wollte sie der jungen Frau nicht das Leben ruinieren.

Einem Impuls folgend nahm sie Grace mit in das eisige, antiseptisch riechende Leichenschauhaus, wo Dr. Lindsey McNamara gerade einen Wrap zu Mittag aß, während sie am Rechner arbeitete.

„Hey, Lieutenant, Detective. Was gibt's?", fragte Lindsey und warf Grace einen Blick zu.

„Wir würden gerne Pam Tappen sehen."

„Was?", fragte Grace und wich zurück. „Ich will sie auf keinen Fall sehen!"

„Tja, zu schade."

Jeder Instinkt sagte Sam, dass diese junge Frau eine Rolle bei Pams Tod gespielt hatte. Sie nickte Lindsey zu, während sie Grace' Arm fester umklammerte, damit sie nicht entkommen konnte.

„Sie können mich nicht zwingen, mir tote Menschen anzuschauen!"

„Doch."

„Ich will auf der Stelle einen Anwalt!"

„Gut, ich werde Ihnen einen besorgen."

„Sie müssen mir einen besorgen, sobald ich darum bitte."

„Nein, ich muss Ihnen erst einen besorgen, bevor ich Sie befrage."

Von der eigentlichen Leichenhalle aus gab Lindsey Sam ein Zeichen, einzutreten.

„Gehen wir", erklärte Sam.

Mit vereinten Kräften führten sie und Freddie Grace in die Leichenhalle, wo Pam unter den hellen Lichtern aufgebahrt war.

Lindsey hatte bisher nur das Gesicht aufgedeckt.

„Zeig ihr auch den Rest."

Während Grace sich weiter zur Wehr setzte, zog Lindsey das Laken herunter, um die dunklen Abschürfungen an Pamelas Hand- und Fußgelenken zu enthüllen, die auf einen heftigen Kampf bei dem Versuch hinwiesen, sich von ihren Fesseln zu befreien.

„Schauen Sie gut hin", verlangte Sam. „Können Sie sich vorstellen, dass jemand sie entführt, gefesselt und geknebelt und sie dann über mehrere Tage hinweg in ihrem Auto hat entweder erfrieren oder ersticken lassen? Dafür muss man ein eiskaltes Monster sein."

Grace' ganzer Körper bebte kurz, ehe sie sich auf den Boden erbrach.

„Entschuldige", sagte Sam zu Lindsey.

„Kein Problem." Sie reichte Grace ein Papiertuch, damit sie sich Gesicht und Mund abwischen konnte. „Das kommt vor."

„Freddie, würdest du Grace bitte zur erkennungsdienstlichen Behandlung bringen?"

„Jawohl, Ma'am", antwortete er und führte die junge Frau am Arm nach draußen.

„Das war hart", meinte Lindsey, als sie allein waren.

„Ich bin zu neunundneunzig Prozent sicher, dass sie die Täterin ist."

„O Gott", hauchte Lindsey, in deren grünen Augen Mitgefühl leuchtete. „Sie ist noch so jung."

„Ich weiß, aber sie hat herausgefunden, dass ihr Vater eine Affäre mit dem Opfer hatte, hat die beiden auf einem Parkplatz zur Rede gestellt und gedroht, sie beide umzubringen, wenn sie die Affäre nicht beendeten. Er hat zugegeben, dass er die Affäre danach trotzdem weitergeführt hat."

„Wow."

„Wir haben diesen Teil der Geschichte erst heute erfahren, nachdem wir beschlossen hatten, uns mit den Kindern zu befassen. Ich habe lange gezögert, in diese Richtung zu ermitteln, weil ich mir nicht vorstellen konnte, dass jemand in diesem Alter so etwas getan haben könnte. Das war mein Fehler."

„Das wäre auch nicht mein erster Gedanke gewesen. Lass mich wissen, was ihr herausfindet. Übrigens hat die Obduktion ergeben, dass Pam weder Drogen noch Alkohol im Blut hatte."

„Danke für das Update. Ich halte dich auf dem Laufenden."

„Fliegt ihr nach Des Moines?"

Sam nickte. „Am Freitag."

„Mein Gott."

„Ich finde den Gedanken auch schrecklich, doch ich möchte Nick auf keinen Fall allein gehen lassen, wenn es sich vermeiden lässt."

„Nein, natürlich nicht."

„Ich fürchte, ich werde die ganze Zeit heulen."

„Dann ist das eben so. Man wird deine Anteilnahme und Menschlichkeit zu schätzen wissen."

„Hoffen wir es."

Lindsey erhob sich und umarmte Sam. „Wenn du zurück-kommst, werden deine Freunde und deine Familie da sein, um dir zu helfen und dich wieder aufzubauen."

„Das werde ich dringend brauchen."

„Wir sind für dich da. Wann immer du uns brauchst. Wir alle."

„Das ist ein unglaublicher Trost für Nick und mich."

Lindsey grinste kurz, wobei ihre Augen aufblitzten. „Wir freuen uns alle auf die Party an Weihnachten. Das wird episch."

„Ich kann's kaum erwarten. Es wird einen Riesenspaß machen,

sich nach diesen wahnsinnigen letzten paar Monaten in Schale zu werfen und den Abend gemeinsam zu verbringen."

„Los, raus damit. Wer bekommt das Lincoln-Schlafzimmer?"

„Wart's ab", erwiderte Sam mit einem kleinen Lächeln und überließ ihre Freundin wieder ihrer Arbeit.

275

KAPITEL 25

S am ging zum Großraumbüro, wo Gonzo von der Tür aus verfolgte, wie Streifenbeamte Tiffany Thorn gerade zum Verhör brachten.

„Ich kann nicht umhin zu bemerken, dass ein kurzer Aufenthalt im Gefängnis und der orangefarbene Overall ihr etwas von ihrer Aufsässigkeit genommen zu haben scheinen", sagte Gonzo.

„Das passiert den Besten", antwortete Sam.

„Aber auch den Schlimmsten. Charity Miller ist im Beobachtungsraum", berichtete er. Charity war die stellvertretende Staatsanwältin, die Tiffany anklagen würde. „Ich warte nur noch darauf, dass Archie mir seinen Bericht über die SMS auf ihrem Handy bringt, der mir, wie er meinte, sehr gut gefallen wird."

„Hier ist er", ließ sich Archie vernehmen, der gerade mit einem Ausdruck in der Hand das Großraumbüro betrat und ihn Gonzo reichte. „Ich habe die guten Stellen farbig markiert, wo sie ihrem salvadorianischen Gärtner Holman Aguilar in sehr schlechtem Spanisch schreibt, um ihn davon zu überzeugen, dass ihr Mann sie und ihren Sohn geschlagen hat und man sich darum kümmern muss. Ihr werdet auch feststellen, dass sie den Gärtner nebenbei gevögelt hat und ihm einige ziemlich heiße Gefallen versprochen hat, wenn er diese ‚eine kleine Sache' für sie erledigt."

Gonzo überflog die SMS, die bewiesen, dass Tiffany Thorn den Mord an ihrem Mann in Auftrag gegeben hatte. „Wow, sie hat ihm Analsex versprochen, wenn er ihren Mann um die Ecke bringt. ‚Das ist etwas, das selbst er nie bekommen hat', schreibt sie."

„Es wird noch besser", versprach Archie. „Warte, bis du zu dem Teil kommst, wo sie ihm verspricht, ihn zu heiraten und ihm zu einer Greencard zu verhelfen, wenn er nur ihren Mann aus dem Weg räumt."

„Damit hat sie es uns wirklich leicht gemacht", meinte Gonzo erfreut. „Vielen Dank, Archie. Das ist super."

„War mir ein Vergnügen. Ich habe mir erlaubt, ein Bewegungsprofil für sein Handy zu erstellen, das zeigt, dass er gestern Abend um zehn nach neun bei den Thorns war. Außerdem dachte ich mir, ihr wollt sicher wissen, wo er sich heute aufhält, und hier ist der Bericht. Der erste Treffer kommt von seiner Privatadresse im Nordosten. Die anderen stammen von Häusern in der Nachbarschaft der Thorns."

„Ausgezeichnete Arbeit, Archie", lobte Sam. „Vielen Dank."

„Gern. Wir ermitteln noch weiter entlang der Strecke, die Pam Tappen am letzten Freitag von ihrem Haus aus gefahren ist", fügte er hinzu, während er die Treppe zu seinem IT-Reich im ersten Stock hinaufstieg. „Ich sage Bescheid, wenn wir etwas finden."

„McBride." Gonzo hielt den Ausdruck von Aguilars Bewegungsprofil hoch. „Kannst du mit O'Brien Holman Aguilar wegen des Verdachts auf Auftragsmord festnehmen?"

Jeannie nahm ihm den Ausdruck aus der Hand. „Klar. Auf geht's, Matt."

„Vielen Dank." Gonzo warf Sam einen Blick zu. „Willst du mit rein? Immerhin hat sie dich und Nick beschuldigt, ihren Mann ermordet zu haben, obwohl sie die ganze Zeit wusste, wer es war."

„Nein, nimm besser Cam mit. Ich werde vom Beobachtungsraum aus zuschauen. Ihr Jungs habt die Sache im Griff."

„Sie hat ja ausgezeichnete Vorarbeit für uns geleistet."

„Hey, Gonzo?", rief Sam ihm noch nach, als er sich bereits auf den Weg gemacht hatte.

„Ja?"

„Es ist schön, dich wieder hierzuhaben. Wir haben dich mehr vermisst, als du dir vorstellen kannst."

„Danke. Es ist schön, mich wieder wie ich selbst zu fühlen", erwiderte er und rieb sich eine Stelle auf der Brust. „Wenn auch mit einem großen Loch genau hier, mit dem ich zu leben lerne."

Als sie an Detective Arnold und seinen gewaltsamen Tod dachte, hatte sie plötzlich einen Kloß in der Kehle. „Was hast du für den Jahrestag geplant?"

„Ich dachte, wir könnten vielleicht alle zusammen irgendwo hingehen. Nicht ins O'Learys", antwortete Gonzo und runzelte die Stirn. Dieses Lokal war für sie gestorben, seit sie erfahren hatten, dass der Besitzer in die Schüsse auf Sams Vater verwickelt gewesen war. „Wir brauchen ein neues Stammlokal."

„Wir könnten es bei uns zu Hause machen, damit Nick kommen kann", schlug sie mit einem verlegenen Grinsen vor. „Der Service ist das Nonplusultra."

„Das klingt toll", sagte Gonzo. „Arnold wäre begeistert davon, dass ihr jetzt dort wohnt."

„Lade auch seine Eltern, seine Schwestern und seine Freundin ein, ja?"

„In Ordnung. Vielen Dank, Sam."

„Gerne. Jetzt geh da rein, und nagle diese blöde Schlampe fest."

Gonzo betrat gemeinsam mit Cam den Verhörraum, bereit, sich mit Tiffany und ihrem schmierigen Anwalt anzulegen. Nicht alle Strafverteidiger waren Dreckskerle, aber dieser hier mit seinem billigen Anzug, den fettigen Haaren und dem schäbigen Lächeln definitiv. Er erkannte den Kerl nicht als einen der hiesigen Pflichtverteidiger wieder.

„Wer sind Sie denn?"

Der Mann schob eine Visitenkarte über den Tisch, die Gonzo ignorierte. „Mein Name ist Von Cressley."

Cameron schaltete das Aufnahmegerät ein und nannte alle Anwesenden im Raum.

Gonzo zwang Tiffany, ihn anzuschauen, indem er sie unverwandt anstarrte. „Mrs Thorn, Sie wurden als Verdächtige im Mordfall Ihres Mannes hergebracht ..."

„Ich war's nicht! Das habe ich Ihnen doch schon gesagt! Ich war zur Tatzeit mit meinen Freundinnen unterwegs. Haben Sie sie überhaupt befragt? Sie werden mein Alibi bestätigen. Ich kann es gar nicht gewesen sein."

Gonzo legte die Kontoauszüge auf den Tisch, aus denen hervorging, dass Tiffany am Tag vor der Ermordung ihres Mannes fünfundzwanzigtausend Dollar von ihrem gemeinsamen Konto abgehoben hatte.

„Wir haben Videoaufnahmen, die Sie, Mrs Thorn, in der Bankfiliale zeigen, wie Sie die Summe in bar entgegennehmen."

Ihre Miene verriet einen Moment lang Schock, bevor der wieder in Empörung umschlug.

„Können Sie uns bitte sagen, wofür Sie das Geld gebraucht haben?", fragte Gonzo.

Tiffanys Blick wanderte zu ihrem Rechtsanwalt, der das Dokument zur näheren Betrachtung zu sich zog.

„Sie können die Frage beantworten", meinte er schließlich.

Tiffany wollte das offensichtlich nicht, was Gonzo enorme Genugtuung verschaffte.

„Ich habe es für eine Anzahlung auf ein neues Auto verwendet."

„In bar?", fragte Gonzo und hoffte, dass sein Gesichtsausdruck Skepsis verriet.

„Die wollten das so."

„Bei welchem Autohändler?"

„An den Namen erinnere ich mich nicht."

„Welche Marke?"

„Lexus."

„Wo?"

„Rockville."

Ohne zu blinzeln, starrte Gonzo sie an. „Detective Green, würden Sie bitte beim Lexus-Händler in Rockville nachfragen, ob Mrs Thorn dort vorgestern oder gestern eine Anzahlung von fünfundzwanzigtausend Dollar geleistet hat? Wir warten solange." Er beschloss, sie noch weiter in die Enge zu treiben, bevor er den Rest dessen, was sie bereits wussten, preisgab.

Cameron stand auf und ging zur Tür. „Wird erledigt."

Auch Gonzo erhob sich. „Wir kommen wieder, sobald wir Ihre Geschichte bestätigt haben."

„Nein, warten Sie!"

Gonzo drehte sich um und hob fragend eine Braue.

„Sie müssen mich hier rauslassen. Ich muss mich um meinen Sohn kümmern. Der Junge hat gerade seinen Vater verloren. Ich muss zu ihm."

„Das wird leider nicht möglich sein, solange wir nicht sicher sein können, dass Sie nichts mit dem Mord an Ihrem Mann zu tun hatten."

„Ich bin unschuldig!"

„Wunderbar. Sobald das bewiesen ist, dürfen Sie gehen. Bis dahin warten Sie hier."

Gonzo verließ mit großer Freude den Raum, denn er war sich sicher, dass sie die Mörderin hatten – oder zumindest die Person, die den Mord in Auftrag gegeben hatte.

„Wollen wir wetten, dass es keinen Lexus gibt?", meinte Sam, als sie mit Charity Miller aus dem Beobachtungsraum kam.

„Ich nehme die Wette an und erhöhe um einen Mercedes-Benz", erwiderte Charity.

„Ist es falsch, solche Genugtuung darüber zu empfinden, dass wir sie haben?", fragte Gonzo.

„Wir müssen uns bei diesem Job unseren Spaß holen, wo wir können", erklärte Sam. „Obwohl ich mich für Bryson Thorns Tod zumindest zu einem kleinen Teil verantwortlich fühle. Hätten wir nicht eine Staatsaffäre daraus gemacht, dass er diese Fotos in Umlauf gebracht hat, wäre er noch am Leben."

„Du hast ihn nicht getötet", widersprach Gonzo. „Das waren Mrs Thorn und ihr Gärtner."

Green kam zwei Minuten später zurück. „Überraschenderweise hat das Autohaus keine Aufzeichnungen darüber, dass jemand namens Thorn diese Woche eine Anzahlung für einen Lexus geleistet hat."

„Irgendwie habe ich gewusst, dass du das sagen würdest." Gonzo freute sich, einen weiteren Beweis dafür zu haben, dass Tiffany Thorn ein verlogenes Miststück war. „Lass uns wieder reingehen und sehen, was sie uns noch für Lügen auftischt."

Als sie die Türen zum Verhörraum wieder aufstießen, zuckte Tiffany erschreckt zusammen, was Gonzo noch mehr Genugtuung verschaffte. Er hatte viel zu viel Spaß an dieser Befragung.

„Der Lexus-Händler weiß nichts von Ihnen oder Ihren fünfundzwanzig Riesen."

„Das ist unerhört! Damit haben sie mich als Kundin endgültig verloren!"

„Sie können uns den ganzen Tag lang solchen Mist erzählen, und wir werden uns die Zeit nehmen, jede einzelne Lüge zu entlarven, bis wir endlich bei der Wahrheit ankommen, nämlich dass Sie Ihren Gärtner dafür angeheuert haben, Ihren Mann zu ermorden, weil Sie wütend darüber waren, dass er Ihnen jede Chance, je ins Weiße Haus eingeladen zu werden, ruiniert hat."

Tiffany war so baff, dass ihr die Gesichtszüge entgleisten.

Volltreffer.

„Ich … Das … Nein, so war das nicht."

„Nicht? Wann haben Sie herausgefunden, dass Ihr Mann die Fotos vom Präsidenten auf der Geburtstagsparty gepostet hat? Als die Polizei bei ihm war oder als der Präsident und die First Lady ihn verklagt haben?"

Tiffany verschränkte die Arme und betrachtete ihn mit einem sturen Ausdruck in den Augen, aber er sah, dass sie am ganzen Körper zitterte. „Ich weiß nicht, wovon Sie reden."

„Natürlich nicht. Es muss Sie wirklich wütend gemacht haben, dass Ihr Mann die Vertraulichkeitsvereinbarung verletzt hat. Waren die anderen Mütter sauer auf Sie, weil Sie vielleicht ihre Chancen ruiniert haben, nächstes Jahr zur Party der Zwillinge ins Weiße Haus eingeladen zu werden?"

Sie öffnete den Mund, allerdings kam nichts heraus.

Manchmal war dieser furchtbare Job echt befriedigend. Gonzo blätterte die Ausdrucke der SMS durch, die Archie ihm zur Verfügung gestellt hatte. „Holman, Ihr Gärtner, muss begeistert gewesen sein, als Sie ihm Analverkehr versprochen haben, wenn er Ihren Mann tötet. Worüber hat er sich mehr gefreut? Darüber, über das Geld oder die Scheinehe, die Sie ihm in Aussicht gestellt haben?"

Tiffany fielen beinahe die Augen aus dem Kopf. „Das ist ekelhaft. Ich habe nichts dergleichen getan."

„O doch. Sie haben Holman eine Belohnung versprochen, die nicht einmal Ihr Mann bekommen hat. Worauf hat er sich also mehr gefreut? Die fünfundzwanzig Riesen oder den Sex?"

„Sie sind abscheulich."

„Wenigstens bin ich kein Mörder."

„Ich habe meinem Mann nichts zuleide getan", beharrte sie, aber ihre Stimme war nicht mehr so boshaft wie zuvor, weil ihr klar war, dass sie sie hatten.

„Nein, dafür haben Sie ja Holman angeheuert. Er ist übrigens gerade auf dem Weg hierher. Ich bin sicher, er wird uns gerne erzählen, wie alles abgelaufen ist, damit er nicht den Rest seines Lebens im Knast verbringen muss."

„Meine Mandantin möchte einen Deal", meldete sich der nutzlose Anwalt zu Wort.

Gonzo beugte sich vor, wartete, bis er sicher war, dass sie ihm zuhörten, und antwortete: „Vergessen Sie's."

~

„O Gott“, rief Sam, als sie sich auf dem Gang begegneten. „Das war perfekt auf den Punkt.“ Sie klatschte Gonzo und Green ab.

„Ich werde mit Tom darüber sprechen, ob wir sie wegen Mord und Auftragsmord anklagen können“, meinte Charity. Tom Forrester war der Bezirksstaatsanwalt und ihr Chef.

„Was ist mit dem Gärtner, der die eigentliche Tat begangen hat?“

„Er ist auch wegen Mordes dran“, verkündete Charity.

„Was, wenn wir ihn dazu bringen können, gegen sie auszusagen?“, fragte Gonzo. „Sie war die Anstifterin. Er ist ein illegaler Einwanderer, der viel zu verlieren gehabt hätte, wenn jemand herausgefunden hätte, dass er nebenbei eine der Kundinnen vögelt, und er hat geglaubt, dass der Ehemann sie und das Kind verprügelt hat. Sie hat ihn unter Druck gesetzt, damit er das für sie tut, und wir haben Beweise dafür.“

„Ich werde sehen, was ich für ihn tun kann, aber weiter runter als auf Totschlag gehen wir nicht – und das auch nur, wenn er bereit ist, gegen sie auszusagen.“

Während Tiffany Thorn auf dem Weg zu einer lebenslangen Haftstrafe war, machte sich Sam auf die Suche nach Freddie, der noch nicht aus dem Arrestbereich zurück war. Hier oben fand sie ihn nicht, also wollte sie unten nachschauen und stieß auf ihn, als er gerade besorgt die Treppe erklomm.

„Ich muss zugeben, dass ich skeptisch war, ob Grace Ouellette Pam Tappen getötet haben könnte, bis ich ein wenig Zeit mit ihr verbracht habe, doch jetzt bin ich mir fast sicher, dass sie den Mord begangen hat.“

„Wieso?“

„Sie hat einfach so etwas Schroffes, Kaltes an sich, und jetzt kommt's: Ich habe gesagt, wir bräuchten Zugang zu ihrem Telefon, und sie hat es mir samt PIN gegeben. Ich glaube, sie hat trotz ihres forschen Auftretens eine Scheißangst und weiß nicht, dass sie uns ohne richterliche Anordnung ihr Handy nicht aushändigen muss.“

„Lass uns nichts damit machen, bis wir die richterliche Anordnung haben. Ich will nicht riskieren, dass am Ende eine Mörderin ungeschoren davonkommt.“

„Mein nächster Schritt wäre gewesen, den Haftbefehl zu besorgen und sie eine Einwilligung unterschreiben zu lassen, die uns die Einsichtnahme erlaubt. In der Zwischenzeit habe ich sie in einen Verhörraum gesteckt – mit dem Handy –, in der Hoffnung, dass sie vielleicht ein paar SMS schreibt, die uns bei unserem Fall helfen.“

„Ausgezeichnete Idee. Wir lassen sie eine Weile schmoren und warten ab, mit wem sie Kontakt aufnimmt.“

Es dauerte eine Stunde, bis die richterliche Anordnung vorlag, die es ihnen erlaubte, Grace’ Handy zu entsperren und ihre E-Mails, SMS und den Internet-Suchverlauf zu überprüfen. In der Zwischenzeit kamen Jeannie und Matt mit einem schluchzenden Holman Aguilar zurück, der bereit war, ihnen alles zu erzählen, was sie über den von Tiffany ausgeheckten Plan wissen wollten.

Er war auch bereit, gegen sie auszusagen, um sich selbst vor einem lebenslangen Gefängnisaufenthalt zu bewahren.

Während Gonzo die Puzzleteile des Falls zusammenfügte, wandten sich Sam und Freddie Grace Ouellettes Handy zu.

„Sieh mal“, meinte Freddie, nachdem er alles durchgescrollt hatte, was sie um das Datum von Pams Entführung herum geschrieben hatte. „Sie hat Lucas Tappen am Freitag eine SMS geschrieben und ihn gefragt, ob er sie mit seiner Mutter in Kontakt bringen könnte, weil sie an einem Praktikum interessiert sei. Lucas hat geantwortet, seine Mutter werde später zu einer Konferenz in Baltimore aufbrechen, aber er könne sie bitten, sich zu melden, wenn sie wieder zu Hause sei.“

„Sie wusste also, dass Pam an diesem Tag nach Baltimore fahren würde.“ Sam sprang von dem Tisch im Besprechungsraum auf, auf dem sie sich niedergelassen hatten. „Ich muss wegen dieser Überwachungsaufnahmen mit Archie sprechen.“

„Ich bin dir wie immer einen Schritt voraus.“ Archie kam herein, einen USB-Stick in der Hand. „Wir sind drei Kilometer von Pams Haus entfernt auf eine Spur gestoßen. Sie hat eine junge Frau am Straßenrand aufgelesen.“

Als er den USB-Stick in den Laptop im Konferenzraum steckte und das Bildmaterial aufrief, vibrierte Sam vor Anspannung am ganzen Körper, wie immer, wenn sie kurz vor dem Abschluss eines Falles standen.

„Pass auf“, verkündete Archie, als die Kamera Pams Minivan einfing, der auf sie zukam. Das nächste Bild zeigte eine junge Frau, ganz in Schwarz, am Straßenrand. Sie winkte Pam zu, die anhielt. Grace lehnte sich durch das geöffnete Beifahrerfenster nach drinnen und stieg dann ein.

„Warum sollte Pam sie mitnehmen, wenn Grace ihr gedroht hatte, sie umzubringen, weil sie eine Affäre mit ihrem Vater hatte?", fragte Freddie.

„Aus demselben Grund, aus dem ich nicht früher eins der Kinder verdächtigt habe." Sam fühlte sich schlecht wegen Pam. „Sie hat nicht geglaubt, dass Grace in der Lage sei, ihre Drohung wahr zu machen. Sie hat das Kind ihres Geliebten am Straßenrand gesehen und angehalten, wie es jede Mutter für das Kind eines Freundes tun würde. Ich wette, Grace hat sie mit einer Waffe bedroht, und Pam hat getan, was man ihr gesagt hat, in der Hoffnung, so ihr Leben zu retten."

Die anderen schwiegen, als ihnen die Auswirkungen von Pams Hilfsbereitschaft Grace gegenüber klar wurden und sie begriffen, dass sie sie das Leben gekostet hatte.

„Ihre Drohungen gegen ihren Vater und Pam, das Video, das sie mit Pam kurz vor ihrem Tod zeigt, und die SMS mit Lucas reichen, um sie anzuklagen", stellte Freddie fest. „Müssen wir überhaupt noch mit ihr reden?"

„Wir werden den Vater kaum dazu bringen, gegen sein eigenes Kind auszusagen, also brauchen wir mehr", erwiderte Sam.

„Als sie vorhin im Verhör war", berichtete Freddie, „hat sie Lucas geschrieben, dass sie verhaftet worden ist."

„Hat er ihr geantwortet?"

„Nein."

Lieutenant Haggerty, der Leiter der Spurensicherung, trat mit einem Beweismittelbeutel aus Plastik ein. „Der Honda-Schlüssel, den wir in Grace Ouellettes Zimmer gefunden haben. Wir haben's ausprobiert – er passt ins Zündschloss des Wagens."

„Damit habt ihr genug für eine Anklage", erklärte Sam. „Ausgezeichnete Arbeit, Lieutenant. Vielen Dank."

„Gern."

Ein Schrei aus dem Foyer ließ sie alle in diese Richtung eilen. Josie Ouellette war in ein Handgemenge mit zwei Streifenbeamten verwickelt, die versuchten, sie daran zu hindern, weiter in das Gebäude vorzudringen.

„Wo ist meine Tochter?", schrie sie aus vollem Hals, während sie sich gegen den festen Griff der Beamten wehrte.

Sam trat hinzu. „Mrs Ouellette, wenn Sie sich beruhigen, können wir uns unterhalten."

„Was haben Sie mit meinem Kind gemacht?", fragte sie in einem leisen, drohenden Tonfall, der sie völlig anders wirken ließ.

„Ihr ‚Kind' ist erwachsen, und wir haben sie wegen Mordverdachts im Fall Pam Tappen festgenommen."

„Sie gottverdammte Fotze!" Josies Augen blitzten vor Zorn, als sie mit einem Bein ausholte, um Sam zu treten.

Die Streifenpolizisten zogen sie zurück, ehe sie ihren Plan in die Tat umsetzen konnte. Einer von ihnen legte Josie, ehe sie sichs versah, Handschellen an.

„Meine Tochter hat diese Hure nicht getötet!"

„Woher wollen Sie das wissen?", fragte Sam.

„Ich weiß es, weil *ich* sie getötet habe. Grace ist unschuldig."

Aha. Das hatte Sam nicht erwartet. Sie glaubte der Frau nicht, aber sie würde im Verhörraum beweisen, dass Grace' Mutter die Unwahrheit sagte. Daher wandte sie sich an die Streifenbeamten. „Bringen Sie sie zur erkennungsdienstlichen Behandlung, und geben Sie mir Bescheid, wenn sie in einem Verhörraum ist."

Als Sam sich umdrehte, schrie Josie ihr nach: „Ich habe gerade gestanden. Jetzt lassen Sie Grace frei."

Sam fuhr wieder zu Josie herum. „Ich fürchte, so läuft das nicht."

„Was soll das heißen?"

„Sie können gestehen, was Sie wollen. Solange es keine Beweise gibt, dass Sie es getan haben und nicht Grace, sind das nur leere Worte." Sie setzte ihren Weg zurück ins Großraumbüro fort, während Josie ihr hinterherbrüllte, sie solle Grace gehen lassen.

„Was denkst du?", erkundigte sich Freddie.

„Sie lügt, um ihr Kind zu schützen", antwortete Sam.

„Sehe ich auch so."

„Aber wir hören uns ihre Geschichte mal an und schauen, ob uns das was bringt."

„Worum ging es denn da?", wollte Captain Malone wissen, der gerade zu ihnen ins Großraumbüro trat.

„Grace Ouellettes Mutter behauptet, sie und nicht Grace habe Pam getötet", erwiderte Sam.

„Sie hat versucht, Sam zu treten, und sie mit einem unschönen Schimpfwort bedacht, das sich auf ‚Kotze' reimt", fügte Freddie hinzu.

Sam warf ihm einen verächtlichen Blick zu. „Du kannst das Wort ruhig aussprechen."

„Kommt nicht infrage", verwahrte sich Freddie entrüstet.

Sam verdrehte die Augen. „Wir lassen sie erkennungsdienstlich behandeln und hören uns dann an, was sie zu sagen hat, aber wir halten Grace Ouellette für Pam Tappens Mörderin."

„Okay, weitermachen."

Sam wandte sich an Freddie. „Sieh mal nach, wie weit wir mit dem Vergleich von Grace' Fingerabdrücken mit denen sind, die Lindsey bei der Autopsie auf dem Klebeband gefunden hat."

„Schon dabei."

„Wir haben genug, um die Tochter anzuklagen", berichtete Sam. „Die Fingerabdrücke werden nur bestätigen, was wir bereits wissen."

„Sobald Sie die Untersuchung abgeschlossen haben, können wir die Medien über die Fälle Tappen und Thorn informieren", meinte Malone.

„Ich möchte, dass Gonzo sich um den Bericht über Thorn kümmert. Das war allein sein Verdienst, und er hat diesen Fall sehr schnell abgeschlossen, was auch den Druck von mir und Nick nimmt."

„Ist mir recht. Alle schreien nach Information."

„Wir kümmern uns umgehend darum."

Malone schaute auf die Uhr. „Es scheint, als würden Sie Ihre selbst auferlegte Frist einhalten und beide Fälle vor Ihrer Abreise in den Urlaub abschließen."

„So sieht es aus", bestätigte Sam, die Bauchschmerzen bekam, als sie an die Reise nach Des Moines dachte. „In den nächsten zwei Wochen arbeite ich in meinen beiden anderen Jobs."

„Genießen Sie die Feiertage mit Ihrer Familie. Die letzten Monate waren ziemlich heftig. Sie haben sich eine Pause und Ihren Urlaub redlich verdient."

„Danke, Cap. Das werde ich."

„Aber jetzt mal unter uns: Ich kriege an Weihnachten das Lincoln-Schlafzimmer, oder?"

„Warten Sie's ab", sagte Sam mit demselben geheimnisvollen Lächeln, das sie auch den anderen geschenkt hatte.

KAPITEL 26

Sie hatten all ihre engen Freunde eingeladen, den Weihnachtsabend im Weißen Haus zu verbringen, und praktisch jedes Bett im Gebäude würde in dieser Nacht belegt sein. Das erinnerte Sam daran, dass sie mit Gideon Rücksprache halten musste, um sich zu vergewissern, dass alles bereit war, und mit Shelby, die sich um viele der Details kümmerte. Shelby lebte sich in ihre neue Rolle als ihre offizielle Privatsekretärin ein, während sie weiterhin eine feste Größe im täglichen Leben von Scotty, Alden und Aubrey war, die sie alle abgöttisch liebten.

Während sie auf den Bericht über Grace' Fingerabdrücke wartete, zog sich Sam in ihr Büro zurück und rief Gideon an, um sich um einige First-Lady-Angelegenheiten zu kümmern.

„Guten Tag, Mrs Cappuano."

„Hallo, Gideon. Wenn wir unter uns sind, können Sie mich ruhig Sam nennen."

„Sehr wohl, Ma'am."

„Nicht Ma'am. Sam."

„Okay, Sam", sagte er lachend. „Wie sieht es bei Ihnen aus?"

„Nun, wir schließen gerade zwei Morduntersuchungen ab, und zwar so rechtzeitig, dass ich meinen Mann nach Des Moines begleiten kann. Ansonsten … ist alles in Ordnung."

„Ich weiß, dass das schwer sein wird, aber es wird den Familien viel bedeuten, dass es Ihnen so wichtig ist, dass Sie ihnen persönlich einen Besuch abstatten."

„Es ist eine furchtbare Tragödie."

„Ja, ganz schrecklich. Diese armen Leute."

„Weil das Leben auch in schwierigen Zeiten weitergeht, habe ich angerufen, um mich zu vergewissern, dass für Heiligabend alles vorbereitet ist."

„Allmählich wird es. Wir haben von allen, die Sie eingeladen haben, Antwort erhalten. Familie Gonzales bleibt nicht über Nacht, weil seine Eltern über Weihnachten in der Stadt sind. Sie kommen also zur Party und fahren danach wieder nach Hause. Die übrigen Gäste haben mit Freude – und ein wenig Aufregung – zugesagt."

„Ich werde Gonzo erklären, er soll seine Eltern einfach mitbringen."

„Gut, ich schreibe es mir auf und gebe dem Secret Service Bescheid."

Sam konnte es kaum erwarten, am ersten Weihnachtsfeiertag mit ihren Kindern, ihren Nichten und Neffen, Nicks Halbbrüdern und den Kindern ihrer Freunde aufzuwachen. Sie hofften, dies jedes Jahr tun zu können, solange sie im Weißen Haus waren.

„Wenn Sie aus Des Moines zurück sind, werden wir die Menüs für das Abendessen und den Weihnachtsbrunch noch einmal durchgehen, wenn es Ihnen recht ist."

„Natürlich. Nochmals vielen Dank für all die harte Arbeit, die Sie für uns leisten, Gideon."

„Es ist mir ein Vergnügen. Das Personal ist sehr froh, wieder eine junge Familie im Weißen Haus zu haben."

„Das höre ich sehr gern. Lassen Sie es mich wissen, wenn eins der Kinder – oder der Hund – unangenehm auffällt."

„Sie sind alle großartig und gewöhnen sich gut ein, wie es scheint."

„Ich kann es kaum erwarten, die Feiertage mit meiner Familie zu verbringen und Camp David zu besuchen."

„Das wird sicher ein großes Abenteuer für Sie. Ich melde mich am Wochenende bei Ihnen, wenn Ihnen das passt?"

„Ja, bitte. Danke noch mal."

„Gern geschehen."

„Eine letzte Frage: Nutzt das Weiße Haus Erdgas?"

„Ja, Ma'am."

„Hm."

„Ist das ein Problem?"

„Ich bin nur kein Fan davon, nachdem ich zu Beginn meiner

Karriere an einer Hausexplosion aufgrund eines Gaslecks gearbeitet habe."

„Verstehe. Aber ich kann Ihnen versichern, dass unsere Gasleitung monatlich überprüft und gewartet wird."

„Das ist tröstlich. Danke für die Auskunft."

„Gern geschehen. Sie wissen, wo Sie mich finden, wenn ich noch etwas für Sie tun kann."

„Vielen Dank, Gideon."

Sam beendete das Telefonat und wählte die Nummer ihres Freunds Marcus, des Designers, den sie schon kannte, seit Nick Senator von Virginia gewesen war.

„Ich kann's ja kaum glauben", sagte er, als er ihren Anruf entgegennahm. „Spreche ich tatsächlich mit der First Lady der Vereinigten Staaten von Amerika?"

Sam lachte. „Das höre ich zumindest so."

„Ich wollte dich heute auch anrufen, wegen einer kurzen Anprobe vor nächstem Donnerstag."

„Ich wollte mich hauptsächlich bei dir für die Kleider bedanken, die du mir für Präsident Nelsons Beerdigung geschickt hast. Dank dir habe ich überhaupt erst wie eine First Lady ausgesehen."

„Freut mich, dass sie dir gefallen haben."

„Wie weit sind wir mit ‚rot, elegant und sexy' für den Heiligabend?"

„Alles in trockenen Tüchern."

„Du hast daran gedacht, dass ich seit dem Tod meines Vaters ein paar Kilo zugelegt habe, oder?"

„Keine Sorge. Kriegt Marcus dafür ein bisschen kostenlose Werbung?"

„Wir können ein Foto veröffentlichen und im Begleittext den angesagten Designer nennen, der dafür gesorgt hat, dass Mrs C so gut aussieht."

„In dem Fall kriegst du noch vor Dienstag was von mir. Machen wir eine kurze Anprobe, um uns zu vergewissern, dass es perfekt sitzt?"

„Das kriegen wir hin."

„Äh, soll ich dann ins Weiße Haus kommen?"

Sam lächelte darüber, wie schlecht er bei diesen Worten seinen Eifer verbergen konnte. „Schätze schon, denn da lebe ich zurzeit."

„O Gott, meine Mutter und meine Großmutter werden tot umfallen!"

„Warum bringst du sie nicht mit?" Wenn etwas gut daran war, im Haus des Volkes zu leben, dann war es die Möglichkeit, es mit dem Volk zu teilen.

„Hör auf!"

„Warum denn nicht?"

„Ist das dein Ernst?"

„Mein voller Ernst. Schick mir ihre Namen, Geburtsdaten und Adressen, und ich werde dem Secret Service Bescheid geben, damit er sie reinlässt."

„Sam … Ich meine natürlich, Mrs Cappuano …"

„Bitte nenn mich bloß weiter Sam, Marcus."

„Du hast keine Ahnung, wie viel mir das bedeutet – oder den beiden älteren Damen. Dass ich die Gattin des Präsidenten der Vereinigten Staaten ausstatte, ist eine große Ehre für mich."

„Ich liebe deine Kleider, und ich hoffe, wir können eng zusammenarbeiten, damit ich auch in den nächsten Jahren weiterhin gut aussehe."

„Was immer du brauchst und wann immer du es brauchst."

„Apropos – was hast du in Schwarz, das ich in Des Moines tragen könnte?"

„Ich schicke dir sofort eine Auswahl."

„Dann sage ich Bescheid, dass ich ein Paket von dir erwarte."

„Soll ich auch Schuhe beilegen?"

„Musst du das wirklich fragen?"

Sein Lachen dröhnte durchs Telefon. „Ich kümmere mich um alles."

„Vielen Dank, mein Freund."

„Nein, *ich* danke *dir*. Ich hoffe, du weißt, dass das ein riesiger Karrieresprung für mich ist." Er klang, als sei er den Tränen nah.

„Ich bin überglücklich, dass du mich ausstattest. Bis bald – mit deiner Mutter und Großmutter."

„Ich rufe sie sofort an. Sie werden ausrasten!"

Sam legte auf, gerührt von seiner Begeisterung. Sie musste zugeben, dass es auch positive Seiten hatte, die Frau des Präsidenten zu sein. Leute ins Weiße Haus einladen zu können gehörte definitiv dazu.

Freddie erschien an der Tür. „Dr. McNamara hat festgestellt, dass Grace' Fingerabdrücke mit denen übereinstimmen, die sie bei Pams Autopsie gefunden hat."

„Ist Grace' Anwältin schon da?"

„Sie ist vor ein paar Minuten eingetroffen und wartet in der Lobby.“

„Hervorragend. Ich will es nicht beschreien, aber wäre es nicht schön, wenn wir zwei Fälle an einem Tag abschließen könnten?“

„Das wäre sogar sehr schön, doch ich kann nicht glauben, dass du das wirklich laut ausgesprochen hast.“

„Ja, krass, oder? Ich lebe in letzter Zeit ganz schön wild und gefährlich. Du kannst Grace’ Anwältin zu ihr bringen. Und lass uns die Überprüfung des Handys abschließen, während die beiden sich beraten.“

Das Schicksal schien ihnen wirklich gewogen zu sein, dachte Sam, als sie sich zum Besprechungsraum begab, um Grace’ Nachrichten aus den Tagen vor Pams Verschwinden und danach durchzugehen. Eine von ihnen, die vom Tag danach stammte, ließ sie stutzen.

Lucas Tappen hatte geschrieben: *Hast du es getan?*

Ich habe meinen Teil erledigt. Jetzt bist du an der Reihe.

Weiß nicht, ob ich das kann.

Wir waren uns einig, dass es sein muss. Jetzt tu deinen Teil, oder ich tue es, wenn du nicht Manns genug bist.

Ich hab gesagt, ich mach es, und das werde ich auch.

Er ist jeden Morgen ab sieben im Büro. Seine Mitarbeiter kommen nicht vor acht. Das ist deine Chance. Er bleibt auch länger, wenn sie um vier gehen. Ich warte.

„Heilige Scheiße“, flüsterte Sam, griff nach dem Hörer des Telefons auf dem Tisch und rief beim Streifendienst an. „Lieutenant Holland. Schicken Sie sofort eine Streife zu Mark Ouellette.“ Sie nannte ihrem Gesprächspartner seine Büro- und seine Privatanschrift. „Ich glaube, er schwebt in akuter Lebensgefahr.“

„Jawohl, Ma’am“, sagte der Sergeant von der Streifenpolizei. „Wir schicken sofort Beamte an beide Orte.“

„Danke.“

Als Freddie zurückkam, nachdem er die Anwältin zu Grace gebracht hatte, begrüßte ihn Sam mit den Worten: „Grace hat mit Lucas Tappen unter einer Decke gesteckt. Sie wollte Pam ermorden, wenn er ihren Vater aus dem Weg räumt.“

„Das glaub ich nicht.“

„Hier steht es.“ Sam zeigte Freddie die SMS, und er überflog sie.

„Lucas hat gewusst, dass sie Pam töten wollte, und hatte vor, Mark auszuschalten.“

„Das sind Highschool-Kids, die einen Mord planen."

„Nein, das sind Highschool-Kids, die ihre Eltern bei einer Affäre erwischt und beschlossen haben, die Sache selbst in die Hand zu nehmen, aber nur eine von ihnen hat es durchgezogen."

„Nehmen wir ihn ebenfalls fest?"

„Er hat gewusst, dass Grace seine Mutter töten wollte, und hat nichts dagegen unternommen. Du kannst deinen Hintern darauf verwetten, dass wir ihn festnehmen. Auf geht's."

Sie waren fast beim Haus der Tappens, als Sam einen Anruf von einer unbekannten Nummer entgegennahm und das Handy auf Lautsprecher schaltete. „Lieutenant Holland."

„Sergeant Kramer hier, vom Streifendienst. Als meine Beamten in der Versicherungsagentur von Mr Ouellette eintrafen, haben sie ihn tot vorgefunden, mit mehreren Schusswunden."

„Verdammter Mist", fluchte Sam, während sie mit der Hand aufs Lenkrad schlug und das Gaspedal durchtrat, um bei den Tappens nach Lucas zu suchen, bevor sie zu Marks Büro fuhr. „Wir sind gleich da."

Zu Freddie sagte sie: „Schick Gonzo, Cameron, Jeannie und Matt in Mark Ouellettes Agentur, sie sollen Spuren sichern und eine Fahndung nach Lucas Tappen herausgeben. Meldet ihn als bewaffnet und gefährlich."

„Schon dabei."

Sie waren noch zwei Blocks vom Haus der Tappens entfernt, als Freddie rief: „Sam, schau mal da!"

Als sie an einem geparkten Auto vorbeifuhren, sah sie einen jungen Mann, der sich tief über das Lenkrad beugte, und stieg voll in die Eisen, um zu wenden.

Während Freddie Gonzo anrief und ihn über die Situation mit Mark Ouellette informierte, fuhr Sam hinter das geparkte Auto, stieg aus und zog die Waffe, bevor sie sich dem Fahrzeug näherte. Da sie wusste, dass er bewaffnet war, beugte sie sich zurück, als sie ans Fenster klopfte. Der junge Mann im Wagen schreckte hoch und blickte zu ihr, sein Gesicht war rot, seine Augen vom Weinen verquollen. Zunächst schien er schockiert davon, dass sie neben ihm stand, doch in der nächsten Sekunde richtete er eine Waffe auf sie.

Sie zielte ihrerseits ebenfalls auf ihn und betete, dass sie nicht würde abdrücken müssen. „Waffe runter und aussteigen!"

Freddie erschien mit gezogener Dienstwaffe auf der anderen Seite des Autos.

Sam machte einen Schritt nach vorn, in der Hoffnung, Augenkontakt mit ihm herstellen zu können. „Nimm sie runter, Lucas, und steig aus!"

Er schoss durchs Fenster und erwischte sie am Arm. Der Schock und die Wucht des Aufpralls rissen sie um. Wenn er sie ein weiteres Mal traf, während sie am Boden lag, konnte das Spiel aus sein. Aber verdammt, sie konnte sich nicht bewegen, um sich aus der Gefahrenzone zu bringen.

Freddie war zur Stelle, ehe Lucas erneut abdrücken konnte. „Waffe runter und mit erhobenen Händen aussteigen. Sofort!"

Während Sam aus der Schusslinie kroch, wartete Freddie darauf, dass Lucas aus dem Auto kam. Sobald er draußen war, legte Freddie ihm Handschellen an.

„Bist du verletzt?", rief Freddie, als Vernon und Jimmy mit gezogenen Waffen zu ihnen stießen.

„Nur ein Streifschuss." Als sie aufzustehen versuchte, begann sich die Welt um sie herum zu drehen, also blieb sie sitzen.

Freddie rief Verstärkung und einen Krankenwagen und übte dann Druck auf die Wunde aus, was so furchtbar wehtat, dass sie aufheulte.

„Verfluchter Mistkerl", zischte sie mit zusammengebissenen Zähnen. „Hör auf!"

„Nein, du blutest wie verrückt."

Freddie verstärkte den Druck, und Sam verlor das Bewusstsein.

Eine Stunde vor der offiziellen Bekanntgabe seiner neuen Vizepräsidentschaftskandidatin hielt Nick eine Pressekonferenz im Oval Office ab. Sie bauten um seinen Schreibtisch Scheinwerfer, Richtmikrofone, Kameras auf, und dann wurde er unerbittlich mit Fragen bombardiert, die alles abdeckten, von der Schießerei in Des Moines und seiner Forderung nach einer vernünftigen Waffenkontrolle bis hin zu den Inkompetenzvorwürfen des ehemaligen Ministers Ruskin, der Situation im Golf von Suez, Nicks Unerfahrenheit, der Wahl der Vizepräsidentin, der Karriere seiner Frau, dem Sorgerechtsfall, den Cleos Eltern vor Erlass der Nachrichtensperre öffentlich gemacht hatten, und so weiter.

Als Terry und Trevor die Medienvertreter endlich hinausscheuchten, war Nick fix und fertig.

„Kannst du mir noch einmal ins Gedächtnis rufen, warum manche Menschen diesen Job so dringend wollen?", fragte er Terry, als sie allein waren.

„Sie wollen Macht, aber wenn sie wüssten, wie das Amt wirklich ist, würden sie wahrscheinlich vielmehr die Beine in die Hand nehmen."

„Du sagst es. Jetzt brauche ich dringend einen Drink."

„Das lässt sich arrangieren."

„Nein, ich warte lieber, bis die nächste Pressekonferenz vorbei ist. Wenn ich einmal mit dem Trinken anfange, höre ich vielleicht nie wieder auf."

„Ich könnte es dir nicht verdenken, dabei machst du dich bislang wirklich gut. Deine Zustimmungsrate hält sich bei etwa fünfzig Prozent, was in diesen polarisierten Zeiten verdammt gut ist."

Der Gedanke, dass die Hälfte der Befragten ihn nicht mochte, war allerdings entmutigend. „Da ist noch viel Luft nach oben."

„Wir sehen viele Kommentare auf den POTUS-Social-Media-Accounts, in denen es heißt, es sei höchste Zeit für junges Blut und neue Ideen im Weißen Haus. Für jede Person, die nicht gutheißt, dass du der jüngste Präsident der Geschichte bist, finden zehn, du bist genau das, was wir brauchen."

„Immerhin", meinte Nick, der sich sicher war, dass sein bevorstehender achtunddreißigster Geburtstag ihm auch nicht gerade helfen würde, da er die Leute nur wieder daran erinnern würde, wie jung er war, obwohl er spürte, dass der Job ihn rasant altern ließ. Er fragte sich, ob sein Haar während seiner Amtszeit grau oder weiß werden würde, wie es bei so vielen früheren Präsidenten der Fall gewesen war. Lustiger Gedanke.

„Das ist ein guter Anfang", stellte Terry in Bezug auf die Zustimmungsrate fest. „Dr. Flynn ist hier und fragt, ob du einen Moment Zeit für ihn hast."

„Klar. Soll reinkommen."

„Ich hole dich später für die Zeremonie ab."

Nick schaute auf die Uhr, sah, dass es fast sechs war, und fragte sich, ob Sam es rechtzeitig schaffen würde. Oder ob sie überhaupt daran gedacht hatte. Es würde ihn nicht wundern, wenn sie es vergessen hätte, also schickte er ihr eine kurze SMS, um sie daran zu erinnern, dass die Presseveranstaltung zur Nominierung von Gretchen um halb sieben stattfinden würde.

Harry Flynn betrat das Büro, als Nicks leitender Secret-Service-

Beamter John Brantley junior gerade in der Tür erschien und ihm bedeutete, dass er ihn kurz sprechen müsse.

„Sekunde, Harry“, begrüßte ihn Nick und ging zu Brant.

„Vernon hat uns informiert, dass Lieutenant Holland bei einer Schießerei eine Wunde am Arm erlitten hat“, teilte ihm Brant mit. „Sie ist auf dem Weg in die Traumastation des GW, auch wenn die Verletzung nicht als lebensbedrohlich eingeschätzt wird.“

Nick hörte Brants Worte und verstand, was der Mann sagte, trotzdem traf ihn die Nachricht, dass Sam eine weitere Beinahe-Kollision mit dem Tod erlitten hatte, wie eine Klinge ins Herz. Die Wunde war nicht lebensbedrohlich ... doch ein paar Zentimeter weiter links oder rechts, und es wäre womöglich eine ganz andere Geschichte.

„Mr President?“

Nick wandte Brant wieder seine Aufmerksamkeit zu.

„Können wir etwas für Sie tun?“

„Nein, danke. Sobald Sie mehr erfahren, lassen Sie es mich bitte wissen.“

„Jawohl, Sir.“

Nick drehte sich um und ging auf Beinen, die sich wie immer, wenn ihm etwas vor Augen führte, wie gefährlich Sams Arbeit sein konnte, seltsam gummiartig anfühlten, zurück ins Oval Office.

„Alles in Ordnung?“, fragte ihn Harry.

„Anscheinend nicht.“ Er erzählte seinem Freund, was vorgefallen war. „Ich würde ja hinfahren, aber ich muss Gretchen Hendersons Nominierung bekannt geben.“ Mit jeder Faser seines Körpers drängte es ihn zu Sam, und er hasste es, dass er dem nicht nachgeben konnte. „Ich werde mich mal bei Freddie melden und sehen, wie es ihr geht.“

„Tu das.“

Nick benutzte den sicheren BlackBerry, den man ihm zum persönlichen Gebrauch gegeben hatten, um Freddie zu kontaktieren. Zum Glück nahm Freddie den Anruf von einer unbekannten Nummer entgegen.

„Detective Cruz.“

„Nick hier. Wie geht es Sam?“

„So weit ganz gut. Wir haben sie ins GW gebracht, und Dr. Anderson ist jetzt bei ihr.“

Nick fühlte sich besser, sobald er wusste, dass ihr Freund, der

Arzt, sich um sie kümmerte. „Schickst du mir eine SMS, wenn es etwas Neues gibt?"

„Natürlich, und ich werde dafür sorgen, dass sie schnurstracks nach Hause kommt, sobald die sie hier rauslassen."

„Danke."

„Gern."

Nick beendete das Gespräch und gab die Information an Harry weiter. „Sie hat wieder mal Glück gehabt. Ich habe Albträume davon, dass ihre Glückssträhne irgendwann reißt."

„Es ist alles in Ordnung, Nick." Er wusste es sehr zu schätzen, dass Harry in solchen Momenten auf alle Förmlichkeiten verzichtete. „Ich weiß, es muss hart sein, zu hören, dass sie verletzt ist, doch es geht ihr gut."

„Dieses Mal." Nick bemühte sich, das ungute Gefühl abzuschütteln, das ihn immer überkam, wenn er hörte, dass Sam bei der Arbeit verletzt worden war. „Egal … Was wolltest du?"

„Das eilt nicht."

„Es ist wirklich alles gut, Harry. Was hast du auf dem Herzen?"

„Ich wollte dich fragen, ob ich mir an Heiligabend eine Ecke des Weißen Hauses für eine sehr persönliche Angelegenheit ausleihen könnte."

„Erzähl."

„Ich möchte Lilia einen Antrag machen, und ich dachte, es wäre nett, es hier zu tun."

„Das ist ja toll, und mein Haus ist dein Haus. Was immer du vorhast, nur zu."

„Danke. Das weiß ich sehr zu schätzen."

Nick schüttelte seinem engen Freund die Hand. „Ich gratuliere dir, Kumpel. Sie ist ein wunderbarer Mensch und passt perfekt zu dir."

„Das stimmt. Ich habe lange auf eine Frau wie sie gewartet, aber sie war das Warten wert."

„Wenn es passt, dann passt's."

„Ganz genau. Wirst du mein Trauzeuge sein?"

„Es wäre mir eine große Ehre."

„Meine Mutter flippt aus, wenn sie hört, dass der Präsident mein Trauzeuge ist", sagte Harry grinsend.

„Sie kennt mich doch schon seit Jahren", wandte Nick ein. „Das ist für sie kein Grund, auszuflippen."

„Du kapierst es wirklich nicht, oder?"

„Was denn?“

„Wie aufregend es für uns andere ist, dich hier zu sehen“, antwortete Harry und deutete auf das berühmte Büro. „Meine Mutter kennt dich seit Jahren als meinen Freund, aber nicht als ihren Präsidenten. Das ist noch mal etwas völlig anderes.“

„Es ist immer noch so seltsam, weißt du?“

„Ja, und wegen der Art und Weise, wie es dazu gekommen ist, ist es schwieriger zu begreifen, trotzdem machst du das großartig. Die Leute sind begeistert von deiner Amtsführung.“

„Bei Weitem nicht alle.“

„Papperlapapp, wie meine Großmutter sagen würde“, erwiderte Harry. „Konzentrier dich auf das Positive, und ignoriere die Kritiker. Die wird es immer geben, egal was du tust. Verschwende keinen einzigen Gedanken an sie.“

„Das ist leichter gesagt als getan, doch ich versuche es. Ich kann nur tun, was in meinen Kräften steht, und auf das Beste hoffen, oder?“

„Genau. Du gibst dein Bestes, und mehr kann niemand verlangen, auch wenn das für manche Leute nicht genug zu sein scheint.“

Ein paar Minuten später kam Terry zurück, um Nick mitzuteilen, dass es Zeit war, für Gretchen Hendersons Nominierung in den East Room zu gehen.

„Da es so aussieht, als würde mein Date mich versetzen“, erklärte Nick und schaute Harry an, „würdest du mich begleiten?“

„Mit dem größten Vergnügen.“

KAPITEL 27

Als Sam zu sich kam, wusste sie zuerst nicht, wo sie sich befand und was passiert war, bis ein stechender Schmerz in ihrem linken Arm ihrer Erinnerung auf die Sprünge half. Lucas Tappen hatte sie angeschossen, nachdem er Mark Ouellette ermordet hatte, um seinen Teil der Abmachung mit Grace einzuhalten. Teenager, die wegen einer Affäre zwischen ihren Eltern töteten. Dabei hatte sie gedacht, sie hätte schon alles gesehen …

„Nicht bewegen", sagte Dr. Anderson, während er etwas mit ihrem Arm machte, der von einem ziehenden Gefühl abgesehen seltsam taub war.

„Wie schlimm ist es, Doc?"

„Eine ziemlich unschöne Fleischwunde, aber Sie werden überleben. Wir säubern und nähen sie gerade."

Sam warf einen Blick auf die Wanduhr und stellte fest, dass es zehn nach sechs war.

Sechs … Um sechs hätte sie irgendwo sein müssen … Drecksmistscheißkack, die Sache mit der Vizepräsidentin. „Ich muss weg." Sie versuchte, sich aufzusetzen, doch eine Krankenschwester hinderte sie daran.

„Bitte nicht bewegen. Dr. Anderson näht gerade Ihren Arm."

„Beeilen Sie sich, Doc. Ich muss zur Nominierung der neuen Vizepräsidentin. Ich habe Nick versprochen, da zu sein."

„Sam, Sie gehen für eine Weile nirgends hin. Sie haben eine Menge Blut verloren. Wir müssen Sie die nächsten paar Stunden im Auge behalten."

„Ach, kommen Sie, Doc! Es ist schließlich bloß eine Fleischwunde.“

„Die zu einem erheblichen Blutverlust geführt hat. Sie müssen sich schonen, und wir müssen Ihre Vitalwerte überwachen, bis wir uns sicher sind, dass wir Sie risikolos entlassen können.“

Resigniert fügte sich Sam in ihr Schicksal und fragte nach Freddie.

„Er ist draußen im Wartezimmer.“

„Können Sie ihn hereinholen? Ich muss dringend mit ihm reden.“

„Wenn Sie versprechen, sich nicht zu bewegen, mach ich das“, entgegnete Dr. Anderson.

„Ich werde mich nicht rühren.“

Er nickte einer der Schwestern zu, die das Behandlungszimmer verließ.

„Haben Sie eigentlich einen Vornamen?“, fragte Sam den Arzt.

Er lachte auf. „Ja.“

„Nämlich?“

„Rob.“

„Hm. Sie sehen gar nicht wie ein Rob aus. Ich dachte eher an Melvin oder Myron. Oder vielleicht Warren.“

„Na danke“, meinte er lachend. „Wenn Sie nicht aufpassen, könnte ich abrutschen und mit meiner Nadel in eine unbetäubte Stelle stechen.“

„Tun Sie das nicht. Ich hasse Nadeln.“

„Ja, ich weiß. Also hören Sie auf, sich über Ihren Lieblingsarzt lustig zu machen.“

„Wer sagt denn, dass Sie mein Lieblingsarzt sind?“

„Muss ich wohl sein, denn keinen anderen besuchen Sie so häufig.“

„Sie halten sich wohl für enorm witzig.“

„Ich *bin* witzig, und keine Sorge, ich habe Ihre Bonuskarte schon gestempelt und Ihnen einen Feiertagsbonus gegeben.“

Sie war von Möchtegern-Komikern umgeben. „Wird der Arm später wehtun?“

„Wie die Hölle, und deshalb werden Sie brav die Schmerzmittel nehmen, die ich Ihnen verschreibe, und sich ein paar Tage lang schonen.“

„Ich hab ab übermorgen Urlaub.“

„Das mit dem Schonen gilt auch schon für morgen.“

„Benimmt sie sich?“, fragte Freddie und betrat das Zimmer.

„So wie immer", erwiderte Anderson.

Die beiden lachten zusammen über sie.

„Wenn ihr beide dann so weit seid, brauche ich den BlackBerry, Freddie. Kannst du mir den mal geben?"

„Klar." Er ging zu ihrem blutgetränkten Mantel, der über einem Stuhl lag, und zog den BlackBerry aus der Tasche. „Hier."

„Danke." Da ihr linker Arm komplett bewegungsunfähig war, fügte sie hinzu: „Du musst Nick für mich anrufen. Die Nummer ist Sternchen 69."

Beide Männer und die Schwester brachen in Gelächter aus.

„Das ist sein schräger Sinn für Humor", meinte Sam. „Bitte erzählen Sie niemandem davon, sonst steht es morgen in jeder Zeitung."

„Unsere Lippen sind versiegelt", beteuerte Dr. Anderson.

Freddie wählte und reichte ihr das Handy.

Sam war nicht überrascht, als Nicks Mailbox sich meldete. „Es tut mir leid, dass ich die Sache mit Henderson verpasst habe", teilte sie ihm mit. „Ich hatte auf der Arbeit ein kleines Problem, von dem du sicher schon von meinen Babysittern gehört hast. Mit mir ist alles in bester Ordnung, und ich komme so schnell wie möglich heim. Ich hoffe, es ist gut gelaufen, und es tut mir wie gesagt sehr leid, dass ich es verpasst habe." Sie reichte Freddie das Handy. „Kannst du bitte das Gespräch beenden?"

„Schon erledigt."

„Das ist der Grund, warum ich mein Klapphandy nie hergeben werde. Man klappt es zu, und das war's."

„Sollen wir mal aufzählen, was man mit einem Klapphandy alles nicht machen kann?", fragte Freddie.

„Nein. Wie sieht es mit Lucas aus, und was berichtet Gonzo aus Ouellettes Agentur?"

„Lucas ist im Hauptquartier, wo man ihn wegen mehrerer möglicher Anklagepunkte verhört. Gonzo wartet am Tatort auf die Gerichtsmedizinerin. Von den Angestellten war niemand mehr da, somit gab es keine Zeugen, doch Gonzo sagt, es gibt Überwachungskameras. Er bemüht sich um einen Durchsuchungsbeschluss."

„Okay." Sie seufzte erleichtert. „Das ist gut."

„Merken Sie was?", warf Dr. Anderson ein, ohne den Blick von ihrem Arm zu wenden. „Ihre Leute kommen auch ohne Sie klar."

„Aber nicht gern", ergänzte Freddie mit einem Grinsen.

~

Sam verbrachte drei Stunden wie auf glühenden Kohlen in einem Krankenhausbett, bevor Dr. Anderson die Entlassungspapiere unterzeichnete, die ihr für die nächsten Tage Ruhe und Entspannung verordneten, um zu verhindern, dass sich die Wunde wieder öffnete.

„Fahr mich zum Hauptquartier", verlangte Sam, als sie in ihrem Auto saßen und Freddie hinter dem Steuer Platz genommen hatte.

„Der einzige Ort, an den ich dich bringe, ist dein Zuhause."

„Ich habe dir einen direkten Befehl erteilt!"

„Dessen Befolgung ich verweigere. Du hast doch gehört, was der Arzt gesagt hat. Wenn die Wunde wieder aufreißt, landest du postwendend wieder hier. Du musst nach Hause."

„Dafür kriegst du eine Abmahnung."

„Schieß los. Oh, warte, heute wird ja auf dich geschlossen."

„Du hältst dich wohl für besonders witzig, aber das war kein Scherz. Ich will noch einmal im Hauptquartier vorbeischauen, ehe ich nach Hause gehe."

Unbeeindruckt fuhr er weiter in Richtung Pennsylvania Avenue. „Das mache ich und erstatte dir genauestens Bericht."

„Das mit der Abmahnung war mein Ernst."

„Wenn du darauf bestehst."

„Wann hast du eigentlich aufgehört, mich als deine Chefin zu fürchten?"

„Äh, am ersten Tag?"

„Das stimmt doch überhaupt nicht! Du hattest noch lange Angst vor mir."

„I wo!"

„Aber so was von!"

„Nicht mal ansatzweise."

Während sie ob seines Ungehorsams vor Wut schäumte, erreichten sie das bewachte Tor des Weißen Hauses.

„Ich habe die First Lady im Wagen", sagte er und zeigte seine Marke und seinen Ausweis vor, wie es der Secret Service verlangte.

Der Beamte am Tor beugte sich vor, um sich zu vergewissern, dass Sam tatsächlich im Auto saß, bevor er sie durchwinkte.

Freddie lenkte den BMW zum Eingang und parkte, bevor er ihr beim Aussteigen behilflich war.

„Ich brauche keine Hilfe, Freddie. Ich wurde am Arm getroffen, meine Beine sind kerngesund."

„Lucas hat dich angeschossen, Sam. Tu, was jeder einigermaßen zurechnungsfähige Mensch in dieser Situation täte, und gönn dir eine Pause, um dich zu erholen."

„Dann bin ich wohl nicht zurechnungsfähig, denn ich will nicht rumsitzen und mich erholen, wenn ich bei der Arbeit sein und mich dort erholen könnte."

„Schönen Abend noch", sagte er, während er zu ihrem Auto zurücklief.

„Ich werde den Wagen als gestohlen melden."

Lachend erwiderte er: „Tu das."

„Ich will halbstündliche Updates."

„Kriegst du."

Der aufmüpfige Idiot fuhr mit einem Hupen und einem fröhlichen Winken in ihrem Auto davon. *Das wirst du mir büßen*, dachte sie und drehte sich zum Eingang um, wo der Pförtner sie begrüßte. Sam machte sich auf den Weg zum Wohnbereich, fest entschlossen, den Abend mit ihrer Familie zu genießen, wenn sie schon nicht arbeiten durfte. Seit wann entschied eigentlich ein Detective, was ein Lieutenant zu tun hatte?

Ihre schlechte Laune verflog, als sie in den privaten Wohnräumen ankam, wo Aubrey und Alden im Flur gerade ein Wettrennen veranstalteten, bei dem Scotty der Schiedsrichter war, tatkräftig unterstützt von Skippy, die in typischer Welpenmanier zwischen Scotty und den Zwillingen hin und her tollte. Nur Scotty bemerkte Sam, also gab sie ihm mit einer Geste zu verstehen, dass er eine Minute warten solle, bevor er die Zwillinge auf ihre Anwesenheit aufmerksam machte. In der Zwischenzeit zog sie ihren Mantel aus und hängte ihn sich so über die Schulter, dass die Kinder das Blut nicht sahen.

„Alden gewinnt", verkündete Scotty. „Wir brauchen ein Stechen."

„Was bedeutet das?", fragte Aubrey.

„Du hast einmal gewonnen und Alden auch. Jetzt gibt es einen letzten Lauf, der darüber entscheidet, wer insgesamt Sieger ist. Das nennt man Stechen."

Die gekrauste Nase der Kleinen zeigte, dass sie immer noch nicht sicher war, ob sie den Begriff verstanden hatte, aber sie war bereit, ein weiteres Mal anzutreten.

„Auf die Plätze", sagte Scotty. „Fertig. Los!"

Die Zwillinge rannten sich die Seele aus dem Leib, wobei Aubrey Alden um ein oder zwei Zentimeter schlug.

Sam trat vor, und beide stürzten auf sie zu, um sie zu umarmen, während Skippy wie eine Rakete auf sie zugeschossen kam. „Vorsicht. Ich habe mich am Arm verletzt." Sie beugte sich vor, um dem Hund den Kopf zu streicheln und ihn hinter den seidigen Ohren zu kraulen.

„Wie denn?", wollte Aubrey wissen.

„Ich habe ihn mir gestoßen", schwindelte Sam, weil die beiden nicht wissen mussten, dass man sie angeschossen hatte.

„Tut es sehr weh?", erkundigte sich Alden.

„Noch nicht, aber später, wenn das Schmerzmittel nachlässt. Hattet ihr schon euer Abendbrot?"

„Bisher nicht", sagte Celia, die sich zu ihnen gesellte. „Wir haben abgewartet, ob ihr rechtzeitig zu Hause sein würdet, um mitzuessen."

„Ist Nick schon da?"

„Seit zehn Minuten. Er duscht gerade. Der Koch hat für uns ein Barbecue vorbereitet."

„Das klingt gut."

Shelby kam vom Kinderzimmer im dritten Stock die Treppe herunter, Noah auf dem Arm. „Hallo", grüßte sie, während die Zwillinge auf sie und Noah zuliefen und sie umarmten. „Hattet ihr alle einen schönen Tag?"

„Alle außer Mom", antwortete Scotty, während er zuließ, dass Shelby ihn kurz an sich zog. „Sie hat sich am Arm verletzt."

„Geht es dir gut?", fragte Shelby.

„Bestens. Möchtet ihr zum Abendessen bleiben?"

„Gerne. Avery hat heute Abend noch eine Sitzung, also sind wir auf uns allein gestellt."

„Wir grillen", informierte Scotty sie.

„Wie lecker! Da sind wir dabei."

„Ich ziehe mich nur schnell um", erklärte Sam. „Bis gleich." Sie gab Scotty einen Kuss auf die Stirn, bevor sie das Wohnzimmer durchquerte, in dem die Lichter an ihrem privaten Weihnachtsbaum funkelten. Im Schlafzimmer war Nick gerade fertig mit Duschen und schlang sich ein Handtuch um die Hüften. „Tut mir leid, dass ich die Henderson-Sache verpasst habe."

„Was macht dein Arm?"

„Im Moment spür ich noch nichts, allerdings hat man mir angekündigt, es werde höllisch wehtun, wenn die Betäubung nachlässt."

Nick zuckte beim Anblick ihrer blutgetränkten Bluse zusammen. „Das war wieder mal knapp."

„Ein Glückstreffer."

Nick küsste sie auf die Wange und dann auf den Mund. „Unangenehm nah am Herzen."

„Mir geht's gut, Nick. Ich schwöre es. Wie lief es mit Henderson?"

„Alles prima."

„Hast du mich entschuldigt?"

„Ich habe gesagt, du seist bei der Arbeit aufgehalten worden, hättest mich aber gebeten, sie herzlich zu grüßen. Sie lässt ausrichten, sie freut sich darauf, dich kennenzulernen."

„Danke für die kleine Notlüge. Ich hatte wirklich vor, dabei zu sein."

„Weiß ich doch. Sam, das ist keine große Sache."

„So etwas wird manchmal passieren. Du wirst mich für irgendeine First-Lady-Sache brauchen, und die Polizeiarbeit wird uns in die Quere kommen."

„Das ist mir bewusst, darum mach dir deswegen keine Sorgen. Du wirst tun, was du kannst, und ich werde Verständnis dafür haben, wenn du etwas nicht schaffst."

„Solange du weißt, dass ich immer lieber bei dir und den Kindern bin als irgendwo anders …"

„Das ist das Einzige, was zählt, Babe." Er legte vorsichtig die Arme um sie und hielt sie einfach eine Weile, denn er musste sich vergewissern, dass es ihr wirklich gut ging. „Es bringt nichts, sich über Mist aufzuregen, den wir nicht kontrollieren können."

„Gerüchten zufolge wird heute gegrillt", wechselte sie das Thema.

„Ich bin halb verhungert."

„Ich auch. Lass mich noch rasch duschen, dann treffen wir uns im Esszimmer."

„Brauchst du irgendwelche Hilfe?"

„Nein, ich komme klar."

Nick ließ sie zögernd los. „Habt ihr den Kerl erwischt?"

„Wir haben sie alle erwischt. Heute haben wir zwei Mordfälle abgeschlossen. Alles in allem ein guter Tag, der jetzt, wo ich wieder daheim bin, noch besser geworden ist. Oh, und morgen bin ich krankgeschrieben, also habe ich auch den Donnerstag schon frei, obwohl ich im Hauptquartier anrufen muss, um Papierkram zu erledigen und so."

„Wir sind also beide im Homeoffice. Vielleicht können wir etwas freie Zeit zu zweit einbauen."

„Da bin ich dabei", wiederholte sie Shelbys Erwiderung von eben.

„Ich auch." Er küsste sie erneut. „Jetzt geh duschen."

„Okay, ich beeil mich."

Das Abendessen war bereits in vollem Gange, als Sam im Esszimmer zu ihrer Familie stieß. Bei dem köstlichen Geruch von Gegrilltem lief ihr das Wasser im Munde zusammen, während sie die Gespräche der Kinder und Erwachsenen verfolgte. „Wie schmeckt es euch?"

„Super", antwortete Scotty und schob sich den nächsten Bissen in den Mund.

„Unübertrefflich", fügte Nick hinzu.

Die Gesichter der Zwillinge und Noahs waren mit Soße verschmiert, was ihre Niedlichkeit nur noch steigerte.

Als Sam neben Celia und gegenüber von Shelby Platz nahm, verspürte sie überraschend ein tiefes Glücksgefühl. Damit hatte sie nicht gerechnet, denn schließlich stand das erste Weihnachten ohne Skip vor der Tür. Aber als sie ihre Familie so um den Tisch versammelt sah, wie eine beliebige andere amerikanische Familie an einem beliebigen anderen Abend, war sie glücklich.

Nick hatte recht gehabt: Es war egal, wo sie lebten. Solange sie zusammen waren, waren sie zu Hause. Selbst im berühmtesten Haus der Welt.

KAPITEL 28

Nachdem sie am nächsten Morgen die Kinder zur Schule losgeschickt hatte, rief Sam zur Besprechung zum Schichtwechsel um acht Uhr auf der Arbeit an. „Na schön, informiert mich, Leute."

„Wie geht's dem Arm?", erkundigte sich Freddie.

„Soweit ganz gut." Die Betäubung hatte während der Nacht nachgelassen, und es schmerzte wie die Hölle, aber das wollte sie niemandem sagen. „Ich höre."

„Bob Tappen hat fast so ein Theater gemacht wie Josie Ouellette, als er erfahren hat, dass wir Lucas verhaftet haben", berichtete Gonzo. „Wir haben ihm das Video gezeigt, auf dem zu erkennen ist, wie Lucas Mark Ouellettes Büro betritt und ihn erschießt. Der arme Kerl ist völlig durchgedreht, als er das gesehen hat. Wir mussten einen Krankenwagen rufen, um ihn zu versorgen."

„Er hat mein volles Mitgefühl", meinte Sam. „Seine Familie ist innerhalb einer Woche praktisch zerstört worden."

„Wir haben die Beweise gegen Grace und Lucas an Charity weitergeleitet, und sie wird gegen beide Anklage erheben. Lucas fällt unter das Erwachsenenstrafrecht."

Sam fühlte sich angesichts dieses Scheiterns zweier vielversprechender junger Leben furchtbar. „Haben die beiden wirklich geglaubt, sie würden damit durchkommen?"

„Ich vermute schon", antwortete Green. „Beide sind offenbar davon ausgegangen, dass man sie niemals verdächtigen würde."

„Ich hab das auch lange nicht getan", erklärte Sam. „Verdammt, ich wünschte, ich hätte früher die richtigen Schlüsse gezogen, dann hätten wir Mark retten können."

„Wir sind so schnell wie möglich hingefahren, nachdem uns klar geworden war, dass er ein Ziel war", meinte Freddie beschwichtigend. „Außerdem hat er uns belogen, als wir ihn gefragt haben, ob noch jemand von der Affäre gewusst hat. Grace hatte sie damit konfrontiert und ihnen gedroht. Wenn er uns verraten hätte, dass sie und Aidan Bescheid wussten, hätten wir mit ihnen reden und alles Weitere vielleicht verhindern können."

„Das ist wohl wahr", räumte Sam ein. „Hat schon jemand die Medien informiert?"

„Gonzo, und er hat das richtig gut gemacht", antwortete Jeannie.

„Ach was", wehrte Gonzo ab.

„Haben sie nach dem Prozess gegen Thorn gefragt?"

„Ja", sagte Gonzo. „Und ich konnte die Aufmerksamkeit direkt auf Tiffany lenken, wo sie hingehört."

„Danke. Nun, da ihr alles so gut im Griff habt, bin ich offiziell im Urlaub von Job Nummer eins. Versucht, keinen Mist zu bauen, während ich weg bin."

„Wir werden uns Mühe geben", versprach Gonzo mit einem Lachen.

„Sehen wir uns an Heiligabend?"

„Wir können es kaum erwarten", erwiderte Jeannie. „Viel Kraft morgen in Des Moines. Wir sind in Gedanken bei euch."

„Danke. Ihr alle habt in beiden Fällen hervorragende Arbeit geleistet. Ich hatte gehofft, euch das persönlich sagen zu können, doch ich möchte euch für euren Einsatz in diesem Jahr danken. Es war eine schwierige Zeit, in der wir Detective Arnold verloren haben, und ich bin stolz auf die Art und Weise, wie wir zusammengerückt sind, um trotz dieses schlimmen Verlustes weiterzumachen. Cameron und Matt, wir wissen zu schätzen, wie großartig ihr uns seit eurem Eintritt in unsere Einheit unterstützt. Cam, es war nicht leicht für dich, jemanden zu ersetzen, der für uns andere unersetzlich war, aber du hast das bewundernswert gehandhabt und gezeigt, dass das geht."

„Vielen Dank. Es ist mir eine Ehre, zu diesem Team zu gehören."

„Wir haben meinen Vater verloren und seinen Fall und ein paar andere gelöst. Detective Tyrone hat gekündigt. Freddie, Jeannie und Gonzo haben geheiratet. In meinem Privatleben hat sich das eine oder andere verändert …"

Die anderen lachten über ihre Untertreibung.

„Wir haben nie das Ziel aus den Augen verloren und unsere Arbeit erledigt. Ich werde immer stolz darauf sein, dass wir dieses Jahr überstanden haben. Das Ermitteln in Mordfällen ist hart und oft undankbar, und ich bin froh, dass ich das mit euch allen zusammen erledigen kann."

„Dito, Lieutenant", entgegnete Jeannie. „Wenn ich noch etwas hinzufügen darf … Wir sind sehr stolz darauf, wie du mit dem Fall deines Vaters umgegangen bist und wie du dich davon nicht hast unterkriegen oder dir die Liebe zu deinem Job hast nehmen lassen. Keiner von uns hätte es dir verdenken können. Wir sind außerdem stolz darauf, die First Lady des Landes an unserer Spitze zu haben und sagen zu können, dass wir mit unserem wunderbaren neuen Präsidentenpaar befreundet sind."

Der Beifall, den Jeannies Worte auslösten, brachte Sam in Verlegenheit. „Danke. Ihr lasst mich jeden Tag auf Neue gut dastehen. Ich freue mich darauf, dieses Jahr mit euch allen Weihnachten zu feiern. Wir sehen uns spätestens dann."

„Wir werden da sein", versprach Freddie stellvertretend für alle.

Nach einem köstlichen Mittagessen aus Tomatensuppe und Salat, das Roland, einer der Butler, serviert hatte, saß Sam an ihrem Laptop und las die Berichte über Grace' und Lucas' Verhaftungen, als Nick ins Schlafzimmer kam. Nachdem er die Tür hinter sich geschlossen hatte, zog er sein Jackett aus, ließ es auf den Boden fallen, löste seine Krawatte, knöpfte sein Hemd auf und warf es zusammen mit seinem T-Shirt auf den Kleiderhaufen auf dem Boden, wobei er die wohlgeformte Brust und die Bauchmuskeln enthüllte, die Sam immer das Wasser im Munde zusammenlaufen ließen.

„Kostet dieser präsidiale Striptease etwas?", fragte sie, ohne aufzusehen, obwohl sie alles, was er tat, mit großem Interesse beobachtete.

„Für dich ist er gratis", sagte er, während er seinen Gürtel öffnete und die Hose herunterließ.

„Müssen andere dafür bezahlen?"

„Ich mache das nur für dich." Mit den Händen auf den nackten Hüften pfiff er eine Strippermelodie, während er sich lasziv bewegte, sodass sie sich vor Lachen krümmte und ihren Laptop zuklappte, während er sich dem Bett näherte und seine beachtlichen Vorzüge zur Schau stellte. „Meine Frau arbeitet heute von zu Hause aus, also musste ich es ausnutzen, dass wir über dem Büro wohnen."

„Wenn die Pressemeute dich jetzt sehen könnte …"

„Gott sei Dank können sie das nicht. Ich möchte dich daran erinnern, dass ich bald Geburtstag habe. Wenn du mir also ein vorzeitiges Geburtstagsgeschenk machen möchtest, bin ich dazu bereit." Um seine Worte zu unterstreichen, vollführte er eine unmissverständliche Hüftbewegung.

„Ich wusste gar nicht, dass ein Stripper in dir steckt."

„Tja, ich bin eine echte Wundertüte."

Sam streckte ihm die Hand ihres unverletzten Arms entgegen. „Mit deiner Magic-Mike-Nummer hast du mich auf jeden Fall überrascht."

Er führte ihre Hand an seine Lippen. „Ich dachte, das könnte dir gefallen."

„Wie viel Zeit haben wir?"

„Neunzig kostbare Minuten."

„Hast du die Tür abgeschlossen?"

„Wie Scotty sagen würde: Was denkst du denn? Wie geht es deinem Arm?"

„Nicht schlecht, solange ich regelmäßig die Schmerzmittel schlucke."

„Darf ich dir aus den Klamotten helfen?"

„Ja, bitte." Sam setzte sich auf, damit er ihr vorsichtig das übergroße T-Shirt ausziehen konnte, das sie sich am Abend zuvor zum Schlafen übergestreift hatte. Ehe er hinunter ins Büro gegangen war, hatte er ihr den Verband gewechselt und dabei die ihr verschriebene antibiotische Salbe aufgetragen.

„Bist du sicher, dass du Lust auf Spaß für Erwachsene hast?", fragte er, während er mit dem Zeigefinger über ihr Schlüsselbein strich.

„Solange es nicht zu akrobatisch wird."

„Dann langsam und sinnlich." Er stellte ihren Laptop auf den Nachttisch, drückte sie aufs Bett und beugte sich über sie, wobei er sich auf seine muskulösen Arme stützte. „Ich bin so froh, dass du noch bei mir bist."

„Wo sollte ich denn sonst sein?"

Nick hauchte ihr einen Kuss auf die Brust. „Ein paar Zentimeter weiter links, und …“

„Pssst. Denk gar nicht erst daran. Es ist alles in Ordnung.“

Er legte die Stirn für einen langen Moment an ihre Brust, während sie ihm mit den Fingern durchs Haar fuhr. „Du darfst nicht zulassen, dass meiner Sam etwas zustößt. Ich würde ohne sie elend zugrunde gehen.“

„Sie wird dich noch viele Jahrzehnte in den Wahnsinn treiben.“

„Ich nehme dich beim Wort.“ Als er einen Pfad von ihrer Brust zu ihrem Hals und dann zu ihren Lippen küsste, fühlte sich ihr ganzer Körper wie elektrisiert an.

Sie schlang den unverletzten Arm um ihn und hielt sich fest, während er sie voller Zärtlichkeit küsste.

Sachte arbeitete er sich mit weichen Lippen, die über ihre empfindliche Haut glitten, zu ihren Brüsten und hinunter zu ihrem Bauch vor. Normalerweise zog er diese Folter extrem in die Länge, wenn sie sich auf „langsam und sinnlich“ geeinigt hatten, aber diesmal hatte er Erbarmen mit ihr und glitt langsam und vorsichtig in sie, um ihren verletzten Arm zu schonen.

„Sag Bescheid, wenn irgendetwas wehtut.“

„Es tut nichts weh, ich habe da nur dieses komische Kribbeln. Könntest du dich damit mal befassen?“

„Ich werde sehen, was ich da tun kann, allerdings würde ich mir gern Zeit lassen. Immerhin habe ich …“, er hielt inne und schaute auf die Uhr, „noch achtundsiebzig Minuten.“

„Oh, dann keine Eile.“ Sie freute sich, dass sie Urlaub hatte, dass sie mitten am Tag diese gestohlene Zeit mit ihm genießen, dass sie dieses Leben und diese Liebe mit ihm teilen konnte. Wenn er langsam machen wollte, würde sie ihn gewähren lassen, denn ausnahmsweise hatten sie alle Zeit der Welt.

Nick hielt sie eng an sich gedrückt, während sich ihre Körper abkühlten und beruhigten, nachdem sie beide zu einem epischen Orgasmus gekommen waren. Er konnte sich nicht erinnern, wann er das letzte Mal so entspannt gewesen war, seit er den Amtseid geleistet hatte. Seine Tage waren hektisch, geschäftig und stressig, weil er eine Entscheidung nach der anderen treffen musste und jede davon sich auf das Leben so vieler Menschen auswirkte.

Doch er hatte all das beiseitegeschoben, um dieses gestohlene Intermezzo mit seiner Frau mitten an einem Arbeitstag zu genießen.

Er musste die Verbindung zwischen ihnen spüren, nachdem sie wieder einmal verletzt worden war. Sie kam mit jeder Katastrophe zurecht, aber ihn kostete es immer Jahre seines Lebens, wenn er darüber nachdachte, was hätte passieren können.

„Ich habe ein Geheimnis", gestand er nach einer langen Zeit des zufriedenen Schweigens.

„Erzähl."

„Wie dringend willst du es denn wissen?"

„Dringend."

Seine Samantha war ungeduldig, frech, neugierig, vorlaut und perfekt unperfekt. Genau so wollte er sie. „Harry hat gefragt, ob es uns stören würde, wenn er Lilia irgendwann an Heiligabend einen Antrag macht."

„Oh, wow! Das ist ja eine Riesenneuigkeit! Ich kann nicht glauben, dass du mir das erst jetzt erzählst!"

„Du bist gestern Abend früh eingeschlafen."

„Dafür hättest du mich wecken sollen."

„Nein, du hast die Ruhe gebraucht."

„Wir müssen ihre Familie einladen und sie nach dem Antrag mit ihnen überraschen. Ich koordiniere das mit Harry."

„Gute Idee."

„Alle wollen das Lincoln-Schlafzimmer."

„Ja, ich weiß. Wie sollen wir entscheiden, wer es kriegt?"

„Ich habe einen Plan."

„Da bin ich aber gespannt."

Am nächsten Morgen verließen sie das Weiße Haus mit dem Marine One, der sie zur Joint Base Andrews brachte, wo die Air Force One auf der Rollbahn auf sie wartete. Nick hatte darum gebeten, dass die Berichterstattung über den Trip nach Des Moines zurückhaltend blieb, und so reisten nur fünf Reporter und ein Kameramann mit, außerdem Terry, Derek und Harry, der Nick als dessen Leibarzt überallhin begleitete.

Mit von der Partie war auch Gretchen Henderson, die ihre erste Reise als Vizepräsidentschaftskandidatin antrat.

Sie war bereits an Bord, als Sam und Nick eintrafen, und Nick stellte die beiden Frauen einander noch einmal vor.

„Es ist schön, Sie wiederzusehen", sagte Gretchen zu Sam, als sie ihr die Hand schüttelte.

Sam war entschlossen, ihr eine Chance zu geben, auch wenn sie die gleiche unerklärlich negative Reaktion auf sie hatte wie bei ihrem ersten Zusammentreffen. Warum nur? Sie wusste es nicht, doch sie würde die Frau im Auge behalten. „Das kann ich bloß zurückgeben. Ich gratuliere zu Ihrer Nominierung. Tut mir leid, dass ich gestern Abend nicht da sein konnte."

„Kein Problem. Ich habe gehört, Sie wurden bei der Arbeit aufgehalten."

War „aufgehalten" ein anderes Wort für „angeschossen"? „Ja."

„Ich finde es bewundernswert, dass Sie als First Lady einem Beruf außerhalb des Weißen Hauses nachgehen. Das ist ein wunderbares Vorbild für Frauen und Mädchen überall auf der Welt."

„Danke, aber ich versuche nicht, jemandem ein Vorbild zu sein. Ich tue nur, was ich eben tue."

„Es bedeutet vielen Frauen eine Menge."

Ehe Sam antworten konnte, kam die Aufforderung, für den Start Platz zu nehmen, und nachdem sie in der Luft waren, servierte man ihnen ein köstliches warmes Frühstück mit Eiern, Speck, Kartoffeln und Gebäck sowie Kaffee. Nick war für das allmorgendliche Sicherheitsbriefing in seinem Bordbüro. Als das beendet war, lud er Gretchen ein, an einer Strategiebesprechung mit ihm und seinem Team teilzunehmen.

Sam bemühte sich, gleichmütig zu bleiben, als die atemberaubende Frau aufstand, um sich mit Sams sexy Ehemann und seinen Beratern zu einer nicht öffentlichen Sitzung zurückzuziehen. „Du bist eine Närrin", murmelte sie vor sich hin.

„Hast du etwas gesagt?", fragte Lilia, die mit Andrea, Sams derzeitiger Kommunikationschefin, auf der anderen Seite des Ganges saß.

„Nein." Sam konnte sich nicht eingestehen, dass sie über die Vorstellung verärgert war, dass ihr Ehemann mit einer Frau zusammenarbeitete, die wie Gretchen Henderson aussah. Nicht dass sie auch nur den geringsten Grund gehabt hätte, eifersüchtig zu sein. Sie wusste, dass das nicht der Fall war. Darum ging es nicht. Gretchen machte sie aus Gründen, die sie nicht benennen konnte, nervös, und das war ihr unangenehm. „Danke, dass ihr mich heute begleitet."

„Wir wollten dich unterstützen", sagte Lilia.

„Das ist deine letzte Reise, Andrea", unternahm Sam den Versuch, sich mit einer Unterhaltung abzulenken. Es war ja nicht so, dass Nick und Gretchen da drin allein waren, und selbst wenn, hätte das keine Rolle gespielt. Wenn es etwas in ihrem Leben gab, dessen sich Sam absolut sicher war, dann dass ihr Mann nie eine andere Frau begehren würde. Ihre Besorgnis in Bezug auf Gretchen war nicht romantischer Natur. Dass sie Angst vor einer Frau hatte, mit der sie gerade mal eine Stunde verbracht hatte, war verrückt, doch ihr Bauchgefühl hatte sie schon oft vor verhängnisvollen Fehlern gewarnt, und sie hatte gelernt, ihm zu vertrauen.

Verspätet merkte sie, dass Andrea ihr von ihrer bevorstehenden Heirat und ihrem Plan erzählte, mit ihrem neuen Mann, der einen Job in einer Denkfabrik des MIT angenommen hatte, nach Boston zu ziehen.

„Das klingt nach einem aufregenden neuen Abenteuer", sagte Sam. „Ich gratuliere euch."

„Danke vielmals. Wir freuen uns schon darauf, aber ich fürchte, dass kein zukünftiges Abenteuer das des Arbeitens im Weißen Haus übertreffen wird."

„Sam, wir haben eine Anfrage dazu erhalten, ob du im nächsten Sommer auf einer Konferenz über Lernbehinderungen Hauptrednerin sein möchtest", schaltete sich Lilia ein. „Interessiert dich das?"

„Möglicherweise." Obwohl es für sie keine Selbstverständlichkeit war, vor großen Menschenansammlungen zu sprechen, wollte Sam, die ihr ganzes Leben lang mit Dyslexie zu kämpfen gehabt hatte, ihre Reichweite nutzen, um über dieses und andere Themen, die ihr am Herzen lagen, aufzuklären. „Schick mir die Details."

„Sind bereits in deiner FLOTUS-E-Mail."

„Die ich irgendwann mal checken muss."

„Ich behalte sie für dich im Auge", beruhigte Lilia sie. „Keine Sorge."

„Den Göttern sei Dank für dich."

Eine Stunde später kam Nick aus dem Bordbüro, zog sich sein Anzugjackett aus und krempelte die Ärmel hoch. Er winkte Sam zu sich.

„Entschuldigt mich." Als sie aufstand, um auf ihn zuzugehen, gab es eine kleine Turbulenz, sodass sie stolperte.

Er war sofort zur Stelle und ergriff ihren Ellbogen, um sie in ihre Privatkabine zu führen.

„Habe ich schon erwähnt, dass ich Fliegen hasse, sogar in der Air Force One?", fragte sie, nachdem er die Tür geschlossen hatte.

„Ich glaube, das habe ich schon ein- oder zweimal gehört." Er nahm ihre Hand und führte sie zu einem Sessel, wo er sich hinsetzte und sie auf seinen Schoß zog. „Geht es dir gut, Babe?"

„Mein Arm tut weh, aber nicht mehr so schlimm wie gestern. Außerdem kriege ich Bauchschmerzen, wenn ich daran denke, wohin wir unterwegs sind und warum."

„Das verstehe ich. Ich auch, doch ich habe eine gute Nachricht."

„Nämlich?"

„Der Richter hat zugestimmt, am Montag einen Eilantrag in der Sorgerechtsangelegenheit zu verhandeln."

„Was bedeutet das? Einen Eilantrag worauf?"

„Andy hat beantragt, die Klage abzuweisen, da die Sorgerechtsklausel in Cleos und Jamesons Testament eindeutig ist. Ihr Nachlassverwalter ist bereit, zu bezeugen, dass sie nie jemand anderen als Elijah als gesetzlichen Vormund der Zwillinge in Erwägung gezogen haben, und als solcher hat er das Recht, jede ihm geeignet erscheinende Regelung zu treffen, vorausgesetzt, sie befinden sich in einem sicheren und stabilen Zuhause."

„Unser Zuhause ist stabil, aber man könnte sich auf den Standpunkt stellen, dass es nicht sicher ist."

„Es ist sicherer als jedes Zuhause, das der Secret Service nicht rund um die Uhr bewacht. Andy glaubt an den Erfolg seines Antrags."

„Ich werde erst aufatmen, wenn das Thema komplett vom Tisch ist."

„Ich auch", seufzte er.

„Werden wir es schaffen, ihre finanzielle Situation irgendwie ins Spiel zu bringen? Du weißt doch, dass es ihnen eigentlich nur um die Milliarden geht, die die beiden Kleinen geerbt haben."

„Andy arbeitet daran."

Sam legte den Kopf an Nicks Schulter. „Wie sollen wir dieses Wochenende überstehen, wo doch dieses Damoklesschwert über uns hängt?"

„Wir werden uns auf die Kinder und die Vorbereitungen für Weihnachten konzentrieren, und ehe wir's uns versehen, ist es schon Montag."

„Ich hoffe, du hast recht."

„Wir müssen daran glauben, dass die Wünsche ihrer Eltern Vorrang vor allem anderen haben werden", erklärte Nick.

Ehe Sam etwas erwidern konnte, meldete der Pilot den Landeanflug auf Des Moines, und im selben Moment begann ihr Magen noch stärker zu schmerzen. Sie wünschte, sie hätte weniger gefrühstückt. „Bleib da unten bitte in meiner Nähe, ja?"

„Na klar, Babe."

KAPITEL 29

Sam hatte während ihres gesamten Erwachsenenlebens Kontakt zu Opfern von Gewaltverbrechen gehabt, aber nichts hätte sie auf die Begegnung mit den trauernden Familien in Des Moines vorbereiten können. Die getöteten Kinder waren zwischen sechs Monate und zehn Jahre alt gewesen, die Erwachsenen zwischen zwanzig und achtzig. Unter ihnen waren auch Eltern, Großeltern und Freiwillige gewesen, die an diesem Morgen den Schulkindern und ihren jüngeren Geschwistern etwas Weihnachtszauber hatten bereiten wollen.

In der Turnhalle einer Grundschule versuchten Sam und Nick, verzweifelte Eltern und Geschwister zu trösten, hörten ihnen zu, wenn sie über die Kinder sprachen, die sie verloren hatten, und schenkten ihnen so viel Mitgefühl, wie sie nur konnten, obwohl sie wussten, dass es niemals ausreichen würde, um den unfassbaren Kummer zu lindern.

„Vielen Dank, dass Sie gekommen sind", sagte eine weinende Mutter namens Cath. Die Frau hatte ihre sechsjährige Tochter und ihren vierjährigen Sohn verloren. „Meine Kinder hatten sich so sehr auf Weihnachten gefreut. Was sollen wir denn jetzt tun?" Sie schaute Sam an, wollte Antworten von ihr, die sie einfach nicht hatte.

„Wie hießen sie?", fragte Sam und tupfte sich die Tränen ab, die nicht versiegen wollten. Sie hatte den Versuch aufgegeben, sie zu unterdrücken, weil ihr schnell klar geworden war, dass nichts sie aufhalten konnte.

„Julia und Mason", erwiderte Cath. „Meine Tochter war in der ersten Klasse und mein Sohn im Kindergarten. Er war so aufgeregt, als er in die Schule seiner Schwester mitdurfte, um den Weihnachtsmann zu treffen.“

„Haben Sie Fotos?“, fragte Sam, obwohl sie schon Bilder von allen Opfern gesehen hatte.

Cath zeigte ihr Fotos ihrer blonden, blauäugigen Kinder.

Sam betrachtete sie und fragte sich, wie Cath es wohl überleben würde, die beiden verloren zu haben. Wie konnte irgendjemand so etwas überleben? „Sie waren wunderschön.“

„Es beruhigt mich, zu wissen, dass sie sich wenigstens gegenseitig haben, wo auch immer sie jetzt sind. Sie waren zu Lebzeiten unzertrennlich.“

Sam hielt Caths Hand. „Ihr Verlust tut mir so furchtbar leid. Ich wünschte, es gäbe etwas Hilfreiches, was ich sagen könnte.“

„Es gibt nichts. *Ich* wünschte, wir würden in einem Land leben, in dem solche Dinge nicht geschehen.“

„Das wünschte ich auch.“

„Ich hoffe, die Menschen vergessen nicht, was hier passiert ist. Vielleicht ändert sich dann etwas.“

Die anderen Hinterbliebenen äußerten sich immer wieder ähnlich, und als sie nach drei herzzerreißenden Stunden wieder im Flugzeug auf dem Weg nach Hause saßen, war Nick fest entschlossen, irgendetwas zu tun, damit sich so eine Tragödie nicht wiederholte. „Nach den Feiertagen werden wir uns diesem Thema widmen“, sagte er. „Wir werden versuchen, etwas dagegen zu unternehmen. Ich möchte so einen Termin wie den heute nicht noch einmal absolvieren müssen.“

Sam unterstützte zwar von ganzem Herzen seinen Wunsch, ein Problem zu lösen, das die Regierung und den Kongress schon früher beschäftigt hatte, aber sie verstand besser als die meisten anderen, wie schwierig diese Herausforderung sein würde. Doch wenn jemand dazu in der Lage war, dann Nick, vor allem wenn er an seinem Entschluss festhielt, bei der nächsten Wahl nicht erneut zu kandidieren. Da er nichts zu verlieren hatte, könnte er der perfekte Präsident dafür sein, in dieser emotional aufgeladenen Frage einen echten Fortschritt zu erzielen.

Während des Flugs bat er sie, mit ihm zusammen kurz zu der kleinen Gruppe von Pressevertretern zu sprechen, die mit ihnen unterwegs waren.

Eigentlich mied Sam Journalisten nach Möglichkeit, trotzdem

begleitete sie ihn, weil sie spürte, dass er nach dem anstrengenden Tag moralische Unterstützung brauchte.

Die Reporter im hinteren Teil des Flugzeugs setzten sich aufrechter hin, als sie diesen Teil der Kabine betraten.

„Ich wollte nur sagen, dass Sam und ich von den heutigen Begegnungen mit den Familien tief bewegt sind. Die Hinterbliebenen sind untröstlich, und ihr Schmerz bricht uns das Herz. Teil meiner Aufgabe als Präsident ist es, den Menschen beizustehen und ihnen Trost zu spenden, und das ist eine Rolle, die ich gerne übernehme. Aber in Zeiten wie diesen, wenn etwas passiert ist, das unter keinen Umständen hätte geschehen dürfen, bin ich auch wütend – als Vater, als Mann, als Mensch und als Präsident. Ich kann nicht glauben, dass es unmöglich sein soll, zu einer vernünftigen Waffengesetzgebung zu finden, die darauf abzielt, dass Menschen, die nicht im Besitz einer Waffe sein sollten, daran gehindert werden, das anzurichten, was in Des Moines passiert ist. Wir haben einen schweren Kampf vor uns, doch ich bin bereit, ihn zu führen, wenn das bedeutet, dass Sam und ich nie wieder das tun müssen, was wir heute getan haben. Nach den Feiertagen wird sich meine Regierung an allen denkbaren Fronten mit diesem Problem befassen. Ich bin mir bewusst, dass wir vielleicht keinen Erfolg haben werden, aber nichts zu tun ist einfach keine Option. Das ist alles.“

Sie bombardierten ihn mit Fragen, und Nick beantwortete jede einzelne mit Geduld, Besonnenheit und dem Einfühlungsvermögen, für das Sam ihn so sehr liebte. Er sprach ihr aus dem Herzen, und sie war davon überzeugt, dass diese Aufrichtigkeit beim amerikanischen Volk ankommen würde, wenn es die Aufnahmen sah und seine Kommentare las.

Marine One landete um kurz nach fünf Uhr auf dem Rasen des Weißen Hauses, sodass sie zum gemeinsamen Abendessen mit ihren Kindern da waren, wofür sie nach dem schrecklichen Tag mit den trauernden Familien umso dankbarer waren.

„War es schlimm?“, fragte Scotty, nachdem sie nach dem Essen noch einen Film mit den Zwillingen angeschaut und sie mit vier Geschichten ins Bett gebracht hatten.

Skippy hatte sich auf Scottys Schoß zusammengerollt, und er streichelte sie.

„Ja“, antwortete Nick. „Ich bin froh, dass wir beschlossen haben, es sei besser für dich, dieses Mal daheim zu bleiben.“

„Ich wüsste auch gar nicht, was ich den Leuten nach so etwas sagen sollte", gestand Scotty.

„Man kann ihnen nur zuhören und sie wissen lassen, dass man Anteil nimmt", erklärte Sam. „Das haben wir versucht."

„Ich bin sicher, dass es ihnen viel bedeutet hat, dass ihr da wart", meinte Scotty.

„Wir hoffen es", erwiderte Nick.

„Ich habe gesehen, was du im Flugzeug gesagt hast", erzählte Scotty. „Du trendest auf Twitter. Die Leute haben genug von diesem Mist. Sie wollen, dass sich etwas ändert."

„Nicht jeder wird damit einverstanden sein", gab Nick zu bedenken. „Doch ich bin entschlossen, das bestmögliche Team zusammenzuholen, Leute, die sich mit einer psychischen Eignungsprüfung, der Prüfung des Strafregisters und anderen sinnvollen Maßnahmen auseinandersetzen, die einzuführen in unserer Macht steht. Ich will, dass verantwortungsbewusste Waffenbesitzer ungestört weitermachen können wie bisher. Sie bieten uns keinen Grund zur Sorge."

„Ich denke, solange das gewährleistet ist, kann man auch etwas erreichen", sagte Scotty.

Sam und Nick verbrachten das Wochenende mit den Kindern und Elijah, der für einen Monat vom College in Princeton nach Hause gekommen war. Am Samstagmorgen luden sie Sams Nichten und Neffen sowie Shelby und Noah ins Weiße Haus ein, um den Weihnachtsbaum zu schmücken und Plätzchen zu backen. Die Tatsache, dass eine Konditorin zum Personal gehörte, war sehr hilfreich, denn Florence zeigte den Kindern, wie man Fondant und Verzierungen auftrug, wodurch ihre Plätzchen in wahre Kunstwerke verwandelt wurden.

Am Sonntagnachmittag empfingen sie die Familien der Mitarbeiter des Weißen Hauses und bowlten dann mit den Kindern mehrere Stunden lang, ehe sie sich im hauseigenen Kino gemeinsam „Buddy – Der Weihnachtself" ansahen.

Am Montagmorgen fühlte sich Sam ausgeruht und bereit, dafür in die Schlacht zu ziehen, dass sie die Zwillinge behalten durften.

Celia blieb bei den Kindern, während Sam, Nick und Elijah zum Gericht fuhren. Ein Sorgerechtsstreit, in den der Präsident der Vereinigten Staaten und seine Frau verwickelt waren, erregte zwangsläufig Aufmerksamkeit. Trotzdem waren sie nicht auf die massive Medienpräsenz vor dem Gerichtsgebäude vorbereitet gewesen.

Der Secret Service offenbar schon. Die Bodyguards brachten sie ohne viel Aufheben ins Innere und in den entsprechenden Gerichtssaal.

„Manchmal ist Personenschutz vom Secret Service gar nicht so schlecht", flüsterte Sam Nick zu, als sie den Raum betraten, wo Andy und zwei seiner Mitarbeiter sie per Handschlag begrüßten.

„Egal, was passiert, bleibt ruhig, und denkt daran, dass das Gesetz auf unserer Seite ist", mahnte Andy, bevor Sam, Nick und Elijah in der ersten Reihe hinter ihren Anwälten Platz nahmen.

Bald darauf eröffnete der Gerichtsdiener die Verhandlung, und der Richter hörte sich die Anwälte beider Seiten an, die die Gründe vortrugen, warum die Armstrong-Zwillinge bei ihren jeweiligen Mandanten besser aufgehoben wären.

„Familie Cappuano bietet den Kindern seit der Nacht der Ermordung ihrer Eltern ein liebevolles Zuhause. Ihr älterer Bruder Elijah, den sein Vater und seine Stiefmutter für den Fall ihres Todes zum Vormund der Zwillinge ernannt haben, steht in täglichem Kontakt mit den Zwillingen und ihren Pflegeeltern. Darüber hinaus schützt der Secret Service die Kinder aufgrund ihrer Nähe zum Präsidenten und zu Mrs Cappuano auf höchster Sicherheitsstufe. Ich würde so weit gehen, zu sagen, dass die Zwillinge zu den bestgeschützten Kindern der Welt gehören – und zu den meistgeliebten. Als langjähriger persönlicher Freund des Präsidenten und seiner Gattin kann ich dem Gericht versichern, dass sie nie glücklicher waren, als seit ihr Sohn Scotty, die Zwillinge und Elijah in ihr Leben getreten sind. Außerdem möchte ich darauf hinweisen, dass Mrs Cappuano vor der Festnahme des Mörders ihrer Eltern in ihrer Eigenschaft als Lieutenant der Mordkommission des MPD Kontakt mit Mrs Dennis und deren Tochter Monique Lawson hatte. Im Verlauf dieser Gespräche haben sich weder die Großmutter der Zwillinge noch ihre Tante nach ihrem Wohlergehen erkundigt oder danach, wie sie mit dem brutalen Mord an ihren Eltern nach einem gewaltsamen Einbruch in ihr Haus, dessen Zeuge Alden Armstrong war, zurechtkommen. Sie haben nicht gefragt, wo sie sich aufhielten oder wer sich um sie kümmerte. Beide zeigten erst nach der Verhaftung der Täter Interesse an den Zwillingen. Wir haben dem Gericht Finanzunterlagen präsentiert, die belegen, dass die Eheleute Dennis hoch verschuldet sind und kurz davor stehen, aufgrund eines Rechtsstreits ihre Firma zu verlieren. Monique Lawson und ihr Gatte haben darüber hinaus letztes Jahr Konkurs angemeldet. Insofern erscheint der Zeitpunkt des heute hier verhandelten Antrags interessant, schließlich ist es kein Geheimnis, dass die Armstrong-Zwillinge und ihr Bruder nach dem Tod ihrer Eltern ein immenses Vermögen geerbt haben. Wir bitten das Gericht, den letzten Willen der Armstrongs zu respektieren und die Zwillinge dort zu belassen, wo ihr Bruder sie haben möchte. Sein Vater und seine Stiefmutter haben darauf vertraut, dass er das Beste für die Kinder tut, und genau das hat er getan, indem er die Cappuanos gebeten hat, sich um sie zu kümmern, solange er auf dem College ist. Daher beantragen wir die sofortige Einstellung des Verfahrens."

Die gegnerische Anwältin erhob sich und räusperte sich. „Meine Mandanten weisen Mr Simones Unterstellung energisch von sich, sie seien auf Geld aus. In diesem Fall geht es vielmehr um zwei kleine Kinder, die ihre Familie nach dem tragischen Verlust ihrer Eltern mehr denn je brauchen. Es geht um zwei Kinder, die in so jungen Jahren nicht im unerbittlichen Licht der Öffentlichkeit stehen sollten. Meine Mandanten waren schon besorgt genug, als Mr und Mrs Cappuano noch nicht Präsident und First Lady waren. Aber die jüngsten Ereignisse haben die Sachlage entscheidend verändert. Dass ihre Enkelkinder im Weißen Haus leben, umgeben vom Secret Service, ist nicht das, was sich diese liebevollen Großeltern für Alden und Aubrey wünschen. Wir können auch nicht glauben, dass ihre Eltern das gewollt hätten. Daher bitten wir das Gericht, meinen Mandanten das vorläufige Sorgerecht zuzusprechen, damit sich die Zwillinge in der Privatsphäre und Sicherheit des Hauses ihrer Großeltern von ihrem herzzerreißenden Verlust erholen können."

Igitt, dachte Sam. *Widerlich, wie besorgt sie jetzt tun. Wo war diese Fürsorge direkt nach dem Mord an den Eltern der Zwillinge?*

Nachdem die Anwältin wieder Platz genommen hatte, sichtete der Richter einige Papiere auf seinem Schreibtisch, während sie wie auf glühenden Kohlen darauf warteten, was er sagen würde.

Nick ergriff Sams Hand, und sie nahm die von Elijah.

Sein Klammergriff verriet seinen Stresspegel.

„Ich habe die von beiden Seiten eingereichten Unterlagen geprüft, einschließlich der Finanzberichte der Familien Dennis und Lawson, die auf erhebliche finanzielle Probleme hinweisen, die mich den Zeitpunkt dieses Antrags kritisch sehen lassen. Mr President, Mrs Cappuano, Mr Armstrong, lassen Sie mich eins klarstellen. Eigentlich wäre meine Entscheidung eindeutig zugunsten von

Mr Armstrong als Vormund der Zwillinge ausgefallen, wie es sein Vater und seine Stiefmutter wollten. Ich weiß von der Droh-E-Mail, die Mrs Lawson an Mr Armstrong geschickt hat, und ich möchte meine Empörung über solche Taktiken zum Ausdruck bringen. Das allein würde unter normalen Umständen schon ausreichen, um ihren Antrag abzulehnen."

Sam rutschte das Herz in die Hose, und ihre Handflächen wurden feucht, als er „unter normalen Umständen" sagte. Er wollte diesen armseligen Leuten doch nicht das Sorgerecht geben, oder? Das konnte er nicht. Sie hatte das Gefühl, sich beim bloßen Gedanken daran übergeben zu müssen.

„Aber da ich den Umzug der Familie Cappuano ins Weiße Haus in Betracht ziehen muss, brauche ich weitere Informationen. Ich habe eine Sozialarbeiterin beauftragt, die Zwillinge morgen zu besuchen, denn ich verstehe den dringenden Wunsch, diese Angelegenheit noch vor den Feiertagen zu klären, dem ich mich anschließe. Da sie die Kinder bereits kennt, wird Ms Dolores Finklestein von der Kinder- und Familienhilfe morgen Vormittag um zehn Uhr einen Besuch im Weißen Haus machen. Sobald ich ihren Bericht habe, werde ich meine Entscheidung bekannt geben."

Er schlug mit dem Hammer auf den Block, um zu signalisieren, dass die Angelegenheit für ihn damit fürs Erste erledigt war.

Sam atmete ein wenig auf, als sie hörte, dass er Ms Finklestein mit dem Fall betraut hatte, denn diese hatte den Einzug der Zwillinge bei Sam und Nick begleitet.

„Ich glaub's nicht", flüsterte Eli, den Tränen nahe.

„Alles wird gut", tröstete ihn Nick. „Wir kennen Ms Finklestein, und sie hat sich schon einmal davon überzeugt, dass die Zwillinge bei uns gut aufgehoben sind."

„Trotzdem … Ich werde kaum atmen können, bis das alles vorbei ist."

In diesem Augenblick wurde Sam klar, dass ihre Anwesenheit am nächsten Vormittag eigentlich woanders gebraucht wurde. „Gonzo sagt morgen früh aus. Da muss ich hin."

„Ich weise dich nur ungern darauf hin, Babe, aber ich glaube, wir können nicht riskieren, dass du nicht da bist, um Pichelstein" – wie Nick sie nannte – „davon zu überzeugen, dass die Zwillinge bei uns in guten Händen sind. Ich schreibe Terry eine SMS, um meinen Terminplan für morgen früh umzustellen."

Sam wusste, dass er recht hatte, doch sie musste Gonzo beistehen, wenn er gegen den Mörder seines Partners aussagte. Vielleicht konnte sie Pichelstein noch begrüßen und den Rest dann Nick und Elijah überlassen.

Als sie wieder im Auto saßen, um zum Weißen Haus zurückzufahren, schrieb sie Gonzo eine SMS, um ihm zu berichten, was im Gericht passiert war.

Tu, was du für die Kinder tun musst. Ich schaff das auch so.

Ich komme, sobald ich kann, und in Gedanken bin ich ohnehin auf jeden Fall bei dir.

Danke. Ich weiß das sehr zu schätzen. Ich fühle mich bereit, zu tun, was ich Arnold schuldig bin. Christina wird auch da sein. Außerdem Arnolds Eltern und Schwestern, der Rest der Truppe, Farnsworth und Malone. Bitte mach dir keine Sorgen um mich. Tu, was nötig ist, damit die Kleinen dort bleiben können, wo sie hingehören.

Das werde ich. Fühl dich umarmt.

Sam würde sich um das kümmern, was sie für ihre Familie zu Hause tun musste, und dann würde sie zu ihrer Arbeitsfamilie fahren, um Gonzo zu unterstützen.

~

Ms Finklestein war auf die Minute pünktlich. Um Punkt zehn Uhr traf sie im Weißen Haus ein und schien sich einen Dreck um das Gebäude, die Geschichte, die Weihnachtsdekoration, den Präsidenten, die First Lady oder irgendetwas anderes zu scheren. Sie hatte nur Augen für Alden und Aubrey, die sich von ihrem letzten Treffen her noch an sie erinnerten, so schien es Sam zumindest. Zwar befürchtete sie, Ms Finklesteins Anwesenheit könnte bei ihnen schmerzhafte Erinnerungen wachrufen, aber sie schienen sie ohne jedes Anzeichen eines Traumas zu begrüßen, wie Sam mit Erleichterung feststellte.

Die Frau wollte zuerst die Kinderzimmer sehen und ließ sich von den Zwillingen durch den mit rotem Teppich ausgelegten Flur dorthin führen. Während Sam, Nick und Eli vor der Tür standen, fragte sie sie nach dem Kindergarten, ihrem Tagesablauf, was sie von ihrem neuen Zuhause hielten und wie es ihnen gefiel, mit Sam, Nick und Scotty zusammenzuleben.

„Wie läuft's?", wollte Scotty wissen, als er mit Skippy zu ihnen stieß. Er hatte den Welpen aus Rücksicht auf ihre Besucherin an die Leine genommen.

„So weit, so gut, würde ich sagen."

„Ich habe Bauchschmerzen", gestand er.

„Nicht nur du", erwiderte Sam, legte einen Arm um Scotty und küsste ihn auf den Scheitel.

„Mir gefällt der Pool am besten", erzählte Alden gerade. „Es macht Spaß, schwimmen zu gehen, auch wenn es draußen kalt ist."

„Ja, das kann ich mir gut vorstellen."

„Genau! Ich kann schon Hundepaddeln, und Nick bringt mir Brustschwimmen bei. Er geht jeden Abend nach dem Essen mit uns schwimmen. Das ist so toll."

„Was ist mit dir, Aubrey? Was magst du hier am liebsten?"

„Das Kino. Wir dürfen jeden Film schauen, den wir wollen, und Popcorn essen."

„Wie läuft's in der Schule?", fragte Ms Finklestein.

„Wir haben Ferien!", verkündete Aubrey. „Wir fahren nach …" Sie sah zu Sam hinüber, die in der Tür stand. „Wie heißt der Ort noch mal?"

Sam schmunzelte, weil sie so entzückend war. „Camp David."

„Wir dürfen in einem Hubschrauber mitfliegen." Alden strahlte.

„Das ist ja super. Stört es dich eigentlich manchmal, dauernd die Personenschützer um dich zu haben?"

Aubrey schüttelte entschieden den Kopf. „Nach der Schule haben sie immer irgendeine Süßigkeit für uns. Sie sind unsere Freunde."

Sam hatte das noch nicht gehört und schätzte die Mitarbeiter des Secret Service dafür umso mehr.

„Lebt ihr gerne mit Nick, Sam und Scotty zusammen?"

Alden nickte, während Aubrey lächelte. „Wir haben viel Spaß mit ihnen", sagte sie, doch dann verblasste ihr Lächeln etwas, und sie fügte hinzu: „Aber wir vermissen Mommy und Daddy sehr."

Sams Herz flog dem süßen kleinen Mädchen zu, das befürchtete, seinen verstorbenen Eltern untreu zu werden, wenn es zugab, gern bei ihr und Nick zu leben.

Sie führten Ms Finklestein in den Wintergarten im dritten Stock, der gleichzeitig als Familien- und Spielzimmer diente, und zeigten ihr das Kino, die Bowlingbahn, den Swimmingpool und die Spielgeräte auf dem Südrasen, die Nick für die Kleinen besorgt hatte. Auf dem Weg durch das Weiße Haus blieben verschiedene Mitarbeiter stehen, um die Präsidentenfamilie zu begrüßen.

„Wann können wir wieder Kekse backen?", fragte Aubrey Florence.

„Wann immer du möchtest, Aubrey. Komm zu mir, und wir backen, was das Zeug hält."

„Darf ich?", wandte sich Aubrey an Sam.

„Später."

„Ich freue mich schon darauf", erwiderte Florence. „Aubrey ist eine meiner besten Assistentinnen."

Aubrey strahlte, als sie das hörte.

Als sie ins Wohnzimmer zurückkehrten, kam Reginald und brachte ein Tablett voller Erfrischungen. Sie stellten ihn Ms Finklestein vor.

„Es ist mir ein Vergnügen, Sie kennenzulernen. Alden, ich habe die Schokoladenschneemänner mitgebracht, die dir gestern so gut geschmeckt haben."

„Vielen Dank", antwortete Alden mit einem Lächeln für den älteren Mann.

Sein Lächeln war nur langsam zurückgekehrt, nachdem er einige der Schrecken mit angesehen hatte, die seinen Eltern angetan worden waren, weshalb Sam und Nick sich über jedes einzelne freuten.

„Scotty", wandte sich Ms Finklestein an ihn, „könntest du mit den Zwillingen ein bisschen spielen, während ich mit deinen Eltern und Elijah rede?"

„Sicher", sagte er mit einem Blick zu Sam und Nick, bevor er die Zwillinge und Skippy aus dem Zimmer führte.

„Er kann gut mit ihnen umgehen", lobte Ms Finklestein.

„Scotty hat sie fest ins Herz geschlossen", erklärte Sam. „Er betrachtet sich als ihren älteren Bruder und Elijah als seinen. Sie sind die Familie, auf die Nick und ich immer gehofft, von der wir jedoch nie zu träumen gewagt haben. Wir sind vielleicht nicht die typischsten Eltern, aber ich versichere Ihnen, wir lieben diese Kinder mit jeder Faser unseres Wesens. Unsere Verbindung zu ihnen war sofort da und ist in den Monaten, seit sie bei uns leben, nur noch gewachsen."

„Ich sehe, dass sie glücklich sind und sich so gut eingelebt haben, wie wir es uns in Anbetracht ihres schrecklichen Verlustes nur wünschen können. Das Hauptaugenmerk des Gerichts liegt auf der Veränderung Ihrer Lebensumstände, seit sie bei Ihnen sind."

„Wenn ich dazu etwas sagen darf", meldete sich Elijah zögernd zu Wort. „Sam und Nick sind noch immer dieselben Menschen, die sie waren, als sie in der Ninth Street gewohnt haben. Nichts von dem, was im Hinblick auf die Zwillinge wichtig ist, hat sich geändert. Sie verbringen jeden Tag Zeit mit den Kleinen, und wenn sie nicht bei ihnen sein können, sind Mrs Holland und Mrs Hill hier bei ihnen, sorgen für Stabilität und kümmern sich um sie. Sie sind hier Teil einer Familie, und das hat entscheidend dazu beigetragen, dass sich meine Geschwister von dem Verlust unserer Eltern erholen konnten. Als meine Eltern noch gelebt haben, hatten sie keine Großfamilie um sich herum. Die mussten wir hinter uns lassen, als der ehemalige Geschäftspartner unseres Vaters ihn bedroht hat. Hier haben sie nicht nur Scotty, sondern auch Tanten, Onkel, Cousinen, Cousins und enge Freunde, die für sie wie eine große, glückliche Familie sind. Sie werden Jahre brauchen, um sich vom Tod unserer Eltern zu erholen, doch ich bin von ganzem Herzen davon überzeugt, dass sie es dank der Zugehörigkeit zu dieser Familie schaffen können." Er blinzelte Tränen weg. „Ich verstehe, dass die Vereinbarung, die ich mit Sam und Nick getroffen habe, für Außenstehende unkonventionell erscheinen mag, aber sie funktioniert – vor allem für Alden und Aubrey. Tatsächlich bin ich mir nicht sicher, ob sie einen weiteren massiven Umbruch überstehen würden, nach allem, was sie bereits durchgemacht haben." Elijah räusperte sich. „Das ist alles."

„Wenn ich noch etwas hinzufügen dürfte", ergänzte Nick und nahm Sams Hand. „Wir lieben alle drei sehr, und wir sechs sind in den letzten Monaten zu einer Familie zusammengewachsen. Es gibt nichts, was Sam und ich nicht für unsere Kinder tun würden, Eli eingeschlossen."

„Danke, das habe ich gehört, und ich werde es in meinem Bericht vermerken", erklärte Ms Finklestein und erhob sich zum Gehen. „Danke, dass Sie sich heute Zeit genommen haben. Ich wünsche Ihnen allen ein frohes Weihnachtsfest."

Sam hätte ihr am liebsten gesagt, dass sie nur dann eine Chance auf ein frohes Weihnachtsfest hatten, wenn sie dem Gericht empfahl, die Zwillinge bei ihnen zu lassen. Doch das verkniff sie sich, begleitete Ms Finklestein zusammen mit Nick hinaus und dankte ihr für ihr Kommen.

Als die kräftige ältere Frau außer Sichtweite war, legte Sam den Kopf an Nicks Brust. „Ich halte das nicht aus."

„Glaub mir, ich auch nicht."

„Sie muss sich unbedingt für uns aussprechen. Ich weiß nicht, was ich tun würde, wenn wir das Sorgerecht für die beiden verlieren.“

„Ich ertrage nicht einmal den Gedanken daran.“

„Leider muss ich jetzt sofort los. Wenn ich auf der Stelle aufbreche, kriege ich vielleicht noch Gonzos Aussage mit.“

„Geh nur, geh. Ich habe den Rest des Vormittags frei, sodass ich ihn mit den Kindern verbringen kann, und Celia wird mich nach dem Mittagessen ablösen, bis du zurückkommst.“

Sam stellte sich auf die Zehenspitzen, um ihrem Mann einen Kuss zu geben. „Alles wird gut.“

„Das muss es“, antwortete er und umarmte sie.

„Nick, ich liebe dich und unsere wunderbare Familie.“

„Ich liebe dich auch.“

„Sobald ich kann, komme ich heim.“

„Sag Tommy, ich wünschte, ich könnte ebenfalls da sein.“

„Das mach ich.“

Auf dem Weg zu Vernon und Jimmy, die sie zum Gericht fuhren, dachte sie darüber nach, wie hart es sie alle treffen würde, die Zwillinge zu verlieren. Aber Nick und Scotty, die beide endlich die Familie hatten, die sie nie zuvor gehabt hatten, würden daran zerbrechen.

Das durfte nicht passieren.

KAPITEL 30

„Bitte nennen Sie dem Gericht Ihren vollen Namen", verlangte die stellvertretende Staatsanwältin Faith Miller, nachdem Gonzo geschworen hatte, die Wahrheit und nichts als die Wahrheit zu sagen.

Seit er den Gerichtssaal betreten hatte, hatte er es vermieden, zur Anklagebank hinüberzuschauen. „Detective Sergeant Thomas Gonzales."

„Wie lange sind Sie schon beim MPD?"

„Im Februar werden es dreizehn Jahre."

„Und wie lange sind Sie schon Detective bei der Mordkommission?"

„Seit fünf Jahren."

„Was ist Ihre Aufgabe innerhalb der Mordkommission?"

„Ich bin Lieutenant Hollands Stellvertreter."

„Danke. Würden Sie dem Gericht bitte die Ermittlungen erläutern, die dazu geführt haben, dass Sie und Ihr Partner Detective A. J. Arnold versucht haben, den Angeklagten Sid Androzzi festzunehmen?"

In dem ruhigen, sachlichen Ton, den er in den letzten Wochen sowohl mit Faith als auch mit Christina geübt hatte, ging Gonzo die Androzzi-Ermittlungen von Anfang an durch, beginnend mit einer Reihe von Messerattacken, von denen mehrere tödlich geendet und die schließlich zu einem Mann namens Giuseppe Besozzi geführt hatten, von dem man angenommen hatte, er sei Italiener. Später hatte sich herausgestellt, dass es sich bei Besozzi um Sid Androzzi handelte, der auf der Liste der zehn meistgesuchten Personen des FBI stand, weil er an einem Menschenhändlerring beteiligt war. Das Gericht hatte beide Prozesse zusammengelegt, um den Mord an Arnold und die Messerangriffe gemeinsam verhandeln zu können. Androzzi war außerdem des Menschenhandels angeklagt. Gonzos Aussage war Teil eines Prozesses, der voraussichtlich bis zu einem Monat dauern würde.

„Können Sie die Ereignisse beschreiben, die zu Ihrer Begegnung mit Mr Androzzi geführt haben?", fragte Faith mit einem warmen, mitfühlenden Blick, den nur er sehen konnte.

Jetzt kam der schwierige Teil.

Ehe er zu sprechen begann, bemerkte er, dass Sam leise den Raum betrat und im hinteren Teil Platz nahm.

Gestärkt durch ihre Anwesenheit und die seiner restlichen Truppe, einschließlich Detective Dominguez, die ihn mit ihrem Erscheinen überrascht hatte, holte Gonzo tief Luft und erzählte von den Ereignissen der schlimmsten Nacht seines Lebens. „Detective Arnold und ich hatten mehrere Stunden lang vor Mr Androzzis Haus gewartet. Unsere Schicht war schon vorbei. Uns war kalt, wir waren hungrig, müde und unruhig. Ich zumindest. Arnold klagte über Kälte und Hunger und fragte, wie lange wir noch auf Androzzi warten wollten. Ich hab geantwortet, wir würden so lange warten, wie es nötig sei, und wenn er sich nicht weiter über die Unannehmlichkeiten beschweren würde, würde ich ihm die Gesprächsführung bei Androzzis Verhaftung überlassen."

Gonzo hielt inne und deutete ein Lächeln an. „Das wäre das erste Mal für ihn gewesen, und er war sehr aufgeregt. Arnold ... war ein großartiger junger Mann, voller Enthusiasmus für den Job und für das Leben. In ihm steckte ein außergewöhnlicher Detective, doch er war noch sehr jung. Ich habe immer gesagt, er sei wie ein Welpe, aber einer von der guten Sorte. Liebenswürdig und klug, nur eben nicht ganz erwachsen. Arnold bat mich, das bevorstehende Gespräch mit ihm durchzugehen, damit er gut vorbereitet wäre. Wir haben das ein paarmal gemacht und dabei jeden Aspekt dessen berücksichtigt, was geschehen musste, wenn Androzzi auf der Bildfläche erschien. Arnold war bereit. Das wusste ich schon seit geraumer Zeit, allerdings hatte ich ihm noch keine Gelegenheit gegeben, es unter Beweis zu stellen."

Gonzos Stimme brach, und er nahm sich einen Moment Zeit,

um seine Gefühle unter Kontrolle zu bringen. *Es ist für Arnold*, sagte er sich. *Du musst das für ihn durchziehen.*

Der Anblick von Arnolds weinenden Eltern, Schwestern und seiner Freundin war nicht gerade hilfreich, aber nach einer Minute hatte sich Gonzo so weit gefasst, dass er fortfahren konnte. „Als wir Androzzi gesehen haben, sind wir ausgestiegen und auf ihn zugegangen. Arnold hat ihm seine Dienstmarke gezeigt und sich vorgestellt. Ehe er den Satz beenden konnte, hatte Androzzi schon den Schuss abgefeuert, der Arnold getötet hat. Ich habe ebenfalls ein paar Schüsse abgegeben, ihn jedoch nicht getroffen. In der Sekunde, die ich gebraucht habe, um zu verarbeiten, was passiert war, war Arnold tot und Androzzi geflohen."

Gonzo zog ein Taschentuch aus der Schachtel im Zeugenstand und wischte sich die Tränen weg. „Woran ich mich am deutlichsten erinnere, ist das gurgelnde Geräusch, das aus Arnolds Kehle kam. So was hatte ich noch nie zuvor gehört, und ich hoffe, dass ich es in Zukunft nie wieder hören muss."

„Was geschah dann?"

„Die Streifenpolizisten, die uns Deckung gegeben hatten, haben Androzzi verfolgt. Ich bin bei Arnold geblieben, bis der Notarzt eingetroffen ist und ihn für tot erklärt hat, und dann bin ich mit ihm zum Leichenschauhaus gefahren."

„Ist der Mann, der Ihren Partner erschossen hat, heute hier anwesend?", fragte Faith.

Gonzo gestattete sich endlich, den Angeklagten anzublicken, der mit seelenlosen schwarzen Augen zurückstarrte. „Ja."

„Nehmen Sie zu Protokoll, dass der Zeuge den Angeklagten Sid Androzzi identifiziert hat", verlangte Faith. An Gonzo gewandt fügte sie hinzu: „Danke. Keine weiteren Fragen."

Der Anwalt des Angeklagten erhob sich, um Gonzo ins Kreuzverhör zu nehmen. „Sie haben ausgesagt, die ganze Sache sei sehr schnell abgelaufen."

„Das stimmt", bestätigte Gonzo. Sein Körper war angespannt, denn er hatte keine Ahnung, was der Verteidiger ihn fragen würde.

„Wie schnell ungefähr?"

„Insgesamt vielleicht dreißig Sekunden."

„In dieser halben Minute, in der der tödliche Schuss Ihren Partner traf, konnten Sie meinen Mandanten gut genug sehen, um ihn zweifelsfrei zu identifizieren?"

„Ja. Ich würde ihn überall wiedererkennen."

„Was geschah nach dem Mord an Ihrem Partner?"

„Wir haben weiter gegen Androzzi ermittelt und ihn schließlich festgenommen. Dann haben wir Arnolds Eltern, Schwestern und Kollegen dabei unterstützt, mit dem tragischen Verlust dieses wunderbaren jungen Mannes fertigzuwerden."

„Wie ist es Ihnen persönlich ergangen?"

Gonzo wusste, dass er nicht überrascht sein sollte, weil jemand die Informationen an die Verteidigung weitergegeben hatte, aber er war es trotzdem. Das hatten sie vermutlich Ramsey zu verdanken. „Ich hatte sehr mit Trauer und Schuldgefühlen zu kämpfen, was zu einer Schmerzmittelabhängigkeit geführt hat, die ich inzwischen mithilfe von Therapie und Entzug überwunden habe."

Offensichtlich hatte der Anwalt nicht erwartet, dass er so offen sein würde, doch Gonzo hatte gelernt, zu dieser Wahrheit zu stehen, die so keine zerstörerische Macht mehr über ihn haben konnte.

„Haben Sie während Ihrer Schmerzmittelabhängigkeit je etwas Illegales getan, um sich die Pillen zu beschaffen?"

Faith sprang empört auf. „Einspruch! Sergeant Gonzales steht hier nicht unter Anklage."

„Stattgegeben", sagte der Richter und bedachte den Anwalt mit einem finsteren Blick.

Offensichtlich verärgert darüber, dass der Richter dem Einspruch stattgab, knurrte der Verteidiger: „Keine weiteren Fragen."

„Sie sind mit dem Dank und dem Mitgefühl des Gerichts für Ihren Verlust entlassen, Sergeant."

„Danke, Euer Ehren."

„Wir machen zehn Minuten Pause."

Gonzo verließ den Zeugenstand und eilte zu Christina, die ihn umarmte und so fest hielt, wie sie nur konnte. „Das hast du großartig hinter dich gebracht. Du warst so stark da oben."

„Alles Show."

„Das hat man aber nicht gemerkt."

Gonzo verließ Hand in Hand mit seiner Frau den Gerichtssaal und wartete draußen auf seine Truppe und Arnolds Familie. Alle umarmten ihn und erklärten, er habe sich gut geschlagen, auch Arnolds Eltern.

„Er wäre so stolz auf dich, Tommy", meinte Mrs Arnold.

Gonzo fiel es schwer, das zu hören, da er sich nach wie vor vorwarf, Arnold zur Schlachtbank geführt zu haben. Doch er hatte auf die harte Tour gelernt, dass er die Fakten jener Nacht nicht ändern konnte, sosehr er sich das auch wünschte.

„Du warst unerschütterlich", gratulierte ihm Sam als Letzte. „Ich bin stolz auf dich."

„Danke, Sam. Das bedeutet mir viel. Ich hoffe, es war genug." Der Gedanke, dass Androzzi irgendwie davonkommen könnte, war für Gonzo kaum zu ertragen.

„Zusammen mit allem, was sie sonst noch gegen ihn in der Hand haben, wird es reichen. Er wird für den Rest seines Lebens in den Knast wandern."

„Das will ich schwer hoffen."

„Du hast getan, was du konntest", versicherte ihm Sam. „Jetzt musst du loslassen, damit du Weihnachten mit deiner Familie feiern kannst."

„Ist es fair, dass ich Weihnachten mit meiner Familie feiere, wohingegen Arnold das nie wieder mit seiner tun kann?"

„Was würde er wohl auf diese Frage antworten?"

„Er würde sagen, ich solle aufhören, dummes Zeug zu reden, und mit meiner Frau und meinem Sohn nach Hause gehen, um mein Leben zu genießen."

„Dann solltest du seinen Rat vielleicht befolgen."

Gonzo schenkte seiner langjährigen Freundin und Chefin ein kleines Lächeln und nickte. „Ich würde trotzdem alles dafür geben, ihn zurückzuhaben."

„Das gilt für uns alle."

Da das aber nicht in ihrer Macht stand, legte Gonzo den Arm um Christina und führte sie zu ihrem Auto, um nach Hause zu ihrem Sohn zu fahren. Aus welchem Grund auch immer hatte das Universum es für richtig gehalten, ihm seinen Partner zu nehmen und ihn selbst zu verschonen. Gonzo war entschlossen, für sie beide zu leben und gleichzeitig dafür zu sorgen, dass niemand je den Namen dieses ehrlichen jungen Polizisten vergaß, der sein Leben im Dienst der Stadt verloren hatte.

Da ihr nur ein Tag dafür blieb, ihre Weihnachtseinkäufe zu erledigen, brach Sam am Mittwoch mit Vernon und Jimmy zu einer Shoppingtour durch die Geschäfte in der Nähe auf. Sie ließ sich von ihnen fahren, damit sie sich keine Gedanken wegen des Parkens machen musste und die verblüfften Ladenbesitzer überraschen konnte, von denen sie viele schon seit Jahren kannte, da sie in dieser Gegend aufgewachsen war.

Zum Glück ließen die Leute sie meist in Ruhe stöbern, und an diesem Nachmittag war sie sogar einigermaßen in Weihnachtsstimmung. Sie hatte lange überlegt, was sie Nick schenken könnte, und beschlossen, ihn mit einem „Erlebnis" statt mit einem Geschenk zu überraschen. Im Januar würden sie ein Wochenende in einem Wellnesshotel in Virginia verbringen, mit privater Unterkunft, getrennt vom Rest der Gäste, damit sie die Auszeit in Ruhe genießen konnten. Zu ihrem Paket gehörten unter anderem Gesichtsbehandlungen, eine Paarmassage und eine Weinprobe. Nun musste nur noch der Rest der Welt so weit kooperieren, dass Nick sich ein ganzes Wochenende freinehmen konnte …

Mit etwas Unterstützung durch Onlineshopping hatte sie schließlich alles besorgt, was sie für die Kinder und Elijah sowie für ihre Schwestern, Nichten, Neffen, Celia, Shelby, Noah, Freddie und Gonzos Sohn brauchte … Die Liste erschien ihr endlos, doch schließlich war sie abgearbeitet. Am Mittwoch blieb sie bis spät in die Nacht hinein auf, um mit Celia bei einem Gläschen Wein Geschenke einzupacken.

„Wie kommst du zurecht?", fragte Sam ihre Stiefmutter, als sie ihre Gläser zum zweiten – oder dritten? – Mal nachfüllte.

„Überraschend gut", antwortete Celia. „Danke noch mal, dass ihr mich gebeten habt, hier bei euch mit einzuziehen. Ich glaube, das hat einen großen Unterschied gemacht."

„Du hilfst mir mehr, als ich dir je helfen könnte."

„Wir helfen uns gegenseitig, und ich bin gern Teil dieser aufregenden Zeit in eurem Leben."

„Tja, und wir haben dich gerne hier."

„Wenn wir nur etwas von diesem Richter hören würden", sagte Celia.

Die Warterei fiel ihnen allen schwer. „Das wäre mir auch sehr recht. Es ist einfach lächerlich."

Als sie kurz nach zwei Uhr nachts zu Nick ins Bett kroch, erfreut, dass ihre Geschenke fertig eingepackt waren, war Sam ziemlich beschwipst. Es überraschte sie nicht, dass er noch wach war und einen Arm um sie legte, um sie an sich zu ziehen.

„Es wird dich freuen, zu hören, dass auch dieses Jahr der Weihnachtsmann kommen wird."

„Ein Hoch auf Mom“, murmelte er.

„Ich musste für dieses Weihnachten vier weitere Strümpfe besorgen, unter anderem einen für Skippy.“

„Was für ein Jahr. Wir haben drei Kinder und einen Hund mehr.“

„In gewisser Weise das beste und das schlimmste Jahr meines Lebens zugleich.“

„Ich weiß, Babe.“

„Aber ich kann die Feier morgen Abend kaum erwarten.“

„Das wird lustig werden. Alle freuen sich schon riesig.“

„Du hast dafür gesorgt, dass es ganz privat ist, richtig?“, vergewisserte sie sich.

Sie hatten Angst, nach der Tragödie in Des Moines ein falsches Signal zu senden.

„Wir haben getan, was wir konnten, und wir werden die Handys konfiszieren, bis alle auf ihren Zimmern sind. Obwohl wir denen, die kommen, absolut vertrauen können, freuen sich die Leute, im Weißen Haus zu sein, und vergessen im Eifer des Gefechts manchmal, dass sie nichts posten sollen.“

Sam gähnte ausgiebig. „Das ist gut.“

Im nächsten Moment fiel Sonnenlicht ins Zimmer, und über den Monitor auf dem Nachttisch hörte sie, wie Elijah mit den Zwillingen sprach, während er sie für den Weihnachtsbesuch von Milagros weckte und anzog. Sie hatten die frühere Haushälterin, die weiter sehr an den Kindern hing, zum Mittagessen mit ihnen ins Weiße Haus eingeladen.

Sam überprüfte ihr Handy auf Nachrichten und fand nichts von Andy, dem einen Menschen, von dem sie gern etwas gehört hätte. Das Einzige, was sie und Nick sich zu Weihnachten wünschten, war die Bestätigung, dass die Zwillinge in ihrer Obhut verbleiben durften. Gähnend rief sie Gonzo an, um sich nach Neuigkeiten bei der Arbeit zu erkundigen.

„Morgen“, meldete er sich. „Frohe Weihnachten.“

„Dir auch, Gonzo. Wie geht es dir?“

„Jetzt, wo ich es hinter mir habe, auf jeden Fall besser.“

„Ich erinnere mich an das Gefühl, nachdem ich gegen Stahl ausgesagt hatte. Es ist eine große Erleichterung, zu wissen, dass man den Mistkerl nie wieder sehen muss.“

„Definitiv. Das war der härteste Teil. Ihm tatsächlich ins Gesicht schauen zu müssen.“

„Du warst großartig und hast alles für Arnold und seine Familie getan, was du konntest. Wir sind sehr stolz auf dich."

„Ich habe weiter das Gefühl, dass ich das nicht verdient habe, kann allerdings langsam akzeptieren, dass seine Zeit gekommen war, nicht meine."

„Ich bin froh, das zu hören. Wie läuft's sonst bei euch?"

„Alles gut so weit. Wir haben die Berichte für die Ermittlungen in den Fällen Thorn und Tappen fertiggestellt, und die Anklagen stehen. Josie Ouellette macht uns immer noch die Hölle heiß und droht mit Klagen, dabei sind ihr die Hände gebunden. Wir haben die Beweise, die wir brauchen, um zu belegen, dass das alles Grace' Idee war und dass sie Lucas unerbittlich unter Druck gesetzt hat, damit er seinen Teil ihrer Vereinbarung einhält. Grace hat gedroht, ihn und den Rest seiner Familie zu töten, wenn er es nicht tut."

„Wenn er doch nur zu uns gekommen wäre, anstatt Mark zu erschießen", seufzte Sam.

„Das haben wir alle gesagt", pflichtete ihr Gonzo bei. „Warum hat er sich nicht an die Polizei gewandt, statt mit dem Mord an Mark alles noch schlimmer zu machen?"

„Ich kann einfach nicht glauben, dass zwei Highschool-Schüler hinter der ganzen Sache stecken."

„Charity bittet um ein psychologisches Gutachten für Grace. Sie scheint fast emotionslos zu sein und die Tragweite der Vorwürfe gegen sie nicht zu verstehen. Jeannie glaubt, sie tut bloß so, weiß genau, was sie angerichtet hat, und würde es wieder tun, wenn es sein müsste."

„Ich neige dazu, Jeannie recht zu geben, aber die psychologische Untersuchung wird das klären. Danke, dass du das gut über die Ziellinie gebracht hast."

„Gern geschehen. Bis heute Abend."

„Ich kann es kaum erwarten."

Sam beendete das Gespräch, froh, zu hören, dass er in ihrer Abwesenheit alles geregelt hatte. Ehe sie eine eigene Familie gehabt hatte, war sie bei solchen Ermittlungen am liebsten mittendrin gewesen, doch jetzt gab es Wichtigeres in ihrem Leben, zum Beispiel jede Menge Zeit mit ihren Kindern zu verbringen. Das war jetzt ihre Vorstellung von einem perfekten Tag.

Später war sie gerade dabei, letzte Hand an das Outfit zu legen, das Marcus für die Weihnachtsfeier entworfen hatte, als Nick ins Schlafzimmer kam und bei ihrem Anblick erstarrte. Sie wusste, wie er sich fühlte, denn sie bestaunte im Ganzkörperspiegel selbst gerade das Wunder, das die Glam-Truppe des Weißen Hauses, wie sie das hauseigene Team für Haare, Nägel und Make-up nannte, vollbracht hatte. Dieses Team war ein weiterer großer Vorteil am Dasein als First Lady – ebenso wie die Möglichkeit, es mit ihrer Mutter, Stiefmutter, ihren Schwestern, Nichten und Aubrey zu teilen, die sich über die Maniküre und Pediküre gefreut hatten, die sie zuvor bekommen hatten.

„Wow." Nick bedeutete ihr, sich für ihn einmal um sich selbst zu drehen. „Lass mich mal den Rest sehen."

Sie gehorchte und machte es langsam und sinnlich, damit er gebührend bewundern konnte, dass die Kreation hinten mehr Haut als rote Seide zeigte.

„Meine Gattin ist ein heißer Feger." Er trat hinter sie, legte die Arme um sie und gab ihr einen Kuss auf den Nacken, der sie in der Erwartung, später mit ihm allein zu sein, erschauern ließ.

„Weißt du, was das Beste an einem solchen Abend ist?", fragte sie und blickte ihn im Spiegel an.

„Die Zeit mit unseren engsten Freunden und der Familie?"

„Auch großartig. Aber das Beste ist, dass ich am Ende mit dir im Bett lande."

„Ich zähle die Stunden."

„Dito. Ist in der freien Welt alles so weit in Ordnung?"

„Für den Moment ja."

„Doch kein Wort vom Richter?"

„Bisher nicht", sagte er so bedrückt, wie sie sich schon den ganzen Tag über gefühlt hatte. Sie hatte so sehr auf Neuigkeiten gehofft.

„Da wir daran leider nichts ändern können, was hältst du davon, wenn wir uns ein wenig amüsieren?"

„Ja, lass uns das tun."

KAPITEL 31

Nick gab im Smoking einfach ein atemberaubendes Bild ab. Sam wusste, dass es nicht gerade weltgewandt war, ihren eigenen Mann so anzustarren, doch sie konnte der Versuchung nicht widerstehen, ihm mit den Augen zu folgen, als er die Runde machte und Freunde und Familie begrüßte. Der Fotograf des Weißen Hauses hielt sich dicht hinter ihm und schoss ein bezauberndes Foto von ihm mit seinem Vater, seiner Stiefmutter und seinen beiden Halbbrüdern, die ebenfalls Smokings trugen.

Sie waren sich lange nicht sicher gewesen, ob sie für die Party einen formellen Dresscode ausgeben sollten, aber jetzt war Sam froh, dass sie es getan hatten. Die Kinder waren begeistert von ihren schicken Outfits, und alle sahen fantastisch aus.

Tracy und Angela kamen auf Sam zu und hakten sich bei ihr unter.

„Das fabelhafteste Weihnachtsfest aller Zeiten", sagte Tracy. Sie trug ein schwarzes Kleid, das eine Schulter frei ließ, und hatte ihr Haar kunstvoll hochgesteckt.

„Die Kinder sind so niedlich." Angela, deren Bauch von ihrer dritten Schwangerschaft gerundet war, zeigte auf ihren Sohn Jack, der Scotty wie immer auf Schritt und Tritt folgte, und ihre Tochter Ella, die in einem niedlichen grünen Samtkleid in den Armen ihres Vaters Spencer lag.

Tracys Kinder Brooke, Abby und Ethan schauten sich mit Celia und ihren Schwestern, die an diesem Abend wohl die aufgeregtesten Mitglieder der Gruppe waren, die Weihnachtsdekoration an. Sam hatte allen Kindern das berühmte Pfefferkuchenhaus des Weißen Hauses gezeigt, von dem die Zwillinge fasziniert waren. Sie fragten ständig, wann sie es endlich essen durften.

„Jack war so begeistert davon, im Weißen Haus zu schlafen, dass ich echt Angst hatte, er würde sich auf dem Weg hierher in die Hose machen", fügte Angela hinzu.

Sam lächelte. „Jack ist längst über das Alter hinaus, in dem ihm das passieren würde."

„Das Weiße Haus könnte die Ausnahme bilden."

„Sind die Kinder einverstanden, dass sie die Geschenke hier erhalten?", fragte Sam.

„Jack hat eine Menge Fragen gestellt", antwortete Angela. „Aber ich glaube, er versteht, dass der Weihnachtsmann ihn und Ella finden wird, wo immer sie auch sind."

„Gideon hat sich hervorragend um die Koordination gekümmert, sodass alles für einen epischen Weihnachtsmorgen bereit ist", vermeldete Tracy, während sie ein weiteres Glas Champagner von einem der Servicemitarbeiter entgegennahm, die im East Room herumliefen. In Kürze würden sie im State Dining Room speisen und dann zum Tanzen in den East Room zurückkehren.

„Er ist einfach der Beste", verkündete Sam. Der Chief Usher hatte wesentlich zum Gelingen dieses Abends beigetragen.

Shelby, Avery und Noah kamen auf sie zu.

Sam nahm Shelby Noah ab und drückte ihn an sich. „Wie geht es meinem großen Jungen?"

„Santa", antwortete er.

„Das ist das einzige Wort, das er zurzeit sagt", erklärte Shelby, die vor Aufregung strahlte.

„Du hast da das sexyste pinke Umstandskleid der Geschichte an, Tinker Bell", bemerkte Sam, die Shelby dafür bewunderte, dass sie es schaffte, bei jeder Gelegenheit Pink zu tragen.

„Ich tue, was ich kann", entgegnete Shelby mit einem frechen Zwinkern.

„Hey, den Spruch habe ich mir urheberrechtlich schützen lassen", erwiderte Sam lachend.

Alle ihre Lieben waren da – Freddie und Elin, Freddies Eltern, Gonzo, Christina und Alex samt Gonzos Eltern, Joe und Marti Farnsworth, Jake Malone und seine Frau, Lindsey und Terry, Harry und Lilia, Graham und Laine O'Connor, Scottys ehemalige Betreuerin Mrs Littlefield, Derek mit seinen Eltern und seiner

Tochter Maeve, Andy und seine Frau Elsa, Darren Tabor mit seiner Freundin, Jeannie und Michael, Archie, Cameron, Gigi, Dani und Matt.

Sam und Nick hatten Reverend Canon William Swain, einen Jugendfreund von Skip, der die Beerdigung durchgeführt hatte, eingeladen und gebeten, vor dem Essen ein Gebet zu sprechen.

„Lasst uns einander an den Händen fassen und unsere Häupter neigen, um Gottes Segen zu erbitten", begann Swain, als die Gruppe um den großen quadratischen Tisch versammelt war, der den größten Teil des prächtigen Speisesaals einnahm.

Sam griff nach Nicks Hand zu ihrer Linken und Scottys zu ihrer Rechten, schloss die Augen und senkte den Kopf.

„Lasst uns dieses Weihnachten für dieses Mahl danken, für die hingebungsvollen Mitarbeiter des Weißen Hauses, die es für uns zubereitet haben, und für die lieben Menschen, die um diesen Tisch versammelt sind, sowie für diejenigen, die heute Abend nicht hier sein können. Lasst uns für unseren neuen Präsidenten, seine Gattin und seine Familie beten. Mögen sie Trost ineinander finden, während sie unser Land und die Welt durch diese turbulenten Zeiten führen. Beten wir für die Familien derer, die letzte Woche in Des Moines ums Leben gekommen sind, und bitten wir Gott, den Herrn, ihnen in ihrer Trauer Frieden und Trost zu spenden. Lasst uns auch für die beten, die wir in diesem Jahr verloren haben, besonders für unseren geliebten Skip Holland und A. J. Arnold, sowie für alle, die in dieser Weihnachtszeit unter Armut, Einsamkeit, Krankheit und Verzweiflung leiden, und den Herrn bitten, dass er sich ihrer in der Zeit der Not annimmt. Möge Gott diese Familie segnen und bewahren und Sie alle im kommenden Jahr beschützen, damit wir uns am nächsten Heiligabend wieder hier versammeln können, um ihm erneut für seine große Gnade zu danken. Amen."

„Amen", wiederholte Sam, die gegen die Trauer um Skip ankämpfte, die sie den ganzen Tag über begleitet hatte. Mehr als alles andere wünschte sie sich, er könnte bei ihrem ersten Weihnachtsfest im Weißen Haus dabei sein. Er hätte es mehr als jeder andere genossen.

„Er ist heute bei uns", flüsterte ihr Nick zu. „Ich spüre deinen Vater überall um uns herum."

Sam stockte der Atem, weil er ihre Gedanken so treffend gelesen hatte. „Vielen Dank. Ich hoffe es."

„Da bin ich mir sicher. Ich habe seine Stimme in den Wochen seit meinem Amtseid so oft gehört. Skip ist auch ein großer Teil von mir."

Sam kämpfte mit dem riesigen Kloß, den sie im Hals hatte, und blinzelte die Tränen weg. „Es ist schön, das zu hören."

Sie hatten zu Skips Ehren einen traditionell zubereiteten Truthahn bestellt, da dies sein Lieblingsessen gewesen war, und das Personal des Weißen Hauses hatte alle möglichen Beilagen dazu gezaubert.

Sam half Aubrey, ihren Truthahn zu schneiden, während Eli Alden behilflich war. Elijah war den ganzen Tag über sehr still gewesen, denn vom Stress des Wartens auf die Entscheidung des Richters war er so angespannt, wie Sam ihn noch nie erlebt hatte.

Als das Dessert serviert war, stand Nick auf und nahm das drahtlose Mikrofon in die Hand, das das Personal auf seinen Wunsch hin an seinem Platz deponiert hatte. „Sam und ich möchten uns bei euch allen dafür bedanken, dass ihr mit uns unser erstes Weihnachten im Weißen Haus feiert. Wir können immer noch nicht glauben, dass dieser Satz wirklich wahr ist, aber hier sind wir, im historischen State Dining Room mit dem wunderbaren Personal des Weißen Hauses, das sich so großartig um uns kümmert, und wir sind diesen Menschen zutiefst dankbar, dass sie sich an Heiligabend Zeit genommen haben, um statt bei ihren eigenen Familien bei uns zu sein." Alle applaudierten dem Personal.

„Ich kann gar nicht genug betonen, wie dankbar wir unseren unglaublichen Mitarbeiterinnen und Mitarbeitern dafür sind, dass sie uns geholfen haben, diesen Übergang so reibungslos wie möglich zu gestalten. Wir sind auch euch allen unglaublich dankbar für die Liebe und Unterstützung, die ihr uns zu Hause und bei der Arbeit gegeben habt, während wir diese enorme Veränderung in unserem Leben verarbeitet haben. Ein ganz besonderer Dank gilt Shelby und Celia, die dafür gesorgt haben, dass Scotty, Alden und Aubrey so gut versorgt sind. Ohne euch wäre das alles nicht möglich, und wir sind sehr glücklich, euch beide in unserem Leben zu haben." Die ganze Gruppe klatschte für Shelby und Celia, die beide rot anliefen.

Lächelnd sah Nick zu den Kindern hinüber. „Ein ganz besonderer Dank geht auch an Scotty, Elijah, Alden und Aubrey, die sich mit uns auf diese Reise begeben haben. Mit euch macht jeder Tag Spaß und ist etwas ganz Besonderes. Ihr seid die Familie, die ich mir immer erträumt habe. Ich liebe euch alle sehr. Dann ist da natürlich noch meine wunderschöne First Lady Samantha … Du wolltest zweifellos gar nicht so dringend ins Weiße Haus, aber du warst in diesem surrealen letzten Monat bei jedem Schritt für mich da, und ich werde nie die Worte finden, um dir zu erklären, wie sehr ich dich liebe und schätze." Er hob sein Champagnerglas. „Auf die First Lady!"

Die anderen spendeten begeistert Applaus, bis Sam ganz verlegen war. „Danke", sagte sie zu Nick und den anderen.

Lächelnd antwortete Nick: „Das ist für dich, Babe."

Jon Bon Jovi schlenderte in den Raum, als würde er dort wohnen, und Sam stieß einen sehr untypischen aufgeregten Schrei aus, der sich noch steigerte, als sich ein weiterer Mann an ein Klavier setzte, das sie vorher gar nicht bemerkt hatte. Als die ersten Töne von „Hallelujah" erklangen, schossen ihr Tränen in die Augen, als sie sich daran erinnerte, wie sehr ihr Vater dieses Lied geliebt hatte.

Sam nahm Nicks Hand. „Das ist das beste Weihnachtsgeschenk aller Zeiten."

„Es war dieses Jahr ein bisschen schwierig mit dem Einkaufen."

Sie lachte durch ihre Tränen hindurch über diese Untertreibung des Jahrhunderts.

„Das ist für unseren neuen Präsidenten und die First Lady, mit meinen besten Wünschen", verkündete Jon.

Als er das wunderschöne Lied sang, floss Sams Herz über – vor Liebe, Dankbarkeit und Freude über die Menschen, die ihr am nächsten standen, gleichzeitig jedoch auch vor Trauer um die, die nicht mehr da waren.

Jon spielte ein ganzes Set mit vielen seiner größten Hits und bat dann Sam und Nick zu sich.

„Dieser Song weckt vielleicht Erinnerungen an eine unserer früheren Begegnungen." Er spielte ihr Hochzeitslied „Thank You for Loving Me".

Nick legte die Arme um Sam, und für ein paar Minuten gab es nur ihn und sie, während sie zu dem Lied tanzten, das ihnen so viel bedeutete.

„Vielen Dank", rief Sam und warf Jon eine Kusshand zu, als das Lied zu Ende war.

Als Nächstes bat Jon Dr. Harry Flynn zu sich.

Sam wusste, was jetzt kommen würde, und war gespannt, als Harry auf Jon zuging und ihm das Mikrofon abnahm. Er sah unfassbar gut aus in seinem Smoking, und sein breites Lächeln brachte seine unwiderstehlichen Grübchen voll zur Geltung.

„Ich muss sagen, dass ich nie erwartet hätte, einmal im Weißen Haus Jon Bon Jovi das Mikro aus der Hand zu nehmen, während zwei meiner besten Freunde uns als unser neuer Präsident und unsere neue First Lady derart stolz machen."

Es folgte eine Runde tosender Applaus, die Sam und Nick in Verlegenheit brachte.

„Als klar war, dass wir den Abend zusammen verbringen würden, habe ich meinen Kumpel Nick gefragt, ob ich mir sein Haus für eine Minute ausleihen dürfe, um etwas sehr Wichtiges zu erledigen. Lilia, würdest du bitte mal herkommen?"

Lilia sah sich verwirrt um, als sie sich auf den Weg zu Harry machte. Ihr Schock wurde noch größer, als ihre Eltern, Großeltern und Geschwister sowie Harrys Eltern und sein Bruder aus einem Nebenraum traten und sich zu der Party gesellten.

„Was ist denn hier los?", fragte sie.

„Komm her, dann verrate ich es dir", antwortete Harry.

„Das ist so was von aufregend", flüsterte Sam Nick zu.

Nick legte den Arm um sie, während sie beobachteten, wie Harry Lilia die Hand reichte.

„Lilia, meine Süße, du hast mein ganzes Leben verändert, seit wir uns zufällig in Sams Büro bei der Polizei getroffen haben, und ich werde ihr ewig dafür dankbar sein, dass sie uns einander vorgestellt hat. So lange war ich auf der Suche, ohne zu wissen, wonach, bis ich dich kennengelernt habe und mir klar wurde, dass ich die ganze Zeit nach dir gesucht hatte."

Er sank auf ein Knie, während Lilia mit den Tränen kämpfte. „Willst du mich heiraten und alles noch perfekter machen, als es seit dem Tag, an dem ich dich kennengelernt habe, schon ist?"

„Ja." Lilia presste sich eine Hand aufs Herz, während ihr unaufhaltsam Tränen übers Gesicht strömten. „Himmel, ja."

Harry erhob sich, um sie zu küssen und zu umarmen, ehe er ihr unter dem tosenden Beifall der Anwesenden einen Ring an den Finger steckte.

Sam wischte sich selbst ein paar Tränen weg, während sie so laut wie möglich für zwei ihrer Lieblingsmenschen applaudierte und pfiff. Sie hatte sich das für Harry gewünscht, solange sie ihn kannte, und Lilia war einfach die Beste für ihn. In aller Bescheidenheit fand sie, sie hatte bei den beiden gute Arbeit geleistet. „Das war wirklich wunderschön."

„Dem kann ich nur zustimmen", sagte Nick.

Sie gingen zu dem glücklichen Paar, umarmten ihre Freunde und stießen mit ihnen an.

„Hast du davon gewusst?", fragte eine überglückliche Lilia Sam.

„Ich habe vielleicht ein oder zwei Andeutungen gehört. Lilia, ich freue mich so für euch. Ihr passt einfach perfekt zueinander."

„Danke, dass du uns miteinander bekannt gemacht hast. Er ist das Beste, was mir je passiert ist."

Sam warf einen Blick zu Nick, der einen seiner fünfjährigen Brüder auf den Schultern trug, während er mit seinem Vater Leo und seiner Stiefmutter Stacy sprach. „Es gibt nichts Schöneres, als wenn zwei Menschen, die alles Gute verdient haben, in dieser verrückten Welt zueinanderfinden."

„Dem kann ich nur zustimmen", pflichtete ihr Lilia bei. „Dies ist der schönste Abend meines Lebens."

Dann durfte Sam Jon Bon Jovi umarmen, was das Sahnehäubchen auf diesem Weihnachtsfest war. „Vielen Dank dafür, dass Sie sich Zeit genommen haben, um hier zu sein, obwohl Sie sicher selbst auch gerne bei Ihrer Familie wären."

„Es ist eine große Ehre, für Sie zu spielen", versicherte er. „Wir wünschen Ihnen alles Gute für Ihre Zeit im Weißen Haus."

Nick schüttelte dem Rockstar die Hand und dankte ihm für sein Kommen.

„Wenn der Präsident anruft und um einen Gefallen bittet, damit er Punkte bei seiner bezaubernden Gattin sammelt, kann ich doch nicht ablehnen."

Sam und Nick lachten und begleiteten ihn hinaus. Er würde direkt im Anschluss nach New Jersey fliegen, wo er die Feiertage mit seiner Familie verbringen wollte.

Als sie in den East Room zurückkehrten, wohin sich die Party zum Tanzen verlagert hatte, bat Jeannie Sam um ein kurzes Gespräch unter vier Augen.

„Geh schon mal vor", sagte diese zu Nick.

„Ich werde sie nicht zu lange aufhalten", versprach Jeannie.

„Lasst euch Zeit", entgegnete Nick im Gehen.

„Ihr seht heute Abend wunderschön aus", stellte Jeannie fest.

„Du aber auch. Du strahlst förmlich in diesem Kleid." Jeannies Robe war mitternachtsblau und hatte einen leichten Schimmer.

„Das Strahlen ist der Grund, warum ich mit dir sprechen wollte." Sie hielt inne, ehe sie herausplatzte: „Ich bin schwanger."

Sam umarmte ihre Freundin und Kollegin herzlich. „Das ist ja wunderbar, Jeannie. Herzlichen Glückwunsch! Ich freue mich so für euch."

„Danke. Ich hatte ein bisschen Angst, es dir zu sagen ...""

„Bitte nicht. Mit Nick und den Kindern habe ich alles, was ich brauche. Mein Leben ist perfekt. Die Dinge entwickeln sich nicht immer so, wie man es geplant hat, doch am Ende kommt es, wie es kommen soll."

„Ja, das stimmt wohl. Was ich dir mitzuteilen habe, ist, dass ich Daniella Brown gefunden habe, die Frau, die damals Carisma Deasly entführt haben soll."

Sam warf einen Blick in den East Room, wo der Chief gerade über etwas lachte, was der Captain sagte. „Wo?"

„Sie wohnt bei Richmond. Ich bin mir fast hundertprozentig sicher, dass sie es ist, aber genau werde ich es erst wissen, wenn ich dorthin fahre und ein wenig tiefer grabe. Dies ist nicht der richtige Zeitpunkt, klar, trotzdem würde ich mich freuen, dir demnächst mal die Ermittlungsergebnisse präsentieren zu dürfen."

„Lass uns nach Weihnachten darüber reden, wie wir das am besten handhaben. So ungern ich Carismas Familie noch einen Tag länger warten lasse, müssen wir angesichts der klaren Anweisungen, die wir erhalten haben, vorsichtig agieren."

„Verstanden."

„Wir werden einen Weg finden, die Sache in Ordnung zu bringen. Ich muss mir nur überlegen, wie wir das hinkriegen."

„Du weißt, wo du mich findest, wenn du so weit bist."

„Dir ist ja klar, wie wichtig es ist, dass wir das für uns behalten, bis wir einen Plan haben."

„Ich habe es noch niemandem erzählt und habe auch nicht vor, das zu tun."

„Danke für die gute Arbeit."

„Ich wünschte, ich könnte sagen, es war mir ein Vergnügen, aber tatsächlich ist es ein Skandal."

„Allerdings. Wir werden alles tun, was wir können, um das irgendwie wiedergutzumachen."

Sam ging mit Jeannie in den East Room, wo eine Band alle zum Tanzen brachte. In den nächsten Stunden schwangen sie das Tanzbein, tranken zu viel Champagner, tauschten Geschenke mit

Freunden aus und lachten – sehr viel. Sam beobachtete Cameron mit Gigi und fand, dass die beiden toll zusammen aussahen. Sie hoffte, dass das, was auch immer sich zwischen ihnen anbahnte, ihnen beiden das große Glück bescheren würde.

Um neun Uhr trat Sam ans Mikrofon. „Ich hoffe, ihr amüsiert euch?"

Alle bestätigten mit Klatschen und Pfiffen, dass die Party ein großer Erfolg war.

„Es hat einen enormen Wettstreit um die Ehre gegeben, im Lincoln-Schlafzimmer zu übernachten. Nick und ich haben lange darüber nachgedacht, wie wir das klären sollen, und uns für einen Wettbewerb entschieden. Einen Tanzwettbewerb, um genau zu sein." Die Ankündigung rief zu gleichen Teilen Stöhnen und Beifall hervor. „Jeder, der sich auf der Tanzfläche befindet, gilt als Kandidat. Wenn Nick oder ich euch auf die Schulter klopfen, seid ihr ausgeschieden. Bereit?"

Sam gab dem Bandleader ein Zeichen. Sie hatten im Voraus darum gebeten, dass für den Wettbewerb alte Swing-Musik gespielt wurde, und als die Band mit „In the Mood" begann, wussten die jüngeren Mitglieder der Gruppe nicht, was sie tun sollten, also traten sie beiseite und überließen den Älteren das Parkett.

Innerhalb weniger Minuten stellte sich heraus, dass Joe und Marti Farnsworth sich ihr ganzes Eheleben lang auf diesen Augenblick vorbereitet hatten, und Sam, Nick und alle anderen im Raum erklärten sie schnell und einstimmig zu den Siegern des Wettbewerbs.

„Meine Güte, Onkel Joe", sagte Sam. „Das war brillant."

„Dein alter Onkel hat immer noch ein bisschen Benzin im Tank", schnaufte er außer Atem.

„Herzlichen Glückwunsch, Leute", lobte Nick. „Ich bin extrem beeindruckt."

Kaum hatten sie die Sieger mit Zylinderhüten gekrönt, die an Präsident Lincoln erinnerten, kam Andy lächelnd zu ihnen und schwenkte sein Handy.

Sam konnte kaum atmen, während sie, Nick und Elijah darauf warteten, was er zu sagen hatte. „Der Richter hat den Antrag der Lawsons auf das Sorgerecht abgelehnt. Die Zwillinge werden bleiben, wo sie sind."

Als Elijah diese Nachricht hörte, liefen ihm Tränen über die Wangen.

Sam umarmte ihn fest, während Erleichterung ihren gesamten Körper durchflutete.

„Seine Begründung lautet folgendermaßen", fügte Andy hinzu. „„Die Eltern der beiden waren sehr klar hinsichtlich dessen, was sie für ihre minderjährigen Kinder wollten. Sie haben ihrem Sohn Elijah vertraut, und das muss ich auch tun. Elijah hat sich zwar für eine unkonventionelle Regelung für seine Geschwister entschieden, doch sie scheint für alle Beteiligten zu funktionieren, und die Kinder erhalten in ihrem neuen Zuhause offensichtlich Liebe und Fürsorge. Das Gericht sieht keinen Grund, die derzeitige Sorgerechtsregelung zu ändern. Der Antrag wird abgelehnt.'"

Während Sam sich einige Tränen wegwischte, umarmte Nick Elijah und konstatierte: „Ich denke, damit sind wir jetzt offiziell eine Familie."

„Wir waren schon lange vorher eine Familie", entgegnete Eli. „Vielen Dank, Andy, Nick, Sam … Danke, dass ihr euch für uns eingesetzt habt."

„Wir lassen euch nicht im Stich", versprach Sam und umarmte ihn erneut. „Niemals."

Scotty kam herüber, Alden und Aubrey an den Händen. „Was ist los?", fragte er und runzelte besorgt die Stirn, als er die Tränen auf den Gesichtern von Eli, Sam und Nick bemerkte.

„Gute Nachrichten vom Gericht", antwortete Sam und drückte Aubrey an sich, während Nick die Arme nach Alden ausstreckte.

„Oh, Gott sei Dank", stieß Scotty aus, und alle Anspannung wich aus ihm.

„Aber echt, Kumpel", pflichtete ihm Nick bei.

„Und jetzt", rief der Fotograf des Weißen Hauses, „sagen alle Mitglieder der Präsidentenfamilie mal ‚Frohe Weihnachten'."

Die sechs standen beieinander, die Arme umeinandergelegt, mit einem Lächeln der Erleichterung und Freude, während der Fotograf den Augenblick für die Geschichte festhielt, ohne zu ahnen, dass sie gerade offiziell für immer eine Familie geworden waren.

KAPITEL 32

Bald darauf verlegten sie die Feier in den Wintergarten im dritten Stock, wo Nick die Kinder um sich versammelte, um ihnen „Als der Nikolaus kam" vorzulesen. Der Fotograf machte zahlreiche Bilder vom Präsidenten mit Alden und Aubrey auf dem Schoß, seinen Brüdern, Nichten, Neffen und den Kindern von Freunden auf dem Boden vor einem drei Meter hohen Weihnachtsbaum.

Während Sam ihm zusah und zuhörte, war ihr Herz voller Liebe zu ihm und den Kindern. Sie hatten nie gewagt, von der Familie zu träumen, die sie jetzt hatten.

Elijah trat neben sie. „Ich bin so erleichtert", flüsterte er.

„Geht mir genauso." Sie zog ihn an sich und lehnte den Kopf an seine Schulter, während er ebenfalls einen Arm um sie legte. Vor einem Jahr hatten sie weder ihn noch die Zwillinge gekannt, und jetzt waren sie fest mit ihrem Leben verwoben, als wären sie schon immer ein Teil davon gewesen.

Nach der Geschichte erschien Terry mit einem Ausdruck, den er Nick überreichte.

„Wisst ihr, was das ist?", fragte Nick die Kinder mit großen Augen.

Alle schüttelten die Köpfe.

„Eine NORAD-Karte, die zeigt, dass der Weihnachtsmann unterwegs ist."

Die Kinder rückten näher heran, um sie besser sehen zu können.

„Er fliegt gerade über den Ozean", sagte Nick und zeigte auf das

Bild des Schlittens auf der Karte, „was bedeutet, dass alle Kinder jetzt ins Bett müssen."

„Bist du sicher, dass er weiß, wo er uns findet?", fragte Angelas Sohn Jack.

„Absolut. Ich habe einen offiziellen Brief mit einer vollständigen Liste aller Kinder, die heute Nacht im Weißen Haus schlafen werden, zum Nordpol geschickt. Jetzt ist es an der Zeit, dass sich alle hinlegen, damit der Weihnachtsmann kommen kann."

Reginald erschien mit Keksen und Milch, die die Kinder auf Tellern für den Weihnachtsmann bereitstellten, und mit speziellem Rentierfutter aus dem Weißen Haus, das Sam und die Kinder für das Gespann des Weihnachtsmanns zubereitet hatten.

Die Eltern holten ihre Kinder ab und brachten sie in die ihnen zugedachten Zimmer, während Gideon und einige der Butler bereitstanden, um Hilfe zu leisten und ihnen den Weg zu weisen.

„Das war der tollste Abend aller Zeiten", erklärte Freddie, als er und Elin sich mit Umarmungen von Sam verabschiedeten.

„Es war absolut magisch", pflichtete ihm Elin bei.

„Ich bin froh, dass es euch gefallen hat", sagte Sam.

„Vielen Dank, dass meine Eltern mit dabei sein durften", bedankte sich Freddie. „Davon werden die beiden noch jahrelang zehren."

„Das ist doch selbstverständlich. Familie ist Familie."

Freddie umarmte Sam. „Ich hab dich lieb."

„Ich dich auch", antwortete sie und drückte ihn fester als sonst. „Frohe Weihnachten, Freddie." Dann zog sie Elin an sich. „Keinen Sex im Weißen Haus, ihr beiden."

„Schon klar", lachte Freddie und führte seine Frau an der Hand in eins der Schlafzimmer im dritten Stock.

Sam ging die Treppe hinunter, um nach Elijah und den Zwillingen zu sehen. Die beiden Kleinen teilten sich ein Bett.

Sie beugte sich vor, um ihnen einen Gutenachtkuss zu geben. „Träumt süß, meine Kleinen."

Aubrey schaute sie an, und in ihren ausdrucksvollen Augen schimmerten Tränen. „Ich wünschte, Mommy und Daddy wären hier."

„Das verstehe ich, mein Schatz. Aber ich glaube, sie sind irgendwo ganz in der Nähe und passen gut auf dich, Alden und Elijah auf. Sie wissen, dass wir euch sehr lieben."

Das kleine Mädchen war anscheinend zufrieden, steckte sich

den Daumen in den Mund und kuschelte sich an ihren Zwillingsbruder, der einen Arm um sie legte.

Alden war sehr klug für sein Alter und kümmerte sich so fürsorglich um seine Schwester, dass es Sam immer wieder zu Tränen rührte.

„Bis morgen früh", flüsterte Nick, der hereinkam, um ihnen ebenfalls einen Gutenachtkuss zu geben.

„Was glaubst du, wann sie aufwachen?", fragte Sam Elijah, als sie zu dritt auf dem Flur standen.

„Letztes Jahr waren sie schon um fünf Uhr auf."

„O mein Gott", seufzte Sam. „Wir sollten lieber schlafen gehen, bevor es sich gar nicht mehr lohnt."

Elijah umarmte sie beide. „Ich weiß, ich bedanke mich ständig, es ist bloß … ihr seid die Besten, und ich bin so dankbar, dass wir euch in unserem Leben haben."

„Das gilt umgekehrt genauso, mein Freund", versicherte Nick. „Wir können uns schon nicht mehr erinnern, wie das Leben ohne euch drei gewesen ist."

„Frohe Weihnachten", wünschte Eli.

„Schlaf gut", erwiderte Sam.

„Ich werde *sehr* gut schlafen, jetzt, wo ich weiß, dass dieser verdammte Sorgerechtsfall vorbei ist."

Nachdem Eli sich in sein Zimmer zurückgezogen hatte, meinte Nick: „Das werde ich auch."

„Das kannst du laut sagen."

„Gideon und das Personal haben die ganzen Weihnachtsgeschenke im Wintergarten aufgebaut", berichtete Nick. „Sie haben total niedliche Schilder gebastelt, damit jedes Kind weiß, welche Geschenke ihm gehören."

„Unsere Bediensteten sind die Besten. Morgen wird es ganz toll werden."

„Ich kann es kaum erwarten", pflichtete ihr Nick bei. „Lass uns nach Scotty sehen und dann ins Bett gehen. Ich habe gehört, wir müssen früh raus."

Scotty lag mit Skippy, die sich neben ihm zusammengerollt hatte, im Bett. Teile seines Smokings waren überall im Zimmer verstreut. „Ich weiß, dass sie nicht in meinem Bett sein soll, aber versuch du mal, ihr das beizubringen. Die junge Dame hat ihren eigenen Kopf."

„Das ist eine gute Vorbereitung für dich, auf deine zukünftige

Frau", scherzte Nick, was ihm einen Ellbogenstoß von Sam einbrachte.

„Uff", keuchte Nick und grinste sie an.

„Zum Glück war der Richter auf unserer Seite", wechselte Scotty das Thema. „Ich habe mir solche Sorgen gemacht, wie wir je wieder ohne die Kleinen auskommen sollen."

„Das müssen wir jetzt ja nicht mehr", beruhigte ihn Nick.

„Seid ihr darüber auch so erleichtert wie ich?"

„Natürlich", antwortete Sam. „Wir waren zwar im Vorteil, weil ihre Eltern Elijah als Vormund eingesetzt hatten, aber man weiß einfach nie, wie ein Richter entscheiden wird." Sie beugte sich vor und küsste Scotty sanft auf die Stirn, während sie Skippy den seidigen Kopf kraulte. „Schlaf jetzt. Elijah hat gesagt, wir müssen um fünf Uhr morgens raus."

„Ach du lieber Gott. Das ist viel zu früh."

„Willkommen in der Welt der großen Brüder", meinte Sam.

„Der beste Job, den ich je hatte. Frohe Weihnachten."

„Dir auch, mein Freund", sagte Nick, während sie zur Tür gingen.

Gideon stand auf dem Flur, überprüfte ein Klemmbrett und sprach in ein Walkie-Talkie.

„Wie läuft's?", fragte Sam.

„Bestens. Alle haben sich eingerichtet, und wir vergewissern uns noch, dass es keine offenen Wünsche mehr gibt, bevor ich das Personal nach Hause schicke."

„Wir können Ihnen nicht genug für diesen wunderbaren Abend danken."

„Uns hat er auch Spaß gemacht. Alle wussten es sehr zu schätzen, dass Sie die Familien der Mitarbeiter zum Empfang am letzten Wochenende eingeladen haben. Sie fanden es toll, Sie beide und die Kinder kennenzulernen – und natürlich Skippy, den Internet-Superstar."

„Sie ist unser berühmtestes Familienmitglied", meinte Nick und streckte Gideon die Hand hin. „Danke für alles. Wir sind jeden Tag aufs Neue überwältigt von unseren unglaublichen Mitarbeiterinnen und Mitarbeitern."

Gideon schüttelte ihm die Hand. „Ihre Zufriedenheit liegt uns am Herzen, Sir. Bis morgen früh."

Nachdem ihre Gäste sich für die Nacht eingerichtet hatten,

folgte Sam Nick ins Schlafzimmer, schloss die Tür und lehnte sich mit einem tiefen Seufzer dagegen. „Das war ein toller Heiligabend."

„Ich würde sagen, es war der beste aller Zeiten, nur habe ich Skip wirklich vermisst."

„Geht mir genauso. Trotzdem würde ich sagen, dass es der beste aller Zeiten war. Mein Vater würde das sicher auch so sehen."

„Es ist schön, alle hier bei uns zu haben, selbst wenn ich mich ein bisschen schuldig fühle, weil ich dem Personal an Weihnachten so viel zugemutet habe."

„Gideon behauptet, sie tun das alle gern. Sie wissen ja, was die Zwillinge durchgemacht haben, und wollten, dass sie ein fantastisches Weihnachtsfest erleben."

Nick kam zu ihr und strich über ihre nackten Arme, wobei er vorsichtig den Verband an ihrem linken Arm ausließ, bevor er ihre Hand nahm. „Die schönste Frau, die ich je hatte", sagte er und küsste sie auf den Hals.

Sam grinste. „Ich hoffe, ich bin auch die einzige Frau, die du je haben wirst, Mister."

„Die einzige, die ich je wollte, und das weißt du ganz genau. Wie kriege ich dich aus diesem Kleid raus?"

„Da ist ein Knopf, genau hier", erklärte sie und zeigte auf ihren Nacken.

Als er den Knopf öffnete, fiel die obere Hälfte des Kleides nach unten, sodass sie von der Taille aufwärts fast nackt war.

„Was haben wir denn hier?", fragte Nick und beäugte das Klebeband, das Marcus ihr anstelle eines BHs empfohlen hatte.

„Daran ist Marcus schuld. Er hat gesagt: ‚Kleb die Mädels ab, damit du keinen BH tragen musst.'"

„Wie befreie ich die Mädels denn wieder?", erkundigte sich Nick und runzelte die Stirn.

„Ganz vorsichtig", antwortete Sam.

Gemeinsam zogen sie behutsam an dem Klebeband, das ihre Brüste in dem aufreizenden roten Kleid gestützt hatte.

„Ah, da sind sie ja", stellte Nick mit einem Lächeln fest, als sie das letzte Stück entfernt hatten. „Meine besten Freundinnen." Er fuhr mit den Daumen über die Brustspitzen. „Du hast heute Abend wunderschön ausgesehen, aber das tust du ja immer."

„Du auch, Nick. Ich liebe dich in diesem Smoking. Unfassbar sexy."

„Wenn du meinst", erwiderte er, wie immer, wenn sie seinen Sex-Appeal erwähnte.

Sam lachte, während sie sich daranmachte, die Smokingknöpfe aus seinem Hemd zu entfernen. „Kannst du dir das einfach über den Kopf ziehen?", fragte sie, ungeduldig wie immer.

„Sicher doch." Er streifte sich das Hemd und das T-Shirt, das er darunter trug, ab und enthüllte ihre liebste Männerbrust aller Zeiten.

Sie schlang die Arme um ihn und drückte sich an ihn.

„Mmm, genau das habe ich gebraucht", seufzte Nick. „Zweifellos der beste Teil des Tages."

„Dir dabei zuzusehen, wie du den Kindern vorliest, war auch nicht schlecht."

„Ich war noch nie in meinem Leben so erleichtert wie vorhin, als Andy uns das Urteil mitgeteilt hat", gestand Nick.

„Ich auch."

„Du und die Kinder … dieses Leben, diese Familie, das ist alles für mich."

„Es macht mich unendlich glücklich, dass du das jetzt endlich hast. Der Gedanke, dass irgendetwas das zerstören könnte, war fast mehr, als ich ertragen konnte."

„Es war brutal. Aber jetzt können wir uns endlich entspannen und den Urlaub in vollen Zügen genießen."

„Und wie fangen wir damit an?", fragte sie mit einem gespielt schüchternen Lächeln.

„Du kannst damit anfangen, dass du mir zeigst, wie ich dich endgültig aus diesem Kleid rauskriege."

Sie öffnete einen Verschluss an ihrer Taille, woraufhin der Stoff zu Boden fiel.

„Das war heiß, Babe." Nicks sexy haselnussbraune Augen waren voller Verlangen, als er ihre Hand nahm und ihr half, aus dem Kleid zu steigen. Da er wusste, wie sehr sie auf Designerkleider stand, bückte er sich, um es aufzuheben, und drapierte es über einen Stuhl, ehe er sie ins Schlafzimmer führte.

„Ich bin ungern eine Stimmungskillerin, aber ich muss mir die Zähne putzen", sagte Sam.

„Das muss ich auch."

Sam verschwand im Bad, putzte sich die Zähne und nahm vorbeugend eine Kopfschmerztablette, um den tückischen Kater zu bekämpfen, mit dem sie immer für zu viel Champagner büßen musste. Ehe sie sich im Schlafzimmer zu Nick gesellte, schnappte sie sich auch für ihn eine Kopfschmerztablette und dazu zwei Melatoninpillen, damit er tatsächlich etwas Schlaf bekommen würde. Sie füllte das Wasserglas nach und nahm es mit, um Nick, der auf der Bettkante sitzend auf sie wartete, die Medikamente zu reichen.

„Jetzt fühle ich mich wie achtzig", beschwerte er sich und grinste, während er die Pillen mit einem Schluck Wasser hinunterspülte.

„Wenn du sie nicht nimmst, wirst du dich nach dem ganzen Champagner morgen früh garantiert wie achtzig fühlen."

„Stimmt." Er stellte das Glas auf den Nachttisch, legte ihr die Hände auf die Hüften und zog sie nah genug heran, um sie auf den Bauch zu küssen. „Weißt du noch, heute vor zwei Jahren?"

„Ja, der Tag, an dem du mich überzeugt hast, mich mit einem zukünftigen Senator einzulassen. Wie könnte ich das je vergessen? Apropos, du bist ein dicker, fetter Lügner. Von wegen ,Nach einem Jahr ist Schluss'. Ich könnte mir in den Hintern beißen, dass ich das geglaubt hab."

Sein leises Lachen ließ sie lächeln. „Ich liebe deinen Hintern." Er drückte ihn, um seine Worte zu unterstreichen. „Apropos, das Beste, was ich je getan habe, war, dich zu überreden, diese Reise mit mir anzutreten, auch wenn sie nicht ganz so verlaufen ist, wie wir es erwartet haben." Mit diesen Worten zog er sie auf seinen Schoß.

„Das ist ja wohl die Untertreibung des Jahrhunderts. Möglicherweise sogar des Jahrtausends." Sam überraschte ihn, indem sie sich ansatzlos auf seine Erektion sinken ließ.

„Wow. Krasser Move, Babe."

„Das hat dir gefallen, was?"

„Ich liebe all deine Moves."

„Dann wird dir das auch gefallen", sagte sie, während sie ihre Hüften bewegte und ihm ein tiefes Stöhnen entlockte.

„O ja, das ist heiß."

Sam lachte über seinen glücklichen Gesichtsausdruck. „Ich habe noch ein paar andere Tricks auf Lager."

„Dann zeig mal, was du draufhast."

Gerade als Sam die großen Geschütze auffahren wollte, klingelte das Bat-Telefon auf dem Nachttisch.

Nick stöhnte: „Nein, ich bin beschäftigt!"

Da er aber einen Anruf auf dieser Leitung nicht ignorieren konnte, griff Sam nach dem Hörer und reichte ihn Nick.

„Ja bitte?"

Sam ließ die Hüften kreisen und unterdrückte ein Lachen, als er sich mühsam ein Ächzen verkniff.

Obwohl sie eigentlich nicht lauschen durfte, wenn er Anrufe auf diesem Telefon erhielt, konnte sie nicht umhin, zu hören, was die Person am anderen Ende sagte.

„Mr President, vor den Toren des Weißen Hauses wurde gerade eine Bombe gefunden."

DANKSAGUNGEN

Seien Sie mir bitte nicht böse, dass ich ausgerechnet hier Schluss mache! Wir brauchen schließlich etwas, worauf wir uns freuen können, oder? „State of the Union – Du und ich gemeinsam", das dritte Buch der Serie um die Präsidentenfamilie, erscheint Anfang 2023, und auch danach bleibt es weiter aufregend für Sam und Nick. Ich liebe es, über ihr neues Leben im Weißen Haus zu schreiben, und ich hoffe, Sie haben ebenfalls Spaß daran. Ein herzliches Dankeschön an alle Leser, die „State of Affairs – Liebe in Gefahr" letztes Jahr so begeistert aufgenommen haben, und an alle, die auch „State of Grace – Für alle Ewigkeit" gelesen haben. Ihretwegen macht dieser Job so viel Spaß!

Ein besonderer Dank geht an das Team, das mich täglich unterstützt – Julie Cupp, Lisa Cafferty, Jean Mello, Andrea Buschell, Nikki Haley und Ashley Lopez. Ein großes Dankeschön an Kristina Brinton für das wunderschöne Cover von „State of Grace – Für alle Ewigkeit" und an meine Lektorinnen Joyce Lamb und Linda Ingmanson sowie meine ersten Testleserinnen Anne Woodall und Kara Conrad. Danke auch an meine Heimatfront, Dan, Emily und Jake, die ihr meine Autorinnenkarriere so sehr unterstützt.

Der pensionierte Captain Russ Hayes vom Newport Police Department in Rhode Island hat alle Bände von Sams und Nicks Geschichte vor der Veröffentlichung gegengelesen, um meine Schilderung der Polizeiarbeit zu überprüfen, und ich bin ihm für seinen Beitrag zu dieser Serie sehr dankbar!

Vielen Dank auch an meine letzte Verteidigungslinie, die Testleserinnen, die die endgültige Version noch einmal auf eventuelle Probleme überprüfen: Gwen, Irene, Maricar, Marti, Juliane, Jennifer, Jenny, Viki, Marianne, Sarah Jennifer, Karina und Gina. Und zu guter Letzt … an die Leserinnen und Leser, die jedes neue Buch mit so viel Spannung und Enthusiasmus erwarten, mit den besten Wünschen.

Alles Liebe,
Marie

Die McCarthys

Liebe auf Gansett Island (Die McCarthys 1)

Mac & Maddie

Sehnsucht auf Gansett Island (Die McCarthys 2)

Joe & Janey

Hoffnung auf Gansett Island (Die McCarthys 3)

Luke & Sydney

Glück auf Gansett Island (Die McCarthys 4)

Grant & Stephanie

Träume auf Gansett Island (Die McCarthys 5)

Evan & Grace

Küsse auf Gansett Island (Die McCarthys 6)

Owen & Laura

Herzklopfen auf Gansett Island (Die McCarthys 7)

Blaine & Tiffany

Rückkehr nach Gansett Island (Die McCarthys 8)

Adam & Abby

Zärtlichkeit auf Gansett Island (Die McCarthys 9)

David & Daisy

Verliebt auf Gansett Island (Die McCarthys 10)

Jenny & Alex

Hochzeitsglocken auf Gansett Island (Die McCarthys 11)

Owen & Laura

Gansett Island im Mondschein (Die McCarthys 12)

Shane & Katie

Sternenhimmel über Gansett Island (Die McCarthys 13)

Paul & Hope

Festtage auf Gansett Island (Die McCarthys 14)

Big Mac & Linda

Im siebten Himmel auf Gansett Island (Die McCarthys 15)

Slim & Erin

Verzaubert von Gansett Island (Die McCarthys 16)

Mallory & Quinn

Traumhaftes Gansett Island (Die McCarthys 17)

Victoria & Shannon

Schneeflocken auf Gansett Island

Geliebtes Gansett Island (Die McCarthys 18)

Kevin & Chelsea

Blütenzauber auf Gansett Island (Die McCarthys 19)

Riley & Nikki

Sommernächte auf Gansett Island (Die McCarthys 20)

Finn & Chloe

Verführung auf Gansett Island (Die McCarthys 21)

Deacon & Julia

Magie auf Gansett Island (Die McCarthys 22)

Jordan & Mason

Sonnige Tage auf Gansett Island (Die McCarthys 23)

Versuchung auf Gansett Island (Die McCarthys 24)

Cooper & Gigi

Die Green Mountain Serie

Alles was du suchst (Green Mountain Serie 1)

Endlich zu dir (Green Mountain Serie 1/Story *1)*

Kein Tag ohne dich (Green Mountain Serie 2)

Ein Picknick zu zweit (Green-Mountain-Serie/Story 2)

Mein Herz gehört dir (Green Mountain Serie 3)

Ein Ausflug ins Glück (Green-Mountain-Serie/Story 3)

Schenk mir deine Träume (Green-Mountain Serie 4)

Der Takt unserer Herzen (Green-Mountain-Serie/Story 4)

Sehnsucht nach dir (Green-Mountain Serie 5)

Ein Fest für alle (Green-Mountain-Serie 5/Story 5)

Öffne mir dein Herz (Green-Mountain-Serie 6/Story 6)

Jede Minute mit dir (Green-Mountain-Serie 7)

Ein Traum für Uns, (Green-Mountain-Serie 8)

Meine Hand in Deiner, (Green-Mountain-Serie 9)

Mein Glück mit dir, (Green-Mountain-Serie 10)

Nur Augen für dich, (Green-Mountain-Serie 11)

Jeder Schritt zu dir, (Green-Mountain-Serie 12)

Ganz nah bei dir, (Green-Mountain-Serie 13)

Die Neuengland-Reihe

Vergiss die Liebe nicht (Neuengland-Reihe 1)

Wohin das Herz mich führt (Neuengland-Reihe 2)

Wenn das Glück uns findet (Neuengland-Reihe 3)

Und wenn es Liebe ist (Neuengland-Reihe 4)

Für immer und ewig du (Neuengland-Reihe 5)

Die Quantum Serie

Tugendhaft (Quantum-Serie 1)

Furchtlos (Quantum-Serie 2)

Vereint (Quantum-Serie 3)

Befreit (Quantum-Serie 4)

Verlockend (Quantum-Serie 5)

Überwältigend (Quantum-Serie 6)

Unfassbar (Quantum-Serie 7)

Berühmt (Quantum-Serie 8)

Andere Bücher

Sex Machine – Blake und Honey

Sex God – Garret und Lauren

Five Years Gone – Ein Traum von Liebe

One Year Home – Ein Traum von Glück

Mein Herz für dich

Nicht nur für eine Nacht

Take-off ins Glück

The Fall – Du und keine andere

Dieses Mal für immer

Helden küsst man nicht

Küsse für den Quarterback

ÜBER DIE AUTORIN

Marie Force ist New-York-Times-Bestseller-Autorin von zeitgenössischen Liebesromanen und Romantic Suspense. Zu ihren Büchern gehören unter anderem die beliebten Reihen „Fatal", „First Family", „Gansett Island", „Butler Vermont", „Neuengland", „Miami Nights" und „Wild Widows" sowie die erotische „Quantum"Serie. Ihre Bücher haben sich weltweit bislang mehr als zehn Millionen Mal  verkauft, wurden in ein Dutzend Sprachen übersetzt und standen über dreißigmal auf der New-York-Times-Bestseller-Liste. Außerdem ist sie USA-Today- und #1-Wall-Street-Journal-Bestseller-Autorin und in Deutschland Spiegel-Bestseller-Autorin.

Ihre Ziele im Leben sind einfach: Bücher zu schreiben, solange sie kann, ihre beiden Kinder weiter dabei zu unterstützen, glückliche, gesunde und produktive junge Erwachsene zu werden, und niemals in einem Flugzeug zu sitzen, das Schlagzeilen macht.

Tragen Sie sich in Maries Mailingliste ein, um alles Wichtige über neue Bücher und Veranstaltungen zu erfahren. Folgen Sie ihr auf Facebook und auf Instagram.